Ella Perkins

Die Norland Nannys – Mary und der Glaube an die Liebe

PIPER

Zu diesem Buch

»Ich will nicht, dass meine Söhne Angst vor mir haben, Nanny MacArthur. Ich dachte, wenn sich jemand um sie kümmert, kann ich es besser aushalten, wenn sie … nun ja. Von mir nicht die Liebe bekommen, die sie brauchen.«
Was sie vor allem brauchen, ist ihr Vater, dachte Mary. Aber das wusste er bestimmt. »Haben Sie einmal überlegt, ob Sie mehr Zeit mit ihnen verbringen könnten?«
»Ich habe viel zu tun.«
Mary wartete. Hier ging es um das Wohl von allen dreien. Die Söhne brauchten ihren Vater. Und vermutlich brauchte der Vater in gewisser Weise auch seine Söhne.
»Ich muss oft nach London, verstehen Sie? Die Kinder mitzunehmen wäre sehr umständlich …«
»Tagsüber bin ich hier ja für die Kinder da. Und wann immer Ihr voller Terminkalender es Ihnen erlaubt, könnten Sie ja trotzdem etwas Zeit mit ihnen verbringen. Die Jungen brauchen ihren Vater. Und ich glaube, für Sie wäre es auch besser, wenn Sie nicht immer allein wären.«
Sie nickte noch einmal bekräftigend.
»Bleiben Sie?«, rief er ihr nach.
Mary drehte sich um. »Natürlich bleibe ich.‹«

Ella Perkins, Jahrgang 1979, studierte nach einer Ausbildung im Buchhandel ein paar Semester Geschichte und Antike Kulturen, ehe sie sich ganz dem Schreiben und Übersetzen widmete. Sie lebt mit ihrer Familie in Westfalen.

Ella Perkins

Die Norland Nannys

Mary und der Glaube an die Liebe

Roman

PIPER

Mehr über unsere Autorinnen, Autoren und Bücher:
www.piper.de

Wenn Ihnen dieser Roman gefallen hat, schreiben Sie uns unter Nennung des Titels »Die Norland Nannys – Mary und der Glaube an die Liebe« an *empfehlungen@piper.de*, und wir empfehlen Ihnen gerne vergleichbare Bücher.

Von Ella Perkins liegen im Piper Verlag vor:
Die englischen Nannys:
Band 1: Die Norland Nannys – Joan und der Weg in ein neues Leben
Band 2: Die Norland Nannys – Mary und der Glaube an die Liebe

Unser Versprechen für mehr Nachhaltigkeit
• Klimaneutrales Produkt
• FSC®-zertifiziertes Papier
• Hergestellt in Europa

FSC www.fsc.org
MIX
Papier aus verantwortungsvollen Quellen
FSC® C083411

Originalausgabe
ISBN 978-3-492-31670-5
März 2022

Redaktion: Hanna Bauer
Umschlaggestaltung und -abbildung: Johannes Wiebel | punchdesign unter Verwendung von Motiven von shutterstock.com, Rekha Arcangel/arcangel.com und Colin Thomas/bookcoversphotolibrary.com
Satz: Satz für Satz, Wangen im Allgäu
Gesetzt aus der Stempel Garamond
Druck und Bindung: CPI books GmbH, Leck
Printed in the EU

Prolog

London, September 1904

Mary lag früh am Morgen wach. Sie lauschte auf die Schlafgeräusche ihrer Mitbewohnerinnen im Dunkeln.

Und was ist, wenn ich scheitere? Wenn ich nicht am richtigen Platz bin?

Diese Fragen hielten sie wach.

Auch nach den ersten drei Wochen konnte sie sich nicht daran gewöhnen, dass sie nachts allein in einem Bett lag. Manchmal fror sie erbärmlich und holte sich eine zweite Decke aus dem Schrank.

Als morgens um sechs die Glocke erklang, mit der die Schülerinnen des Norland Institutes geweckt wurden, sprang sie als Erste aus dem Bett. Sie zog sich bereits an, während ihre Mitstudentin Gladys im Bett nebenan nur einen Fuß unter der Bettdecke hervorstreckte und gähnte. »Wie kannst du nur so wach sein?«, beklagte sie sich über Marys gute Laune.

»Erste Stunde Säuglingspflege!«, lautete Marys lapidare Antwort.

Sie war eine der Ersten im Frühstücksraum. An den vier langen Tischen saßen die Studentinnen bei den Mahlzeiten beisammen, aßen und redeten leise miteinander.

Mary saß über Tee und Toast mit Orangenmarmelade. Ihre Füße tanzten vor Ungeduld unter dem Tisch. Jeden

Morgen konnte sie es kaum erwarten, dass um halb acht die Glocke erneut schellte und zum Unterricht rief. Die Kursräume lagen im ersten Obergeschoss, und sie würde am liebsten schon eher dort hingehen, doch das war verboten. Es herrschten klare Regeln im Norland Institute, und Mary musste lernen, ihre Ungeduld zu bezähmen.

Die anderen Nanny-Schülerinnen wirkten an diesem Morgen großteils müde – kein Wunder, draußen vor den hohen Fenstern war es noch dunkel, und viele saßen bis spätabends in den Studierstuben über die Bücher gebeugt. Oft beklagten sie sich über das schier unmenschliche Pensum, das ihnen von den Lehrerinnen auferlegt wurde. Mary belauschte am Nebentisch zwei Schülerinnen, die schon in Kürze das Praktikum im Kindergarten aufnehmen und kurz darauf ihre Abschlussprüfungen schreiben würden.

»Ich weiß einfach nicht, wie ich meine Uniform noch fertig nähen soll, wenn ich alle Nachmittage brauche, um den Unterricht nachzubereiten«, jammerte die eine. Die andere tröstete sie damit, dass sie ja in wenigen Wochen mehr Zeit haben würde. Mary lauschte ihnen neugierig. Ob es ihr wohl in einem halben Jahr auch so gehen würde? Bisher hatte sie in vielen Fächern das Gefühl, durch ihre Erfahrung als ältere Schwester von fünf Geschwistern einen Wissensvorsprung zu haben.

Die Glocke schrillte, und sofort sprangen alle auf, räumten ihre Tabletts ab und strömten zur Treppe. Mary schloss sich einigen Klassenkameradinnen an, die angeregt darüber diskutierten, was sie wohl heute im Säuglingspflegekurs lernen würden. Gladys, die über alles Bescheid wusste, erzählte ihnen, heute sei eine Hebamme zu Gast, die vor allem darüber sprechen wollte, wie ein Neugeborenes versorgt wurde – und wie sie als Nannys die Wöchnerin im Wochenbett unterstützen konnten.

Mary verlangsamte ihre Schritte. Sie hatte auf einmal gar keine rechte Lust mehr, am Unterricht teilzunehmen.

Hebamme. Das wäre auch etwas für sie gewesen. Zumindest hatte das die alte Mrs Grafton damals zu ihr gesagt …

»Kommen Sie, Ms MacArthur?« Mrs Hastings war die Lehrerin für Säuglingspflege und kam gerade in Begleitung einer älteren Frau mit einem dunklen Schultertuch den Korridor entlang. Hager und groß gewachsen, erinnerte Mrs Hastings Mary oftmals an einen Graureiher, dazu passte auch ihre zumeist gedeckte Kleidung. Sie lehrte erst seit Kurzem am Norland Institute.

»Bin schon da.« Mary lächelte entschuldigend. Sie schlüpfte vor ihrer Lehrerin in den Kursraum und setzte sich an ein freies Pult in der ersten Reihe.

Mrs Hastings wartete, bis alle ihren Platz gefunden hatten und Ruhe einkehrte. Dann wünschte sie mit leiser Stimme einen Guten Morgen und stellte ihre Begleiterin vor. »Ms Burgess möchte Ihnen heute ein wenig über die Zeit des Wochenbetts berichten. Sie ist seit über dreißig Jahren Hebamme und hat schon Hunderten von Babys auf die Welt geholfen. Vielen Dank, dass Sie heute bei uns sind und die Fragen unserer Studentinnen beantworten.«

Mary spürte, wie ihre Gedanken sich immer weiter aus dem Kursraum entfernten. Zu deutlich wurde die Erinnerung an eine Geburt, die sich in ihr Gedächtnis eingebrannt hatte.

~

Mary lag im Dunkeln der kleinen Schlafkammer, die an die Stube der kleinen Wohnung grenzte, in der ihre Familie wohnte. Ihre kleine Schwester Theresa kuschelte sich an sie und murmelte etwas im Schlaf. Mary aber konnte nicht mehr schlafen, die Geräusche aus dem Nebenzimmer beunruhigten sie.

Vorsichtig schob sie ihre kleine Schwester auf die Strohmatratze und deckte sie mit der rauen Wolldecke zu, bevor sie barfuß zur Tür schlich. Sie öffnete sie nur einen Spaltbreit und spähte in den Wohnraum.

Auf dem Tisch brannte eine Petroleumlampe. Ihr Vater blickte unruhig aus dem Fenster, während ihre Mutter im dünnen Nachthemd und barfuß am Tisch stand. Sie hielt in diesem Moment inne und beugte sich mit schmerzverzerrtem Gesicht nach vorn. Ihre Hände schlossen sich um den gewölbten Bauch.

Mary schloss die Tür.

»Was ist los?«, hörte sie die Stimme ihres Bruders Finn. Er hatte sich schlaftrunken in seinem Bett aufgesetzt.

»Ich glaub, das Baby kommt«, flüsterte Mary.

»Dafür brauchen sie uns nicht.«

Mary überlegte. Finn hatte recht; die letzten beiden Babys hatte ihre Mam auch nachts bekommen, und am Morgen waren sie dann überrascht worden. Beim letzten Mal währte das Glück nur wenige Tage, bevor das Baby einen schlimmen Husten bekam und kurz darauf verstarb.

Sie legte sich wieder ins Bett. Während Finn kurz darauf wieder anfing zu schnarchen, lag Mary wach. Nebenan blieb alles ruhig. Sie war fast eingeschlafen, als sie hörte, wie die Wohnungstür ins Schloss gezogen wurde. Die Holztüren und Wände waren so dünn, dass sie alles mitbekam.

Rasch stand sie wieder auf und warf sich ein Schultertuch um. Sie schlich in die Stube, wo ihre Mutter mit beiden Händen auf die Tischplatte gestützt stand und leise stöhnte.

»Geh wieder schlafen«, murmelte ihre Mutter.

»Aber Pop ist nicht da. Ich mag nicht, wenn du jetzt allein bist.«

Ihre Mutter hob den Kopf und lächelte. »Ach, Mary. Du bist so ein gutes Mädchen. Wenn du schon nicht schlafen kannst, koch etwas Wasser ab und hol den Korb. Ich habe das Gefühl, dass es nicht mehr allzu lange dauert. Es ist nur etwas früher, als ich gedacht habe …«, fügte sie gedankenverloren hinzu.

Mary machte sich am Herd zu schaffen. Ihre Eltern hatten schon vorher Holz nachgelegt, und es dauerte nicht lange, bis das Wasser warm wurde. Aus dem Schlafzimmer holte sie ein paar saubere Tücher und zog bei der Gelegenheit Socken an und schlüpfte in ihr Wollkleid, das am Fußende ihres Betts hing. Als sie zurückkam, hockte ihre Mutter vor dem Kopfende des Tischs und ließ das Becken kreisen. Sie stöhnte inzwischen lauter.

»Hier, Mam.« Mary reichte ihr einen Becher mit Wasser, doch ihre Mutter schüttelte stumm den Kopf.

Die nächsten Minuten vergingen quälend langsam. Mary fühlte sich so nutzlos. Gab es denn gar nichts, was sie für ihre Mutter tun konnte?

»Mary. Du musst uns jetzt helfen.«

Inzwischen hatte Mam das Nachthemd hochgerafft. Sie tastete zwischen den Beinen, nickte ernst. »Das Köpfchen spüre ich schon. Du musst es auffangen, hörst du?«

Mary wollte protestieren. Das war doch gar nicht ihre Aufgabe, dafür gab es die alte Mrs Grafton, die immer die Babys holte! Doch ihre Mutter ging mit einem Stöhnen wieder in die Knie. Rasch schob Mary ein paar Tücher unter ihre Mutter und hockte sich hinter sie. Keinen Augenblick zu früh, denn im nächsten Moment spürte sie, wie etwas in ihre Hände glitt, warm, nass und leblos. Das Baby war geboren.

»Schnell, gib es mir.«

Ihre Mutter ging in die Knie. Mary legte ihr den Säugling in die Arme. *Er ist ja noch kleiner als die anderen nach der Geburt,* fuhr ihr durch den Kopf.

Die Nabelschnur pulsierte aus, während das Baby leise quäkte. Sofort öffnete Marys Mutter die oberen Knöpfe des Nachthemds und bot ihm die Brust an. Doch das Baby schrie weiter, ohne die Brust zu akzeptieren.

Mary fuhr herum, als sie hinter sich die Tür hörte. Ihr Vater und die alte Mrs Grafton waren gekommen. »Na, da haste mich gar nicht gebraucht«, meinte die Hebamme fröhlich. »Deine Älteste hat schon genauso viel drauf wie ich, heh?« Sie beugte sich über den Säugling. »Viel ist nicht zu tun.« Ehe Mary wusste, was geschah, hatte die alte Hebamme den kleinen Jungen in den Armen ihrer Mutter abgenabelt.

»Er mag nicht trinken.« Marys Mutter lächelte schwach. »Aber das wird er bald, oder?«

»So viel Milch, wie du hast? Mir ist noch keiner am vollen Busen verhungert.« Mrs Grafton lachte keckernd und wandte sich an Marys Vater. »Meinen Lohn will ich trotzdem, ja?«

»Den kriegst du, sicher.«

Beide wollten sich schon an den Herd zurückziehen, um das Finanzielle zu regeln, als Marys Mutter, die immer noch auf dem Boden kauerte, sich auf einmal zusammenkrümmte und stöhnte. »Hier, nimm ihn.« Sie hielt Mary den Säugling hin, der immer noch quäkte.

Mrs Grafton war flink für ihr Alter und ihre Körperfülle. Sie hockte sich neben Marys Mutter und betastete behutsam ihren Bauch. »Da ist jedenfalls kein zweites drin«, stellte sie fest. »Wie lange ist die Geburt schon her?«

Mary konnte es nicht genau sagen.

»Egal. Wir müssen sie aufs Bett schaffen. Du kümmerst dich ums Baby?«

Sie hatte sich schon bei Marys Mutter untergehakt, Marys Vater übernahm die andere Seite. Etwas hilflos stand sie daneben, während die beiden ihre Mam Richtung Bett schleiften. Die Beine bewegten sich kaum, so geschwächt war Marys Mutter.

Sie bückte sich nach einem der Tücher und wickelte ihren jüngsten Bruder hinein. Sein Quäken war zu einem gedämpften Greinen geworden. Mary kannte das von den anderen Geschwistern, die sie bereits mitversorgt hatte. Sie wusste, wenn er erst mal ein bisschen an der Brust gesaugt hatte, würde es ihm besser gehen, und er schlief ein. Bis es so weit war, bot sie ihm den kleinen Finger, den er dankbar nahm.

Sie traute sich nicht, zum Bett zu schauen, wo sich die Hebamme Grafton über den Unterleib ihrer Mutter beugte und an irgendwas zog. Ihr Vater saß hinter ihrer Mutter und hatte ihren Kopf im Schoß; die Augen ihrer Mutter waren geschlossen, und sie war ziemlich bleich.

Marys Blick fiel auf die blutigen Laken auf dem Fußboden. Auf die Spur aus Blut, das ihre Mutter auf dem Weg zum Bett verloren hatte. Plötzlich wurde ihr eiskalt. Sie drehte sich weg und trat ans Fenster, während die Hebamme mit ihrem Vater flüsterte.

»Sie hat viel Blut verloren. Kommt schon mal vor, wenn Frauen so viele Kinder kriegen, dass sie danach schlapp werden. Der Körper wird müde.«

Ihr Vater murmelte etwas. Dann wieder die alte Grafton: »Gönn ihr mal 'ne Pause, Mac. Ihr habt sechs gesunde Kinder. Man muss das Glück ja nicht herausfordern.«

»Na ja, ob's so ein Glück ist, wenn ständig ein Blag mehr durchgefüttert werden will …«, murrte Mac.

Marys Mutter rief sie. Als sie zum Bett trat, lächelte ihre Mutter schwach. »Kann ich ihn sehen?«

»Natürlich.« Behutsam legte sie den Säugling in die Arme ihrer Mutter. Sheila MacArthur blickte verzückt auf den Kleinen, dem Mary derweil ein Mützchen aufgesetzt und eine Windel angelegt hatte. Er war inzwischen recht ruhig; vermutlich würde er aber bald wieder wach werden und dann nach der Mutterbrust suchen.

»Geh gleich morgen früh zu Mrs Dalloway hoch, ja? Ihre Schwiegertochter hat vor zwei Monaten entbunden, sie hat mir erzählt, das Kleine bekam Pulvermilch. Ist leider kurz drauf gestorben, aber das passiert uns nicht, du weißt ja, wie das geht.«

»Aber du kannst ihn doch stillen, Mam. Die ersten Wochen zumindest, bis du tagsüber wieder auf den Markt gehst?«

»Tu einfach, was ich dir sage.« Erschöpft schloss Marys Mutter die Augen. »Und jetzt lass mich schlafen, ja? Ich bin so müde …«

~

Zwei Tage später kam das Fieber. Die alte Grafton wurde ein häufiger Gast in der kleinen Wohnung unterm Dach. Meist schaute sie am frühen Nachmittag nach Marys Mutter.

»Brustentzündung, mh, mh«, machte sie. »Nur gut, dass du vorgesorgt hast.«

Dabei warf sie einen Blick zu Mary, die mit ihrem jüngsten Bruder auf dem Arm auf einem Hocker neben dem Bett saß und ihm das Fläschchen gab.

»Unsere Mary hat schon die anderen Geschwister tagsüber versorgt, sobald ich wieder arbeiten musste.«

»Das ist gut.« Die alte Hebamme schüttelte den Kopf.

»Du musst dich noch ’ne ganze Weile schonen, Shee. Hat dein Mann grad Arbeit?«

»Unten am Dock, er verdient gut. Seit letztem Sommer ist auch Finn dort, er trägt was zum Einkommen bei.« Die wenigen Sätze kosteten ihre Mutter alle Kraft. Schon fielen ihr wieder die Augen zu.

»Deine Eltern können froh sein, dass sie dich haben«, sagte Mrs Grafton zum Abschied. Sie zögerte. »Vierzehn biste?«

»Dreizehn«, murmelte Mary.

»Schon mal überlegt, bei mir in die Lehre zu gehen? Du kannst gut mit Babys. Den Rest bringe ich dir bei. Wär eine gute Arbeit, man verdient ganz ordentlich.« Die alte Hebamme schnalzte mit der Zunge.

»Ich weiß nicht.«

Bisher hatte sie sich wenig Gedanken darum gemacht, wie ihre Zukunft aussehen konnte. Mit sieben hatte Mary die Schule verlassen müssen, damit sie sich daheim um die jüngeren Geschwister kümmerte. Die Alternative wäre wohl gewesen, dass sie statt der Mutter auf dem Markt die Seidenblumen verkauft hätte, und dafür war sie in den Augen der Eltern zu jung, konnte sich nicht durchsetzen und hätte sich allzu oft vom angestammten Platz vertreiben lassen.

Mary lernte schnell. Windeln auskochen, das Baby mit der Flaschenmilch füttern, es in den Schlaf singen … dreimal war ihr das nun schon gelungen. Zwei weitere Babys hatte ihre Mutter verloren, meist kurz nach der Geburt.

»Du bist jedenfalls geschickt, da könnte sich manche junge Mutter was von abschauen. Hast gut aufgepasst bei deiner Mam.«

Mary war mit den jüngeren Geschwistern und ihrer Mutter allein zu Hause. Sobald ihr Vater heimkam, musste sie noch schnell zum Bäcker laufen. Hoffentlich gab's dort noch ein Brot vom Vortag für sie. Mit der Erkrankung ihrer Mutter fielen ihr auch alle Haushaltspflichten zu.

»Ich mach nur, was sie mir gezeigt hat.«

»Ja, und das hat sie dir wohl gut gezeigt. Man sieht auch, wie viel Freude es dir macht. Habe dich beobachtet, Mary. Du bist ein fleißiges Mädchen. Mein Angebot steht.«

Gut möglich, dass sie mehr über Säuglingspflege wusste als so manche Mutter. Oder darüber, wie sie kleine Kinder an Beikost gewöhnte, wie sie trocken wurden oder sich stundenlang beschäftigen konnten. Doch die Vorstellung, wie sie Tag und Nacht unterwegs war und Kinder auf die Welt holte, reizte Mary überhaupt nicht. Sie liebte es, ihren Geschwistern beim Aufwachsen zuzusehen. Sie beim Großwerden zu begleiten, fast wie eine zweite Mutter.

Das würde sie gern machen. Aber so einen Beruf gab es nicht.

Oder doch?

~

Keiner machte Mary einen Vorwurf, als ihr kleiner Bruder Seamus drei Wochen später starb. Sie alle hatten gewusst, dass mit diesem Baby etwas nicht stimmte; es hatte so viel geweint und hatte immer wieder die Milch erbrochen. Mary brach es das Herz, zu sehen, wie der Kleinste in ihrer Familie immer schwächer wurde. Aber sie alle hielten es aus, irgendwie. Und ihre Mutter hatte überlebt. Vielleicht war das die Hauptsache. Trotzdem weinte Mary, als der Kleine drei Nächte später seinen letzten Atemzug tat. Sie weinte auch, als er am Tag drauf abgeholt wurde, in eine Decke gewickelt. Ihre Mutter weinte nicht; ihr Herz war schon versteinert von so vielen Verlusten.

So werde ich niemals sein, dachte Mary. Aber sie spürte

auch, dass sie niemals Kinder bekommen wollte; denn wer Kinder bekam, der verlor sie auch an Diphtherie, Keuchhusten, an Masern, Scharlach, Typhus.

Sie wollte das nie so erleben. Niemals. Es reichte schon, was es mit ihrem Herz anrichtete, wenn ihre Geschwister starben.

~

Die Erinnerungen waren wie ein dunkler Fluss, in den Mary geworfen wurde. Mit aller Kraft versuchte sie, sich wieder in die Gegenwart, zurück in das Norland Institute zu holen und sich auf den Vortrag der Hebamme zu konzentrieren.

Sie schüttelte den Kopf, vertrieb die Gedanken. Nach dem kleinen Seamus hatte ihre Mutter tatsächlich kein Baby mehr bekommen.

»Alles okay mit dir?« Gladys, die einer Freundin am nächsten kam, schob sich neben Mary, als die Stunde zu Ende war. »Stell dir vor, Randolpha fehlt schon wieder. Wetten, sie kommt gleich zum nächsten Kurs und versucht, sich mit einer Dinnerparty gestern Abend zu entschuldigen?« Gladys zwinkerte ihr zu. Mary lächelte schwach.

Manchmal waren ihr die anderen Schülerinnen am Norland Institute fremd. Sie alle hatte der Wunsch hierhergeführt, nach der einjährigen Ausbildung als Nanny zu arbeiten. Fast alle stammten aus der Oberschicht, und allein dieser Umstand führte dazu, dass Mary manchmal das Gefühl hatte, sie müsste sich mehr anstrengen. Sie verdankte ihren Platz einer Verkettung glücklicher Umstände. Vor allem hatte sie die Schulgründerin Mrs Ward von ihrer Eignung überzeugt. Trotzdem blieb ein Gefühl, als müsste sie sich mehr anstrengen, als würde man sie schärfer beobachten als andere.

»Mary!«

Sie drehte sich um. Gladys winkte ihr und lief auf den flachen Schuhen leichtfüßig zum nächsten Kursraum, ihren Bücherstapel und den Federkasten fest an die Brust gedrückt. Am anderen Ende des Korridors mit den hellen und dunklen Marmorfliesen war eine junge Frau aufgetaucht, deren braune Nannyuniform sie als Absolventin des Norland Institutes auswies. Als sie näher kam, erkannte Mary sie und lächelte. Katie Fox trug an diesem Morgen die kleine, silberne Ehrennadel als eine der verdientesten Nannys am Revers ihres braunen Umhangs.

Zur Begrüßung umarmte Katie sie.

»Was führt dich denn hierher?«, wollte Mary wissen.

»Na, du natürlich! Und die Arbeit. Großfürstin Jelena zog's mal wieder zur englischen Verwandtschaft, wir residieren im Buckingham Palace. Wie viel Platz wir auf einmal haben! Ganz anders als daheim in Griechenland. Aber unter uns, dieses ständige Reisen ist anstrengend.« Sie hakte sich bei Mary unter. »Musst du zum Unterricht? Macht nichts. Wenn du später einen Moment Zeit hast, würde ich sehr gern mit dir reden.«

Mary blieb stehen. Da war es wieder, dieses nagende Gefühl, dass sie nicht genügte. »Ist etwas passiert? Habe ich was falsch gemacht?«, argwöhnte sie.

»Aber nein, du Gänschen!« Wieder lachte Katie. Sie wirkte fröhlich und entspannt. »Also, wollen wir uns nach dem Mittagessen mal zusammensetzen?«

So kam es, dass Mary sich nach dem kleinen Mittagsimbiss und bevor sie zu der Studierstunde ging, mit Katie in einen der leeren Kursräume zurückzog. Katie zückte ihren kleinen Block, auf dem sie sich gern Notizen machte. »Es geht um den *Norland Quarterly*«, erklärte sie.

Das hatte Mary sich schon fast gedacht. Sie entspannte sich etwas.

»Was hast du vor?«

»Na, über dich schreiben will ich natürlich! Du bist die Erste, die das Förderprogramm des Norland Institute durchlaufen hat, und müsstest überglücklich sein – schließlich bist du schon in einem Jahr am Ziel deiner Träume.«

»Das bin ich jetzt schon«, sagte Mary leise. »Hier zu sein und am Unterricht teilzunehmen – das empfinde ich als ein …« Sie sprach nicht weiter.

»Privileg?«, half Katie nach.

»So kann man es wohl nennen.« Mary seufzte. »Ständig habe ich Angst, etwas falsch zu machen. Oder den an uns gestellten Ansprüchen nicht zu genügen. Ich bin keine dieser jungen, selbstbewussten Frauen aus der Oberschicht, denen das Geld ihrer Familie eine Ausbildung ermöglicht, der sie dann ein paar Jahre nachgehen, bevor sie sich gut verheiraten.«

»Hm«, machte Katie. Sie wussten beide, dass etwa jede dritte Nanny früher oder später heiratete und danach ihre Arbeit aufgab. Bei ihrer Freundin Joan Hodges hatten sie es ja auch erlebt; dabei war gerade Joan immer überzeugt gewesen, ihr könnte das nicht passieren. Sie hatte auch stets so viel Wert auf ihre Unabhängigkeit gelegt, dass sie nun, nach dem Tod ihres Mannes, ihre ganze Energie in die Stiftungsarbeit des Norland Alumni Funds steckte, von dem auch Mary profitiert hatte.

»Meine Lehrerinnen sagen, dass ich gut bin.« Mary merkte, dass sich da bei ihr einiges aufgestaut hatte – Gefühle, vor allem die Angst, nicht zu genügen. »Aber reicht das?«

»Mrs Ward wird einen guten Platz für dich finden«, war Katie überzeugt.

Mary atmete tief durch. »Ja«, sagte sie. »Ganz bestimmt. Was möchtest du von mir wissen?«

Katie blickte auf ihren Block. Sie lächelte. »Wann genau wusstest du, dass du Nanny werden wolltest?«

Und Mary begann zu erzählen. Während sie sprach, erkannte sie, wie viel Sicherheit in ihren Worten lag. Es gab wenig, wovon sie in ihrem Leben so sehr überzeugt war wie von der Tatsache, dass sie mit der Ausbildung am Norland Institute ihre Bestimmung gefunden hatte.

Sie würde nicht scheitern. Das kam einfach nicht infrage.

Kapitel 1

Bethersden, April 1905

Diese Stille tief in der Nacht, wenn er vor Müdigkeit fror und doch keinen Schlaf fand. Wenn er den Anblick nicht ertrug, das Siechtum der Frau, die er über alles liebte. Seiner Frau, Tracy.

Dann stand er auf und ging durch das dunkle Haus. Lauschte auf das Knacken der Holzbalken, auf das Zischen der kleinen Gaslaterne. Auf dieses dröhnende Schweigen in seinem Kopf, das Vorbote war für jenen Moment, in dem eine Stimme für immer verstummte.

Und dann hörte er sie rufen.

Oliver stand gerade im Flur des oberen Stockwerks, zwischen der Treppe und dem Schlafzimmer, das er sich seit ihrer Hochzeit vor elf Jahren mit Tracy teilte. Nie hatte sie darauf bestanden, ein eigenes zu haben – nicht einmal kurz nach der Geburt der gemeinsamen Söhne, die nachts an ihrer Seite in der Wiege lagen und schliefen. Wenn die Säuglinge aufwachten, war Tracy sofort mit ihnen wach, hob sie aus dem Bettchen und legte sie an die Brust. »Wie eine Bäuerin«, hatte sie gern gescherzt und doch nichts daran gefunden, ihre Kinder mit ihrem Körper zu nähren. Und er hatte sich schon so bald an diese nächtliche Geräuschkulisse gewöhnt – an das Rascheln, Tracys beruhigende Stimme, mit der sie erst Thomas und vier Jahre später den kleinen Oscar beruhigte, während sie über den Kopf des Babys streichelte und es leise schmatzte. Manchmal wachte er am nächsten Morgen auf, und neben ihm lag Tracy, das Baby noch auf ihrem Bauch, das Nachthemd halb geöffnet – so waren Mutter und Kind selig eingeschlafen, nachdem der Hunger gestillt war.

Er hatte die Babys vermisst, wenn sie nach einem knappen Jahr aus dem elterlichen Schlafzimmer in das Kinderzimmer gegenüber zogen.

Seit wenigen Monaten gehörte das Schlafzimmer endgültig wieder Tracy und ihm. Die Hoffnung auf ein drittes Kind, auf ein Mädchen vielleicht, sollte sich nicht erfüllen. Stattdessen war diese heimtückische Krankheit in ihr Leben eingezogen. Er hatte Angst vor dem, was kam.

Oliver ging zurück zum Schlafzimmer. »Liebes. Was ist los?«

Tracy hatte sich aufgesetzt. Sie starrte in seine Richtung, sagte aber keinen Ton mehr. Nur mühsam konnte er verhindern, dass der Schmerz seine Gesichtszüge verzerrte. »Tracy?«, fragte er leise.

»Ich dachte, ich höre … Gesang?«

Ihre Stimme war rau. Nicht mehr der melodiöse Sopran, mit dem sie den Jungen jeden Abend Schlaflieder vorgesungen hatte.

»Hier singt niemand.« Er trat näher. »Wollen wir schlafen?«

Ohne den Kopf zu wenden, lächelte sie. »Kannst du denn schlafen, Liebster?«

»Wenn du es kannst, kann ich es auch. Hast du Schmerzen?«

Sie schüttelte leicht den Kopf. Auf dem Nachttisch brannte ein Licht, aber für Tracy war die Welt dunkel geworden, weshalb es ihretwegen nicht nötig war. Er ließ es trotzdem brennen, auch wenn er nicht bei ihr saß. Er ertrug nicht, dass es um sie herum inzwischen so dunkel war.

~

Begonnen hatte es letzten Spätsommer bei der Apfelernte. Tracy hatte schon seit einer Weile immer wieder über Kopfschmerzen geklagt. Während er im Garten ihres kleinen Gutshofs in Kent auf einer Leiter balancierte und Äpfel in einen Korb pflückte – die guten, süß duftenden Renetten, den sauren Bramley, den Tracy zu Apfelsoße und Kompott einkochte, Cox Orange, den die beiden Jungen so gern aßen –, spielte Tracy mit Thomas und Oscar unter den Bäumen Fangen.

Ein Schrei seiner Frau ließ Oliver herumfahren. Erst glaubte er, eines der Kinder sei gestürzt, doch als er von der Leiter kletterte und zu ihr lief, standen auch die Jungen ratlos vor ihrer Mutter, die den Kopf hin- und herwandte, sich im Kreis drehte und angstvoll Olivers Namen rief.

»Ich bin hier, Liebste.« Er suchte ihre Hand. Sie tastete nach ihm, wie blind, und als sie das tat, fiel ihm auf, dass sie nicht nur *wie blind* war. Sie hatte das Augenlicht verloren. Von einem auf den anderen Moment war es erloschen.

»Oliver? Was passiert mit mir?« Ihre Stimme bebte vor Angst.

»Ich weiß es nicht. Komm, Liebste. Lass uns ins Haus gehen.«

Sie klammerte sich an ihm fest, als er sie aus dem Obstgarten führte. Oliver brachte sie ins Haus und schickte den Stallknecht los, um einen Arzt zu holen, während er versuchte, die Kinder abzulenken, die von der ganzen Situation überfordert waren.

Der Arzt kam, konnte jedoch wenig tun. Er verschrieb

ein Schmerzmittel und verwies sie an die Spezialisten in London. Zwei Tage später brach Oliver mit Tracy auf. Sie besaßen zwar ein Stadthaus in London, lebten aber lieber draußen auf dem Land. Seine Geschäfte konnte er auch von hier aus erledigen. Die Kinder ließen sie bei Tracys Cousine Helen, die ihnen sofort ihre Hilfe angeboten hatte.

Es sollte Wochen dauern, bis sie eine Diagnose bekamen. Viele Ärzte schickten sie mit einem Schulterzucken weg und meinten, diese Krankheit sei ihnen ein Rätsel. Erst ein älterer Augenarzt konnte ihnen helfen. Oder auch nicht, denn nach der Untersuchung räusperte er sich und erklärte ihnen dann behutsam, dass das, worunter Tracy litt, ein sogenanntes *Spongioblastom* sei, ein Tumor im Gehirn, der bereits so groß sei, dass er auf den Sehnerv drücke. Deshalb war Tracy erblindet. Ihnen blieb nicht viel Zeit. Tracy hatte nur noch wenige Wochen oder Monate zu leben.

Sie kehrten nach Hause zurück. Thomas und Oscar stürzten sich auf ihre Mutter, sie kletterten auf ihren Schoß, küssten und herzten sie. Oliver musste sich abwenden, weil die Vorstellung, dass sie bald nicht mehr da sein würde, unfassbar war.

Seit jenem Spätsommertag, an dem Tracy ihr Augenlicht verlor, ertrug er auch den Duft von Äpfeln nicht mehr. Die letzten Flaschen mit Apfelsauce und Gläser mit Apfelmus hatte er ganz weit nach hinten in der Vorratskammer verbannen lassen, und er befahl der Köchin, keine Äpfel mehr auf den Tisch zu bringen.

~

Nun saß Tracy im Bett und runzelte leicht die Stirn. »Ist Tag oder Nacht?«, fragte sie.

»Tiefste Nacht, mein Liebling.« Er setzte sich zu ihr auf die Bettkante und widerstand der Versuchung, ihre Hände zu nehmen. In letzter Zeit waren ihr Berührungen oft zu viel, und er wollte nicht, dass sie vor ihm zurückzuckte. Dr. Barr hatte ihm erklärt, es sei völlig normal, dass unterschiedliche neurologische Symptome auftraten, die in verschiedenen Phasen der Erkrankung ganz plötzlich kamen und wieder verschwanden.

Tracy suchte nach seiner Hand und drückte sie. Dabei verzog sie das Gesicht, als würde ihr die Berührung Schmerzen bereiten. »Ist schon gut«, flüsterte sie.

»Möchtest du was trinken?«

»Nein. Ich möchte einfach ein bisschen hier mit dir sitzen.« Das taten sie. Nach längerem Schweigen fragte sie: »Die Jungen schlafen?«

»Tief und fest.«

»Sie werden eine Mutter brauchen. Die bräuchten sie jetzt auch …« Sie verstummte. Seit einiger Zeit litt sie an Krampfanfällen, und schon im letzten Herbst hatte sie die Kinder das erste Mal angeschrien. Es tat Oliver im Herzen weh, zu sehen, wie seine Frau zusehends dünner wurde, wie sie immer trauriger wurde und gar nichts mehr von ihrem unbeschwerten, fröhlichen Wesen übrig blieb. Als würde dieser Tumor im Kopf nicht nur auf den Sehnerv drücken, sondern auch ihren Charakter verformen, ihn völlig verdrehen und zerquetschen, bis die liebevolle Mutter und Ehefrau immer mehr verschwand, die das Herz der Familie war.

Wenn das Herz herausgerissen wurde, was blieb denn dann noch? Wie sollten sie weiter existieren?

»Ich bin keine gute Mutter mehr.« Sie begann zu weinen. Oliver zog sie in seine Arme und blinzelte die eigenen Tränen weg. Schließlich dachte er, sie sei in seinen Armen eingeschlafen, doch Tracy begann wieder, zu sprechen.

»Versprichst du mir das? Wenn ich nicht mehr bin, suchst du dir eine Frau. Eine, die den Kindern auch eine Mutter sein kann.« Oliver wollte protestieren, doch sie legte die Finger auf seine Lippen. »Ihr müsst das nicht sofort machen. Aber lass dir nicht zu viel Zeit. Es ist nicht gut, allein zu sein.« Sie schwiegen eine Weile. Oliver schloss die Augen. Er spürte das Blut durch seine Adern rauschen. Dann wieder Tracys Stimme. Schläfrig. »Helen wäre ihnen eine gute Mutter.«

»Darüber will ich nicht nachdenken.«

»Oder Cora. Sie ist jünger, vielleicht kannst du mit ihr noch ein kleines Mädchen bekommen …«

Oliver atmete tief durch. »Lass uns nicht darüber reden.«

»Aber das müssen wir, Oliver. Ich ertrage es nicht, wenn du allein bleibst. Wenn ich gehe, muss ich wissen, dass das für dich nicht das Ende bedeutet.«

Sie kannte ihn zu gut. Deshalb hatte er sich damals in Tracy Thornton verliebt. Weil sie der fröhlichste Mensch war, den er kannte, eine junge Frau, die so gänzlich in sich ruhte. In all den Jahren, bis die Krankheit sie befiel, hatte sie selten schlecht über irgendwen geredet.

»Versprichst du mir das?«

»Ich verspreche es. Aber jetzt will ich nicht länger darüber reden, ja?« Es schnürte ihm die Luft ab. Ein Leben ohne sie. Das gab es nicht.

»Ich sag's auch nur.« Sie lächelte. Und dann schlief sie ein. Ganz friedlich in seinen Armen.

~

Eine Woche später tat Tracy ihren letzten Atemzug. Es war früh am Morgen, nach einer unruhigen, angstvollen Nacht, in der Oliver keinen Schlaf fand. Als sie für immer die Augen schloss, war es, als hätte auch er das Ende einer Reise erreicht.

Er verließ das Schlafzimmer, ging nach unten in die Küche. Hinter den Apfelbäumen im Garten ging die Sonne auf. Frühlingsanfang. In wenigen Wochen war Ostern. Letztes Jahr hatten sie eine Ostereiersuche im Garten veranstaltet. Ein großer Spaß für Thomas und den kleinen Oscar, der damals auf dem Arm seiner Mutter auf alles zeigte, was er für ein Osterei hielt. Sie sammelte ein, was er haben wollte – ein verlassenes Vogelnest vom Vorjahr, einen Krokus und einen Zweig mit Weidenkätzchen.

Es erschien Oliver unvorstellbar, dass es irgendwann wieder Lachen und so große Freude in seinem Haus geben könnte. An jenem Morgen war er überzeugt, dass auch sein Leben zu Ende gegangen war.

Kapitel 2

London, Juli 1905

Das Flüstern zweier heller Stimmen im Flur vor ihrem Arbeitszimmer zauberte Emily Ward an diesem heißen Sommernachmittag ein Lächeln aufs Gesicht. Sie ahnte, wer da so aufgeregt wisperte; die jungen Frauen gehörten zu der Gruppe aus zwanzig Schülerinnen, die morgen mit ihrer Ausbildung am traditionsreichen Norland Institute am Pembridge Square beginnen würden. Im Laufe des Tages waren viele von ihnen vorbeigekommen. Teils um sich anzumelden und ihre Schulbücher abzuholen, teils um ihre Unterkunft in einem der beiden kleinen Schlafsäle unter dem Dach zu beziehen, in denen jeweils sechs Betten in zwei Reihen links und rechts an den Wänden standen. Jedes dieser Betten verfügte über einen Nachttisch, daneben ein Stuhl. Mit hell geblümten Vorhängen ließ sich der Bereich von den Nachbarinnen abtrennen, damit die jungen Damen etwas Privatsphäre in diesen für sie ungewohnt beengten Verhältnissen bekamen.

Auch deshalb spitzte Emily Ward die Ohren, denn sie wusste, dass es bei einigen jungen Frauen im Vorfeld für Unmut gesorgt hatte, dass sie sich mit so wenig Platz bescheiden sollten.

»Glaubst du, es stimmt?«, fragte die eine.

»Was denn?«, kam es von der anderen. »Ich habe in den

letzten Wochen so viel über die Schule gehört, ich weiß gar nicht mehr, was ich glauben soll und was nicht.«

»Dass die Schulgründerin Mrs Ward jede Schülerin abends zur guten Nacht küsst!«

Fast entsetzt klang die Erste. Emily lächelte. Diese Art der Empörung war für sie nichts Neues. Es gab viele, die glaubten, sie und ihre innere Haltung als »Mutter des Norland Institutes« kritisieren zu müssen. Zumindest von den jungen Frauen, die frisch an ihrer Schule waren, ließ sie es sich widerspruchslos gefallen. Bisher hatte sich noch jede daran gewöhnt, dass im Norland Institute ein paar Dinge anders liefen. Im Laufe des Ausbildungsjahres stellte sich eine Nähe unter den Frauen ein – sowohl zwischen den jungen Schülerinnen als auch zwischen den älteren, den Lehrerinnen, der Schulleiterin Isabel Sharman und ihr selbst –, bis sie im folgenden Sommer zumeist tränenreich Abschied nahmen, weil die Schülerinnen in die Welt hinauszogen.

»Und hast du gehört, dass sie jeden einzelnen Hut entfusselt?«

»Die Hüte sind tatsächlich eine Zumutung. Brrrr. Hast du gesehen, wie altbacken die Uniform ist?«

Aus gutem Grund, dachte Emily. Sie legte Wert darauf, dass ihre Nannys ungestört ihrer Arbeit nachgehen konnten – und dazu gehörte ihrer Meinung nach auch, dass sie in jeder Hinsicht unauffällig blieben. Dieser Kritikpunkt berührte sie also nicht. Hätten die beiden jungen Frauen vor ihr gestanden, hätte sie es ihnen auch genau so erklärt.

Zwei gerade dem Backfischalter entwachsene Mädchen, die der Auffassung waren, dass Emily etwas grundlegend falsch machte, konnten einfach nicht abschätzen, was sie hier Tag für Tag leistete. Früher hätte sie diese jugendliche Überheblichkeit vielleicht erbost. Inzwischen war sie gefestigt genug, um darüber hinwegzugehen. Oder, wie ihr geliebter Ehemann Walter gern scherzte, wenn sie ihm von solchen Begegnungen erzählte: »Bisher hast du sie noch alle in die Spur gebracht.«

»Das will ich gar nicht!«, hatte sie einmal erhitzt erwidert. »Wenn die jungen Frauen sich nicht in eine Gemeinschaft einfügen können, sondern nur am Althergebrachten kratzen, wie sollen sie sich dann in die Familien einordnen, denen sie dienen?«

»Nun, du sagst selbst, sie müssen ihren Platz finden. Etwas Durchsetzungsvermögen schadet da nicht.«

»Aber nicht, indem sie alles infrage stellen!«

Walter hatte nur geschmunzelt und auf dem Mundstück seiner Pfeife herumgekaut.

Emily lächelte bei der Erinnerung an dieses Gespräch. Er hatte recht. Ihre Norlanderinnen hatte Emily immer ermutigt, sich einzubringen, auch einmal mehr zu wagen – für das Norland Institute, für all die anderen jungen Frauen, die hier ihre Ausbildung absolvierten. So hatten Katie Fox und Joan Hodges sich auf beispielhafte Weise engagiert – die eine schrieb regelmäßig für den *Norland Quarterly*, die andere hatte sogar eine Stiftung gegründet, deren Ziel es war, junge Frauen bei ihrem Wunsch nach der Ausbildung am Norland Institute zu unterstützen.

Das Tuscheln draußen verstummte, Schritte näherten sich. Jemand klopfte leicht gegen die angelehnte Tür. »Herein!«, rief Emily Ward deutlich. Sie zog das in feines Kalbsleder gebundene Buch näher, in dem sie stets alles Wichtige vermerkte. Sie wusste, die Norlanderinnen, wie sich die Absolventinnen und Studentinnen ihrer Schule selbst nannten, bezeichneten dieses Buch scherzhaft als »unsere Zukunft«. Für jede Absolventin hatte sie nach der einjährigen Ausbildung zumeist schon die passende Anstellung gefunden. Heute würde sie der letzten Schülerin des vergangenen Schuljahrs von ihrem zukünftigen Einsatzort erzählen.

»Guten Tag, Mrs Ward.«

Mary MacArthur war eine junge, eifrige Norlanderin. Die Beste ihres Jahrgangs, überhaupt eine der Begabtesten, denen Emily seit Bestehen des Instituts in diesem Raum gegenübergesessen hatte.

»Guten Tag, meine Liebe. Setzen Sie sich doch.«

Mary trat flink zu den beiden Besucherstühlen, die mit roten Polstern und breiten Armlehnen auf dem Orientteppich vor dem wuchtigen Schreibtisch standen. Sie setzte sich und faltete die Hände im Schoß. Alles an Mary war der Inbegriff dessen, wofür Norland von jeher stand: Sie ruhte in sich, hatte eine angenehm leise Stimme, konnte sich durchsetzen und – das war das Wichtigste – war voller Liebe für ihre Mitmenschen. Vor allem für die Kinder.

Emily hatte sich sehr an Marys Entwicklung erfreut. Umso mehr bedauerte sie allerdings, dass sie heute nicht die erhoffte gute Nachricht für Mary haben würde.

»Geht es Ihnen gut?«, erkundigte Emily sich. Sie schlug das Buch auf und tat so, als müsste sie nach der richtigen Seite suchen, dabei hatte sie vorhin schon eines der dunkelgrünen Lesebändchen passend platziert.

»O ja, natürlich. Ich freue mich so, dass es nach den letzten Prüfungen und den Monaten im Kinderhort nun endlich losgeht.« Marys blasse Wangen röteten sich. Ihr wacher Blick aus den grünen Augen ließ nicht von Emily ab.

»Sie hatten ein paar Tage frei.«

»Meine Mutter ist erkrankt. Darum konnte ich erst heute kommen.«

»Machen Sie sich deshalb keine Sorgen. Ich hoffe, es geht ihr schon besser?«

»Ja, zum Glück.« Mary wirkte ehrlich erleichtert. »Sie

kann sich wieder um meine Geschwister kümmern, und ich habe keine Verpflichtungen mehr zu Hause.«

Mary hatte einige jüngere Geschwister, erinnerte Emily sich. Mit ihren zwanzig Jahren hatte sie schon viel erlebt, manches erlitten, einiges ertragen – und sich letztlich gegen ihr Schicksal gestemmt, dem zufolge sie vermutlich irgendwann ebenso wie ihre Mutter Handarbeiten unter Wert verkauft hätte, bis sie sich die Augen im schlechten Licht einer dunklen, engen Wohnung verdorben hätte.

Seit sie vor drei Jahren als Dienstmädchen im Norland Institute angefangen hatte, war Mary einen weiten Weg gegangen. Und Emily hätte jetzt gern eine gute Nachricht für sie gehabt. Sie wusste, wie sehr Mary auf eine lukrative Anstellung angewiesen war, mit der sie ihre Familie unterstützen konnte.

Es gehörte zu Emily Wards Aufgaben, für die Nannys die passenden Anstellungen zu finden. Beinahe täglich bewarben sich Familien bei ihr um eine der begehrten Nannys. Norland, das war inzwischen ein Gütesiegel. Wer etwas auf sich hielt, wollte ein Kindermädchen, das bei ihr ausgebildet worden war. Normalerweise hatte sie kein Problem, ihren Nannys eine Anstellung zu verschaffen. Sie musste nur ihr Buch aufschlagen und eine der Familien auf der Warteliste auswählen.

Bei Mary war das anders.

»Nun, Sie sind heute bei mir, damit wir über Ihre Zukunft sprechen können.«

»Ich weiß.« Mary strahlte. Ihre Wangen wurden noch etwas röter. Oh, die Aufgeregtheit war fast ansteckend.

»Ihre erste Anstellung … sie hat mir einiges an Kopfzerbrechen bereitet. Obwohl ich keine Zweifel habe, dass Sie jede Aufgabe meistern werden, die ich Ihnen übertrage.«

»Vielen Dank für Ihr Vertrauen.« Verlegen blickte Mary

auf die gefalteten Hände in ihrem Schoß. Sie war es offensichtlich nicht gewohnt, dass man ihr Komplimente machte.

»Leider habe ich ein kleines Problem …«

Mary sah auf. »Es gibt keine Arbeit für mich?«, flüsterte sie.

»Doch.« Herrje, jetzt hatte sie dem jungen Ding einen Schreck eingejagt. Das wollte sie gar nicht. Ihre Finger strichen über das ledergebundene Buch, in dem sie aktuelle Vorgänge notierte, Briefe ablegte oder die Wartelisten führte. »Die Familie, die ich für Sie vorgesehen habe, hat erst vor Kurzem einen schrecklichen Schicksalsschlag erlitten. Ich habe lange überlegt, ob wir es einer jungen Nanny überhaupt zutrauen können, dass sie in einer so schwierigen Situation für die Kinder sorgt.« Sie machte eine kurze Pause. »Ich weiß, was Sie jetzt denken, liebe Mary. Vielen unserer Absolventinnen kann ich direkt eine Anstellung bei einer angesehenen Familie bieten, manchmal auch in Übersee. Wie Sie wissen, ist zum Beispiel unsere geschätzte Katie Fox, die ja auch den *Norland Quarterly* mit spannenden Artikeln versorgt, schon bei ihrer zweiten Anstellung von einer royalen Familie aufgenommen worden.«

»Ich erinnere mich.«

»Nun, bei Ihnen hat sich herausgestellt, dass es … Vorbehalte seitens der potenziellen Arbeitgeber gibt. Sie betreffen die Verhältnisse, aus denen Sie stammen.«

Mary blickte auf ihre Hände. Die Fingernägel waren kurz und sauber, die Hände gut gepflegt. Dass sie auf dem Weg hierher unzählige Böden geschrubbt hatte, sah man ihnen nicht mehr an. »Ach so«, sagte sie nur. Die Enttäuschung war ihr anzusehen.

»Ich habe Ihre Bewerbung an ein halbes Dutzend Familien geschickt. Alle hatten dieselben Bedenken. Dass Sie nämlich trotz Ihrer hervorragenden Ausbildung nicht in der Lage sein würden, Ihre Schützlinge angemessen zu erziehen.«

Emily blickte sie nachdenklich an.

»Was heißt denn angemessen?« Die junge Nanny klang beinahe verzweifelt.

»Nun, die Bedenken betreffen vor allem die Tatsache, dass Sie aus der Arbeiterklasse stammen. Viele Adelige sind wohl der Auffassung, selbst eine so intelligente und lernwillige junge Frau wie Sie vermöge nicht, die ihrem Stand entsprechenden Standards bezüglich Etikette und Erziehung einzuhalten.«

»Sie meinen, man denkt, ich sei kein anständiger Umgang für die Kinder?«

Wortlos breitete Emily die Hände auf dem Lederbuch aus.

»Dann bekomme ich keine Arbeit?«, fragte sie. Ihre Stimme bebte.

Emily lächelte nachsichtig. »Lassen Sie mich bitte ausreden. Diese Kritik hat mir keine Ruhe gelassen. Ich werde diesen Punkt bei den jungen Frauen, die nach Ihnen unser Förderprogramm durchlaufen, noch einmal aufgreifen. Für Sie aber habe ich hier das Angebot einer Familie in Kent.« Sie zog einen Briefumschlag hervor und schob ihn über den Schreibtisch.

Mary beugte sich vor und nahm ihn.

»Was ist das für eine Familie?«

»Ein verwitweter Kaufmann mit seinen zwei kleinen Kindern. Ein trauriger Fall. Aber lesen Sie selbst. Die Kinder brauchen jemanden, der sie auffängt, und ich bin überzeugt, dass Sie dies für sie leisten können. Wenn ich mich richtig entsinne, sind Sie mit Verlusten ebenso vertraut wie ich.« Emily dachte an ihre jüngste Adoptivtochter, die vor fünf Jahren gestorben war – immer noch riss dieses Fehlen eine Lücke in ihr Leben. Die würde sich, so viel hatte sie inzwischen begriffen, auch niemals schließen. Was Mary betraf, wusste sie zumindest vom Vater, der vor zweieinhalb Jahren verstorben war. Und sie meinte sich zu erinnern, dass mehrere Geschwister jung verstorben waren.

»Es gibt allerdings einen Haken … Mr Mixon wird Ihnen nicht das Gehalt zahlen können, das Sie unter normalen Umständen als Nanny erwarten dürften.«

»Oh.« Mary runzelte die Stirn.

»Er hat vierzig Pfund im Jahr geboten. Das ist immer noch mehr als das, was Sie als Dienstmädchen bei uns bekommen haben, aber es ist in meinen Augen viel zu wenig für die Ausbildung, die Sie hier im Anschluss genossen haben. Mir ist bewusst, dass viel von Ihnen verlangt wird – die Umstände mit den Kindern, die ihre Mutter verloren haben, und das bei Ihrer ersten Anstellung nach der Ausbildung … Ich würde mich an Ihrer Stelle trotzdem darauf einlassen. Sie können dort ein bis zwei Jahre bleiben und anschließend mit einem herausragenden Zeugnis den Aufstieg schaffen.«

»Der Spatz in der Hand …«, murmelte Mary.

»Es tut mir leid, dass ich keine bessere Nachricht für Sie habe.«

Das tat es wirklich. Als Emily sich mit der Schuldirektorin Isabel Sharman vor drei Jahren erbitterte Diskussionen geliefert hatte, bevor sie mit Mary die erste junge Frau aus der Arbeiterschicht in den Kreis der Norlandschülerinnen aufnahmen, war ihr diese Standesgrenze durchaus bewusst gewesen. Sie hatte aber schlicht unterschätzt, wie sehr diese noch in den Köpfen vieler Angehöriger der Oberschicht existierte. Letztlich hatte sie selbst aus purer Verzweiflung Mr Mixon gefragt, ob Mary ihm zu teuer sei. Darauf hatte er ihr einen langen Brief geschrieben, dessen weitschweifigen Erklärungen sie entnahm, dass er glaubte, ein höherer Lohn sei nicht gerechtfertigt für eine Nanny, die derart ungebildet war. Das hatte Emily einerseits wütend gemacht, aber es hatte auch ihren Blick geschärft für die Probleme, die sich in Zukunft stellten, wenn sie das Förderprogramm für junge Frauen aus anderen Gesellschaftsschichten fortsetzen wollten. Und Emily wollte das unbedingt, es bedeutete ihr viel.

Darauf werden wir zukünftig achten, dachte sie. Es konnte nicht sein, dass Mary und andere junge Frauen, die sich erst für zwei Jahre als Dienstmädchen im Norland Institute verpflichteten, damit sie anschließend den Jahreskurs für ein vergünstigtes Schulgeld besuchen durften, als eine Art Nannys zweiter Klasse behandelt und bezahlt wurden.

Ihre Vereinbarung mit Mr Mixon sah nun folgendermaßen aus: Im ersten Jahr sollte Mary zu dem reduzierten Lohn bei ihm arbeiten. Danach musste er die volle Summe zahlen, oder sie würde Mary, mit einem exzellenten Zeugnis ausgestattet, in einer anderen Familie unterbringen.

»Nein, ist schon gut.« Mary gab sich einen Ruck. Ihr Lächeln wirkte gequält. »Was sollen Sie denn sonst machen? Ich werde Ihnen und diesem Familienvater beweisen, dass ich mehr als vierzig Pfund im Jahr wert bin.«

»Daran habe ich keinen Zweifel«, sagte Emily sanft.

Und das meinte sie auch so.

~

Draußen vor der Tür von Mrs Wards Arbeitszimmer atmete Mary tief durch. Sie hielt den Brief in der einen Hand und wischte sich mit den Fingern der anderen behutsam die Tränen aus den Augenwinkeln. Ein Wispern ließ sie herumfahren.

Zwei junge Frauen in der Uniform der Norlandschülerinnen – Kleider aus hellblauem Stoff, darüber eine schwarze Schürze statt der weißen, die sie selbst als Absolventin erst seit Kurzem tragen durfte – drückten sich vor der Wäschekammer herum. Mary musste sich ein Lächeln verkneifen. Zu gut wusste sie, dass sie selbst einst vor dem Arbeitszimmer von Emily Ward gelauscht hatte. Das schien lange her zu sein.

»Habt ihr denn nichts zu tun?«, fragte sie nicht unfreundlich. Die Mädchen rissen die Augen auf. Die Kleinere der beiden, eine schwarzhaarige, rundliche Person mit Grübchen im Kinn, machte einen Schritt nach vorne. »Sie sind eine Nanny«, sagte sie voller Bewunderung.

Mary lachte verlegen. »Das bin ich, in der Tat.«

»Arbeiten Sie für die königliche Familie?«, hauchte die Kleine ehrfürchtig.

Schön wär's, dachte Mary.

»Ich trete in Kürze meine erste Anstellung an«, erklärte sie ruhig.

»Oh. Und wo werden Sie eingesetzt?« Das kam von der Größeren. Hübsch war sie mit den blonden Haaren, die in einem schweren Zopf über der linken Schulter hingen. Sie ähnelt Katie Fox, dachte Mary.

Oje. Daran hatte sie noch gar nicht gedacht. Was würde ihre Mentorin Katie darüber denken, dass Mary die Erwartungen nicht hatte erfüllen können? Ihr wurde schlecht.

»Entschuldigt mich. Ich muss los. Aber euch wünsche ich, dass ihr hier glücklich werdet. Ich war es.«

Sie erinnerte sich gut an ihre ersten Tage am Institut. Als sie unten in der Halle einen verwaisten Kinderwagen mit einem Säugling darin fand, den sie herausnahm und beruhigte. Die Mutter kam völlig aufgelöst dazu, entriss ihr fast das Baby und warf ihr vor, sie wolle es stehlen. Schon damals hatte Mrs Ward sie verteidigt und versichert, dass Mary dem Kind nichts tun wolle. Sie hatte bereits damals gesehen, dass Mary, das einfache Dienstmädchen, das Zeug zur Nanny hatte.

Das war nun drei Jahre her. In diesen drei Jahren hatte sich so viel verändert, und bisher war ihr das Glück hold gewesen. Während Mary die Treppe nach unten ging, dachte sie voller Wehmut an die vergangenen zwölf Monate, in denen sie Teil dieser Gemeinschaft gewesen war. Dieses Haus stand allen Absolventinnen auch nach ihrem Abschluss jederzeit offen. Doch mit dem heutigen Gespräch hatte ihre makellose Erinnerung an die lehrreiche Zeit einen Kratzer bekommen.

Sie wusste nicht, was sie sich erhofft hatte. Ein Angebot, das auf jeden Fall. Eine Anstellung in gutem Hause, bei einem Earl oder Baronet zumindest. Oder bei einer wohlhabenden Familie auf dem Kontinent. Paris, Berlin, St. Petersburg … Ach, sie wäre auf vieles vorbereitet gewesen.

Nun also Kent. Noch dazu in einem Haushalt, in dem offenbar die weibliche Bezugsperson der Kinder fehlte. Die vielleicht sogar durch den Verlust der Mutter unzugänglich für eine Nanny waren. Mary seufzte. Sie musste sich erst an den Gedanken gewöhnen, dass ihre erste Anstellung so anders sein würde als erhofft.

Und dann noch die Worte von Mrs Ward. Dass es schwierig war, überhaupt jemanden zu finden, der sie nahm. Das kam überraschend. Seit Mrs Ward ihr die Möglichkeit eröffnet hatte, als Schülerin an das Norland Institute zu kommen – und der Weg war steinig genug gewesen –, hatte sie stets den festen Glauben gehabt, dass sie ebenso prestigeträchtige Anstellungen angeboten bekäme wie ihre Mitschülerinnen.

Aber nun, ein Kaufmann. Sicher, das war nichts *Schlech-*

tes, und dieser Kaufmann musste ja auch wohlhabend sein, sonst könnte er sich Marys Dienste nicht leisten. Das wenige jedoch, was sie über Mr Mixon und seine Söhne wusste – ein Witwer, der erst vor wenigen Monaten seine Frau verloren hatte, zwei kleine Kinder, die ihre Mama vermissten –, ließen die Aufgabe wie eine erneute Herausforderung erscheinen, der sie sich nicht gewachsen fühlte.

Mary seufzte. Sie rückte den kleinen, platten Hut aus braunem Filz gerade, der immer auf ihren roten Locken verrutschte, und machte sich auf den Heimweg. Irgendwie würde sie sich schon einfinden, beschloss sie. Dass sie anfangs ein geringeres Gehalt als andere Nannys im ersten Jahr bekam, bereitete ihr mehr Sorgen. Sie hatte gehofft, dass sie ihrer Schwester, die so gern Lehrerin werden wollte, noch ein paar Jahre den Besuch der Schule ermöglichen könnte.

Ich werde mich davon nicht zurückwerfen lassen, beschloss sie. Ich bin schon so weit gekommen, das wird mich jetzt nicht aufhalten …

Kapitel 3

Eine Woche später bestieg Mary mit einer Reisetasche den Zug nach Kent. Sie löste ihr Billett beim Schaffner und setzte sich auf eine Polsterbank in der zweiten Klasse. Der Zug war zu dieser frühen Stunde noch recht leer, und sie genoss die Fahrt. Es war das erste Mal, dass sie aus London herauskam, das erste Mal, dass sie mit der Eisenbahn fuhr. Ihr Herz klopfte aufgeregt. So viel Neues, das sich ihr eröffnete! Auf einmal war sie gar nicht mehr so enttäuscht, dass ihre erste Anstellung mit dem Zug nur wenige Stunden von London entfernt war und keine halbe Weltreise bedeutete.

Wenn sie nicht aus dem Fenster schaute, wo die Landschaft in sattem Grün vorbeihuschte, vertiefte sie sich in die Lektüre eines Liebesromans, den Joan ihr geschickt hatte. Mary genoss die Zeit für sich. Daheim war sie selten ungestört, und gerade im vergangenen Jahr hatte sie in jeder freien Minute ihre Nase in die Lehrbücher gesteckt, weil sie ihre Prüfung zur Nanny mit Bestnote hatte ablegen wollen. Nachdem dies gelungen war, merkte sie erst, wie ausgehungert sie nach Geschichten war. Mit dem Lesen von Romanen hatte sie auch erst begonnen, als sie als Dienstmädchen im Norland Institute eine Dachkammer bezogen hatte – vorher war sie gar nicht auf die Idee gekommen, welch wundervolle Geschichten in Büchern auf sie warteten. Und erst der Zugang zur Norland Bibliothek hatte ihr diese neuen Welten eröffnet.

Nach einiger Zeit schloss sie das Buch mit einem Seufzer und drückte es gegen ihre Brust. Oh, was für eine düstere, fast schauerliche Liebesgeschichte! Natürlich passierte so etwas nie in der Realität. Zumindest hatte sie noch nie davon gehört, dass sich eine Gouvernante in einen geheimnisvollen, verschlossenen Hausherrn verliebte. Was war an so einem Mann nur liebenswert? Ihr würde das niemals passieren. Für sie müsste der Mann ihrer Träume auch Ziele haben, er müsste ihren Ehrgeiz teilen und bereit sein, dafür alles zu tun. Gut sollte er natürlich aussehen, da hätte sie nichts dagegen, wenn es diese gewisse Attraktivität war, die ein düsterer Mann verströmte, dessen Herz sie erst zum Schmelzen bringen musste … Mit zwanzig Jahren durfte sie ja wohl noch ein wenig träumen. Immerhin hatte sie sich bisher auch keine Gedanken darüber gemacht, ob irgendwann in ihrem Leben eine Eheschließung oder eine Familie Platz haben würde. In ein paar Jahren vielleicht, wenn ihre jüngeren Geschwister auch erfolgreich die Schule und eine Ausbildung abgeschlossen hatten, wenn sie sicher sein konnte, dass für Mam gesorgt war.

Ach, Mam. Der Abschied von zu Hause war ihr sehr schwergefallen, und Mary hoffte, dass ihre Mutter mit den kleineren Kindern gut über die Runden kam. Sie hatte versprochen, Geld zu schicken. Ihren älteren Bruder Finn hatte sie gebeten, in ihrer Abwesenheit Mam im Blick zu behalten, doch er hatte mehr als genug zu tun mit seinem Laden, und seine Frau hatte kürzlich erst das zweite Baby bekommen, das nächtelang schrie.

Der Schaffner lief durch den Waggon und kündigte den nächsten Halt an. »Ashford, nächster Halt Ashford …«

Mary packte das Buch in ihre Reisetasche, die nur wenig enthielt: ein zweites Kleid, ihre Geldbörse, ein paar Toilettenartikel und Wäsche zum Wechseln. Alles andere hatte sie separat in einem Schrankkoffer vorgeschickt und hoffte nun inständig, dass ihre Sachen auch wirklich schon auf sie warteten.

Außer Mary stieg noch ein älteres Ehepaar in Ashford aus, das von einem jungen Mann abgeholt wurde. Mary schaute sich auf dem Bahnsteig um. Niemand war zu sehen. Sie hatte gestern noch telegrafiert, damit ihr neuer Arbeitgeber wusste, wann er mit ihr zu rechnen hatte. Sie verließ den Bahnsteig und trat vor das Bahnhofsgebäude. Auf dem kleinen Vorplatz stand ein Zweispänner, auf dem Kutschbock hockte ein älterer Mann. Er war in sich zusammengesunken, den Hut hatte er ins Gesicht gezogen. Die beiden Schimmel vor der Kutsche ließen genauso müde ihre Köpfe hängen. Gelegentlich zuckten sie mit den Ohren oder schlugen mit dem Schweif nach Fliegen.

»Entschuldigen Sie bitte?«

»Was denn?« Kleine, wache Augen spähten unter dem Schlapphut hervor.

»Ich suche jemanden, der mich abholt.«

Der Kutscher musterte sie von oben bis unten. »Und ich warte auf jemanden, den ich abholen soll«, sagte er vorsichtig.

»Ja, also …« Vielleicht mich?, hätte sie fast gefragt.

»Vergessen Sie's, Miss. Ich soll hier so 'ne feine Dame abholen. Eine Nanny oder so. Mehr hat mein Boss mir nicht gesagt. Das muss ein alter Drachen sein, sind diese Kindermädchen ja immer. Mindestens 'ne alte Jungfer.«

Mary lächelte. »Oh, ich bin beides nicht. Aber eine geprüfte Nanny des Norland Institutes bin ich schon.«

Ihr Gegenüber riss die Augen auf. »Donnerlittchen«,

murmelte er und schob den Hut in den Nacken. »So 'ne richtig gebildete Kinderfrau aus London sind Se? Das hat der Boss mir nicht verraten. Ich bin übrigens Miles.«

»Ich bin Mary MacArthur.«

Er pfiff durch die gelblich gefleckten Zähne. »Irisch oder schottisch?«, fragte er und zeigte auf ihr rotes Haar.

»Meine Eltern kamen vor über zwanzig Jahren aus Glasgow.«

»Merkt man dir nicht an, *lass*.«

Mary lachte. Sie wunderte sich, wie schnell dieser Fremde Zutrauen fasste, vor allem aber, wie wenig sie seine vertrauliche Art störte. Sie hatte das Gefühl, von ihm nichts befürchten zu müssen. »Woher kommen Sie? Irland?«, riet sie.

»Ah, da war ich noch im Bauch meiner Mutter, weil sie sonst nichts hatten. Aus Connemara«, fügte er hinzu. »Direkt nach der großen Hungersnot.«

»Muss eine schwere Zeit gewesen sein für Ihre Eltern.«

»Jo.« Er sprang vom Kutschbock und half ihr einzusteigen. Mary drückte ihre Tasche auf den Schoß. Er lächelte nachsichtig und schwang sich wieder auf den Kutschbock. Mit einem beherzten »Hüa!« ließ er die beiden Pferde anziehen. Die trabten direkt munter los, als hätten sie nicht vor wenigen Augenblicken noch vor sich hin gedöst. Miles drehte sich halb zu Mary um, und so konnten sie ein wenig plaudern; die Pferde kannten den Weg. Er vertrieb ihr die fünf Meilen lange Fahrt mit Anekdoten über seine weitverzweigte irische Familie. Mary schmunzelte mit ihm. Sie hatte das Gefühl, bereits jemanden gefunden zu haben, mit dem sie sich gut verstehen würde. Natürlich würde es eine unsichtbare Grenze zwischen ihnen geben. Sie war die Nanny. Das erhob sie über die anderen Bediensteten eines Haushalts. Aber vielleicht würden die Unterschiede hier nicht ganz so groß sein wie im Haus eines Earls oder Marquis …

Der kleine Marktfleck Bethersden lag westlich von Ashford. Auf der Fahrt zwischen Feldern und Wiesen merkte Mary, wie sehr sie es genoss, hier zu sein. Die Natur war ihr als Stadtkind nicht vertraut; ihr Kontakt damit beschränkte sich auf Spaziergänge in einem der Londoner Parks. Dieses Grün, so weit das Auge reichte, war erstaunlich wohltuend für die Augen, und ihr Herz weitete sich ein wenig.

»Da ist es.« Mit der Peitsche zeigte Miles nach vorne. Zwischen Bäumen blitzten die weiß gestrichenen Giebel eines Hauses auf, das mit Reet gedeckt war und auf einer Seite sogar ein kleines Türmchen hatte. Rings um das Haus gab es noch Stall und Remise, sie entdeckte im Garten ein kleines Gewächshaus, dessen Glasscheiben in der Sonne blitzten. »Der Boss lebt die meiste Zeit des Jahres hier. Seit dem Tod seiner Frau zieht's ihn aber in die Stadt. Seine Söhne mögen's hier, darum braucht er Sie.«

Offensichtlich war die Dienerschaft über das Leben und Denken von Oliver Mixon gut informiert.

Mary wusste nur das, was in dem Brief stand, den Mr Mixon an Emily Ward geschickt hatte und mit dem er seine grundsätzliche Bereitschaft signalisierte, Mary einzustellen. Seine Formulierung war ihr immer noch präsent.

Dass Sie sich für Miss MacArthur verbürgen, ehrt Sie sehr. Dennoch kostet es mich große Überwindung, mich für sie als Nanny meiner Söhne zu entscheiden; für mich ist sie mit zwanzig Jahren viel zu jung für diese anspruchsvolle Aufgabe. Thomas und vor allem Oscar vermissen ihre Mutter so sehr, dass ich fürchte, jede andere Frau im Alter meiner Gemahlin würde sie verwirren und in ihrer Entwicklung zurückwerfen.

Sie sollen nicht glauben, dass ich versuche, ihre Mutter zu ersetzen. Da Sie aber nun mal keine ältere Nanny haben, nehme ich sie wohl versuchsweise.

Na, so ein Glück, dachte Mary grimmig. Vielleicht tat sie ihm damit unrecht, aber seine Zeilen klangen recht überheblich.

Andererseits, dachte sie, ist er in Trauer. Sie sollte das immer berücksichtigen. Trauer, das hatte sie bei sich selbst und vor allem bei ihrer Mutter nach dem Tod von Pop erlebt, machte seltsame Dinge mit einem.

»Da wären wir. Geh ruhig ins Haus, Mädel, da drüben geht's für die Dienstboten rein. In der Küche führt Miss Smithers das Regiment, mit der würde ich mich nicht anlegen.« Er lächelte versonnen. »Also, ich schon, aber die hat Haare auf den Zähnen.«

Mary stieg aus der Kutsche, die direkt wieder anfuhr und Richtung Remise rollte. Einen Moment lang stand sie im Hof und betrachtete das Haus. So herrschaftlich sah es gar nicht aus mit dem Reetdach und dem gedrungenen Türmchen; Efeu wucherte bis unter das Dach, und Mary musste an einen grünschuppigen, schlafenden Drachen denken.

Und dieser Drache beobachtete sie. Besser gesagt ein Dienstmädchen, das mit einem Besen in der Hand vor dem Haus stand und sie erwartungsvoll ansah.

»Guten Tag«, grüßte Mary freundlich die kleine, ältere Frau mit den grauen Haaren unter der weißen Haube. »Ich bin die Nanny.«

Die Frau starrte sie aus großen braunen Augen an. Dann fuhr sie herum und verschwand zwei Stufen hinab und durch die Tür, auf die Miles sie hingewiesen hatte.

Mary runzelte die Stirn. Merkwürdige Art, sie zu empfangen, dachte sie.

Als sie der Frau folgte, gelangte sie über die zwei Stufen in einen Vorraum und von dort direkt in die Küche. Die niedrige Decke war vom Ruß der Ofenfeuer geschwärzt, der Duft von frisch gebackenem Brot vermischte sich mit dem eines Eintopfs, der auf dem Herd schmorte. Vor dem Herd stand eine stämmige Frau, die Mary spontan auf Mitte zwanzig schätzte – breite Hüften, ausladender Busen, Grübchen im Kinn und an den nackten Ellenbogen, weil sie bei der Hitze hier unten nur eine ärmellose Bluse trug. Mary räusperte sich, und die Frau fuhr zu ihr herum.

»Aha«, sagte sie nur.

Die Grauhaarige saß inzwischen unter einem winzigen Fenster an einem Tisch und schrappte Möhren.

»Guten Tag«, wiederholte Mary. »Ich bin die Nanny. Miles … Der Kutscher hat mich hergebracht.«

»Dacht's mir schon.« Die Köchin legte den Deckel auf und wischte die Hände an ihrer Schürze ab, bevor sie zu Mary kam. »Ich bin Ginny Smithers.« Sie schüttelte Mary die Hand, und Mary war zu perplex, um die Hand rechtzeitig zurückzuziehen.

»Mary MacArthur.«

»Gut, Mary. Du wirst bestimmt dein Zimmer ansehen wollen, das wird dir unsere Penny hier später zeigen. Vorher möchte aber Mr Mixon mit dir sprechen, erst danach kannst du dich frisch machen. So sagt ihr dazu doch in der großen Stadt?«

Mary wusste nicht, was sie antworten sollte. Alles an Ginny empfand sie als einschüchternd, dabei war die Köchin ja gar nicht besonders alt oder Furcht einflößend. Vermutlich lag es daran, dass ihr alles vertraut war, während Mary sich fremd fühlte.

»Anschließend wirst du auch die Jungen kennenlernen.« Ginny seufzte. »Ach, die armen kleinen Knöpfe. Denen wird's guttun, dass du hier bist. Penny, kümmere dich um Mary.« Sie wandte sich wieder an Mary. »Nimm's ihr nicht übel, dass sie die Zähne nicht auseinanderbringt. Sie kam so zur Welt. Ist aber unser bestes Dienstmädchen. Die anderen lernst du heute Abend beim Essen kennen.«

Mary senkte den Blick. Sie wollte nicht sofort anecken, aber es gab Prinzipien für Norland Nannys, die sie auf keinen Fall verraten wollte. »Entschuldigung. Aber ich sollte nicht mit den anderen Angestellten essen.«

Das gehörte dazu. Mrs Ward war in diesem Punkt sehr strikt. Für sie mussten die Nannys sich in ihrem Haushalt von den anderen Bediensteten abgrenzen.

Aber Mary merkte, dass sie einen Fehler gemacht hatte, denn Ginny kniff die Lippen zusammen und runzelte die Stirn.

»Ach so? Bist was Besseres, he? Mr Mixon meinte schon so was. Meinetwegen, kannst dir ab sechs dann dein Essen in der Küche abholen. Die Kinder essen abends mit ihrem Vater. Und nun beeil dich, er wartet nicht gern.« Sie schnipste mit den Fingern, und sofort sprang Penny auf. Ginny trug ihr auf, Mary zu Mr Mixon zu bringen.

Mary folgte der älteren Frau. Vorbei an der Speisekammer eine schmale Steintreppe hinauf, die Stufen von unzähligen Füßen im Laufe der Zeit glatt poliert. Sie erreichten einen Flur, der in die Eingangshalle mündete. Das Haus war im Innern hell und schlicht eingerichtet; die wenigen Möbel aus dunklem Holz hoben sich von den cremefarbenen Tapeten mit dezentem Muster ab. Der Spiegel über der Kommode in der Eingangshalle war mit einem schwarzen Kreppschleier verhüllt. Mary verlangsamte ihre Schritte, doch Penny ließ keine Trödelei zu. Sie winkte ihr mit der dicklichen Hand, dass sie sich beeilen sollte.

Wie lange ist die Mutter denn tot?, fragte Mary sich.

Normalerweise wurden doch die Spiegel nur wenige Wochen lang verhängt … Mrs Ward hatte gemeint, es sei im Frühjahr passiert, und nun war schon Hochsommer. Hatte man schlicht vergessen, sich darum zu kümmern, oder sollte das so sein?

Sie wurde in einen Salon im Erdgeschoss geführt. Bevor Mary fragen konnte, klickte die Tür ins Schloss. Penny hatte sie allein gelassen.

Über dem Kamin hing ein Gemälde. Mary trat näher und legte den Kopf schief. Eine wunderschöne Frau blickte sie an. Das Gesicht umrahmt von schwarzen Locken, der Blick ihrer blaugrünen Augen so ernst. An sie geschmiegt zwei kleine Jungen in Matrosenanzügen, den einen trug sie auf dem Arm, er mochte kaum älter als ein Jahr sein. Sie selbst trug ein schlichtes weißes Kleid mit blauen Paspeln … Auch dieser Bilderrahmen war mit schwarzem Krepp umflort. Mary seufzte. Die Trauer, die über diesem Haus lag, war auf einmal greifbar.

»Ich hoffe, Ihre Neugier ist nun befriedigt?«

Mary fuhr herum. Unbemerkt war der Hausherr eingetreten.

Verlegen machte sie einen Knicks. »Entschuldigen Sie, ich wollte nicht …«

»Nein, nein, schon in Ordnung.« Mr Mixon seufzte. Sein Blick hing liebevoll an dem Gemälde. »Meine Frau hat sich immer gewünscht, dass etwas von ihr in diesem Haus bleibt, und sie hielt nichts von Fotografien. Zu vergänglich, meinte sie. Dass das Leben vergänglicher ist, hat sie nicht bedacht. So bleibt uns nur dieses Bild.«

Er steckte die Hände in die Hosentaschen. Mary wartete, während er an ihr vorbei zum Fenster sah. Dieser Moment ließ ihr Zeit, ihn genauer zu betrachten.

Oliver Mixon war ein hochgewachsener Mann, einen

halben Kopf größer als sie selbst. Die dunkelblonden Haare durchzog erstes Grau, obwohl er kaum älter als Mitte dreißig war, schätzte sie. Das Gesicht war von einer leicht wächsernen Farbe, als würde er sich nur selten im Freien aufhalten und lieber im Haus verkriechen. Jetzt hob er die Hand und strich sich über den Schnurrbart. »Ich vermute … Sie werden die Jungen kennenlernen wollen?«

»Das hat Zeit«, beeilte Mary sich zu sagen. »Vielleicht können wir uns erst unterhalten – welche Erwartungen Sie an meine Arbeit stellen. Das wäre wichtig.«

»Ja, ja, so vieles ist wichtig …« Wieder das Seufzen. Dann gab er sich einen Ruck und zeigte einladend auf die beiden mit dunkelrotem Streifensamt bezogenen Sofas, die einen niedrigen Kaffeetisch aus dunklem Holz flankierten. »Bitte setzen Sie sich, Miss MacArthur.«

Erleichtert nahm sie Platz. Sie hatte den Eindruck, die erste Hürde genommen zu haben. Zugleich aber war da dieses nagende Gefühl, dass Mr Mixon nicht so recht wusste, was er mit ihr anfangen sollte.

»Da wären wir nun.« Er nahm auf dem anderen Sofa Platz. Seine blauen Augen musterten sie aufmerksam, fast als würde er sie das erste Mal bewusst sehen. »Ich muss zugeben, die Vorstellung, dass wir nun jemanden im Haus haben, der sich um die Kinder kümmert … ist beruhigend, aber zugleich mache ich mir auch Sorgen.«

»Das verstehe ich. Bestimmt fehlt Ihnen Ihre Frau«, sagte sie hastig.

Er starrte sie an, sagte aber nichts. Das Klappern des Teewagens, den Penny durch die Tür schob, riss Mary und Mr Mixon aus der Erstarrung.

Sie sprang auf und ging Penny zur Hand, die sie erst überrascht ansah, ihr dann aber wortlos die Tassen und alles andere reichte, sodass Mary es auf dem Tisch arrangieren konnte. Dann verschwand Penny wieder unter Getöse, die Tür fiel hinter ihr laut ins Schloss.

»Sie ist gehörlos.«

»Wie bitte?« Mary versuchte gerade, aus einer delikaten Porzellankanne mit winzigen Rosenmalereien einzuschenken. Die Tasse klapperte auf der Untertasse, so sehr zitterte ihre Hand. Es war nicht nur die ungewohnte Umgebung, die sie so nervös machte. Auch die durchdringenden Blicke ihres Arbeitgebers beunruhigten sie.

»Penny. Sie ist schon seit über dreißig Jahren bei meiner Familie. Vorher gehörte sie zum Haushalt meiner Eltern.« Mr Mixon zuckte mit den Schultern.

»Aber wie hört sie dann die Glocke?«

Er lächelte fein. »Sie hört sie nicht, sondern sieht sie.«

Mary verstand. Sie fühlte sich recht einfältig. Vorhin hatte sie gesehen, wie Penny in der Küche hockte und vor sich hin starrte. Natürlich war ihr Blick auf das Brett mit den Glöckchen gerichtet, die durch die Klingelzüge in den verschiedenen Räumen zum Läuten gebracht wurden. Für jeden Raum ein Glöckchen.

Sie setzte sich wieder aufs Sofa. Während Mr Mixon seinen Tee nicht anrührte, verspürte Mary großen Durst. Wieder starrte sie verlegen auf ihre Hände und wartete. Das Ticken der Uhr auf dem Kaminsims, das Summen einer Fliege irgendwo im Raum … Sie räusperte sich.

»Möchten Sie vielleicht doch die Kinder hinzubitten?«, fragte sie behutsam. »Wenn Sie nichts weiter besprechen wollen, meine ich.«

»Lassen Sie uns erst über Ihre Aufgaben reden.« Mr Mixon hüstelte. »Ich wünsche, dass Sie zu meinen Söhnen auf jeden Fall die professionelle Distanz wahren, die von einer Angestellten zu erwarten ist. Meine Söhne sind sehr behütet aufgewachsen. Und nach dem Tod ihrer Mutter möchte ich auf jeden Fall vermeiden, dass sie noch einmal durch etwas erschüttert werden.«

Sein Blick traf sie. Prüfend, fast schon strafend.

»Ich erwarte daher von Ihnen, dass Sie Ihre Arbeit erledigen. Mehr nicht. Auf keinen Fall sollen die Kinder das Gefühl haben, dass Sie versuchen, ihre Mutter zu ersetzen. Haben wir uns verstanden?«

Mary nickte. Sie widerstand dem Drang, vor Anspannung die Hände unter ihre Oberschenkel zu schieben. Stattdessen hob sie die Tasse an ihre Lippen und verbrannte sich am Tee.

Mr Mixon schien es nicht zu bemerken. Er hatte sich vorgebeugt, die Ellbogen auf die Knie gestützt. Sein Blick ging wieder an ihr vorbei zum Gemälde über dem Kamin. »Thomas ist sehr reif für seine sechs Jahre. Vermutlich musste er allzu schnell groß werden … Ursprünglich sollte er seit Ostern zur Schule gehen. Ich habe nun einen Hauslehrer gesucht. Er wird in wenigen Tagen hier eintreffen. Oscar …« Ein flüchtiges Lächeln huschte über sein Gesicht. »Er ähnelt so sehr seiner Mutter. Immer in Bewegung, ein kleiner Hitzkopf. Mit ihm werden Sie vielleicht einige Kämpfe austragen müssen. Ich möchte aber vor allem, dass meine Söhne wieder unbeschwert sein können. Und dass sie während meiner Abwesenheit jemanden haben, der sich um sie kümmert.«

»Dafür bin ich da«, sagte Mary, weil sie das Gefühl hatte, irgendetwas sagen zu müssen.

»Also gut. Ich hole die beiden.« Er stand auf. Sein Blick streifte noch einmal das Bild, dann klickte die Tür hinter ihm ins Schloss.

Mary wartete.

Kapitel 4

Sie hätte später nicht genau sagen können, welche Erwartungen sie in diesen Minuten allein im Salon des Hauses hatte. Als die Tür sich kurz darauf öffnete, schob sich das Gesicht eines Kindes durch den Spalt. Die weizenblonden Haare fielen ihm keck in die Stirn, als hätten sie schon länger keine Schere mehr gesehen. Thomas Mixons Augen waren so blau wie die seines Vaters. Er war ein kleiner, kräftiger Kerl. Die Nase ließ bereits erahnen, dass er eines Tages ein so klares, klassisches Profil haben würde wie sein Vater, dem er wie aus dem Gesicht geschnitten war.

Der kleine Lockenkopf, der hinter Thomas nachdrängte und seinen Bruder fast zum Stolpern brachte, war hingegen das Ebenbild seiner verstorbenen Mutter mit dem schwarzen Haar und den grünlich blauen Augen. Er starrte Mary an, während ihm eine gelbliche Rotzspur aus der Nase rann. Beide Kinder trugen helle Stoffhosen, weiße Hemden und darüber braune Strickpullunder. Thomas steckte die Hände in die Hosentaschen, was ihm ein ärgerliches Zischen seines Vaters einbrachte.

»Guten Tag«, sagte er artig.

»Guten Tag. Du bist Thomas, nehme ich an?«

»Ja, Ma'am.«

»Du kannst mich Nanny Mary nennen.«

Oscar, den Mary auf knapp zwei schätzte, reagierte auf Mr Mixons Versuch, ihm die Nase zu putzen, mit Protestgeheul. Er warf sich auf den Boden und wälzte sich hin und her. Thomas' Blick hing gierig auf dem Kuchenteller mit den Schokoladenküchlein.

»Möchtest du eins?«, fragte Mary.

Er nickte schüchtern, und sie hielt ihm den Teller hin. Das wiederum weckte den Futterneid des jüngeren Bruders, der sich aufrappelte und wenigstens zwei Sekunden stehen blieb, damit ihm die Nase geputzt werden konnte. Dann wackelte er auch zum Tisch und blickte Mary aus seinen großen, hellen Augen fragend an. Sie nickte und hielt auch ihm den Teller hin.

»Nimm dir ruhig auch eins. Hallo, Oscar.« Sie lächelte ihn aufmunternd an.

Dieses selige Strahlen der Kinderaugen, als die beiden ihre Küchlein nahmen. Mary gab ihnen kleine Stoffservietten, und Thomas setzte sich auf das Sofa gegenüber, während Oscar sich davorstellte. Einträchtig verspeisten sie die Leckerei.

Mr Mixon stand mit vor der Brust verschränkten Armen an der Tür und beobachtete die Szene. Mary blickte auf, doch er sah nicht sie an, sondern seine Söhne, als müsste er abschätzen, ob er sie mit ihr allein lassen dürfte.

»Später zeige ich Ihnen die Räume im Haus.« Er gab sich einen Ruck.

Mary stand auf. Ihr kam eine Idee. »Aber das können Thomas und Oscar doch übernehmen«, schlug sie vor. Thomas hatte sein Küchlein bis auf den letzten Krümel vertilgt und wollte sich gerade die Finger ablecken, als er Marys Blick bemerkte und sie lieber an der Serviette abputzte.

»O ja, Papa. Dürfen wir?«, fragte er mit sich vor Aufregung überschlagender Stimme.

»Also gut. Ihr dürft Nanny MacArthur eure Zimmer und die Räume im Erdgeschoss zeigen. Aber mehr nicht! Nach dem Abendessen zeigt Penny Ihnen Ihr Zimmer«, fügte er hinzu.

»Danke.« Mary stand auf. Sie hatte den Eindruck, die drei schon ein wenig für sich gewonnen zu haben. Ein gutes Gefühl, nachdem sie mit so vielen Befürchtungen im Herzen hergefahren war. Nach der Reise war sie zum Umfallen müde, doch frisch gestärkt vom Tee, wollte sie den Kindern nicht die Freude nehmen, ihr in ihrem ganz eigenen Tempo das Haus zu zeigen. Schließlich würden sie in den kommenden Wochen und Monaten viel Zeit miteinander verbringen.

»Geh du nur voran«, sagte sie zu Thomas. Er marschierte vorneweg, dicht gefolgt von Oscar, der sich an seinen Bruder drängte und seine Hand nahm. So richtig geheuer war ihm die fremde Frau in dem braunen Kleid noch nicht.

Mr Mixon verließ als Letzter den Salon. Mary sah sich nicht zu ihm um. Doch während Thomas und Oscar sie die Treppe hinauf zum Spielzimmer, zum Schulzimmer und dem Schlafzimmer führten, war sie sich die ganze Zeit bewusst, dass ihr Arbeitgeber irgendwo im Haus war. Ihr Herz klopfte aufgeregt, und das nicht, weil das Treppensteigen sie anstrengte oder sie fürchtete, dass tatsächlich ein Gespenst im Schrank lauerte, wie Thomas ihr immer wieder versicherte.

Vermutlich liegt es daran, dass alles so neu und aufregend ist, versuchte sie sich einzureden.

~

Die erste Nacht in Kent war angenehm lau. Vor allem aber war sie so leise, dass Mary lange wach lag und lauschte.

Sie war es aus London gewohnt, dass es nachts vor allem

laut und stickig war, über der Stadt hing sommers wie winters eine Dunstglocke aus dem Rauch der Kochfeuer und Ruß der Industrie am Stadtrand. Die Kanalisation verströmte besonders im Sommer den Gestank von Exkrementen und Verwesung, Krankheiten hatten leichtes Spiel.

Es war schwer vorstellbar gewesen, dass es eine andere Welt gab. Aber hier war sie nun. Als es allmählich hell wurde, stand Mary auf. Sie setzte sich ans Fenster ihres kleinen, runden Turmzimmers und legte die Arme auf die Fensterbank. Müde senkte sie den Kopf darauf und blinzelte in das zarte Lila der Nacht, das langsam dem hellen Orange der Morgendämmerung wich.

Sie öffnete das Fenster. Das Brett war zu schmal, um sich daraufzusetzen, aber Mary holte die Decke aus ihrem Bett und richtete sich auf dem Korbsessel ein, den sie vor das Fenster geschoben hatte. Der leichte Wind, der zu so früher Stunde aufkam, kühlte ihre erhitzten Wangen.

Sie wusste selbst nicht so genau, was sie erwartet hatte. Doch auf den ersten Blick war das Leben hier in Bethersden ein friedliches, und damit hatte sie nicht gerechnet. Mary schloss die Augen.

Sie dachte an die beiden Kinder. Die Jungen hatten ihr gestern mit so viel Begeisterung und einem verschwörerischen Lächeln ihr Spielzimmer gezeigt, das zu Marys Überraschung recht spartanisch ausgestattet war. Eine Handvoll Spielzeugsoldaten, zwei Steckenpferde, von denen das eine noch zu groß für Oscar war, weshalb er den Holzkopf nur streichelte und fröhlich »eiiii, mein Perd« murmelte. Ein paar zerlesene Bücher, die wohl eher aus dem Bestand des Vaters stammten. Als Mary sich bei Thomas erkundigte, ob es noch mehr Spielsachen gab, verfinsterte sich die Miene des Kleinen. »Papa hat alles weggeschlossen«, sagte er nur. Mehr konnte sie ihm nicht entlocken, und sie hütete sich, ihn zu bedrängen, um das zarte Band der Zuneigung, das sie gerade knüpften, nicht sofort zu zerstören.

Aber sie sah wohl, dass einiges zu tun war. Die Kinder waren … nein, nicht verwahrlost. Sie trugen saubere Kleidung, sie aßen manierlich – soweit zwei Jungen von knapp zwei und sechs Jahren das eben konnten – und zeigten auch sonst keine Zeichen von Vernachlässigung. Ihrem Vater gegenüber hatten sie sich bei der ersten Begegnung mit Mary offen gezeigt. Und später, als Mr Mixon Mary bat, die Jungen zum Abendessen ins Speisezimmer zu bringen, hatten diese sich gefreut, ihn zu sehen.

Spürbar war aber, dass etwas fehlte. *Jemand.* Das war nur allzu verständlich, und der erste Tag in Bethersden hatte Mary gezeigt, dass die Aufgabe mehr von ihr verlangte als ein paar Hüpfspiele, genug Essen und saubere Kleidung. Sie brauchten eine Alltagsstruktur und jemanden, der sie in ihrer Trauer annahm. Diese verdrängten beide Kinder, das spürte sie. Vielleicht wollten sie tapfer sein, weil der Vater es ihnen so vorlebte.

Als Mary die Jungen eine knappe Stunde später im Speisezimmer abholte, um sie ins Bett zu bringen, gab es dann doch noch großes Geschrei, denn sie wollten, dass ihr Vater sie ins Bett brachte. Mr Mixon seufzte, dann aber folgte er den Kindern. Er zeigte Mary alles: wo die Zahnbürsten standen, wo die Pyjamas lagen und welches Buch er zuletzt vorgelesen hatte. Das Buch nahm Oscar seinem Papa aus der Hand und hielt es stumm Mary hin. Und so setzte sie sich auf Oscars Bett, die beiden Jungen links und rechts neben ihr, während sie eine der Geschichten über Peter Hase vorlas. Mr Mixon stand die ganze Zeit mit vor der Brust verschränkten Armen in der offenen Schlafzimmertür, dabei ließ er sie nicht aus den Augen. Sein Blick war fast spürbar, so sehr bohrte er sich in sie.

Sobald sie die letzte Zeile las, kam er ins Zimmer, drückte seinen Söhnen etwas ruppig einen Kuss auf den Scheitel und befahl Thomas, sich in sein Bett zu legen. »Und nun gute Nacht.«

Er wollte auch nicht, dass Mary noch ein wenig bei den Kindern blieb. Sie wartete vor der angelehnten Tür, während Oscar und Thomas noch ein wenig in ihren Betten wühlten und flüsterten. Erst als es still war, ging sie in ihre eigene Kammer.

Das Buch hatte Mr Mixon mitgenommen.

Mary fragte sich, ob sie es überhaupt wiedersehen würde, denn er hatte es ihr aus der Hand genommen, als hätte sie es niemals anfassen dürfen.

Mary seufzte. Die Sonne ging allmählich auf. An Schlaf war nicht mehr zu denken, und sie vermutete, dass ein anstrengender Tag auf sie wartete. Vielleicht sollte sie sich anziehen und in der Küche fragen, ob es schon Kaffee für sie gab.

Kaffee hatte sie während ihrer Zeit am Norland Institute kennen- und lieben gelernt. Zu Hause hatte es allenfalls Ersatzkaffee aus Zichorie gegeben, an Feiertagen auch mal feinen Tee und keinen Verschnitt. Kaffee schätzte sie wegen seiner belebenden Wirkung und hoffte, dass es in Bethersden auch welchen gab. *Sonst lasse ich mir von meinem ersten Gehalt eine Dose Kaffee aus London schicken.*

Marys Füße tänzelten leicht die Treppe hinunter. Tatsächlich beflügelte sie der Gedanke, dass sie schon bald monatlich ein Gehalt ausgezahlt bekam. Einen Teil wollte sie ihrer Mutter schicken, einen anderen Teil sparen; aber es würde auch immer Geld da sein, dass sie sich die eine oder andere Extravaganz leisten konnte. Ein Gedanke, der ihr gefiel und die Müdigkeit vertrieb.

Zu ihrer Überraschung waren zu dieser frühen Stunde

bereits zwei andere Frauen in der Küche beschäftigt. Sonst war Mary es gewohnt, dass sie als Erste auf den Beinen war.

Ginny Smithers knetete einen Brotteig, während Penny leise vor sich hin summend mit Blick auf die Glöckchen auf ihrem angestammten Platz saß und Erbsen palte, ohne auf ihre Hände zu schauen. Eins der anderen beiden Dienstmädchen, die fünfzehnjährige Bridget, richtete ein Tablett mit Frühstück. Mary hatte sich ihr gestern kurz vorgestellt.

»Guten Morgen«, grüßte Mary leise.

Ginny fuhr herum. Sie wirkte überrascht. »Haben wir dich geweckt?«, fragte sie argwöhnisch, als fürchtete sie, Mary könnte sie deshalb beim Hausherrn anschwärzen.

»Nein, nein! Ich konnte nicht mehr schlafen. Die Aufregung, vermute ich.« Mary lächelte. »Ich frage mich, ob Sie vielleicht Kaffee dahaben?«

Ginny brummelte etwas vor sich hin. Sie streifte den Teig von den Fingern und wusch die Hände in einem Wasserbottich, bevor sie eine Metallkanne vom Herd zog. Ein Porzellanfilter stand auf einer Kaffeekanne. Ein köstlicher Duft von Röstaromen durchzog die Küche.

»Ich mach dir auch gleich einen, der ist für Mr Mixon. Er steht früh auf, schläft nicht mehr gut, seit …« Die Köchin sprach nicht weiter.

Mary kam sich nutzlos vor, die kleinen Rädchen im Getriebe des Hauses drehten sich auch ohne ihr Zutun perfekt abgestimmt. Aber so sollte es ja auch sein, ihre Aufgabe waren die Kinder. Da sie allerdings zeit ihres Lebens daheim morgens für alles verantwortlich gewesen war, fiel es ihr schwer, nicht ihre Hilfe anzubieten.

Ginny gab Bridget die Porzellankanne mit frischem Kaffee. Diese nahm das Tablett und verschwand Richtung Treppe.

»Mr Mixon trinkt morgens bereits Kaffee im Arbeitszimmer. Vor dem Frühstück. Später kommt er dann auch ins Frühstückszimmer«, informierte Ginny sie.

Mary wollte gerade gehen, da drehte Penny sich um und zeigte auf eines der Glöckchen, das just in dem Moment losbimmelte.

»Das sind die Kinder«, sagte Ginny mit Blick auf das Brett.

»Ich geh schon.« Mary war froh, dass es für sie etwas zu tun gab. Sie lief nach oben und betrat das Schlafzimmer der Kinder. Oscar stand nur mit einer Stoffwindel um den Po am Klingelzug und zog fröhlich daran. Thomas schlief noch, doch der Jüngere machte keine Anstalten, sich von Mary noch mal zu einem Schläfchen überreden zu lassen. Durch die Vorhänge blitzte bereits die Sonne, also höchste Zeit, den Tag zu beginnen!

Sie lachte leise. »Gut, ich habe verstanden.« Sie suchte aus der Kommode frische Kleidung für den Tag und wollte Oscar auf den Arm nehmen. Er lief aber schon voraus und drehte sich an der Tür nach ihr um, als wollte er sich vergewissern, dass sie ihm auch wirklich folgte.

»Nein, nein, erst anziehen!«

Er schüttelte den Kopf, dass die dunklen Haare flogen.

Mary folgte ihm ins Kinderzimmer. Dort wickelte sie ihn und zog ihn um, während er mit einem der Spielzeugsoldaten spielte.

Auf der Treppe nach unten schob er seine kleine Hand in ihre. Mary lächelte. Sie freute sich, dass es ihr offenbar schon gelungen war, vom kleinsten Mixon zumindest als Teil des Haushalts akzeptiert zu werden.

Die Kinder nahmen ihre Morgenmahlzeit in dem kleinen Frühstückszimmer ein, das auf den Garten hinausging.

Mary saß kaum, als Penny auch schon ein großes Tablett

hereintrug. Sie servierte Oscar einen Becher heiße Schokolade, für Mary gab es Kaffee und Toast mit Orangenmarmelade. Inzwischen war es kurz vor sechs, und Mary gähnte hinter vorgehaltener Hand. Oscar hatte seine Schokolade getrunken und rutschte vom Stuhl. Er wollte nun ein bisschen beschäftigt werden. Mary holte aus dem Kinderzimmer Papier und Stifte und ließ ihn malen, während sie den Kaffee trank und versuchte, ihre Müdigkeit zu vertreiben.

Als Mr Mixon eine halbe Stunde später das Frühstückszimmer betrat, verfinsterte sich sogleich wieder seine Miene. »Guten Morgen.« Mary hörte seiner Stimme an, dass es für ihn kein guter Morgen war.

»Guten Morgen«, grüßte sie leise. Sie schob Oscar vorsichtig vom Schoß, auf dem er sich an sie gekuschelt hatte und am Daumen lutschte, nachdem er die Lust am Malen verloren hatte. Er rutschte zurück auf seinen Stuhl und nahm den grünen Wachsmalstift, um eine wilde Kritzelei zu Papier zu bringen.

Mr Mixon setzte sich Mary gegenüber und goss sich Kaffee ein. Penny brachte sein Frühstück – Eier, Bohnen und Speck, dazu einen Korb mit noch warmen, getoasteten Brotscheiben. Er bedankte sich bei dem Hausmädchen mit einem flüchtigen Lächeln.

»Wo ist Thomas?«, fragte er.

»Vorhin schlief er noch.«

»Er soll früh genug aufstehen, damit er pünktlich um acht Uhr im Schulzimmer sitzt. Morgen kommt sein Lehrer aus London, er soll sich bitte an die frühen Zeiten gewöhnen.«

»Natürlich, Mr Mixon.«

»Übermorgen muss ich außerdem für mehrere Tage verreisen.« Er musterte Mary und Oscar. Der Kleine winkte, weil er ihr etwas zeigen wollte. Mary stand auf und betrachtete das Gekrakel ihres Schützlings mit einem Lächeln. »Das ist ein schönes Grün, hm?«

Der Kleine strahlte. »Appel Bam.«

»Ein Apfelbaum? Ja, jetzt sehe ich es.«

Mary hörte ein Klirren und sah auf. Mr Mixon hatte die Tasse offenbar so heftig auf der Untertasse abgestellt, dass das zarte Porzellan zerbrochen war. Eine braune Flut aus Kaffee ergoss sich über den Tisch und bis zu Mr Mixons Hose. Er fluchte und tupfte mit der Leinenserviette notdürftig alles auf.

»Herrje. Lassen Sie mich das wegräumen.« Mary nahm die Scherben und legte sie auf das Tablett, das auf der Anrichte stand. Sie blickte sich suchend um.

»Im Schrank ist das Geschirr.« Mr Mixon wirkte nun nicht mehr finster, sondern fast betrübt. Er atmete tief durch, dann nahm er die Zeitung zur Hand und vertiefte sich in die Lektüre, während Oscar und Mary noch ein Bild malten.

»So, das war's.«

Mr Mixon stand auf, trank im Stehen den letzten Schluck Kaffee. Mary erschrak, weil er geradezu erbost klang. Hatte sie etwas falsch gemacht?

Oscar rutschte vom Stuhl, und sein Papa nahm ihn auf den Arm. Er gab dem Zweijährigen einen Kuss auf die mit Schokolade verschmierte Wange. Hätte Mary den Kleinen zu besserem Benehmen anhalten sollen? Sollte sie ihn säubern, bevor sie zum Spielen übergingen? Sie hatte darauf verzichtet, weil das Kind sich gerade so wohlfühlte und sie alles daransetzen musste, zu ihm eine Beziehung aufzubauen, wenn der Vater schon so bald auf Reisen ging.

»Schönen Tag, mein Kleiner.« An Mary gewandt fügte er hinzu: »Wenn Thomas dann endlich wach ist, soll er zu mir kommen.«

»Ja, Mr Mixon.« Sie war so verlegen, dass sie knickste. Er blickte noch einmal auf sie herab, dann verließ er beinahe fluchtartig das Frühstückszimmer.

Mary sank zurück auf ihren Stuhl. Oscar widmete sich wieder Papier und Stiften, während ihre Gedanken rasten. Hatte sie etwas falsch gemacht? Würde sie schon heute ihre Arbeit verlieren und in Schimpf und Schande aus dem Haus gejagt werden?

Sie gab sich einen Ruck. *Ach, ganz bestimmt nicht. Es ist doch für alle eine neue Situation, dass nun jemand da ist, der sich um seine Söhne kümmert. Früher hat das Mrs Mixon gemacht. Natürlich erinnert es ihn an sie, wenn ich für die Kinder sorge.*

Trotzdem blieb dieses unangenehme Gefühl, dass sie einen Fehler gemacht hatte.

Doch als Mr Mixon sich zwei Tage später von seinen Söhnen verabschiedete, verlor er kein Wort darüber, ob Mary bleiben sollte oder nicht. Also blieb sie. Das Gefühl aber, dass sie nur auf Bewährung da war, dass sie irgendwas falsch gemacht hatte – es blieb. Und ließ sich nicht vertreiben, obwohl die Kinder Zutrauen zu ihr fassten und der kleine Oscar bald schon begeistert »Nana« zu ihr sagte.

Kapitel 5

Schwerin, August 1905

»Diese Hitze«, seufzte Großfürstin Jelena von Griechenland und fächerte sich frische Luft zu. »Die habe ich nun wirklich nicht vermisst, Nanny Katie.«

Die Angesprochene lächelte nachsichtig. Sie saßen im Park des Schweriner Schlosses auf Gartenstühlen, zwischen ihnen ein Tischchen, das Diener herausgetragen hatten. Auf einer Decke vor ihnen im Gras spielten die beiden Töchter der Großfürstin mit einem Ball. Die zweijährige Olga ließ ihn immer wieder zu ihrer einjährigen Schwester rollen, was Elizabeth mit einem vergnügten Quieken und Händeklatschen quittierte.

Katie schwitzte in dem Kleid aus braunem Baumwollstoff, das zu ihrer Nannyuniform gehörte. Sie machte sich in Gedanken eine Notiz, dass sie dieses Thema im nächsten Brief an Mrs Ward ansprach. Beim Entwurf der Uniformen hatte die Gründerin des Norland Institutes vielleicht nicht berücksichtigt, dass viele ihrer Nannys inzwischen auf dem Kontinent oder in subtropischen und tropischen Gefilden tätig waren. Die neue Uniform war schon jetzt unerträglich, und sie wollte sich lieber nicht vorstellen, wie es nach der Rückkehr in den Tatoi-Palast in Griechenland wäre.

Ein Diener kam mit einem Tablett über den Rasen. Katie stand auf und half ihm, die Erfrischungen zu verteilen. Für die Kinder gab es süße Limonade und klein geschnittenes Obst. Für die Großfürstin und die Nanny leichte Küchlein mit Baiserhaube auf Stachelbeere zu Eistee.

»Erinnere mich bitte daran, dass ich zukünftig keine Küchlein am Nachmittag mehr bestelle, Nanny Katie.« Mit einem dramatischen Seufzen legte Großfürstin Jelena die Hand auf ihren flachen Bauch. »Ich passe sonst nicht mehr in meine Ballkleider, wenn wir im Winter nach St. Petersburg reisen. Meine Mutter wird schimpfen, wenn ich bei ihrem Weihnachtsball nicht durch die Türen komme.«

»Ach, du wirst dich schon durch ein wenig Gymnastik in Form bringen.« Katie lächelte. Die Großfürstin war bekannt dafür, dass sie regelmäßig Leibesübungen machte. Ihr Vorbild war die einstige Kaiserin von Österreich. Sisi hatte ein eigenes Turnzimmer in der Hofburg einrichten lassen, wo sie sich Tag für Tag stählte.

»Du weißt, wie es um meine Disziplin steht.« Wieder seufzte die junge Frau, doch ihre Augen blitzten vergnügt, als sie sich noch ein Küchlein vom Teller stibitzte. »Verrat mich nicht, ja? Nikolaos wird denken, dass ich erneut guter Hoffnung bin.«

»Er würde sich bestimmt freuen.« Katie lehnte sich zurück. Sie beobachtete die beiden Kinder. Schön ist es hier, dachte sie. Die Sommerfrische im Mecklenburgischen tat ihr immer gut, wenngleich sie nicht nur Vorteile mit sich brachte …

»Hier seid ihr.«

Zum Beispiel sah sie sich gezwungen, mit der Mutter von Großfürstin Jelena Zeit zu verbringen. Sie war leider ziemlich strikt in ihren Ansichten. Und dazu gehörte auch, dass eine Bedienstete auf keinen Fall zu engen Kontakt mit ihrer Tochter haben sollte, weil es unter Jelenas Würde war. Und ein so vertraulicher Umgang, wie Jelena und Katie ihn pflegten, war ihr ein Dorn im Auge. Als Tante des russischen Zaren hatte Großfürstin Maria Pawlowna genaue Vorstellungen davon, was sich ziemte und was nicht.

Deshalb waren Katie und Großfürstin Jelena zu der stillschweigenden Übereinkunft gekommen, dass sie sich nur dann vertraut ansprachen, wenn sie allein waren.

Katie sprang von ihrem Gartenstuhl auf und bot ihn Großfürstin Maria an. Diese hob die Augenbrauen, ließ sich dann aber hineinsinken. Katie setzte sich zu den Mädchen auf die Decke und rollte ihnen den Ball zu. Olga lief die Nase, und Katie putzte sie ihr rasch – hoffentlich hatte die Großfürstin das nicht bemerkt. Sie konnte sich vorstellen, wie sie ihrer Tochter wieder mit unerschöpflicher Geduld erklärte, dass diese Nanny für die Aufgabe, zukünftige Königinnen und Kaiserinnen großzuziehen, gänzlich ungeeignet sei, wenn sie es nicht mal schaffe, grundlegende Prinzipien der kindlichen Körperhygiene zu beachten.

»Mutter. Wie schön, dass du dich zu uns gesellst.«

»Man sieht dich sonst ja kaum«, klagte die Großfürstin.

»Wir haben gemeinsam gefrühstückt«, konterte Jelena. »Das ist gerade mal ein paar Stunden her.« Als ihre Mutter nicht hinsah, zwinkerte sie Katie zu, die sich ein Kichern verkneifen musste. Rasch hielt sie Elizabeth den Ball hin. Die jüngere Prinzessin kam mühsam auf die kurzen Pummelbeinchen und kippte sogleich wieder um.

Jelena beugte sich vor. »Versuch's noch mal, mein Schatz«, flüsterte sie.

Und Elizabeth tat ihr den Gefallen. Die Kleine kam auf Hände und Füße, dann richtete sie den Oberkörper auf und machte wacklig zwei Minischritte, bevor sie auf den Windelpopo plumpste.

Jelena und Katie jubelten. Die junge Großfürstin sprang auf und schloss ihre kleine Tochter in die Arme. Sie herzte und küsste das Kleinkind, bis es das Gesicht verzog und auf ihrem Arm zappelte.

Großfürstin Maria lächelte nachsichtig. »Das sind die schönsten Momente der Mutterschaft«, kommentierte sie. »Wenn sie etwas meistern. Und irgendwann überflügeln sie uns.«

»Ach, Maman. Das hat doch noch Zeit.« Jelena kehrte zu ihrer Mutter zurück. Ihre Wangen waren leicht gerötet. Sie winkte einem Diener, der in angemessener Entfernung wartete, und bestellte bei ihm eisgekühlten Champagner. »Das müssen wir feiern!«

Großfürstin Maria spitzte den Mund. Bevor sie eine Bemerkung machen konnte, was sie davon hielt, wenn ihre Tochter nachmittags im Schlosspark Champagner schlürfte, beugte Jelena sich vor und legte ihr die Hand auf den Unterarm. Ganz behutsam. »Nicht streiten«, sagte sie sanft.

Maria Pawlowna nickte ganz leicht. Ihr Blick heftete sich wieder auf die Kinder. Katie hatte Elizabeth die Hände hingestreckt, die sich wieder hochgezogen hatte und fröhlich wippend auf den Füßen stand. Olga lief derweil über den Rasen, sie fiel hin und kugelte durchs Gras. Katie lief hinter ihr her, und sie spielten ein wenig Fangen.

Als sie atemlos wenige Minuten später zur Decke zurückkehrten, wischte Katie sich eine verschwitzte blonde Strähne aus der Stirn und steckte sie in den Haarknoten. Die beiden adeligen Frauen hatten sich entspannt zurückgelehnt und unterhielten sich. Großfürstin Jelena runzelte die Stirn. »Alice von Battenberg? Puh. Dieses merkwürdige Weib, das einem immer so unschicklich auf den Mund starrt.«

»Sie ist taub, das weißt du doch.«

»Trotzdem darf es mich irritieren, wie ihr Blick immer wild hin und her irrt, wenn sie mal in Gesellschaft ist, oder nicht?«

»Ich verstehe dich, Liebes. Aber sie ist deine Schwägerin, und daran solltest du dich allmählich gewöhnt haben.«

»Niemals«, murmelte Jelena. »Weißt du noch, wie sie mich letztes Mal ermahnt hat, als wir alle in Petersburg zusammenkamen? ›Kannst du bitte langsamer sprechen‹«, betonte sie die überdeutliche Aussprache ihrer Schwägerin. »Ernsthaft, Maman. Das ist für die Schwiegertochter des griechischen Königs unangemessen. Ganz abgesehen davon, dass ihre hessische Abstammung mehr als fragwürdig ist.«

»Ach«, machte ihre Mutter nur. Katie wusste, warum sie sich nicht über die harsche Aussage ihrer Tochter echauffierte oder sie zurechtwies – sie dachte ähnlich.

»Ihre Großeltern haben sich gegen den Willen der Gesellschaft vermählt. Sind durchgebrannt und haben alle vor vollendete Tatsachen gestellt. Wo gibt es das denn heute noch? Eine morganatische Ehe? Ich bitte dich, Maman.«

Maria Pawlowna kniff den Mund zusammen. »Sie ist immerhin auch die Urenkelin von Königin Victoria«, murmelte sie. »So viel sollten wir ihr zugutehalten, auch wenn die Sache mit ihrer Großmutter Julie mehr als unglücklich ist.«

»Als Nächstes wirst du mich daran erinnern wollen, dass Alice in Windsor geboren wurde, richtig?« Ein Lächeln umspielte Jelenas Lippen.

Katie, die das Gespräch aus dem Augenwinkel verfolgte, während sie weiter mit den Kindern spielte, musste kurz den Blick abwenden. Sie wusste, dass die junge Großfürstin gar nicht so große Ressentiments gegen Alice von Battenberg hegte. Sie hatte bisher wenig Gelegenheit gehabt, sie abseits des höfischen Zeremoniells kennenzulernen, und hatte sich darüber mehrfach bei Katie beklagt. »Ich glaube, ich würde sie mögen. Aber lass das bloß nicht meine Mutter wissen.«

Maria Pawlowna war als Tante des russischen Zaren sehr standesbewusst und ehrgeizig.

Jelena war noch nicht fertig. »Nun gut, in unserer Familie kommt das wohl auch noch vor. Kirill macht gerade denselben Fehler.«

»Sprich nicht so über deinen Bruder«, erwiderte die Ältere unwirsch. Sie murmelte etwas auf Russisch, das wohl Zustimmung ausdrückte, Katie war aber zu weit entfernt, um es zu verstehen. Jelena verfiel in den russischen Singsang, den sie gern anschlug, wenn die Bediensteten nichts mitbekommen sollten.

Katie erhob sich. Elizabeth brauchte eine frische Windel, und Olga folgte ihnen über den Rasen zum Schloss. Sosehr sie es mochte, dem Tratsch ihrer Dienstherrin mit deren Mutter zu lauschen – wenn die beiden ins Russische wechselten, zog sie sich lieber zurück. Sie wusste, wann sie nicht erwünscht war.

Kapitel 6

Dublin, August 1905

Das leise Klopfen an der Zimmertür ließ Joan aufblicken. »Ja, bitte?«

Ein Dienstmädchen schaute herein. »Lady Dudley lässt fragen, ob Sie zum Tee kommen, Miss Hodges.«

Joan seufzte. »Ja, natürlich. Richten Sie der Countess aus, dass ich in ein paar Minuten bei ihr bin.«

Sobald sie wieder allein war, wandte sie sich wieder dem Brief zu, der ihr schon seit einer halben Stunde eine Menge Kopfzerbrechen bereitete.

Er kam von einer Norland Nanny, die seit einigen Jahren über das Norland Institute vermittelt wurde und auch alljährlich einen kleinen Beitrag für die von Joan gegründete Stiftung leistete. Nun war sie in eine, wie sie es formulierte, »Notlage« geraten, »die es mir ab Februar nicht mehr erlauben wird, im Haus meines Dienstherrn zu arbeiten«.

Joan musste keine Hellseherin sein, um zwischen den Zeilen herauszulesen, welcher Art die Notlage der jungen Kollegin war. Das zeigte sich allein daran, dass sie sich an Joan wandte und nicht an Katie oder eine der anderen Nannys, die im Komitee des Norland Alumni Funds saßen und über die Verwendung der Gelder entschieden. Vermutlich dachte die arme Sybil, wenn sie Joan schrieb, würde diese sich an ihre eigene »Notlage« vor drei Jahren erinnert fühlen und sich für sie einsetzen.

Allerdings verkannte die junge Nanny, die sich vermutlich mit einem anderen Bediensteten, dem Hausherrn oder einem anderen Mann eingelassen hatte, die Spielräume, die Joan als Direktorin der Stiftung blieben. Sie hatte den Norland Alumni Funds kurz nach ihrer Heirat gegründet, weil sie dem Norland Institute etwas zurückgeben wollte. Das Stiftungsvermögen ermöglichte es jungen Frauen aus der Mittelschicht, die aus eigener Kraft nicht dazu imstande waren, die Ausbildungskosten am Norland Institute zu bestreiten. Bei den halbjährlichen Sitzungen in London entschied das Komitee über die Bewerberinnen und die Höhe der Stipendien abhängig vom Finanzbedarf der Einzelnen.

Die finanzielle Unterstützung einer Nanny, die einen Fehler gemacht hatte und deshalb ihre Arbeit nicht länger würde ausüben können, gehörte nicht zu den Zielen der Stiftung. Selbst wenn Joan ihr hätte helfen wollen, sah sie keine Möglichkeit.

Sie hätte ihr gern etwas Tröstliches geschrieben. Aber ihr fiel nichts ein. Darum beschloss sie, diesen Brief später zu beantworten und auf dem Weg zum Nachmittagstee noch rasch im Spielzimmer der kleinen Lords und Ladys hereinzuschauen.

»Mama, Mama!« Der anderthalbjährige Edward stürzte sich in ihre Arme, kaum dass sie das Spielzimmer betrat. Ihrem Sohn folgten der dreijährige Roderick und die knapp einjährige Alexandra dichtauf. Joan musste sich kurz hinknien und wurde von den jüngsten Sprösslingen der Countess Dudley umarmt, während ihr eigener Sohn an ihrem Arm hing und ihr kleine Küsschen gab.

»Was spielt ihr denn Schönes?«, erkundigte Joan sich. Roderick nahm ihre Hand, und sie wurde zu einem Kindertisch geführt, an dem die drei Kleinen malten. Lillian, die ernste Neunjährige, die schon bald der Kinderstube entwachsen sein würde, saß auf einem Schaukelstuhl und steckte die Nase in ein dickes Buch. Die älteren Geschwister Gladys und William waren vermutlich noch beim Unterricht oder gingen anderen Aktivitäten nach. Für sie war es immer häufiger unter ihrer Würde, sich mit den Jüngeren abzugeben.

»Wie schön, dass Sie vorbeischauen.« Nanny Brooks trat zu Joan. »Wir haben heute Nachmittag mal ein bisschen unsere Kreativität ausgelebt.«

»Das sehe ich.«

Die beiden lächelten einander an, und Joan dachte, wie viel Glück sie doch mit Nanny Brooks gehabt hatten.

Rosalie Brooks hatte sich erst spät als Nanny berufen gefühlt. Sie hatte vor fünf Jahren ihre Ausbildung am Norland Institute begonnen, und nach zwei Anstellungen, die sie nach Spanien und Warschau geführt hatten, wollte sie wieder heim, zu englischsprachigen Familien – die Sprachbarriere, sagte sie, sei für sie immer schwierig gewesen. Inzwischen war sie knapp vierzig Jahre alt, und die Kinder liebten sie abgöttisch. Lady Rachel war mit ihrer Arbeit sehr zufrieden, und Joan, die gelegentlich in der Kinderstube aushalf, konnte sich auf Nanny Brooks' Expertise verlassen und hatte kein Problem damit, sich auch ihren Anweisungen unterzuordnen. Anfangs hatte die andere damit gehadert, weil sie meinte, Joan als Schwägerin der Countess müsse sich von ihr ja nichts sagen lassen. Doch diesen Einwand hatte Joan damals mit einem Lachen beiseitegewischt. »Zuallererst sind Sie doch für die Kinder verantwortlich. Da rede ich Ihnen auch gar nicht rein. Ich habe genug zu tun und werde nie so nah dran sein können wie Sie.«

So hatten sie es seit über einem Jahr gehalten.

»Ich wollte auch nur kurz nach Edward schauen.«

»Er ist munter, keine Fieberbäckchen mehr.«

Joan atmete auf. Die beiden Frauen lächelten einander an. »Danke. Wenn noch etwas ist …«

»… lasse ich nach Ihnen schicken. Wie immer, Miss Hodges.«

»Danke, Nanny Brooks.«

Sie verließ die Kinderstube und machte sich durch die hohen, hell erleuchteten Gänge des Dubliner Schlosses auf den Weg zum Salon. Ihre Hände strichen über den raschelnden Stoff des hellgrünen Seidenkleids, das sie trug. Endlich nicht mehr schwarz, dachte sie. Auch die gedeckten Töne, dunkles Grau, Braun, tiefdunkles Lila – all das hatte sie erst vor Kurzem aus ihrem Kleiderschrank verbannt, und sie gedachte nicht, allzu schnell zu diesen bedrückenden Farben zurückzukehren. Wäre es nach ihr gegangen, hätte sie viel früher die Trauer abgelegt. Seit dem Tod von Reginald, dem jüngeren Bruder des Earl of Dudley, mit dem sie eine allzu kurze Zeit verheiratet gewesen war, bevor er nach den Komplikationen einer Blinddarmentzündung verstarb, waren fast anderthalb Jahre vergangen. Reginald hätte nicht gewollt, dass sie jahrelang schwarz verschleiert an seinem Grab weinte, davon war sie überzeugt. Dennoch hatte sie sich, als sie im Sommer des letzten Jahres das Londoner Haus verschloss und zu Earl William Dudley und seiner Familie nach Dublin zog, dem unausgesprochenen Wunsch von Lady Rachel gebeugt und sich so zurückgenommen, wie es die Etikette verlangte. Aber das war nun vorbei. Sie war die verwitwete Schwägerin des Earl of Dudley und hatte ein Recht auf lichte Kleider.

»Verzeih, dass ich dich hab warten lassen.« Joan betrat den grünen Salon. Lady Rachel saß bereits auf einem der Sofas und balancierte eine delikate Teetasse mit Goldrand in einer Hand, während sie mit der anderen einen Brief hielt, in den sie vertieft war.

»Ach, gar nicht schlimm. So blieb mir genug Zeit, den Brief unserer Schwiegermutter zu lesen, bevor du dich darüber aufregst.« Lady Rachel schmunzelte. »Du wirst dir denken können, was sie zu bemängeln hat.«

»Oh, ich kann es mir schon vorstellen.« Joan setzte sich neben Rachel und schenkte sich Tee ein. Während sie Sahne und ein Stückchen Zucker hinzugab, zählte sie auf: »Ich betrage mich liederlich, da ich bereits vor Ablauf der achtzehn Monate Trauerzeit in der Öffentlichkeit auftrete. Meine Garderobe ist anstößig, als Witwe sollte ich nichts tragen, das Haut erkennen lässt. Und natürlich habe ich vergessen, dass ich für meinen Sohn eine Vorbildfunktion habe, der ein völlig falsches Bild davon bekommt, was es heißt, ein Dudley zu sein. Wir haben schließlich eine Verpflichtung.«

Rachel legte den Kopf in den Nacken und lachte. Sie tat dies auf eine zurückhaltend gezierte Weise, ohne dass es affektiert wirkte. »Wirklich, Joan. Du bist herrlich!«

Sie gab Joan den Brief, und diese überflog die Seiten. »Du liebe Güte«, murmelte sie. Ihre Schwiegermutter, die Dowager Countess of Dudley, schrieb fast wörtlich das, was sie gerade selbst gesagt hatte.

»Man kann nicht behaupten, dass Lady Georgina uns noch überraschen kann.«

»Fürwahr«, murmelte Joan. Doch dann erhellte ein Lächeln ihr Gesicht. »Sie spendet fünfzig Pfund für jede unserer Stiftungen? Was für eine Freude!«

»Nicht wahr? Und es wird eine jährliche Zuwendung. Ich kann damit zwei neue Gemeindeschwestern einstellen.«

»Und wir können mindestens ein weiteres Stipendium am Norland Institute ausloben.«

Joan hätte fast den Brief an ihre Brust gedrückt, so sehr

beflügelte sie die Nachricht. Sie gab die Bögen ihrer Schwägerin zurück. »Lady Georgina war ja nie besonders angetan von mir …«

»Das hat sich geändert«, versicherte Lady Rachel ihr. »Und das wirst du auch erleben, wenn sie im Oktober zu Besuch kommt.«

»Oh, das habe ich wohl überlesen.«

Ihre Schwägerin lachte. »Vielleicht wolltest du es auch überlesen?«

»Kann gut sein. Wie gut, dass ich im Oktober in London sein werde. Aber nein, ich mochte sie immer.«

»Bis sie versucht hat, sich zwischen Reginald und dich zu stellen.«

»Das haben viele versucht.«

»Ich weiß …«

Die beiden lächelten einander verzeihend zu. Es bestand kein Groll zwischen ihnen, obwohl damals, als Joan und Reginald Dudley sich ineinander verliebten, auch Lady Rachel versucht hatte, sich zwischen die Liebenden zu stellen. Dereinst war Joan noch als Nanny im Haushalt des Earls angestellt gewesen, und Rachel als Countess hatte ihre Machtstellung genutzt und Joan gekündigt, sobald sie erkannte, dass ihr Schwager sich für die junge Frau erwärmte. Doch alle Interventionen hatten das Paar nicht daran hindern können, dass es schließlich heiratete und wenigstens für eine kurze Zeit glücklich miteinander war.

Nach Reginalds Tod war es vor allem Rachel gewesen, die sich in der Familie für Joan eingesetzt hatte. Für Earl William wäre es ein Leichtes gewesen, seine Schwägerin zukünftig zu ignorieren. Aber das ließ Rachel nicht zu. Nur zögernd nahm Joan ihr Angebot an, zu der Familie nach Dublin zu ziehen, wo Earl William Dudley im Auftrag der Krone als Vizekönig von Irland regierte.

»Nun, was hast du heute noch vor?«

»Oh, mein Schreibtisch liegt mit Arbeit voll.« Joan lachte. »Habe ich wirklich gedacht, ich könnte irgendwann als Nanny arbeiten *und* die Norland Alumni Stiftung führen?«

»Auch das hättest du mit Bravour gemeistert«, meinte Rachel. Sie wählte von der Kuchenplatte ein Küchlein aus. Ein feines Lächeln umspielte ihre Lippen. »Zum Abendessen gesellst du dich aber schon zu uns? Wir haben Gäste.«

Joan musste sich beherrschen, dass sie auf diese Eröffnung nicht mit einem Seufzen reagierte. Ihre Schwägerin Rachel hatte es sich in den Kopf gesetzt, dass sie, kaum der Trauerzeit entkommen, direkt wieder einen Mann finden sollte. »Hast du wieder einen alleinstehenden Witwer eingeladen?«

»Ich weiß, ich weiß!«, rief Rachel. »Du fürchtest nun wieder, ich will dich mit jemandem verkuppeln. Aber diesmal ist es ein sehr, sehr feiner Kerl, den ich als Tischherrn für dich ausgewählt habe. Versprochen! Benjamin ist sehr belesen, er hat am Trinity College studiert und arbeitet nun als Rechtsanwalt. Seiner Familie gehören weitläufige Ländereien im Süden Irlands.«

»Weiß dein Mann eigentlich davon, wie du versuchst, mit der Hand der Schwägerin eines Earls Politik zu machen?«

Rachel nahm ihr die spitze Bemerkung nicht übel. »Wir reden gelegentlich über dich«, räumte sie ein. »Aber um deine Zukunft geht es selten. Eher allgemein, wie gut es ist, dass du bei uns lebst und die Familie bereicherst. Und gestern kam Mr Dudley zu mir und fragte, ob Benjamin nicht zumindest als … nun ja … Freund für dich taugt. Jemand, mit dem du dich gelegentlich austauschen kannst, wenn du schon keine Neigung zeigst, dich mit den Damen der Dubliner Gesellschaft abzugeben.«

Joan schnaubte. Am liebsten hätte sie Rachel gefragt, ob das ihr Ernst sei, doch sie hielt lieber den Mund. Schon häufiger waren Rachel und sie aneinandergeraten, weil Joan in ihren Augen nicht angemessen auf ihre Vorschläge reagierte. Für eine Lady, pflegte Rachel bei solchen Auseinandersetzungen zu sagen, besaß Joan einen erstaunlichen Mangel an Taktgefühl.

»Du meinst, wenn ich ein paar taktlose Bemerkungen mache, wird er nicht sofort schreiend wegrennen?«

Rachel lachte. »O mein Gott, Joan. Warst du als Nanny auch schon so renitent?«

»Du hast es damals nur nicht gemerkt.« Joan lächelte. »Aber nein. Dass ich inzwischen offener sage, was ich denke, habt ihr Reginald zu verdanken.«

»Wohl wahr. Und ich glaube, ich bin ihm tatsächlich dankbar dafür.«

Das überraschte Joan. Verlegen wischte sie ein Fädchen von ihrem hellen Rock. »Das sagst du nur, damit ich diesem Benjamin wohlgesonnen gegenübertrete, nicht wahr?«

»Erwischt.« Rachel grinste frech. »Also, darf ich mit dir rechnen?«

»Ein wenig neugierig bin ich ja schon, wen du und dein Mann für geeignet erachtet, dass dieser Benjamin als Bekanntschaft für mich taugt.«

»Niemand will dich verkuppeln, vergiss das bitte nicht!« Lady Rachel hob den Zeigefinger. »Obwohl niemand sich mehr freuen würde als ich, wenn du ein zweites Mal dein Glück findest«, fügte sie hinzu.

»Selbstverständlich.« Joan bezweifelte es allerdings. Zu bequem war es für Lady Rachel, wenn Joan ihr in allen Belangen ihrer Stiftung zur Hand ging und auch in der Kinderstube ein Auge auf alles hatte. Sie hatte im Haushalt der Dudleys eine Funktion, ja. Und die ließ sie weiterhin spüren, dass sie niemals vollständig ein Teil der Familie sein würde.

~

»Sie sind also die legendäre Mrs Hodges.«

Joan hätte sich fast an ihrem Weißwein verschluckt, der zur Vorspeise gereicht wurde.

Mr Benjamin Ainsworth hob belustigt die buschigen Brauen. »Habe ich Sie mit meiner Offenheit etwa schockiert?«

Sie hatte sich schnell wieder gefasst. »Ich wusste ja nicht, dass ich *legendär* bin.« Ihr Blick flog zugleich quer über den Tisch zu Rachel, die gerade angeregt mit den Ehefrauen der beiden angesehenen Geschäftsleute redete, die auch zu diesem privat gehaltenen Dinner eingeladen worden waren. Die Matronen mit den grauen Löckchen, die eine mit einem zarten Damenbart, die andere mit einer spitzen Nase, die Joan an einen Specht denken ließ, nickten unisono zu allem, was Lady Rachel ihnen erzählte, während ihre Männer, die einander so ähnlich waren wie die Gattinnen, den Ausführungen des Earl of Dudley lauschten. William ließ sich gerade ausgiebig über die Verfehlungen der irischen Landbevölkerung aus, die selbst Jahrzehnte nach der Hungerkrise – wie er die große Hungersnot beschönigend zu nennen pflegte – immer noch die gleichen Fehler machte.

»Und so bluten sie ihr Land systematisch aus«, dozierte er. »Die jungen, mobilen Leute gehen nach Dublin und steigen aufs nächste Schiff nach Amerika. Sie sind für alle Zeiten für den Arbeitsmarkt verloren. Zurück bleiben nur Alte, Schwächlinge und arbeitsscheues Gesindel.«

Fast hätte Joan sich eingemischt. Aber sie bemerkte Rachels Blick, der genau in diesem Moment in ihre Richtung wanderte. Sie kannte Joan. Es wäre nicht das erste Mal, dass sie mit William in so politisch brisanten Fragen aneinandergeriet.

Die beiden Herren jedenfalls stimmten William zu. Bevor Joan sich einmischen konnte, stellte Benjamin Ainsworth ihr eine Frage.

»Wie bitte?«

Er lächelte nachsichtig. Ein guter Beobachter – ihm war nicht entgangen, dass sich ihre Aufmerksamkeit auf das andere Tischende konzentrierte.

»Ich fragte, ob Ihnen das Leben in Dublin zusagt. Oder bevorzugen Sie London? Lord William erwähnte, dass Sie aus London stammen.«

Was hat er Ihnen denn noch alles erzählt?, hätte sie am liebsten gerufen. Doch Joan erwiderte sein Lächeln.

»Meine Familie stammt aus Kent. Nach dem Tod meiner Eltern zog ich zu meinem Onkel nach London. Dort habe ich gern gelebt, und ich vermisse ihn und London. Aber Dublin hat es mir auch angetan. Es hat so etwas Beschauliches, wenn man aus der Metropole kommt.«

»Fürwahr. Wobei sich die Beschaulichkeit wohl nicht auf die Elendsviertel der Stadt bezieht.«

Damit weckte er dann doch ihr Interesse. »Was wissen Sie darüber?«

Benjamin Ainsworth machte eine wegwerfende Handbewegung. »Ach. Nur was ich bei meiner täglichen Arbeit sehe. Lady Dudley ist sehr aktiv in der Stadt. Ich habe sie kennengelernt, als sie Unterstützung für ihr Gemeindeschwesternprojekt suchte.«

»Dann engagieren Sie sich auch in diesem Bereich?«

Mr Ainsworth lachte. »O nein. Ich bin Politiker im Stadtrat. Uns eint das Ziel, wenngleich sie es mit anderen Methoden vorantreibt.«

Joan wusste nicht, was genau sie von diesem Dinner

erwartet hatte – aber ganz sicher nicht, dass Benjamin Ainsworth sich als kluger, belesener und empathischer Gesprächspartner erwies. Ein bisschen zu alt für ihren Geschmack, falls es tatsächlich darum ging, sie miteinander zu verkuppeln; sie schätzte ihn auf Mitte vierzig, und damit war er ungefähr fünfzehn Jahre älter als sie.

Ihr gefiel, wie er lächelte, als sie ihn fragte, warum er noch Junggeselle sei. Ein bisschen verlegen, vielleicht auch überrascht von so viel Unverblümtheit.

»Nun, es ergab sich nie. Erst bereiste ich die Welt, dann war ich lange Zeit krank. Malaria«, fügte er hinzu. »Dann studierte ich und hatte wohl in all den Jahren keinen Sinn dafür. Danach wurde ich von der Arbeit vereinnahmt. Vielleicht habe ich das Heiraten einfach vergessen.«

»Und nun wurden Sie von Ihrer Familie daran erinnert?«

Inzwischen wurde der Hauptgang serviert. Als Joan sich zurücklehnte, damit der Diener den Teller vor ihr abstellen konnte, bemerkte sie wieder Rachels Blick. Sie zwinkerte ihr zu.

»Meine Familie hat wenig Interesse daran, was ich tue. Da dreht sich alles um meinen ältesten Bruder. Die anderen Kinder haben meine Eltern im Grunde aufgegeben.« Wenn dieser Umstand ihn verbitterte, zeigte er das nicht. Dennoch hatte Joan das Gefühl, dass seine Stimmung leicht gedämpft war. Als es nach dem Dinner auf einen Mokka, Zigarren für die Herren und Likör für die Damen in die Bibliothek ging, wartete er an der Tür auf sie, und sie folgten den anderen langsamer.

»Ich muss zugeben, dass Lord Dudley nicht übertrieben hat. Sie sind eine sehr angenehme Gesprächspartnerin, Mrs Hodges.« Dabei musterte er sie von der Seite. Die Hände hatte er hinter dem Rücken verschränkt, er passte seine Schritte ihren an. Joan spürte, wie sich ihre Wangen röteten. Sie war in diesem Spiel ungeübt, hatte sich nie darauf eingelassen, bevor sie Reginald kennenlernte, und sein Werben um sie war teils so behutsam und dann wieder so stürmisch gewesen, dass sie jetzt nicht wusste, was eine angemessene Reaktion war. Sie fand Benjamin Ainsworth sympathisch, so viel konnte sie schon sagen, doch reichte Sympathie für mehr?

»Wenn Sie erlauben, würde ich Sie gern auf eine Ausfahrt einladen. Sie und Ihren Sohn Edward.«

»Daran hätte er sicher viel Spaß.«

»Sie hoffentlich auch, Mrs Hodges?«

Joan lachte. »Ja, selbstverständlich.«

»Gut. Nächsten Samstag um drei?«

So kam Joan zu ihrer ersten Verabredung.

Als sie abends in ihr Schlafgemach zurückkehrte, schlummerte Edward friedlich in ihrem großen Bett. Sie betrachtete ihren anderthalbjährigen Sohn mit einem wehmütigen Lächeln. Vom Wein und vom Likör fühlte sie sich beschwipst, ihre Wangen waren gerötet, und sie war erschöpft vom lebhaften Austausch mit Benjamin, der ihr von seinen Reisen nach Asien erzählt hatte, von seinem Leben in Indien und später auf Sansibar. Aber der Abend hatte ihr gutgetan. Sie erlaubte sich sogar, sich auf die Ausfahrt mit ihm zu freuen.

»Du hättest das gewollt, oder?«, fragte sie die Fotografie von Reginald, die auf ihrem Toilettentisch stand. Sie nahm den Bilderrahmen in die Hand und sah ihren verstorbenen Mann lange an. Das Foto war kurz vor seinem Aufbruch nach Südafrika aufgenommen worden, wo er im Burenkrieg gekämpft hatte. Der Krieg hatte ihn gezeichnet, und es hatte gedauert, bis Joan begriff, dass jedes einschneidende Erlebnis prägend war und die Person veränderte, die es erlebte. So war es ihr nach Reginalds Tod ergangen. Sie hatte für

Edward weitergelebt, hatte all ihre Kraft dareingelegt, ihrem kleinen Sohn ein gutes Leben zu ermöglichen. Sie wusste nicht, ob es am Fehlen des Vaters lag oder ob er einfach sehr anhänglich war – aber alle Versuche, dass Edward bei den anderen Kindern schlief, schlugen fehl. Darum hatte sie ihn schließlich dauerhaft zu sich geholt und ließ jede Kritik daran an sich abprallen.

Und nun war da ein Mann, der ernstes Interesse an ihr zeigte. Sie wusste noch nicht, ob es ihm um sie selbst als Persönlichkeit ging oder ob ihn nur die Verbindung zum Earl of Dudley reizte; ebenso wenig wusste sie, ob das für ihre Entscheidung von Bedeutung wäre, falls sich etwas entwickelte, das mehr war als eine gelegentliche Ausfahrt.

Bisher musste sie sich darüber noch keine Gedanken machen. Sie stellte Reginalds Bild zurück auf den Toilettentisch, drückte einen Kuss auf ihre Fingerspitzen und berührte damit die Lippen auf dem Foto.

Edward knurrte leise, als sie zu ihm unter die Bettdecke schlüpfte. Er drehte sich von ihr weg und drückte Mr Rabbit fester an sich – ein Kuschelhase, den damals Reginald noch für ihn gekauft hatte, kurz nach der Geburt.

»Schlaf weiter«, flüsterte Joan.

Aber sie blieb wach, denn in ihrem Kopf herrschte ein schreckliches Durcheinander.

War sie schon bereit für einen neuen Mann in ihrem Leben? Sie hatte doch vor Reginald gedacht, dass sie nicht fürs Heiraten gemacht sei, und nun schien für jeden klar zu sein, dass sie nicht auf ewig Witwe bleiben konnte.

Ihr stellte sich in diesem Augenblick eigentlich nur eine Frage. Warum eigentlich nicht?

Kapitel 7

Bethersden, August 1905

Nana, guck!«

»Ja, ich schaue sofort, Oscar.« Mary lächelte nachsichtig. Sie trug den Stapel mit Wäsche ins Schlafzimmer der Kinder und räumte sie in die Kommode. Oscar folgte ihr wie ein kleiner Schatten. Sie musste immer erst hinter sich schauen, wenn sie sich umdrehte, weil sie schon mehrmals fast über ihn gefallen wäre. Auch diesmal stand er hinter ihr, nachdem sie alles eingeräumt hatte und die Schübe geschlossen waren. Stolz hielt er ihr etwas entgegen, das sie nach kurzer Musterung als einen verschrumpelten Apfelschnitz identifizierte, auf dem sich bereits etwas Staub und Haare gesammelt hatten. Offenbar war der kleine Snack vor ein paar Tagen in einer Ecke des Spielzimmers übersehen worden, nachdem sie auf dem Teppich nachmittags Scones und Obst gegessen hatten.

»Huch, der sieht aber nicht lecker aus.«

Oscar grinste und tat so, als wollte er den Apfelschnitz verspeisen. Da wurde Mary doch energischer. »Wollen wir nicht in der Küche nach einem frischen Apfel schauen?«

Doch sofort wurde seine Miene ganz traurig. »Kein Apfel.«

»Das glaub ich nicht. Na komm.« Sie hielt ihm die Hand hin. Oscar ergriff sie und tappte neben ihr her zur Treppe.

Den schrumpeligen Apfelschnitz ließ er nicht aus der anderen Hand. Erst als sie den oberen Treppenabsatz erreichten, gab er ihn widerwillig ab, um sich am Treppengeländer und an ihrer Hand festzuhalten.

Aus dem Schulzimmer, das im Erdgeschoss lag, hörten sie die Stimmen von Mr Rooney und Thomas, die sich durch eine Leseübung buchstabierten. Die Tür stand offen, damit wenigstens etwas Luft in den kleinen Raum kam.

In der Küche war niemand. Als Mary in der Vorratskammer nach Äpfeln schaute, wurde sie enttäuscht. Nur zwei schrumpelige, alte Äpfel lagen noch darin.

»Na, aber draußen gibt es ja neue«, tröstete sie Oscar. »Ich werde nachher Miles fragen, ob er welche für uns pflückt, ja?«

Oscar hatte derweil auf einem der oberen Bretter ein paar Gläser mit Apfelmus entdeckt. Aufgeregt zeigte er darauf. »Das möchtest du?«

»Ja, ja! Nana Appelmu.«

»Also gut.« Sie holte einen Hocker und hangelte eines der Apfelmusgläser vom obersten Bord. Als sie gerade etwas davon in ein Schüsselchen löffelte, kam Penny herein. Zu Marys Überraschung schrie das Hausmädchen auf, stürzte sich auf sie und riss ihr den Löffel aus der Hand. Sie schüttelte so heftig den Kopf, dass sich einige graue Strähnen aus ihrer Frisur lösten. Sie drohte Mary sogar mit dem Löffel und schimpfte in der für Mary unverständlichen Sprache, mit der Penny sich zumindest mit Ginny einigermaßen verständigen konnte.

»Entschuldigung!«, rief Mary. »Entschuldige, Penny. War das dein Apfelmus? Das wusste ich nicht, verzeih!«

Doch Penny ließ sich überhaupt nicht beruhigen. Sie nahm die Schüssel, kippte das Apfelmus zurück ins Glas, kratzte mit dem Löffel auch den letzten Rest heraus und funkelte Mary so wütend an, dass sie es nicht wagte, auch nur zu fragen, was das nun wieder sollte.

»In Ordnung«, murmelte sie. »Wir suchen uns was anderes.« Sie ging vor Oscar in die Hocke, der die Szene mit großen Augen beobachtet hatte. »Meinst du, ein paar Pflaumen tun es auch?«

»Ja, Nana.«

Mary blickte zu Penny hoch. »Pflaumen sind okay?«

Penny nickte heftig. Sie zeigte auf eine Schüssel mit frischen Pflaumen. Mary entsteinte ein paar davon unter dem strengen Blick von Penny, als fürchtete das Hausmädchen, die Nanny könnte sich noch einmal am wertvollen Apfelmus vergreifen.

Sie wusste, dass sie irgendeinen Fehler begangen hatte. Aber was hatte sie nur falsch gemacht?

~

»Mr Mixon ist zurück.« Mit diesen Worten begrüßte Ginny sie, als Mary zwei Tage später frühmorgens in die Küche kam.

Mary war überrascht. »Seit wann?«

»Gestern spätabends. Er hat telegrafiert, dass Miles ihn aus Ashford abholen solle, wo er nach seiner Rückkehr aus London noch bei Freunden zum Abendessen war.«

»Aha, gut zu wissen.« Mary merkte, wie sehr die Nachricht sie in Aufregung versetzte, und schob das Gefühl rasch beiseite.

Seit gut drei Wochen war sie nun als Nanny im Haus der Mixons. Nachdem der Hausherr drei Tage nach ihrer Ankunft aufgebrochen war, hatten sie wenig von ihm gehört; er schien darauf zu vertrauen, dass daheim alles zum Besten bestellt war oder dass man ihn zumindest informieren würde, wenn es mit der neuen Nanny nicht klappte wie gewünscht.

Aber sie hatte sich gut eingelebt. Thomas und vor allem der kleine Oscar folgten ihr auf Schritt und Tritt, alle waren nett zu ihr, und niemand gab ihr das Gefühl, sie sei fehl am Platz oder nicht erwünscht. Dass die Kinder so ausgeglichen und zufrieden waren, erfüllte Mary jeden Tag aufs Neue mit Dankbarkeit. Es sollte also nichts an ihrer Arbeit auszusetzen geben.

»Du sollst gleich nach dem Frühstück zu ihm kommen, er ist schon in seinem Arbeitszimmer.« Ginny klang jedoch alles andere als zuversichtlich. Sie wich Marys fragendem Blick aus.

»Danke. Ich gehe die Kinder holen. Bringst du das Frühstück rauf?«

»Natürlich«, erwiderte Ginny, als sei es unter ihrer Würde, dass sie von Mary auf ihre Aufgaben hingewiesen wurde.

Nachdem sie Thomas im Schulzimmer abgeliefert hatte und Oscar mit Penny zu einem Spaziergang aufgebrochen war, klopfte Mary an die Tür des Arbeitszimmers.

»Herein!«

Mr Mixon saß hinter dem kleinen Schreibtisch, auf dem sich Bücher, Akten und Papierberge türmten. Er hatte in der Mitte gerade genug Platz für das Kontorbuch, in das er schrieb. Bei Marys Eintreten klappte er es zu und lehnte sich zurück.

»Guten Morgen, Mr Mixon.« Verlegen machte sie einen Knicks. »Sie wollten mich sprechen?«

»Nanny MacArthur. Ja.« Er schien nach den richtigen Worten zu suchen.

»Möchten Sie, dass ich berichte, wie es den Jungen geht?«

»Gerne.« Er schien erleichtert zu sein, dass sie die Initiative ergriff.

»Thomas hat seit zwei Wochen Unterricht. Mr Rooney wird Ihnen sicher noch gesondert berichten. Ich habe den Eindruck, dass er Spaß daran hat.«

»Spaß, soso.«

Sie biss sich auf die Unterlippe. Vielleicht war Mr Mixon gar nicht daran interessiert, dass seinem Sohn der Unterricht Freude bereitete.

»Der Alltag hat sich inzwischen eingespielt«, fuhr sie hastig fort. »Wir haben eine Tagesstruktur entwickelt, die den Kindern hilft. Morgens beschäftige ich Oscar, der natürlich auch gern ins Schulzimmer möchte.« Sie lächelte. Am ersten Schultag hätte der Kleine am liebsten die ganze Zeit vor der Tür gewartet, bis sein Bruder wieder auftauchte. Die beiden waren vermutlich in den vergangenen Monaten selten gegen ihren Willen getrennt worden. Kein Wunder, dass das einen knapp Zweijährigen überforderte.

»Nun gut. Das klingt erfreulich.« Mr Mixon seufzte. »Und was war das für ein Vorfall mit Penny vor ein paar Tagen?«

Sie blickte auf ihre Hände. Hätte sie sich ja denken können, dass er davon erfuhr. Die anderen Bediensteten im Haus waren freundlich zu Mary, doch ihre Stellung hob sie von Anfang an von jenen ab – mit Ausnahme von Mr Rooney. Er aber kam aus Bethersden und wohnte nicht mit den anderen im Haushalt; er kam morgens um kurz vor acht und ging zur Mittagszeit nach Hause.

»Ich habe für Oscar ein Glas Apfelmus aus der Speisekammer geholt. Er wollte einen Apfel, es war aber keiner mehr da. Und dann kam Penny herein, sie riss mir alles aus der Hand, den Apfelmus kippte sie zurück ins Glas …« Mary zuckte mit den Schultern und lächelte entschuldigend. »Ehrlich gesagt weiß ich selbst nicht so genau, was da los war.«

»Hm, soso.« Mehr sagte Mr Mixon nicht, seine Finger aber trommelten auf die Tischplatte. »Sie sollten sich lieber aus diesen Dingen heraushalten. Die Küche geht nur Miss Smithers und Penny etwas an. Wenn Sie etwas von dort wollen, fragen Sie.«

»Ja, natürlich. Ich wollte nur … Sie waren nicht da, und ich dachte …«

»Lassen Sie das.« Nun klang er doch verärgert. »Hören Sie? Denken Sie *nicht* nach, machen Sie sich *nicht* nützlich. Übernehmen Sie *keine* Aufgaben, die über Ihre Verantwortung hinausgehen. Die Küche ist für Sie tabu, haben wir uns verstanden? Sie haben dort nichts zu suchen. Ich hoffe, ich habe mich deutlich genug ausgedrückt.«

Mary fuhr zurück. Mr Mixon hatte die Stimme erhoben, und seine Augen blitzten hart.

»Aber es war doch nur ein Glas Apfelmus …«

Seine Faust donnerte auf den Tisch.

»Sie haben keine Ahnung, wovon Sie da reden, Nanny MacArthur.« Seine Stimme war ein gefährliches Flüstern. »Verschwinden Sie. Los, gehen Sie mir aus den Augen.«

Mary drehte sich um und floh. Sie merkte, wie ihr Tränen in die Augen schossen. Vor der Tür wusste sie einen Moment lang nicht, wohin mit sich, doch dann eilte sie die Treppe hoch und lief in ihr kleines Turmzimmer. Von unten im Garten hörte sie Oscar jauchzen, dem Miles eine Schaukel in einen Pflaumenbaum gehängt hatte.

Sie sank verzweifelt aufs Bett. Himmel, was hatte sie getan? Ging es hier wirklich nur darum, dass sie sich in der Vorratskammer selbst bedient hatte? Sie spürte, dass mehr dahinterstecken musste. Es war eben nicht nur ein Glas Apfelmus. Das hatte sie schon an Pennys Reaktion gemerkt.

An Ginnys zusammengekniffenem Mund, bevor sie Mary zu Mr Mixon schickte. Alle schienen mehr zu wissen als sie selbst. Und sie konnte wohl kaum Oscar oder Thomas fragen, was es damit auf sich hatte.

Aber sonst hatte sie hier niemanden, mit dem sie reden konnte.

Und auf einmal fühlte sie sich sehr, sehr einsam.

Kapitel 8

Schwerin, August 1905

Liebe Güte«, murmelte Großfürstin Jelena. »Seht sie euch nur an.«

»Bitte, Jelena.« Ihre Mutter runzelte die Stirn. »Sei nett zu ihr.«

»Wieso sollte ich zu einer nett sein, mit der wir uns niemals abgeben würden, wenn sie nicht in die Familie eingeheiratet hätte?«, zischte Jelena.

Katies Blick folgte dem leichten Nicken, mit dem ihre Arbeitgeberin auf die junge Frau zeigte, die am anderen Ende des großen Thronsaals aufgetaucht war und nun neben ihrem großen Gatten langsam auf sie zukam. Auf Alice von Battenbergs Gesicht lag ein fast staunender Ausdruck, ihr Blick ging von den rot-goldenen Querbehängen über den Fenstern über die Seitenschals zu der Kassettendecke mit weißen und goldenen Malereien.

»Schon was anderes hier als in Tatoi«, lästerte Jelena.

»Du liebe Güte. Lass sie um Himmels willen nicht spüren, wie sehr wir auf sie herabschauen, Eleni.« Maria Pawlowna seufzte, als wäre es auch für sie eine Zumutung, hier zu sein.

Katie wunderte sich. So kannte sie die junge Großfürstin gar nicht. Sie schien es auf die arme Alice von Battenberg abgesehen zu haben, die durch ihre Heirat mit Prinz Andreas von Griechenland seit zwei Jahren in den Stand einer Prinzessin erhoben worden war. Doch wurde Jelena nicht müde, auf die Abstammung ihrer Schwägerin hinzuweisen, deren Großeltern nicht standesgemäß geheiratet hatten. Sie kam damit oftmals ihrer Mutter zuvor, die, wenn sie erst in Fahrt kam, sehr viel ätzender ihre Meinung kundtat.

Alice war sehr hübsch mit ihren dunkelblonden Haaren, der schlanken Figur und vor allem mit diesen großen braunen Augen, mit denen sie ihr Gegenüber maß. Sie war fast einen Kopf kleiner als ihr Mann. Hinter ihnen ging in der schlichten grauen Uniform eines Dienstmädchens eine junge Frau, die das Baby trug.

»Willkommen in Schwerin!« Großfürstin Maria erhob sich von ihrem Sessel, und nach einem kurzen Zögern folgte Jelena ihre Mutter. Beide traten den Neuankömmlingen entgegen, sie umarmten erst Andreas, dann Alice. Katie führte dann auch die beiden Prinzessinnen heran. Alice beugte sich zu Olga hinunter, das kleine Mädchen gab ihr artig die Hand – Katie atmete auf, denn das hatte sie mit der Zweijährigen zuletzt regelmäßig geübt – und machte sogar einen kleinen Hüpfer, der mit etwas gutem Willen als Knicks durchging. Elizabeth aber jammerte so lange, bis Katie sie wieder auf den Arm nahm.

Prinz Andreas wandte sich an seine Schwägerin. »Wo ist mein Bruder?«, erkundigte er sich auf Griechisch. Jelena runzelte die Stirn. Sie hasste es, wenn Andreas griechisch sprach – was er im Übrigen häufig tat, weil er der Auffassung war, dass er als griechischer Prinz auch diese Sprache benutzen sollte. Hier in Schwerin sprachen sie meist Deutsch oder Russisch, gelegentlich Englisch.

»Nikolaos zog es vor, gestern zu seinem Jagdschloss zu fahren.« Jelena antwortete auf Englisch. Ihr Schwager runzelte seinerseits die Stirn.

»Nun, wir möchten euch das jüngste Familienmitglied vorstellen.« Er gab dem Kindermädchen ein Zeichen, und die junge Frau stolperte fast über ihre eigenen Füße, als sie nach vorne trat und vor Großfürstin Maria Pawlowna einen tiefen Knicks machte. »Eure Hoheit …«, murmelte das arme, verschüchterte Ding. Dabei hielt sie das kleine Mädchen mit ausgestreckten Armen von sich weg, als wollte sie ein Menschenopfer darbringen.

Großfürstin Maria schürzte die Lippen. »Eine kleine Prinzessin, wie schön«, sagte sie, während das Kindermädchen den Säugling in ihre Arme legte.

»Wir haben sie Margarita genannt«, sagte Alice leise. Es war das erste Mal, dass sie die Stimme erhob. Sie klang sanft und dunkel. Katie war überrascht. Nach allem, was Prinzessin Jelena in den vergangenen Tagen über Alice von Battenberg erzählt hatte, hatte sie den Eindruck gewonnen, sie sei eine herrschsüchtige, selbstverliebte junge Frau, die sich in ihrer Sonderrolle gefiel.

Das Gegenteil war der Fall. Staunend beobachtete Katie, wie der Blick der jungen Prinzessin von einem zum anderen huschte, als wollte sie kein Wort verpassen. Sie wirkte konzentriert.

Alice war, so viel hatte Katie verstanden, nicht vollständig taub. Bereits als kleines Kind hatte man die Schwerhörigkeit bei ihr diagnostiziert, da sie sich sehr schwer damit tat, sprechen zu lernen. Erst als die Familie von ihren Schwierigkeiten wusste, ging man darauf ein, und Alice lernte schnell, in mehreren Sprachen das von den Lippen abzulesen, was ihr Gehör nicht aufnehmen konnte. Was für eine Leistung!, dachte Katie bewundernd.

Die Großfürstin lud alle ein, ihr in die angrenzende Bibliothek zu folgen, wo bereits für den Nachmittagstee gedeckt war. Während die Familie sich unterhielt, liefen und krabbelten Olga und Elizabeth in ihren Rüschenkleidchen herum und krochen unter die Sofas. Katie hatte alle Hände voll mit ihnen zu tun, während das Kindermädchen der kleinen Margarita stocksteif hinter ihrer Herrin stand und das Baby im Arm hielt, das inzwischen eingeschlafen war. Sie umklammerte es, als handelte es sich um eine wertvolle Porzellanterrine, und dabei verzog sie das Gesicht, als wünschte sie, überall zu sein, nur nicht ausgerechnet hier. Katie versuchte, ihren Blick aufzufangen, ihr aufmunternd zuzulächeln – schließlich waren sie Verbündete, sie einte der Wunsch, gut für die Kinder zu sorgen, nicht wahr? –, doch als die andere das bemerkte, verfinsterte sich ihre Miene, und sie blickte demonstrativ in eine andere Richtung.

Nach einer Weile wurden Katies Schützlinge unruhig. Besonders Elizabeth war so viel Trubel nicht gewohnt und rieb sich immer wieder die Augen – sie hielt gelegentlich noch ein kleines Schläfchen am Nachmittag. Katie teilte Großfürstin Jelena in einem unbeobachteten Moment mit, sie werde die Kinder nun wieder mitnehmen. Diese nickte nur knapp und sprach im nächsten Moment wieder ihren Schwager Andreas an.

Alice hatte sie aber bemerkt. Sie drehte sich zu ihrem Kindermädchen um und sagte ihm etwas. Die junge Frau wandte sich von ihr ab, verdrehte die Augen und stapfte auf Katie zu. »Du zeigst mir, wo hier das Kinderzimmer ist?« Dabei klang sie so, als sei es unter ihrer Würde, sich mit Katie abzugeben.

»Ja, gerne.« Katie versuchte es noch einmal mit einem Lächeln, das aber erneut an dem Kindermädchen abprallte. Sie nahm Elizabeth auf den Arm und Olga an die Hand und ging voran.

»Ich kenne mich inzwischen ganz gut aus. Wir sind erst

seit einer Woche wieder in Schwerin«, redete Katie einfach weiter. »Vorher waren wir in St. Petersburg, aber das war wirklich nichts für die Kinder. Die blauen Nächte? Oje, ich habe sie kaum zum Schlafen gebracht.«

»Du brauchst nicht so zu tun, als wären wir Freundinnen«, unterbrach die andere sie.

Katie drehte sich halb zu ihr um. »Also, wenn du nicht mal unter deinesgleichen Freundinnen hast, wirst du es schwer haben«, sagte sie ratlos. »Ich wollte nur nett sein. Ich bin übrigens Nanny Fox. Katie.«

Wieder dieser finstere Blick. »Ja, das weiß ich.«

»Und du?«

Sie gingen ein paar Augenblicke schweigend, ehe Katie hinter sich ein geflüstertes »Susa« hörte.

Das Baby wachte auf und quengelte. Katie biss sich auf die Unterlippe, um nicht belehrend zu klingen, denn Susa fing sogleich an, den Säugling zu schuckeln und ihm etwas vorzusingen, statt das Naheliegendste zu tun und ihm ein Fläschchen anzubieten.

»Bist du auch ihre Amme?«, versuchte sie es nach einer Weile. Inzwischen hatten sie den Ostflügel erreicht, wo unter anderem die Gästesuite von Großfürstin Jelena und Prinz Nikolaos lag. Für die Kinder gab es neben einem großen Spielzimmer ein Schlafzimmer mit einem angrenzenden Raum, in dem Katie wohnte. Ein zweites Spielzimmer lag direkt neben dem Schlafzimmer der Eltern am anderen Ende des Flurs.

»Himmel, seh ich so aus, als würde ich mir erst die Figur ruinieren und dann dem Balg von so einer verrückten Prinzessin die Brust geben?«, fauchte Susa.

Es hätte Katie auch gewundert. Meist hatten Ammen ein gutes Gespür für ihre Schützlinge. Vielleicht nicht unbedingt, weil sie aus dem Geschrei sofort heraushörten, was der Säugling brauchte – wohl aber, weil ihr Körper reagierte und die Milch floss.

»Du kannst klingeln, dann wird ein Fläschchen gebracht.«

»Das Baby kriegt erst in zwei Stunden wieder was.« Susa klang sichtlich genervt. Sie wusste also, dass Margarita Hunger hatte.

Katie hätte gern etwas gesagt. Zum Beispiel, dass bei ihr die Babys immer ein Fläschchen bekamen, wenn sie Hunger signalisierten. Aber sie wollte sich nicht einmischen; sie wusste schließlich nicht, was Prinzessin Alice für die Versorgung ihrer kleinen Tochter verfügt hatte.

»Außerdem wird sie eh zu mopsig«, fügte Susa fast entschuldigend hinzu. »Findest du nicht?«

Sie hob Margarita hoch, die inzwischen in den höchsten Tönen kreischte und brüllte. Das kleine Gesicht war knallrot, die Kleine bekam kaum Luft und fuchtelte verzweifelt mit den Armen.

»Wenn du ihr Tee oder Wasser gibst?«

»Nein.«

Katie nickte nachdenklich. Sie ging in den Nebenraum und legte Elizabeth ins Bett. Die Kleine schlief rasch ein, obwohl Margarita sich zunehmend in Rage schrie.

Als Katie zehn Minuten später wieder herauskam, legte Susa das Baby gerade auf einem Kissen ab. Es war vor Erschöpfung eingeschlafen. Hatte sich in den Armen seiner Kinderfrau in den Schlaf geschrien. Es zerriss Katie fast das Herz.

»Bei uns am Norland Institute habe ich gelernt, dass Babys auch mal unregelmäßig gefüttert werden dürfen, wenn sie Hunger bekunden«, sagte sie leise.

»Ich hab aber nicht am *Norland Institute* gelernt«, erwiderte Susa überraschend scharf. »Mir hat meine Mutter alles beigebracht, was ich über Babys wissen muss. Und wenn ich was nicht weiß, schreibe ich ihr. Mir hat's auch nicht geschadet, dass ich so aufgewachsen bin.«

Katie musste sich auf die Zunge beißen, um nicht genauso giftig zu antworten. Sie versuchte es mit einem Lächeln, doch Susa wandte sich wortlos ab. Das Gespräch war beendet.

Als das Baby eine gute Stunde später wieder aufwachte, klingelte Susa nach einem Fläschchen. Katie spielte mit Olga, die fröhlich kichernd auf ihrem Schoß saß und Abzählreime mit ihrem Klatschen begleitete. Auch Elizabeth wurde wach, und nachdem Susa das Baby gefüttert hatte, tollten die beiden älteren Kinder über den Boden und küssten ihre Cousine voller Begeisterung ab, was diese sich gern gefallen ließ.

»Ich hab's mir nicht so schwer vorgestellt.«

Susa setzte sich vorsichtig auf das Sofa, auf dem Katie inzwischen Platz genommen hatte. Immer häufiger zog sie sich aus dem Spiel der Kinder zurück, ließ sie gewähren und griff allenfalls ein, wenn es schlimmen Streit gab. Aber im Moment war alles friedlich.

Katie sah Susa nicht an. »In meiner Ausbildung habe ich so viel mehr gelernt als nur den praktischen Umgang mit Kindern. In den Kursen wurde uns vermittelt, wie wichtig es ist, auf das Kind zu schauen. Sieh sie dir an – sie spielen. Das ist wunderbar zu beobachten.«

Susa nickte zögernd. »Dieses Norland Institute … Kannst du mir mehr davon erzählen? Ich hab noch nie davon gehört, aber es klingt … spannend.«

»Gerne.«

Und so erzählte Katie ihrer Kollegin von der Ausbildung am Norland Institute. Von dem Jahreskurs, in dem sich theoretische Einheiten mit praktischen Übungen abwechselten. Von den drei Monaten im Norland Kindergarten, wo viele Kinder von Büroangestellten tagsüber hingebracht wurden, die sich kein eigenes Kindermädchen leisten konnten, aber immerhin das Geld für den Kindergarten aufbrachten. Sie berichtete auch, wie sie ihre erste Stellung angetreten hatte und dort nicht glücklich wurde, weil sie zwischen der Familie und den Bediensteten stand und nicht wusste, wohin sie gehörte.

Susa hörte aufmerksam zu. Sie wirkte nachdenklich. Schließlich erklärte sie ganz ruhig: »Ich habe nicht gewusst, was da auf mich zukommt. Dass ich so auf mich gestellt sein werde. Manchmal frage ich mich schon, ob ich das alles richtig mache, aber Prinzessin Alice ist zufrieden mit meiner Arbeit.«

»Du könntest sicher noch eine Ausbildung machen, wenn du das möchtest. Die Norland Nannys sind hoch angesehen und können sich ihre Arbeit fast aussuchen.«

Susa schüttelte den Kopf. »Es klingt verlockend, aber … Nun ja. Das Geld habe ich nicht.«

Das war tatsächlich schade. Aber Katie dachte an die Stiftung, den Norland Alumni Funds, den Joan Hodges und sie vor zwei Jahren gegründet hatten. Bisher hatten sie vor allem junge Frauen aus London unterstützt, deren Familien sich das Schulgeld für das Norland Institute nicht leisten konnten. Inzwischen hatte mit Mary MacArthur die erste Norland Nanny dank eines Stipendiums ihre Ausbildung beendet.

Katie nahm sich vor, bei nächster Gelegenheit an Joan zu schreiben und sie zu fragen, ob es nicht die Möglichkeit gab, Kindermädchen den Jahreskurs zu finanzieren, um sie fundiert auszubilden – oder ob es eine Möglichkeit gab, dass Susa sich weiterbilden konnte, ohne ihre Stellung bei Prinzessin Alice zu verlieren?

»Nun ja. Das klingt alles nett, was du erzählst.« Susa stand auf und strich über ihr graues Kleid. »Das ist aber sicher nichts für mich. Ich kann ja nicht mal lesen.« Sie lachte, als wäre das tatsächlich ein Scherz.

Das Baby krähte vergnügt, als Susa es hochhob und mit ihm das Spielzimmer verließ. Ratlos blieb Katie zurück. Sie wusste ja, dass nicht jedes Kindermädchen eine Ausbildung genossen hatte. Und im Grunde war das auch gar nicht zwingend notwendig; sie war schon einigen anderen begegnet, die ebenso liebevoll und zugewandt ihre Arbeit ausübten. Genauso hatte sie während ihrer Ausbildung am Norland Institute erlebt, wie andere junge Frauen sich den Kindern gegenüber lieblos und beinahe grob verhielten. Eine war so garstig zu den kleinen Kindern gewesen, dass man ihr nahelegte, sich ein anderes Betätigungsfeld zu suchen, da sie für den Umgang mit den Kleinsten nicht geeignet war.

Aber durfte die Herkunft wirklich über die Bildungschancen entscheiden? Susa hatte angedeutet, dass sie aus einer ärmlichen Bauernfamilie stammte; der regelmäßige Schulbesuch war ihr wohl nicht möglich gewesen, weil sie auf dem Hof hatte helfen müssen. Vielleicht war es nicht verwunderlich, dass sie auf Katies Ratschläge nicht einging. Es musste sich für sie anfühlen, als wollte ein schlaueres Kindermädchen sie belehren.

Katie versuchte, Susa ihr Verhalten nicht zu verübeln – zumindest nicht, soweit es sie selbst betraf. Doch sie beschloss, den Besuch des Prinzenpaars zu nutzen, um Susa weiterhin ein paar Hinweise für den Umgang mit Margarita zu geben. Und falls sie das Gefühl bekam, dass das Baby nicht zufrieden war, weil Susa zu lieblos mit ihm umging, würde sie handeln.

Aber nur dann.

Kapitel 9

Bethersden, September 1905

Dieses Gefühl, nur auf Bewährung hier zu sein. Dass man sie beobachtete, dass jeder ihrer Schritte kritisch beäugt wurde. Mary konnte sich nicht daran gewöhnen.

Alle waren freundlich zu ihr. Doch seit der Sache mit dem Apfelmus waren die anderen Bediensteten zu ihr auf Distanz gegangen, als könnte ihre Verfehlung auf sie abfärben. Und selbst jetzt, zwei Wochen später, wusste Mary nicht, was so schlimm daran war, ein Glas Apfelmus aus der Speisekammer zu holen. Wofür stand es denn da, wenn nicht, um es zu essen?

Im Obstgarten reiften die Äpfel, der Herbst lag in der Luft. Wenn Mary morgens die Fenster ihres Turmzimmers aufstieß, strömte kühle, feuchte Luft herein. Sie stand ein paar Minuten lang einfach am Fenster und atmete tief durch. Die Kinder schliefen noch, im Haus herrschte schon jene wispernde Geschäftigkeit, bei der jeder wusste, was er zu tun hatte.

Heute überlegte sie, welche Aufgaben für sie anstanden. Das half ihr morgens, sich auf das Wichtigste zu konzentrieren. Allzu leicht verlor sie im Laufe eines Tages den Überblick, wenn sie sich treiben ließ. Es war verführerisch, mit den Kindern beim Vorlesen oder ins Spiel vertieft die Zeit und ihre Aufgaben zu vergessen. Als Nanny hatte sie auch die Aufgabe, den Kindern Wissen und Können spielerisch zu vermitteln. Heute wollte sie mit Thomas und Oscar am Nachmittag nach draußen gehen und Blätter sammeln, die sie zu einem Bild zusammenkleben konnten. Manche Bäume kannte sie nicht, aber vielleicht wusste Miles Bescheid, oder sie fand ein naturkundliches Buch in der Hausbibliothek.

Gerade wollte sie das Fenster schließen, als sie Mr Mixon bemerkte, der die Obstwiese betrat. Mary beobachtete, wie er von Baum zu Baum ging. Er trug einen Korb über dem Arm, bückte sich gelegentlich nach Fallobst. Vor einem Apfelbaum blieb er stehen und legte die Hand auf den Baumstamm. So verharrte er, den Blick in die Ferne jenseits der Ginsterhecke gerichtet, die den Garten umfriedete. Schließlich begann er, die Äpfel dieses Baums zu pflücken, die im Morgenlicht rötlich schimmerten.

Sie sah ihm einfach dabei zu. Seine geschmeidigen Bewegungen, während er einen Apfel nach dem nächsten mit der Hand umschloss und behutsam drehte. Die Äpfel waren reif, deshalb war es leicht, sie zu ernten. Mary wusste nicht, warum dieser Anblick sie mit Traurigkeit erfüllte, aber zu sehen, wie ihr Dienstherr Obst erntete, rührte etwas tief in ihrem Innern.

Vielleicht war es seine eigene Traurigkeit, denn als er sich schließlich umdrehte und zurück zum Haus ging, erhaschte sie einen Blick auf sein Gesicht. Wie versteinert war es, blass und starr. Er bemerkte sie nicht, und Mary war erleichtert. Sie hatte das Gefühl, ihn in einem sehr intimen Moment beobachtet zu haben.

~

Die Äpfel, die Mr Mixon an diesem und den kommenden Tagen frühmorgens pflückte, landeten in der Küche, wo

Ginny sie zu frischem Apfelmus verarbeitete. Die drei letzten Gläser vom Vorjahr waren aus der Speisekammer verschwunden.

Mary versuchte, sich wieder auf ihre Aufgabe zu konzentrieren. Und die war, für Oscar und Thomas zu sorgen. Seit knapp zwei Monaten war sie nun für die beiden Jungen zuständig, und sie bekam ein Gefühl für die Eigenheiten der Kinder. Dass Oscar morgens erst ein bisschen Zeit mit ihr allein brauchte, bevor er frühstückte. Thomas hingegen wachte auf und wollte sofort etwas erleben oder wenigstens ein reichhaltiges Frühstück vertilgen, bevor er ins Schulzimmer verschwand.

Mary dachte, sie würde ihre Sache gut machen. Gut genug jedenfalls, dass die Kinder sich bei ihr wohlfühlten. Nachmittags bastelten sie viel, sie ging auch mit ihnen nach draußen in den weitläufigen Garten, wo die Jungen im Gras Fantasiewelten aufbauten und auf Großwildjagd gingen, während sie im Schatten saß und Hosen flickte oder Socken stopfte. Dieses Leben gefiel ihr; sie hatte sich darauf vorbereitet und genoss, wie gut sich alles fügte. Jeden Monat bekam sie ihr Gehalt ausgezahlt, von dem sie einen Teil nach London zu ihrer Familie schickte. Den Rest sparte sie für sich, wobei sie das Gefühl hatte, gar nicht so viel zu brauchen. Bei einem Ausflug ins Dorf kaufte sie im dortigen Gemischtwarenladen ein paar Honigbonbons und ein Rispenband, das sie an ihr Reisekleid nähte. Zu spät fiel ihr ein, dass sie es erst wieder an dem Tag tragen würde, an dem sie Bethersden verließ.

Mr Mixon ließ sich selten blicken, wenn er überhaupt einmal zu Hause war. London schien ihm lieber zu sein. Mary gewöhnte sich an, Fragen zu den Kindern entweder mit dem Hauslehrer oder mit Ginny zu besprechen. Die Köchin kam einer Haushälterin am nächsten, sie sorgte für die Vorratshaltung und teilte die Dienstmädchen für die Aufgaben ein. Sie war es auch, die Mary eines Morgens mit einem Satz begrüßte, der ihr sofort das Herz bis zum Hals schlagen ließ.

»Mr Mixon will dich sprechen.«

»Oh.« Mary zögerte. »Hat er gesagt, was er will?«

Ginny schnaubte. Sie drückte Mary das Tablett mit dem Frühstück für sie und die Kinder in die Hände. »Mir sagt er so was ja nicht. Er kam vorhin runter und meinte, ich soll dir ausrichten, dass er dich sehen will.« Ihre Miene wurde etwas weicher. »Du kannst Oscar so lange zu mir bringen.«

»Ja, in Ordnung.« Mary verließ hastig die Küche. Sie atmete tief durch, trug das Tablett ins Frühstückszimmer und servierte den Kindern Porridge mit einer dicken Schicht aus braunem Zucker. Mr Mixon hatte wie so oft schon vor ihnen gefrühstückt und saß vermutlich nun in seinem Arbeitszimmer.

Ihr war der Appetit vergangen, weshalb sie nur ihren Kaffee trank, während Thomas und Oscar ihr Porridge aßen. Sie wippte nervös mit dem Fuß, weil Oscar unbedingt die Schüsseln allein abräumen wollte, bevor sie das Geschirr und den Kleinen in die Küche brachte. Thomas wurde vom Hauslehrer abgeholt. Das Unvermeidliche ließ sich nicht länger hinauszögern, und sie ging zum Arbeitszimmer und klopfte.

»Sie wollten mich sprechen, Mr Mixon?«

Ihr Arbeitgeber blickte auf, als sie das Zimmer betrat. Er saß im Rondell des Türmchens hinter dem Schreibtisch. Erst jetzt fiel ihr auf, dass sie genau zwei Stockwerke darüber schlief.

»Nanny MacArthur. Ja. Setzen Sie sich.«

Er legte das Kontorbuch beiseite, in das er soeben etwas notiert hatte. Mary nahm auf der vorderen Kante eines Besucherstuhls Platz und legte die Hände in den Schoß. Ihre Finger waren eiskalt und zitterten.

Bestimmt wird er mir kündigen. Wegen der Apfelmusgläser. Oder weil ich zu liebevoll mit seinen Kindern umgehe. Oder nicht liebevoll genug. Weil ihm irgendwas an mir nicht passt …

Inzwischen war sie felsenfest davon überzeugt, dass sie sich etwas Unverzeihliches zuschulden hatte kommen lassen.

Mr Mixon räusperte sich. Er legte die gefalteten Hände vor sich auf die Schreibtischunterlage. »Sie sind nun schon eine Weile bei uns, Nanny MacArthur.«

»Acht Wochen«, flüsterte sie.

Er runzelte irritiert die Stirn. Herrje, jetzt war sie ihm auch noch ins Wort gefallen! Mary senkte den Blick. Es ist vorbei, dachte sie. Er würde ihr kündigen und ihr dann ein so schlechtes Zeugnis schreiben, dass sie nie wieder eine Anstellung als Nanny bekommen würde.

All die Jahre, in denen sie um ihren Traum gekämpft hatte, waren vergebens. Die vielen Nächte, in denen sie mühsam die Lehrbücher gelesen hatte. Lesen und Schreiben waren für sie während des Jahres am Norland Institute die größte Herausforderung gewesen, weil sie nur kurz zur Schule hatte gehen dürfen. Aber sie hatte verbissen gekämpft, hatte sich von ihren jüngeren Geschwistern helfen lassen, weil sie nicht wollte, dass ihr Traum an etwas scheiterte, das jedes kleine Kind in den ersten drei Schuljahren lernte. Und zum Schluss hatte sie ja nicht nur beim Lesen so etwas wie Freude gefunden, wenn sie einen Liebesroman las, sondern hatte auch erfolgreich und mit Bestnoten die Prüfung abgelegt.

»Acht Wochen also.« Wieder räusperte er sich. Dann drehte er sich zur Seite und sah aus dem Fenster.

Nun kündige mir schon!, hätte Mary ihn am liebsten angeschrien.

»Nanny MacArthur … Mary. Entschuldigen Sie. Ich … Vor Kurzem gab es ja diesen Vorfall mit Penny …«

Sie schloss für einen kurzen Moment die Augen. Wartete, dass er weitersprach. Sie konnte es sich schon vorstellen, was kam, dafür brauchte man keine Fantasie.

Sie haben Ihre Kompetenzen überschritten. Sie haben unerlaubterweise das Apfelmus genommen. Sie halten sich nicht an die Regeln. Wir können das nicht länger erdulden.

»Ich möchte mich für Pennys Wutausbruch bei Ihnen entschuldigen.«

Mary riss die Augen auf. »Was?!«

»Bitte, Miss MacArthur. Entschuldigen Sie, dass Penny sich so echauffiert hat. Das Apfelmus … Ich habe der Küche Anweisung gegeben, die Gläser nicht anzurühren, und als Sie nun eines geöffnet haben, hat Penny wohl gedacht, sie bekäme deshalb mächtig Ärger.« Betrübt schüttelte er den Kopf. »Es ist doch nur Apfelmus.«

»Aber …« So langsam verstand sie gar nichts mehr. Immerhin: Sie würde wegen dieser Episode nicht sofort ihre Arbeit verlieren, so viel begriff sie. Mary atmete auf. Trotzdem drängte sich ihr eine andere Frage auf. »Sie waren auch so erzürnt.«

»Ja, ich weiß.«

Mary wartete. Sie hoffte auf eine Erklärung.

»Das Apfelmus. Meine Frau hat es mit Thomas eingekocht. Ich stand daneben, hielt Oscar auf dem Arm, weil er so gern in den Topf gucken wollte. Es war das Letzte, was wir gemeinsam machen konnten, als Familie, bevor sie …« Mr Mixon fuhr sich mit einer Hand durchs Gesicht. Müde wirkte er, von der Trauer niedergedrückt. »Nun, jedenfalls verlor sie das Augenlicht wenig später. Und im Frühjahr darauf starb sie. Das Apfelmus …«

Er zuckte mit den Schultern, redete nicht weiter. Drehte sich sogar von Mary weg. Sie sah, wie seine Schultern bebten.

Er weinte.

»Für die Kinder und Sie waren die Gläser eine wertvolle Erinnerung.«

»Vor allem für Thomas.« Mr Mixon hatte sich schnell wieder gefasst. »Jedenfalls … Es ist Unsinn, wenn man sich an etwas klammert, das so vergänglich ist wie Apfelmus.«

Ihr Arbeitgeber stand auf. Er trat an eines der Fenster und blickte mit den Händen in den Hosentaschen nach draußen. »Sie hat die Apfelbäume geliebt«, sagte er leise. »Jedes Jahr im Sommer lief sie morgens barfuß zuerst in den Obstgarten. Und wenn die ersten reif waren, pflückte sie einen ganzen Korb voll, setzte sich damit in ihr kleines Lesezimmer und blieb dort den halben Tag auf dem Polster der Fensterbank sitzen, las Emily Brontë und warf die abgeknabberten Reste aus dem offenen Fenster in den Garten.« Er lächelte.

Wenn er sich an seine Frau erinnerte, sah Mary das Glück, das einst in diesem Haus geherrscht hatte, wie in einem Spiegel in seinem Gesicht. Voller Wehmut und Schmerz, aber das Glück, es war da. Sie musste an sich halten, dass sie nicht aufstand, den Tisch umrundete und Oliver Mixon in den Arm nahm. Sie spürte, dass er Trost suchte, und dass er diesen ausgerechnet bei ihr suchte, überraschte sie.

Bestimmt, weil ich ja auch seine Söhne tröste.

»Thomas spricht gelegentlich von seiner Mama.«

Mr Mixon drehte sich zu ihr um und musterte sie aufmerksam. »Was genau sagt er?«

»Er … erzählt von ihr. Dass sie sehr krank war und der

liebe Gott sie zu sich geholt hat, als es ihr zu schlecht ging. So etwas.«

Manchmal hatte Thomas Angst vor dem Einschlafen, weil er fürchtete, einzuschlafen sei dasselbe wie zu *entschlafen*, hatte er ihr erzählt. Sie hatte ihn beruhigt, und an solchen Abenden ließ sie das Licht brennen, bis er schlief. Die Tür zum Schlafzimmer der Kinder blieb angelehnt, ebenso die zu ihrem Schlafzimmer im Stockwerk darüber, damit sie ihn sofort hörte, falls er aus schlimmen Albträumen erwachte.

Bisher war er aber gut eingeschlafen und hatte am nächsten Morgen kein Wort mehr über seine Ängste verloren.

»Ich vergesse manchmal …« Mr Mixon verstummte, er schüttelte den Kopf, als müsste er sich über sich selbst wundern. »… dass nicht nur ich meine Frau verloren habe, sondern meine Söhne auch ihre Mutter. Das vergesse ich wohl manchmal.«

Wie kann man das vergessen?, hätte sie ihn gern gefragt.

»Also«, er gab sich einen Ruck, »ich bin froh, dass Sie für die Kinder da sind, wenn ich es nicht kann. Ich werde nächste Woche wieder für einige Tage verreisen.«

»Gut, dann weiß ich Bescheid.«

Mary stand auf, weil sie das Gefühl hatte, die Unterredung sei vorbei.

Als sie schon an der Tür stand, rief Mr Mixon sie zurück. »Falls jemand Sie ungerecht behandelt, sagen Sie es mir.«

Sie zögerte. »Da gibt es tatsächlich etwas.« Behutsam drückte sie die Tür wieder ins Schloss. »*Sie* haben mich ungerecht behandelt.«

»Ich?« Er runzelte die Stirn.

Eigentlich gab es sogar zwei Dinge, die ihr auf der Seele brannten, aber Mary beschloss, erst das Naheliegende anzusprechen. »Nach der Sache mit dem … Apfelmus.«

»Dafür habe ich mich entschuldigt.«

»Nein«, sagte sie leise. »Eben nicht.«

Er erstarrte. Aber auch jetzt entschuldigte er sich nicht. Wie eine unsichtbare Mauer, die er errichtet hatte, stand diese Geschichte immer noch zwischen ihnen.

»Nun, vermutlich darf ich das auch nicht verlangen. Ich bin nur die Nanny.«

Sie lächelte unbehaglich. Jetzt oder nie, dachte sie. »Eine Nanny, die Sie zudem nicht angemessen bezahlen«, fügte sie hinzu.

Für einen Herzschlag glaubte sie, er würde aufbrausen. Sie hatte den Bogen überspannt. Doch Mr Mixon hob nur überrascht die Augenbrauen. »Was genau ist an Ihrer Entlohnung nicht angemessen?«

»Das wissen Sie. Die Nannys vom Norland Institute verdienen mehr. Nur ich nicht. Weil Sie nicht mehr zahlen konnten. Oder wollten.«

Mr Mixon räusperte sich verlegen. »Ja, das. Ich vermute, dafür gibt es nicht einmal eine schlüssige Begründung. Mrs Ward machte auf mich den Eindruck, als wäre sie verzweifelt, weil niemand Sie einstellen wollte. Darum habe ich den Lohn heruntergehandelt. Ich dachte, mit Ihnen stimmt etwas nicht. Dass Sie Probleme machen. Etwas in der Art.«

»Aber ich mache keine Probleme. Oder?«

»Um Himmels willen, nein. Im Gegenteil. Die Kinder sind zufriedener, seit Sie da sind.« Er gab sich einen Ruck. »Also gut. Ich verstehe, was Sie meinen. Betrachten Sie die Angelegenheit als erledigt. Ab sofort bekommen Sie das Gehalt ausgezahlt, das Mrs Ward ursprünglich veranschlagt hat.«

Mary spürte überwältigende Freude, denn er sah, dass sie gute Arbeit leistete – und er wollte dies entsprechend honorieren. Sie atmete tief durch. »Vielen Dank«, sagte sie. Eine große Last fiel von ihren Schultern.

»Sie haben es sich verdient.«

Ich hätte es von Anfang an verdient gehabt, dachte sie. Aber statt das auszusprechen, nickte sie nur und wandte sich zum Gehen.

Mr Mixon rief sie zurück. »Bleiben Sie.«

»Warum?«

»Weil Sie recht haben. Ich habe mich unangemessen verhalten. Ich weiß nicht, was ich mir dabei gedacht habe. Entschuldigen Sie.«

Sie antwortete nicht. Was sollte sie auch dazu sagen? Er hatte sie in sein Haus geholt und ihr trotzdem vom ersten Moment an misstraut. Als sie aus Unwissenheit einen Fehler beging, hatte er sie heruntergeputzt. Auch wenn er sich jetzt entschuldigte, spürte sie tief in ihrem Innern ein unerklärliches Widerstreben, diese Entschuldigung anzunehmen. Sie war immer noch verletzt.

Mary kannte ihren Wert. Als Jahrgangsbeste am Norland Institute hatte sie bewiesen, was sie konnte. Ihre Freundinnen Joan und Katie hatten sie immer darin bestärkt, diesen beschwerlichen Weg zu gehen.

Und vielleicht hätte sie auch nichts gesagt, wenn sie nicht bei alledem noch mehr empfand. Wann immer Mr Mixon in Bethersden war, beschlich sie dieses Gefühl. Sie suchte seine Nähe, und jede zufällige Begegnung ließ sie freudig erregt zurück. Sie wusste, dass Gefühle keinen Platz hatten in ihrem Arbeitsverhältnis. Und trotzdem war da etwas.

Und in diesem ganzen Durcheinander aus Gefühlen und Verpflichtungen, aus Gehaltsverhandlung und ihrer Sorge um das Wohlergehen der Kinder blieben für sie allzu viele Fragen offen.

Sie wartete, was als Nächstes geschah. Mr Mixon sah sie

an. Er wollte etwas sagen, schüttelte dann aber den Kopf. »Gehen Sie ruhig wieder zu den Kindern. Danke, Miss MacArthur.«

Mehr nicht. Dabei hatte sie das Gefühl, er hätte gern noch etwas sagen wollen.

Es ging nicht nur um das Glas Apfelmus. Es ging darum, wie er sie ansah. Als wüsste er mehr über sie. Oder, und das fand Mary fast schon erschreckend, weil es sich mit dem deckte, was sie selbst empfand – als würde er gerne mehr über sie wissen.

Kapitel 10

Am Abend las sie Thomas und Oscar vor. Die Tür stand offen, sie hörte Penny, die sich oft um diese Zeit noch in diesem Teil des Hauses herumdrückte. Mary vermutete inzwischen, dass Penny gern zuhörte, wenn jemand vorlas. Dann fiel ihr wieder ein, dass Penny ja gehörlos war, was sollte sie da denn schon hören?

Als sie aus dem Augenwinkel eine Bewegung an der Tür bemerkte, dachte sie daher, es sei Penny. Sie lächelte und las weiter. Oscar war schon fast eingeschlafen, nachdem sie den halben Nachmittag mit den Kindern im Garten getobt hatte.

»Papa.«

Thomas kletterte aus dem Bett. Barfuß lief er zu seinem Vater, der im Türrahmen lehnte und sie beobachtete. Mary fühlte sich ertappt. Sie war nicht gut im Vorlesen; es fiel ihr immer noch schwer. Mary klappte das Buch zu. »Guten Abend, Mr Mixon.«

»Machen Sie ruhig weiter.«

»Papa, kommst du zu uns?«

Mr Mixon hob Thomas hoch und wirbelte ihn durch die Luft. »Morgen Abend bringe ich euch ins Bett.«

»Musst du wieder weg?« Thomas hatte seinen Vater sofort durchschaut.

»Ja, leider.« Mr Mixon setzte den Sechsjährigen ab und wuschelte ihm durchs Haar. »Aber ihr habt ja Nanny Mary.«

»Nana Ma!«, rief Oscar schlaftrunken. Er rappelte sich auf und gab Mary überraschend einen Schmatzer auf die Wange. »Nana Mama!«

Mary schnappte überrascht nach Luft. »Nein, nein, ich bin doch nur deine Nanny.« Nicht die Mama. Sie sagte es bewusst nicht, weil sie fürchtete, der Kleine könnte es sich trotzdem falsch einprägen und ihr nachplappern.

»Mama ist doch tot, du Dummkopf!«, schrie Thomas plötzlich. Er war aufgebracht, kam zum Bett und schubste Oscar um, der zum Glück ziemlich weich auf die Matratze fiel. Trotzdem heulte er direkt los. Mary versuchte, dazwischenzugehen, ohne Thomas laut anzufahren, der natürlich glaubte, sein kleinerer Bruder, der vermutlich keine Erinnerung an seine Mutter hatte, hätte sie schon vergessen und würde sie nun durch die Nanny ersetzen.

»Sch, Thomas. Komm her. Oscar, du auch.«

Mr Mixon stand mit hängenden Armen mitten im Raum. Er wirkte hilflos, geradezu überfordert von so vielen Emotionen. Dabei hätte er Mary durchaus helfen und eines der Kinder trösten können.

Aber das überließ er ihr, und es gelang ihr, erst Thomas und dann Oscar zu beruhigen. Sie streichelte dem Älteren den Rücken und erklärte ihm, dass für Oscar die Mama vielleicht schon gar nicht mehr so greifbar war wie für ihn. Das verstand der Sechsjährige. Er nickte eifrig und wischte sich mit dem Pyjamaärmel den Rotz von der Nasenspitze und die Tränen von den Wangen. »Und niemand nimmt dir die Erinnerungen an deine Mama. Die gehören dir. Keiner wird kommen und sie ersetzen. Da wird immer deine Mama sein, die sich so lieb um dich gekümmert hat.«

»Stimmt doch gar nicht«, widersprach Thomas. »Sie war immer so müde, und später war sie gemein und hat uns angeschrien …«

»Genug.« Mr Mixon ging dazwischen. »Ich möchte nicht, dass du mit Fremden über deine Mutter redest, Thomas. Erst recht nicht in diesem Ton!«

Sein Sohn blickte hoch. Schon blitzten wieder Tränen in seinen Augen. »Aber Nanny Mary ist doch keine Fremde!«

Bevor Mary wusste, wie ihr geschah, sprang sie auf und stellte sich zwischen Thomas und seinen Vater, der im selben Moment den Arm erhoben hatte, um seinem Ältesten eine Ohrfeige zu verpassen. Seine Hand traf stattdessen ihren Oberarm. Mr Mixon taumelte zurück, die Augen weit aufgerissen. Er starrte Mary wortlos an. Sie atmete schwer, hörte Thomas hinter ihrem Rücken weinen und Oscar, der wieder zu einem lauten Heulen ansetzte, weil er zwar zu klein war, um zu verstehen, was gerade vor sich ging, wohl aber spürte, dass etwas nicht so war, wie es sein sollte.

»Bitte«, sagte Mary leise. »Lassen Sie mich die Kinder nun ins Bett bringen. Danach …«

Seine Kiefer mahlten, er starrte sie an. Mary wagte nicht, ihren schmerzenden Oberarm zu reiben, den er mit voller Wucht erwischt hatte.

»Ich komme danach zu Ihnen, Mr Mixon. Wir können reden. Über alles«, fügte sie hinzu. Sie wusste nicht genau, worüber man da noch reden konnte. Doch Mr Mixon nickte nach kurzem Zögern und verließ nach einem gemurmelten »Gute Nacht« das Kinderzimmer. Mary hockte sich zu Thomas vors Bett und tröstete ihn. Er war immer noch ganz aufgebracht.

Er hätte Thomas geohrfeigt, wenn sie ihm nicht in den Arm gefallen wäre. Und sie wollte lieber nicht darüber nachdenken, ob derlei schon häufiger passiert war – unabhängig davon, ob aus Überforderung oder Wut oder irgendwelchen anderen Gründen.

Gewalt gegen Kinder widersprach den Prinzipien des Norland Institutes, und in ihrer Ausbildung hatte Mary gelernt, dass keine Form von Gewalt toleriert wurde. Sie hatte zum Glück noch nie selbst Probleme damit gehabt, dass ihre Geduld mit kleinen Kindern endlich war. Aber sie wusste von anderen Nannys, die damit zu kämpfen hatten. Die erst hatten lernen müssen, dass es niemandem half, wenn sie Kinder grob anpackten oder ihnen einen Klaps gaben. Für manche war diese Konfrontation mit ihren inneren Dämonen letztlich zu viel, und sie mussten auch aus diesem Grund den Traum vom Beruf der Nanny aufgeben. Mrs Ward hatte ihre Prinzipien, und das oberste lautete: keine Gewalt.

Was aber sollte sie mit einem Vater tun, der gegen die Kinder die Hand erhob? Er war ihr Vater, er konnte mit ihnen tun und lassen, was er wollte – zumindest vor dem Gesetz. Was aber nicht hieß, dass eine Tracht Prügel *richtig* war.

Das aber war Marys persönliche Auffassung. Sie hatte in der Situation instinktiv reagiert, und nun sollte sie, eine junge Frau von zwanzig Jahren, einem älteren Mann erklären, wie er seine Kinder zu behandeln hatte? Dass er sie auf keinen Fall schlagen durfte?

Das alles ging ihr durch den Kopf, während sie neben Thomas auf dem Bettrand saß und seinen hellen Schopf streichelte, bis ihm die Augen zufielen. Oscar war bereits nach wenigen Minuten, völlig verausgabt von der Aufregung, im anderen Bett eingeschlafen.

»Nanny Mary?«, murmelte Thomas, die Augen schon halb geschlossen.

»Ja, Thomas?«

»Wird mein Papa Sie jetzt wegschicken?«

»Das weiß ich nicht.«

Er setzte sich noch einmal auf. »Wenn er das will, sagen Sie ihm, ich bin dagegen. Es ist mir egal, wenn er mich schlägt. Aber er soll Sie nicht wegschicken.«

»Ach, Thomas.« Mary seufzte. »Das haben wir beide wohl nicht zu entscheiden, oder? Und hör mir gut zu – dein Papa darf dich nicht schlagen. Jedenfalls nicht, solange ich bei euch bin.«

Er kuschelte sich wieder unter die dünne Steppdecke und schloss die Augen. »Wenn ich groß bin, dann darf ich das entscheiden. Dann will ich, dass Sie wieder herkommen und für Oscar sorgen.«

Mit diesen Worten schlief er lächelnd ein.

Mary blieb noch ein paar Minuten bei ihm sitzen. Sie begriff, dass Thomas und Oscar nicht nur die Mutter entbehrt hatten, seit diese gestorben war. Auch der Vater fehlte ihnen auf schmerzliche Weise. Vermutlich noch mehr, weil er da war, zugleich aber so abwesend, dass nur die Dienstboten sich um die Kinder kümmerten. Kein Wunder, dass sich die Jungen so rasch an Mary gewöhnt hatten. Sie hatten nach jemandem gesucht, der ihnen Halt gab.

Und da war sie nun.

Die ganze Situation überforderte sie, denn zugleich fühlte sie sich von dem Witwer beobachtet. Als suchte auch er eine Verbindung zu ihr, Trost und Halt.

Danach klopfte sie wie schon am Morgen an die Tür zum Arbeitszimmer.

»Herein.«

Er saß seitlich zum Schreibtisch, in der linken Hand ein Glas mit Whiskey.

»Mary.« Er klang erschöpft.

Sie setzte sich auf den Besucherstuhl.

»Die Kinder schlafen. Entschuldigen Sie die Aufregung.«

»Nein.« Er stand auf und trat an den Servierwagen, der unter dem Fenster stand. »Ich muss mich entschuldigen, Nanny MacArthur.« Er goss etwas vom Whiskey in ein zweites Glas, das er vor ihr auf den Schreibtisch stellte, bevor er sich wieder dahinter setzte. »Ich habe mich vergessen, das war unverzeihlich.«

»Wir alle haben schwache Momente.«

Er lachte rau. »Was denn, Sie auch? Das glaube ich nicht.«

Sie antwortete nicht. Der Whiskey glänzte bernsteinfarben, als sie nach dem Glas griff und es leicht schwenkte. Sie trank nur selten Alkohol, allenfalls mal, wenn es einen Grund zum Feiern gab, aber jetzt nahm sie einen winzigen Schluck, der rauchig in der Kehle brannte. Sie hüstelte.

Mr Mixon lachte trocken. »Nein, Nanny MacArthur. Sie würden niemals die Hand gegen jemanden erheben, das glaube ich nicht.«

Er hatte recht. Das machte es aber nicht leichter, hier bei ihm zu sitzen. Sie wollte nicht über ihn richten, doch …

»Ich kann es verstehen, wenn Sie jetzt nicht länger für mich arbeiten können«, fuhr er fort. »Es ist wohl zu viel vorgefallen … erst die Sache mit dem Apfelmus, meine unangemessene Reaktion, das mit dem Geld … Sie müssen mich verabscheuen. Wenn Sie möchten, schreibe ich Ihr Zeugnis, und Sie können entscheiden, ob es angemessen ist, bevor es in Ihr Zeugnisbuch kommt. Ich biete Ihnen außerdem noch zwei weitere Monatslöhne als Entschädigung.«

Sie starrte ihn wortlos an.

»Drei. Ist das zu wenig? Soll ich Mrs Ward informieren, dass ich Sie freistellen möchte?«

Es dauerte einen Moment, bis Mary die Sprache wiederfand. »Aber warum?«, krächzte sie. »Warum wollen Sie … mir kündigen? Weil ich Sie daran gehindert habe, Ihren Sohn zu schlagen?« Sie hielt inne, musste sich sammeln. »Verzeihen Sie. Mir ist klar … Thomas ist Ihr Sohn.« Langsam fand sie ihre Souveränität wieder. »Natürlich … dürfen Sie ihn schlagen, wenn Sie der Auffassung sind, dass er sich liederlich verhält. Allerdings habe ich wohl in der Situation nur an Ihren Sohn gedacht. Ich wollte ihn schützen, wie ich ihn in jeder Situation beschütze. Verzeihen Sie, wenn ich dazwischengegangen bin.«

»Himmel, nein! Es war doch gut, dass Sie mich davon abgehalten haben, Miss MacArthur. Wenn ich Thomas geschlagen hätte, hätte ich es bitter bereut. Schon dass ich es versucht habe, macht mir zu schaffen.« Er schüttelte den Kopf. »Aber darum geht es ja gar nicht. Ich könnte verstehen, wenn Sie nicht länger für mich arbeiten wollen.«

Mary zögerte. »Vorhin, bevor er einschlief … Thomas hat da etwas gesagt, das mich sehr gerührt hat.« Sie suchte nach den richtigen Worten, weil sie nicht wollte, dass Mr Mixon sie falsch verstand. »Ich glaube, es wäre für die Kinder nicht gut, wenn sie schon wieder eine neue Nanny bekämen.«

»Ich habe Sie geschlagen.«

»Weil ich Ihren Sohn beschützen wollte.«

»Umso schlimmer.« Er fuhr sich mit der Hand durch die Haare. »Seit meine Frau nicht mehr bei uns ist, habe ich das Gefühl, ihnen nicht länger gerecht zu werden. Und dann kommen Sie und *beschützen* meine Kinder vor mir. Verstehen Sie, was das mit mir macht?«

»Ja, das verstehe ich.«

»So war ich nie. Also früher, als sie noch …« Er verstummte, schüttelte den Kopf. Trank den Whiskey aus und goss sich den nächsten ein.

Mary blieb still. Alles an diesem Gespräch war ihr unangenehm, denn Mr Mixon schien zu denken, dass er ihr sein Herz ausschütten konnte.

Als er nicht weitersprach, wartete sie einen Moment, bevor sie das Wort ergriff. Dabei schaute sie auf das Whiskeyglas in ihren Händen.

»Vor drei Jahren starb mein Vater. Er war krank, es war absehbar, dass es mit ihm zu Ende geht. Allerdings bereitete uns nichts darauf vor, wie es sein würde, wenn er nicht mehr da wäre.« Bei der Erinnerung kamen Mary fast Tränen. Um ihre Erregung zu überspielen, nahm sie noch einen Schluck Whiskey. »Jeder Tod reißt eine Lücke. Egal, wie lange wir uns darauf vorbereiten können. Egal, wie sehr wir uns wappnen. Und danach ist eben nichts mehr wie zuvor. Sie haben Ihre Frau verloren, Thomas und Oscar ihre Mama. Vielleicht der wichtigste Mensch im Leben Ihrer Söhne.«

»Für mich war sie das definitiv«, murmelte Mr Mixon.

»Ja. Und das tut weh. Mein Vater hat mir so viel beigebracht. Ich glaube, er hat immer mehr gewollt. Für seine Kinder, aber auch für sich und meine Mutter. Keiner dieser Träume hat sich für ihn erfüllt. Den Ehrgeiz habe ich wohl von ihm.« Sie lächelte wehmütig.

Ihr Gegenüber hörte aufmerksam zu. »Ich verstehe«, sagte er leise. »Aber dass ich meine Söhne anschreie, nur weil sie nicht mehr da ist …«

»Das ist nachvollziehbar«, bekräftigte Mary. »Ich war auch so wütend, wie konnte mein Vater uns allein lassen? Wir brauchten ihn doch. Meine Geschwister waren jünger, das jüngste in Thomas' Alter. Für sie war es am schwersten. Und für meine Mutter natürlich«, fügte sie rasch hinzu.

»Ich will nicht, dass meine Söhne Angst vor mir haben, Nanny MacArthur. Ich dachte, wenn sich jemand um sie kümmert, wenn mir wenigstens diese Sorge abgenommen wird, kann ich es besser aushalten, wenn sie … nun ja. Von mir nicht die Liebe bekommen, die sie brauchen.«

Was sie vor allem brauchen, ist ihr Vater, dachte Mary.

Aber das wusste er bestimmt. »Sie unternehmen selten etwas mit den Kindern«, wagte sie sich vor. »Haben Sie einmal überlegt, ob Sie mehr Zeit mit ihnen verbringen könnten?«

»Ich habe viel zu tun.«

Mary wartete. Seine Abwehrreaktion war verständlich, doch sie wollte sich nicht so schnell geschlagen geben. Hier ging es um das Wohl von allen dreien. Die Söhne brauchten ihren Vater. Und vermutlich brauchte der Vater in gewisser Weise auch seine Söhne.

»Ich muss oft nach London, verstehen Sie? Die Kinder mitzunehmen, wäre sehr umständlich. Alles müsste gepackt werden, Mr Rooney müsste auch mit, oder wir bräuchten einen neuen Lehrer …«

»Tagsüber bin ich hier ja für die Kinder da. Und nun ja, wann immer Ihr voller Terminkalender es Ihnen erlaubt, könnten Sie ja trotzdem etwas Zeit mit ihnen verbringen. Die Jungen brauchen ihren Vater.« Mary stand auf und stellte das Glas auf den Tisch. »Und ich glaube, für Sie wäre es auch besser, wenn Sie nicht immer allein wären.«

Sie nickte noch einmal bekräftigend.

»Bleiben Sie?«, rief er ihr nach.

Mary drehte sich um. »Natürlich bleibe ich. Sie werden kein zweites Mal ausfallend werden.«

Damit ließ sie ihn allein. Sie wusste selbst nicht so genau, woher sie die Gewissheit nahm, dass Mr Mixon sich zukünftig nicht nur besser um seine Söhne kümmern würde, sondern auch nie wieder die Hand gegen irgendwen im Haushalt erheben würde.

Als sie am nächsten Morgen zum Frühstück kam, Thomas an der Hand und Oscar noch ganz verschlafen auf ihrem Arm, erlebten sie eine Überraschung.

»Papa.« Thomas ließ sofort ihre Hand los.

Mr Mixon lächelte. Er saß mit der Morgenzeitung bei einer Tasse Kaffee. »Guten Morgen. Was haltet ihr davon, wenn wir zusammen frühstücken?«

Thomas wollte neben ihm sitzen. Oscar bevorzugte, sich die ganze Sache noch etwas misstrauisch von Marys Schoß aus anzusehen, bevor er auf den zweiten Stuhl neben seinem Vater kletterte. Penny brachte das Frühstück, und die nächste halbe Stunde verbrachten sie die meiste Zeit schweigend, aber in Eintracht. Mary beobachtete, wie die Jungen lächelnd zu Mr Mixon aufblickten. Und dieser bemerkte es, er las ihnen von einer Schafherde vor, die ausgebüxt und von einem Pfarrer und seinem Hund zurück zum Schäfer gebracht worden war.

»So, und nun müssen wir los. Heute Mittag habe ich einen Termin im Dorf, aber wie wäre es, wenn wir abends gemeinsam essen?«, schlug Mr Mixon an Mary gerichtet über die Köpfe der Jungen vor.

»Oscar und Thomas essen meist schon um halb sieben.« Sie wusste, dass ihr Arbeitgeber oft erst spät am Abend speiste, wenn seine Kinder schon längst schliefen. Gemeinsame Mahlzeiten waren eher die Ausnahme.

»Ach so. Nun, ich werde sehen, was sich machen lässt.«

Er lächelte zerstreut. In Gedanken war er schon wieder ganz woanders. Auf dem Weg zum Schulzimmer schob Thomas seine Hand in Marys. »Nanny MacArthur, warum hat Papa mit uns gefrühstückt?«

»Weil er gern Zeit mit euch verbringt«, sagte sie betont fröhlich. Doch der kleine Junge war mit der Antwort nicht zufrieden.

»Das hat er nicht mehr gemacht, seit Mama tot ist«, bekräftigte er. Bevor Mary noch etwas sagen konnte, lief er zu Mr Rooney, der bereits in der offenen Tür wartete.

Mary sah ihm mit einem Lächeln nach. Sie hatte das Gefühl, dass der Vater und die Söhne sich einen kleinen Schritt angenähert hatten – und sie hoffte, dass weitere Schritte folgten, damit sie gemeinsam die Trauer überwinden konnten.

Kapitel 11

Dublin, Oktober 1905

»Tante Joan! Dürfen wir heute mit der Puppenstube spielen? Bitte!«

Kaum betrat Joan das Spielzimmer der Kinder, als sie auch schon von Lillian und Roderick bedrängt wurde. Die kleine Alexandra krabbelte hinter ihren Geschwistern her und zog sich an Joans Rock hoch.

»Die Puppenstube? Also gut, ich hole sie gleich aus der Kammer. Ihr seid diesmal aber vorsichtig.« Bei diesen Worten streifte ihr Blick Roderick, der schuldbewusst den Kopf senkte. Er erinnerte sich gut an die Standpauke, die Joan ihm gehalten hatte, als er beim letzten Mal das Wollhaar der Puppenmama raspelkurz geschnitten und ihr Gesicht mit blauem Wachsstift angemalt hatte. Auf Joans vorsichtige Frage, warum er das gemacht hatte, meinte er lapidar: »Die hat viele Kinder und nicht genug zu essen.«

Ein überraschender Gedanke von einem Dreieinhalbjährigen, keine Frage. Joan hatte daraufhin das Gespräch mit ihrer Schwägerin Rachel gesucht und sie gebeten, in Zukunft Gespräche über ihre Stiftungsarbeit in Gegenwart der Kinder zu vermeiden. Vor allem Roderick und Lillian waren noch zu klein, um zu verstehen, worum es dabei ging. Für den Kleinen schien Armut mit vielen Kindern assoziiert zu sein, nachdem Lady Rachel kürzlich bei einer Teegesellschaft mit mehreren Ehefrauen von Stadträten erklärte, dass es doch auch nicht im Sinne der Familien sein könne, wenn jedes Jahr ein weiteres Baby geboren wurde.

»Ja, wollen Sie jetzt den Iren auch noch das Kinderkriegen verbieten?«, fragte eine der anwesenden Damen recht pikiert. »Sonst haben sie doch nichts.«

Joan hatte mit versteinerter Miene dabeigesessen. Roderick hatte wohl gut zugehört, denn seitdem spielte er auffallend oft »Kinderkriegen verbieten«, was so aussah, dass seine Soldaten in die Puppenstube einbrachen und der Puppenmama erklärten, sie solle jetzt damit aufhören.

»Ich passe auf Roddie auf«, versprach die neunjährige Lillian. Joan lächelte nachsichtig. »Nanny Brooks und ich sind ja auch noch da.«

Gladys, die mit knapp vierzehn älteste der Dudley-Kinder war noch bei ihrer Gouvernante, die ihre Nachmittage inzwischen mit vielen Musikstunden, Handarbeit und einem kleinen Tanzkurs ausfüllte. Sie war nun der Kinderstube entwachsen. Auch William war der Auffassung, für derlei Kinderkram schon viel zu alt zu sein. Er tigerte mit den Händen in den Hosentaschen vor dem Fenster auf und ab, bis Joan ihm vorschlug, er könne sich ja in der Bibliothek mit einem Buch hinsetzen, wenn er sonst nichts vorhatte.

»Keine Lust.«

»Worauf hast du denn Lust?«, erkundigte sie sich behutsam. Die anderen Kinder waren bereits in ihr Spiel vertieft, und sie trat zu dem ernsten, dunkelhaarigen Jungen, der mit gerunzelter Stirn aus dem Fenster starrte. Manchmal dachte Joan, dass er die perfekte Mischung seiner gut aussehenden Eltern war – der wache Blick und der entschlossene Mund seines Vaters vereinten sich mit der klassischen, geraden Nase und dem nicht ganz so markanten Kinn der Mutter.

Nur noch wenige Jahre, bis ihm die jungen Frauen schöne Augen machten, jede in der Hoffnung, an seiner Seite die zukünftige Countess of Dudley zu werden.

»Mit Vater ausreiten.« Trotzig trat er gegen einen herumliegenden Bauklotz. Joan ermahnte ihn, dass sie derlei im Spielzimmer nicht duldete. Sie merkte schon, dass in ihrem Neffen die angestaute Wut eines Heranwachsenden brodelte. Mehr als einmal hatte er ihr bereits erklärt, dass er lieber heute als morgen endlich nach Eton wechseln würde. Aber er war gerade einmal elf; Eton nahm die meisten Schüler erst mit dreizehn auf.

»Dein Vater nimmt sich bestimmt Zeit, sobald es ihm möglich ist.«

William schnaubte. »Ja, und was bringt mir das dann? Statt auszureiten, erzählt er mir wieder stundenlang von seiner Arbeit. Als wüsste ich nicht, dass ich das alles irgendwann übernehme. Die Fabriken in Nordengland. Whitby Court. Er redet nie über etwas anderes.«

»Worüber würdest du denn gerne mit ihm reden?«, fragte Joan sanft. Doch darauf antwortete William nicht. Er starrte weiter finster nach draußen.

Auch über William müsste sie also demnächst mal mit Rachel sprechen. Joan verstand seinen Frust. Als Sohn des Vizekönigs hatte er wenige Gefährten. Vermutlich standen die Stallburschen ihm näher als die Söhne anderer angesehener Familien, die nur gelegentlich zu Besuch kamen. Eventuell wäre es eine Lösung, ihn schon zum nächsten Trimester nach Eton zu schicken. Schlau genug war er bestimmt. Für manche junge Männer machte man vielleicht eine Ausnahme. Der älteste Sohn des irischen Vizekönigs wäre sicherlich so ein Fall.

Kleine Kinder, kleine Sorgen … Joan ließ William mit seinen düsteren Gedanken allein. Sie setzte sich zu den kleinen Kindern auf den Boden. Ihr Sohn Edward krabbelte auf ihren Schoß und kuschelte sich an sie. Als sie seine Stirn streichelte, fiel ihr auf, dass er recht warm war. Sofort bekam sie einen Schreck. Edward war schläfrig und anhänglich. Es dauerte noch ein Weilchen, aber schließlich war sie sich sicher, dass ihr Sohn krank war. Sie stand auf und trug ihn aus dem Zimmer. Auf dem Flur traf sie Gladys, die sie bat, nach Nanny Brooks zu suchen, weil sie sich um Edward kümmern musste.

»Ich hoffe, es ist nichts Ansteckendes. Du weißt doch, Mutter hat für morgen einige Damen zum Tee eingeladen, und sie will mich dazubitten, damit ich ihnen vorsinge.«

»Ich weiß nicht, ob es ansteckend ist«, gab Joan zu. Gladys machte sich auf die Suche. Es schien ihr ganz recht zu sein, sich rasch entfernen zu können. Joan trug Edward nach oben zu ihren Gemächern.

Seit ihrer Rückkehr nach Dublin vor gut einem Jahr bewohnte sie mit ihrem kleinen Sohn ein Apartment mit mehreren Räumen, das alle Annehmlichkeiten bot, die ihr als Schwägerin eines Earls und Vizekönigs zustanden. Joan verfügte nun über zwei Schlafzimmer, einen kleinen Salon und sogar ein modernes Badezimmer, das mit heißem Wasser, einer Toilette mit floralem Porzellan und einer in Holz eingefassten Badewanne jeden erdenklichen Luxus bot. Sogar ein Toilettentisch stand dort, auf dem ein Hausmädchen regelmäßig die frischen Blumen in der Vase auswechselte. Gewöhnlich liebte Edward das Badezimmer, er kletterte gern auf einen Hocker und versuchte, das Wasser aufzudrehen. Als sie nun in das Bad ging, einen Lappen mit kaltem Wasser befeuchtete und ihm gab, damit er daran nuckeln konnte, klappten seine Äuglein immer wieder vor Erschöpfung zu. Sie war ratlos. So kannte sie ihn gar nicht. Sicher, jedes Kind wurde gelegentlich krank, aber bis auf ein paar Schniefnasen hatte ihn noch nie etwas so sehr gebeutelt.

Als sie zurück in den Salon ging, setzte sie sich mit Edward auf dem Schoß auf das Sofa. Sie zog eine Decke über sie beide und deckte ihn damit zu. Inzwischen war er eingeschlafen; er nuckelte dabei am Daumen. Das machte er sonst auch nie.

Ihre Besorgnis wuchs. Immer wieder prüfte sie seine Stirn, die vom Fieber glühte. Sobald sie die Decke etwas nach unten zog, für den Fall, dass ihm zu warm war, wimmerte Edward, und sie deckte ihn wieder zu. »Ich bin bei dir«, versicherte sie ihm. »Ich lass dich nicht allein.«

Ich passe auf dich auf. Du bist doch alles, was mir bleibt ... Dir darf nichts passieren, Edward. Das ertrage ich nicht.

Nein. Sie schob *diesen* Gedanken weit von sich. Edward würde nichts Schlimmes passieren, er hatte sich einfach verkühlt, das passierte bei kleinen Kindern nun mal.

Aber die Masern. Scharlach. Kinderlähmung. Diphtherie.

All die Kinderkrankheiten, deren Symptome und Behandlungsmöglichkeiten ihr während ihrer Ausbildung am Norland Institute vor knapp zehn Jahren beigebracht worden waren. Wie schrecklich, dass kleine Kinder Krankheiten bekommen konnten, gegen die es kein Heilmittel gab und keinen Schutz.

Die Vorstellung, dass ihr Edward genommen werden konnte, war unerträglich. Viel zu früh hatte sie seinen Vater Reginald verloren, der nach einer Blinddarmentzündung verstorben war. Da war Edward keine zwei Monate alt gewesen.

Als jemand an die Tür klopfte, blickte sie erschöpft auf. Die Haare klebten verschwitzt in ihrem Nacken, ihr Rücken schmerzte, und sie war müde vom Gedankenwälzen und Sorgenmachen.

»Ist bei euch alles in Ordnung?« Lady Rachel steckte den Kopf herein. Als sie bemerkte, wie derangiert Joan aussah, kam sie herein und schloss leise die Tür. »Was hat er denn?«

»Ich weiß es nicht.« Joan traute sich nicht, nach Ausschlag zu schauen. Sie wollte lieber einfach hier sitzen und ihren kleinen Jungen festhalten.

»Soll ich nach unserem Arzt schicken?«

»Das würdest du tun?«

»Na, hör mal. Für meinen Neffen tue ich doch alles.« Rachel setzte sich zu ihr aufs Sofa. Sie lehnte sich zurück, bis sie in das Gesicht von Edward blicken konnte, der leise schnaufend an Joans Schulter schlief. »Ach je, Fieberbäckchen hat er.« Sie strich ihm eine verschwitzte Locke aus der Stirn. »Bestimmt nur eine fiebrige Erkältung. Roderick schnieft auch schon wieder.«

»Bitte«, sagte Joan leise. »Ich weiß, es ist bestimmt nichts, aber wenn du trotzdem nach dem Arzt schickst …?«

»Natürlich, meine Liebe.« Rachel drückte mitfühlend Joans Oberarm. Nachdem sie den Salon verlassen hatte, drehte Joan den Kopf und blickte zum Fenster. Sie musste ein paar Tränen wegblinzeln.

Früher, bei Rachels Kindern, war ich doch nicht so?

Nein. Damals hätte sie das Fieber mindestens einen Tag und eine Nacht beobachtet, bevor sie einen Arzt hätte rufen lassen. Und auch dann hätte sie es nur getan, wenn das Kind einen Ausschlag bekam, der Hinweis auf eine ernste Erkrankung sein konnte, oder wenn das Fieber so hoch stieg, dass das Kind fantasierte. Wenn es nichts bei sich behalten konnte. So hatte sie es am Norland Institute gelernt.

Aber seit sie Mutter war, schien all dieses kluge Wissen wie weggewischt zu sein. Sie konnte sich noch so sehr einreden, dass Kinder oft hoch fieberten und sich rasch wieder erholten. Wenn es Edward erwischte, griff die Angst nach ihr und ließ sie nicht mehr los, bis er wieder genesen war.

Bitte, lieber Gott. Lass meinen kleinen Sohn rasch wieder gesund werden.

~

Zwei Stunden später kam der Arzt. Er untersuchte Edward gewissenhaft, konnte aber nichts Beunruhigendes feststellen. »Er wird sich gesund schlafen«, war seine Prognose. Joan hätte ihn am liebsten am Kragen gepackt und geschüttelt. Wie konnte er so ruhig bleiben? Nach seinem Verschwinden aber setzte sie sich zu Edward ans Bett. Er atmete ganz ruhig, doch bei jedem kleinen Husten in der Nacht war sie sofort hellwach und tastete im Dunkeln nach seiner Stirn.

Am Morgen fühlte er sich wieder kühl an, war munter und vertilgte das Porridge zum Frühstück mit Heißhunger – und das nicht nur, weil Joan es mit einem Schuss Sahne und einer dicken Schicht Zucker versüßte. Nach der ersten Portion verlangte er: »Meh! Meh!«, und verschlang den Nachschlag. Joan hielt ihn auf dem Schoß, während er begeistert löffelte, sie trank ihren starken Tee und konnte vor Müdigkeit kaum die Augen offen halten.

Lady Rachel betrat das Frühstückszimmer. Sie begrüßte Joan, setzte sich ans andere Ende des langen, ovalen Tischs. Sofort kam ein Dienstmädchen mit dem Frühstück der Countess, die stets zwei Scheiben frischen Toast mit Orangenmarmelade und dazu Tee verlangte. Die Toasts mussten noch warm sein.

»Nun, geht es Edward besser?«, erkundigte Rachel sich liebenswürdig, während sie ihren Toast mit Butter bestrich. »Er scheint wieder Appetit zu haben.«

»Ja, zum Glück.« Joan war ehrlich erleichtert. Edward

hatte über Nacht Husten bekommen, die Nase war auch etwas zu – eine ganz normale fiebrige Erkältung. Nichts, das ihre Panik vom Vorabend rechtfertigte, das wusste sie selbst.

»Dann ist ja alles gut.« Rachel klang friedlich, fast entspannt. Joan musterte sie über den Tisch hinweg. Ihre Schwägerin aß genüsslich ihren Toast und blätterte in einer Illustrierten, die mit der Morgenpost gekommen war. »Wann reist du ab?«

Seit Wochen hatte sich Joan schon auf ihre Reise nach London gefreut. Doch jetzt versuchte sie, jeden Gedanken daran zu verdrängen.

»Kommenden Mittwoch.« Joan seufzte, und Rachel blickte auf.

»Alles in Ordnung, meine Liebe?«, erkundigte sie sich.

»Ja, ach …«

Nein, nichts war in Ordnung. Aber Joan wusste nicht, wie sie das Unbehagen in Worte fassen sollte, das sie seit gestern Abend im Griff hatte. Die Reise nach London hatte sie schon lange akribisch geplant, wie es ihre Art war. Sie würde für ein paar Wochen bei ihrem Onkel George wohnen, der voller Enthusiasmus war, wenn er von ihrem baldigen Besuch schrieb. Zumindest las sie das zwischen den Zeilen aus seinen launigen, seitenlangen Briefen heraus. Man könnte fast meinen, der alte Junggeselle langweilte sich. Außerdem plante Joan, bei ihrem Aufenthalt in der Hauptstadt mehrere Treffen anzuberaumen, damit ihre Norland Alumni Stiftung weiterwachsen konnte. Mit der Schulgründerin des Norland Institutes, Emily Ward, wollte sie sich zusammensetzen, um über die Bewerbungen für das kommende Jahr zu reden. Ein paar Bälle und Salons wollte sie besuchen. Nach langem Nachdenken hatte sie zudem den Entschluss gefasst, Reginalds Haus in Mayfair zu vermieten, solange sie es nicht brauchte.

Außerdem hatte sie einige Freundinnen in London und Umgebung, die sie bei dieser Gelegenheit gern wiedersehen würde. Es gab viel zu tun. Aus diesem Grund hatte sie auch noch keine Rückfahrkarten gekauft, weil es durchaus möglich war, dass sie über Weihnachten in London blieb. Sie hatte bereits die Billetts für Schiff und Zug gekauft, hatte ihre Reisegarderobe zusammengestellt und alle weiteren Vorkehrungen getroffen. Und nun war Edward krank geworden und hatte sie einmal mehr an die Vergänglichkeit des Lebens erinnert. Daran, wie schnell ihr Glück zerbrechen konnte.

»Du klingst, als hättest du keine Lust mehr auf London.«

»Das ist es nicht«, sagte Joan ausweichend.

»Du wolltest doch so gern nach London. Sieh die Vorteile – Lady Georgina kommt in zehn Tagen, und du wirst ihren kritischen Bemerkungen entgehen.«

Joan lachte auf. Ihre Schwiegermutter war tatsächlich sehr darauf bedacht, dass alle Mitglieder der Familie Dudley in jeder Hinsicht perfekt ihre Rollen erfüllten. Joan war das schon in der Vergangenheit nicht leichtgefallen.

Rachel wartete. Sie musterte Joan nachdenklich, dann zuckte sie leicht mit den Schultern und vertiefte sich in die Lektüre. Von ihr hatte Joan keine bohrenden Fragen zu erwarten.

»Ich fürchte, es könnte für Edward zu viel werden. Die weite Reise. Die Aufregung. All das.«

»Aber ihr seid nicht allein. Du reist in Gesellschaft, und Lady Renata hat vier Kinder großgezogen, sie wird dir mit Rat und Tat zur Seite stehen.« Rachel lächelte aufmunternd.

»Ja, schon.«

Lady Renata war tatsächlich eine Bereicherung, und Joan war froh, dass die Frau eines Peers, die ebenfalls ein paar Wochen in London verbringen wollte, mit ihr reiste. Mit ihren achtundfünfzig Jahren hatte sie etwas Zupackendes und zugleich sehr Zugewandtes, das Joan sehr mochte.

»Du hast Bedenken. Möchtest du Edward lieber bei uns lassen?«

Darüber hatte Joan bereits nachgedacht. Heute Nacht, als sie nicht wieder einschlafen konnte.

»Ich möchte ihn nicht alleine lassen. Er war noch nie länger von mir getrennt, und …« Sie zögerte.

»… und du möchtest ihn auch nicht hierlassen. Ich verstehe.«

»Er wäre hier gut aufgehoben, aber …« Hilflos hob Joan die Schultern. »Ich weiß selbst nicht, was mit mir los ist.«

»Du brauchst dich nicht zu rechtfertigen, Joan. Überleg's dir. Du kannst ihn bei uns lassen, das ist kein Problem. Wir würden ihn ein bisschen verwöhnen. Und du könntest unbeschwerter reisen. Das hast du auch verdient. Du arbeitest so hart für deine Stiftung.« Lady Rachel lächelte fein. »Du weißt, wie gerne ich dich bei uns habe. Wenn Edward in Dublin bleibt, wüsste ich sicher, dass du baldmöglichst zurückkehrst.«

Ach, wie sollte sie Rachel nur ihre Sorgen darlegen, ohne dass die sie für verrückt erklärte? Für Rachel war das Leben mit Kindern immer ganz einfach gewesen – sie hatte stets eine Nanny an ihrer Seite, die sich kümmerte, wann immer Rachel unabkömmlich war. Auch war Rachels Leben in den vergangenen Jahren nicht so sehr von Verlusten geprägt gewesen. All ihre Kinder erfreuten sich einer robusten Gesundheit, sie hatte keines verloren, weder vor der Geburt noch danach. Und ihr Mann, der Earl, stand in der Blüte seines Lebens, die Eheleute lebten wohlwollend nebeneinander.

Joan jedoch hatte vor anderthalb Jahren den Mann verloren, den sie liebte. Kein Tag verging, an dem sie sich nicht schmerzlich der Tatsache bewusst war, dass da jemand fehlte, dass dieser Jemand für immer fehlen würde. Der Platz an ihrer Seite war leer. Sie hatte sich nie als Ehefrau und Mutter gesehen, umso mehr hatten ihre Gefühle für Reginald Dudley sie überrollt. Als sie dann den kleinen Edward bekamen und Reginald nur wenige Wochen später starb, war sie in ein tiefes Tal der Trauer gestürzt, aus dem sie sich nur mühsam herausgekämpft hatte. Der Umzug nach Dublin hatte ihr etwas geholfen, weil sie mit der Trauer nicht allein bleiben musste, sondern bei Reginalds Bruder untergekommen war. Der Earl hatte noch einige Zeit daran zu knabbern gehabt, dass sie, die einstige Nanny, nun als verwitwete Schwägerin zur Familie gehörte. Aber auch auf ihn konnte sie sich inzwischen verlassen.

»Ihr habt so viel für uns getan.«

»Und?«, hakte Rachel behutsam nach, als Joan nicht weitersprach.

Sie lächelte unbehaglich. »Und ich will euch nicht über Gebühr strapazieren.«

»Das tust du nicht, meine Liebe. Im Gegenteil.« Rachel überlegte. »Aber ich verstehe dich schon. Mach es einfach so, wie es für euch das Beste ist.« Sie trank einen letzten Schluck aus der Tasse und stand auf. »Ich wünsche dir einen angenehmen Tag. Und du kleiner Fratz«, im Vorbeigehen kitzelte sie Edward am Kinn, der sofort kicherte und seine Tante anstrahlte, »mach deiner Mami nicht so viel Kummer. Schnell wieder gesund werden, junger Mann!«

Die Tür klickte leise hinter der Countess ins Schloss. Joan atmete tief durch. Sie sah sich im Frühstückszimmer um. Immer noch fühlte sie sich an manchen Tagen wie ein Gast in diesem Haus. Allemal besser als vor einem Jahr, als sie sich bei ihrer Rückkehr eher wie eine Bedienstete gefühlt und auch verhalten hatte. Rachel hatte mehrmals deutliche Worte finden müssen, bis Joan ihren Platz fand.

Damals war sie verunsichert gewesen. Die Angehörigen der Familie Dudley hingegen hatten die Befürchtung gehabt, dass Joan sich zu viel herausnehmen könnte, nur weil sie nun dazugehörte. Dass Reginald sich gegen den Willen seiner allmächtigen Mutter und seines Bruders für die Heirat entschieden hatte, sorgte auch nach seinem Tod für Spannungen.

Aber nun war sie hier. Teil der Familie, irgendwie. Wenn sie Edward in Dublin ließe, würden sich alle um ihn kümmern. Sie würde ihn sicher vermissen. Aber ihm würde es an nichts fehlen.

Warum hatte niemand sie darauf vorbereitet, wie schwer es war, Mutter zu sein? Oder war das nur sie, die immer alles abwog, bevor sie entscheiden konnte? War das ihrer besonderen Situation geschuldet?

Joan wusste es nicht. Sie wollte für alle das Beste, aber was genau war denn das Beste? Eine beschwerliche Reise, eine völlig neue Umgebung …

Was hätte sie sich selbst geraten, wenn sie die Nanny wäre?

Joan lächelte. Wenn sie so an die Frage heranging, hatte sie recht schnell eine Antwort.

Sie küsste Edwards Scheitel, und ihr Sohn patschte mit den Händchen in das Porridge. »Bald machen wir eine große Reise«, flüsterte sie ihm zu.

Kapitel 12

Bethersden, Oktober 1905

Mit einem Korb voll Wäsche unter dem Arm betrat Mary das Schlafzimmer der Kinder. Sie summte leise, zog die einzelnen Schübe der Kommode auf und räumte die Kleidung der Kinder ein, die Penny gewaschen und vielleicht zum letzten Mal in diesem Jahr bei Sonnenschein draußen zwischen den Apfelbäumen auf der gespannten Leine aufgehängt hatte. Der November stand vor der Tür und mit ihm die ruhige, stille Winterzeit.

Ein Kichern ließ sie innehalten. Es kam vom Schaukelstuhl, der mit der Rückenlehne zu ihr am Fenster stand. »Nanu«, murmelte sie. »Ist etwa ein kleiner Geist hier drin?«

Wieder das Kichern. Oscar, vermutete sie. Der Kleinere schlich oft tagsüber auf der Suche nach einem ruhigen Ort durchs Haus. Schon manches Mal hatte sie ihn schlafend im Schaukelstuhl, im Bett seines Bruders oder wie ein Welpe eingerollt unter dem Schreibtisch seines Vaters gefunden.

»Da muss ich doch mal schauen …« Sie machte mit, denn sie wusste, die Kinder liebten es, mit ihr Verstecken zu spielen. Sie schloss geräuschvoll die unterste Schublade und schlenderte durch das Zimmer. »Komisch, komisch. Da muss wohl ein Mäuschen ins Haus gekommen sein, das nicht draußen in der Winterkälte ausharren will …«

Als sie den Schaukelstuhl umrundete, sah sie, dass Oscar sich die Decke vom Bett geholt und sich darin eingemummelt hatte. »Hab ich dich!«

Sie tat so, als wollte sie den Zweijährigen packen. Oscar kreischte auf, er rutschte vom Schaukelstuhl und flitzte aus dem Zimmer. Mary folgte ihm etwas langsamer in den Flur. Das Lachen des Kleinen tat ihr so gut, denn in den vergangenen Wochen war es nicht immer so gewesen.

Dass Mr Mixon sich vermehrt mit seinen Söhnen befasste, hatte sowohl bei Thomas als auch bei Oscar zunächst für Verwirrung gesorgt. Auch dass er nicht nach wenigen Tagen wieder Richtung London verschwand, hatte die beiden Jungen beunruhigt. Das ging so weit, dass Thomas eines Abends ganz still war, als Mary ihn ins Bett brachte. Sie fragte vorsichtig nach, und er rückte nur langsam mit der Sprache heraus.

»Warum ist Papa so lieb zu uns? Muss er jetzt auch sterben wie unsere Mama? Als sie krank wurde, hat sie alle Zeit mit uns verbracht.« Von seiner Angst überwältigt, fing er an zu weinen.

Mary schloss ihn in die Arme. »Keiner stirbt hier«, versicherte sie ihm. »Dein Papa hat gemerkt, wie gern er mit euch Zeit verbringt. Darum ist er jetzt so oft bei uns.«

»Ich glaub, er verbringt auch gern Zeit mit dir, Nanny Mary.« Thomas schlang die Arme um ihren Hals und erwiderte die Umarmung. »Er mag dich«, flüsterte er, damit Oscar es nicht hörte. Als wäre das ein großes Geheimnis.

Mary musste an sich halten, um nicht zu erstarren, denn dass ihr Arbeitgeber sie *mochte,* war etwas, worüber sie nicht nachdenken wollte. Sie war doch die Nanny. Für Gefühle war hier kein Platz. Trotzdem war da diese zarte Nervosität, die sie jedes Mal erfasste, sobald sie dem Hausherrn über den Weg lief. Und dank ihrer Initiative war das in den vergangenen Wochen häufig passiert. Mr Mixon hatte sich ihren Vorschlag zu Herzen genommen und verbrachte möglichst viel Zeit mit den Kindern. Zwangsläufig also auch mit ihr.

Du darfst dich nicht in einer Schwärmerei verlieren.

Aber so oft sie es sich auch sagte – es passierte doch wieder. Abends lag sie wach und stellte sich vor, wie er sie zu sich rief, vordergründig, um über seine Söhne zu sprechen, doch letztlich wurde aus diesem Gespräch in ihrer Fantasie etwas, das sie nicht mal klar benennen konnte … Weil es dafür keine Worte gab. Sie schämte sich für ihre Gedanken, konnte aber zugleich nicht anders, als sich jeden Abend aufs Neue Situationen vorzustellen, in denen sie sich näherkamen.

Es wäre dumm von ihr, wenn sie glaubte, dass ein Mann wie Oliver Mixon sich ernsthaft für sie interessierte. Abgesehen davon, dass es verboten war. Die Nannys durften auf keinen Fall eine Liebesbeziehung mit dem Vater der Kinder eingehen, die ihnen anvertraut waren.

Sie musste unwillkürlich an ihre Freundin Joan Hodges denken. Eigentlich Joan Dudley, denn sie hatte sich in den Bruder ihres Arbeitgebers verliebt, und die beiden hatten geheiratet. Inzwischen war Joan verwitwet, sie nutzte selbstbewusst ihren Mädchennamen. Nicht, weil diese Ehe nicht von Bedeutung gewesen wäre, hatte sie Mary einmal anvertraut, sondern weil sie das Gefühl hatte, so besser für sich einstehen zu können, wenn sie für die Stiftung arbeitete. Sie wollte nicht als »die Schwägerin von Earl Dudley« bekannt sein; ihre Leistung sollte unabhängig davon betrachtet werden. Eine bewundernswerte Haltung, fand Mary. Sie verdankte Joan so viel.

Ohne Joan Hodges und Katie Fox, die genau zur rechten Zeit die Stiftung der Norland Alumni gegründet hatten, mit deren Geldern Stipendien für junge Frauen aus der Mittelschicht und Arbeiterklasse finanziert wurden, hätte Mary den Jahreskurs am Norland Institute nicht besuchen können. Sie war damals die Erste gewesen, doch nicht nur deshalb fühlte sie sich den beiden anderen Frauen sehr verbunden. Sie hatte Joan damals bei der Geburt des kleinen Edward beigestanden, der es auf einmal sehr eilig hatte, auf die Welt zu kommen.

An diesem Abend setzte Mary sich in ihrer Kammer an den Tisch, nachdem sie die Kinder ins Bett gebracht hatte. Schon viel zu lange hatte sie sich nicht bei Joan gemeldet. Sie starrte auf das leere Blatt vor sich. Weil sie nicht zu viel über sich preisgeben wollte, zugleich jedoch hoffte, Joan könnte ihr einen Rat geben, rang sie um jedes Wort.

Bethersden, den 28. Oktober 1905

Meine liebe Joan,
entschuldige, dass ich mich so lange nicht gemeldet habe. Als Dein Brief im September hier eintraf, wollte ich ihn sogleich beantworten und legte ihn dann doch beiseite, weil der Alltag mich mit all seinen Fährnissen überrollte.
Du fragtest, wie es mir hier ergeht, und tatsächlich habe ich es gut getroffen. Mr Mixon ist ein angenehmer Arbeitgeber, meine Schützlinge sind wissbegierig und folgen meist auch meinen Anweisungen. Du hattest recht, als Du mir sagtest, dass es anfangs eine Weile dauern würde, bis sich alle in dieses neue Leben einfänden. Der Gedanke hat mir sehr geholfen.

Sie hielt inne. Ach, wäre sie nur so wortgewandt wie Joan, sie könnte so viel leichter in Worte fassen, was ihr auf dem Herzen lag.

Ein leises Klopfen ließ sie herumfahren. Ihr Herz raste, ein nächtlicher Besuch war das Letzte, womit sie gerechnet hatte. Mary stand auf.

Vor der Tür stand Mr Mixon.

»Miss Mary. Nanny MacArthur.« Er lächelte. Sie glaubte, eine gewisse Verlegenheit bei ihm auszumachen. »Entschuldigen Sie die späte Störung. Ich wollte Sie fragen …«

Er verstummte. Sein Blick ging an ihr vorbei zum Tisch, wo sie ihre Schreibmappe ausgebreitet hatte. »Oh«, sagte er. »Sie sind beschäftigt. Entschuldigen Sie.«

Mit diesen Worten wandte er sich zum Gehen.

»Nein!«, rief Mary leise. »Also doch, ich war beschäftigt. Ein Brief an eine Freundin. Aber wenn Sie etwas auf dem Herzen haben, kann das warten.«

»Ja, also. Ich habe überlegt, ob Sie vielleicht noch mit nach unten kommen möchten? Mir ein wenig Gesellschaft leisten?«

»Gesellschaft leisten?«, wiederholte sie.

Betreten senkte er den Blick. »Es ist manchmal recht einsam«, räumte er ein. »Abends im Wohnzimmer. Früher …«

Er sprach nicht weiter.

Sie konnte sich denken, was er meinte. Aber sie starrte ihn nur stumm an, unfähig, sich zu bewegen oder angemessene Worte zu finden. Sie würde gern bei ihm sitzen. Zu gerne.

»Ach, wissen Sie … keine so gute Idee. Vergessen Sie's.«

»Nein!« Sie machte einen Schritt vor. »Bitte, wenn Sie möchten … Ich komme gern für ein Weilchen mit nach unten.« Sie senkte den Blick. Das Herz schlug ihr bis zum Hals.

»Also dann.« Er nickte. »Bis gleich.«

Er ging zur Treppe. Sie stand noch einen Moment in der Tür. Jetzt gab es kein Zurück mehr. Rasch holte sie das wollene Schultertuch, das ihr beim Schreiben auf den Stuhl heruntergerutscht war, und nahm ihre kleine Petroleumlampe für den Weg auf der schmalen Stiege mit.

Das Wohnzimmer war hell erleuchtet. Im Kamin glomm ein dickes Holzscheit und verströmte eine fast schon unangenehme Hitze. Mary blieb in der Tür stehen. Sie wusste nicht, wohin sie sich setzen sollte. Welcher Platz war angemessen?

Mr Mixon bemerkte ihr Unbehagen. Er selbst hatte bereits auf seinem Sessel Platz genommen. Einladend wies er auf das kleinere der beiden Sofas. »Bitte sehr«, sagte er.

»Danke.« Beide lachten verlegen. Mary setzte sich und faltete die Hände im Schoß.

»Da wären wir.«

»Ja, da wären wir.« Wieder lachte sie nervös. Mr Mixon lächelte, seine Finger trommelten auf die Sessellehne. Dann sprang er auf. »Warten Sie, ich hole Ihnen etwas zu trinken …«

»O nein, das ist doch nicht nötig. Machen Sie sich meinetwegen keine Umstände. Bitte«, fügte sie hinzu.

Doch er war schon durch die Tür. Mary legte die Hände um die Knie. Sie versuchte, ihr wild klopfendes Herz zu beruhigen.

Er macht das aus purer Freundlichkeit. Weil er nicht so gern allein ist. Es geht nicht um dich, sondern nur darum, dass er es angenehm haben möchte.

Sie begriff, dass sie hier falsch war. Sie war keine Gesellschaftsdame, keine Ehefrau, kein leichtes Mädchen, das sich ein Mann zur Unterhaltung hielt, wann es ihm passte. Sie war die Nanny seiner Kinder. Ihre Verantwortung galt

Oscar und Thomas. Als ihre Gedanken an diesem Punkt angelangt waren, stand sie auf. Sie wusste, dass sie nicht bleiben durfte. Sonst würde Mr Mixon denken, dass er sich Freiheiten erlauben durfte. Erst saßen sie beisammen, dann verführte er sie.

Sie riss die Tür auf, strebte nach draußen – und stieß mit dem Hausherrn zusammen, der ein rundes Tablett mit zwei Gläsern und einer Flasche Wein vor sich her balancierte.

»Hoppla.«

Gerade noch fing er sich, eines der Gläser fiel auf den Holzfußboden und zerschellte, die Flasche konnte Mary gerade noch greifen, bevor sie dem Glas folgte.

Sie wollte sich an ihm vorbeischieben, doch Oliver Mixon versperrte ihr mit dem Tablett den Weg.

»Bitte, Miss … Mary. Bitte bleiben Sie. Falls Sie sich sorgen, ich könnte aus dieser Situation irgendeinen Vorteil ziehen wollen …« Er seufzte. Trat an ihr vorbei in das Wohnzimmer und stellte das Tablett auf den Kaffeetisch. Dann bückte er sich nach den Scherben und sammelte sie ein. Mit hängenden Armen stand Mary daneben. Sie könnte jetzt einfach gehen, dachte sie. Er würde sie nicht aufhalten. Aber sie war wie erstarrt und blickte auf seinen sandfarbenen Schopf, während er über den Boden kroch und die großen Scherben einsammelte.

Dann besann sie sich wieder darauf, wo sie war. Wer sie war. Es war völlig unangemessen, dass ihr Dienstherr vor ihr auf dem Boden kniete, während sie ihm dabei zusah. Sie hockte sich ebenfalls hin und sammelte die restlichen Scherben auf.

»Sie müssen das nicht tun.« Er nahm ihr behutsam die Scherben aus der Hand. »Warten Sie. Bitte«, fügte er hinzu, wohl damit es nicht nach einem Befehl klang.

Er verließ die Wohnstube. Mary hörte, wie er zur Küche

ging, sie faltete die Hände vor der Schürze. Lauschte angestrengt, aber nun war da nur Stille.

Was mache ich hier?, fragte sie sich. Warum gehe ich nicht ins Bett? Ich sollte wirklich gehen, es bringt doch nichts, wenn ich warte …

»So. Ein neues Glas. Trinken Sie mit? Oder möchten Sie lieber Cider?« Er stand wieder in der Tür, hielt ratlos das Weinglas, blickte von ihr zum Tisch, auf dem er das Tablett abgestellt hatte.

»Ich weiß nicht, Mr Mixon …«

»So ein Durcheinander. Ach herrje.« Er seufzte und kratzte sich verlegen am Hinterkopf. »Bitte, fühlen Sie sich zu nichts verpflichtet. Ich hielt es wohl für eine gute Idee, aber Sie sind gewiss nach dem Arbeitstag müde und wollen Ihre Ruhe haben.«

Mary traf eine Entscheidung.

Er wollte mit ihr den Abend verbringen. Und sie selbst war ja auch manches Mal da oben in ihrer Dachkammer allein, obwohl sie sich wohl zu beschäftigen wusste. Aber ihr fehlte das Gespräch mit den anderen Norlanderinnen, sei es der regelmäßige Austausch mit Joan und ihrer Mentorin Katie Fox oder das abendliche gemeinsame Lernen mit den anderen Studentinnen. Das war auch etwas, das sie unterschätzt hatte – wie einsam sie sein würde, zwischen der Familie und den anderen Bediensteten, von denen sie sich ja klar abgrenzen sollte.

Nun, sie empfand Mr Mixons Gegenwart als angenehme Abwechslung nach dem anstrengenden Tag, an dem sie sich nach den Bedürfnissen der Kinder richten musste. Dass sie abends dann ein wenig ihrem eigenen Wunsch nach seiner Gesellschaft nachgab, war doch nicht so verwerflich, oder?

»Bleiben Sie?«, fragte Mr Mixon. Mary nickte.

»Aber ich möchte lieber Cider.«

Mr Mixon holte für sie einen kleinen Krug mit dem leicht prickelnden Apfelmost, während sie sich auf das Sofa setzte. Er reichte ihr das volle Glas, sie nahm einen kleinen Schluck und seufzte zufrieden. Er hatte sich ebenfalls Cider eingeschenkt.

»Danke, dass Sie mir Gesellschaft leisten. Die Abende sind … schwierig.« Er schlug ein Bein über das andere. »Ich habe gemerkt, dass es nicht die Arbeit war, die mich immer nach London trieb. Ich tat es wohl, weil ich von Freunden immer wieder abends eingeladen wurde. Dort war ich nicht allein, wenn Sie verstehen.«

Mary nickte und tat so, als wüsste sie, was er meinte. Dabei kannte sie sich doch gar nicht aus. Er verkehrte in den Kreisen der Reichen und Adeligen, zu seinen Freunden gehörten wahrscheinlich der eine oder andere Earl und Marquis. In London stand ihm bestimmt einer der Clubs offen, jene exklusiven Vereinigungen von Männern, die sich in diesen Häusern regelmäßig trafen, gemeinsam speisten und ganz unter sich blieben. Das wusste sie aber nur, weil Joan ihr einmal geschrieben hatte, dass ihr Mann Reginald zu mehreren Clubs gehört hatte, und sie scherzhaft hinzufügte, wie reizvoll es doch wäre, wenn es solche Clubs auch für Frauen gäbe, wo sie sich zusammenfinden und einander unterstützen könnten.

Dann müssen wir einander einfach so beistehen, als wären wir in einem Club, hatte Mary geantwortet, und Joan hatte darauf erwidert, das sei sogar noch geschickter, denn ein Zusammenschluss von Frauen wecke naturgemäß sogleich das Misstrauen der Männer, sie könnten sich gegen die geltende Ordnung auflehnen.

»Aber einsam war ich.« Er starrte auf sein Glas.

»Das tut mir leid«, sagte sie und nahm hastig einen Schluck.

»Danke. Wenn ich hier bin, ist es anders«, fuhr er fort. »Bei meinen Kindern, meine ich. Ich habe das lange geleugnet, weil ich zu sehr mit mir selbst beschäftigt war. Aber dann haben Sie mir gezeigt, dass wir einander brauchen. Die Kinder brauchen mich. Und ich brauche sie.«

»Ihre Söhne machen das ganz wunderbar«, sagte Mary leise. »Thomas vor allem. Für Oscar ist es vielleicht einfacher, er kann sich ja kaum an seine Mama erinnern.«

Mr Mixon räusperte sich verlegen. »Ich wollte eigentlich nicht über Ihre Arbeit reden. Wenn es Ihnen recht ist. Immerhin ... Also, deshalb habe ich Sie nicht ...«

Er verstummte.

Mary wusste einen Moment auch nicht, was sie sagen sollte. Sie saß auf der vorderen Sofakante, die Hände umschlossen das Glas, an dem sie bisher nur genippt hatte.

»Worüber dann?«, fragte sie.

»Erzählen Sie mir von sich«, forderte er sie auf. »Woher Sie kommen. Was Sie vom Leben erhoffen. Haben Sie Träume?«

So viele Fragen auf einmal. Mary sammelte sich. Wo sollte sie anfangen?

»Mein Vater stammt aus Glasgow. Als er nach London kam, hoffte er auf ein gutes Leben für sich. Er lernte meine Mam kennen, sie heirateten, bekamen Kinder ... Er hatte eine gute Arbeit, unsere Familie kam irgendwie über die Runden.« Sie lächelte verlegen. »Über die Runden kommen« war für Mr Mixon vermutlich ein unbekanntes Problem. »Vor ein paar Jahren wurde er krank. Wir alle mussten kämpfen, weil er nicht mehr arbeiten konnte. Das war hart. Aber dann hatte ich so viel Glück, ich durfte am Norland Institute lernen ...«

»Sie sind sehr sanft im Umgang mit kleinen Kindern.«

»Das habe ich früh gelernt. Ich war sieben, als meine

Mutter wieder zum Markt ging und meine kleine Schwester bei mir ließ. Da war Terry gerade mal ein paar Wochen alt.«

Mr Mixon senkte den Blick. Er suchte offenbar nach den richtigen Worten.

»Das muss schwierig für Sie gewesen sein«, sagte er schließlich.

»Ach, ich kannte es nicht anders.«

Natürlich war es schwierig gewesen. Sie war ein Kind gewesen, das einen Säugling versorgen sollte. Damals hatte sie viel geweint, das wusste sie noch.

»Aber wissen Sie, was? Ich glaube, das war in Ordnung so. Viele Familien versuchen, irgendwie ihr Auskommen zu haben. Die allermeisten leben doch so. Keiner hat da ein großes Haus, einen riesigen Garten mit Obstbäumen … Das ist London, wissen Sie?«

»Das ist vermutlich nicht nur eine Frage des Platzes, sondern eher eine des Standes.« Mr Mixon beugte sich vor und schenkte sich nach. »Aber ich verstehe, was Sie meinen. Sehr erhellend.«

Mary fühlte sich von seinen Worten trotzdem niedergebügelt, als wollte er sie beschwichtigen und auf diese Art dazu bringen, nicht länger über ihre familiäre Situation zu sprechen. »Lassen Sie uns lieber über etwas anderes reden«, bat sie.

Jetzt war er überrascht. »Aber warum denn, Miss Mary?«

»Ich habe nicht das Gefühl, als würde Sie das Thema wirklich interessieren. Es muss Sie ja auch nicht kümmern, wie ich zurechtkomme im Leben.« Sie unterdrückte den Drang, die freie Hand unter den Oberschenkel zu schieben, wie sie es immer tat, wenn sie nervös wurde.

Mr Mixon räusperte sich. »Ich fürchte, meine unangemessene Reaktion rührt eher daher, dass ich mich mit einer

Vielzahl von Empfindungen konfrontiert sehe. Einerseits möchte ich gern mehr über Sie erfahren.«

Mary spürte, wie sie errötete.

»Andererseits sind unsere Lebenswelten so unterschiedlich. Sie haben gänzlich andere Erfahrungen gemacht, Ihre Erlebnisse unterscheiden sich frappierend von meiner Realität. Das … irritiert mich, so muss ich es wohl ausdrücken.«

»Weil Sie glauben, ich denke mir das alles nur aus?«

Er schwieg einen Moment zu lang. »Natürlich nicht.«

Sie stellte behutsam das Glas auf den Tisch. Ihr war die Freude an diesem Austausch gründlich vergangen. Dachte er, sie flunkerte sich eine Geschichte zusammen, um sich interessant zu machen? Oder glaubte er, über sie Bescheid zu wissen, nur weil er ihre Zeugnisse aus dem Norland Institute kannte? Hatte er sie deshalb hinzugebeten? Weil er glaubte, in ihr eine kultivierte Gesprächspartnerin zu finden?

Mary stand auf. »Tut mir leid, wenn ich Sie enttäusche«, sagte sie leise und ging zur Tür.

Mr Mixon hatte sich ebenfalls erhoben. »Sie enttäuschen mich nicht«, hörte sie ihn sagen. »Allenfalls bringen Sie mich dazu, zu hinterfragen, was ich bisher als gegeben betrachtet habe.«

Fast hätte sie gelacht. Dann ist ja alles gut, hätte sie am liebsten gesagt. Er merkte also, dass es noch andere Menschen gab, die nicht vom Glück verwöhnt waren? Herzlichen Glückwunsch!

Aber sie verbiss sich diesen Kommentar. Mr Mixon trug an einem Schicksal, das er auch mit all seinem Geld nicht hatte verhindern können.

»Danke für den Cider«, sagte sie und verließ das Wohnzimmer.

~

Oliver Mixon sank in seinen Sessel. Er stürzte den Cider herunter, schenkte sich noch einmal nach. Ihm war allerdings mehr nach einem Whiskey, darum stand er auf und trat zum Barwagen neben dem Kamin.

Miss Mary MacArthur rang ihm, je länger er sich gedanklich mit ihr befasste, zunehmend Respekt ab. Mehr noch, er begann, eine gewisse Bewunderung für diese junge Frau zu hegen, die der Zufall in sein Haus geführt hatte.

Viel zu jung, fügte er in Gedanken hinzu.

Trotzdem hatte sie innerhalb weniger Wochen mit bewundernswerter Beharrlichkeit und einer für ihn überraschenden Zuwendung, die sie seinen Söhnen angedeihen ließ, etwas Großes geleistet.

Thomas sprach wieder über seine Mutter.

Und das tat er nicht mehr nur wie zuvor, als er sie allenfalls voller Wut erwähnt hatte – wobei dies eher dem Umstand geschuldet war, dass sie ihn im Stich gelassen hatte –, sondern er ließ ganz allmählich auch die guten Erinnerungen zu. Oliver erkannte sich selbst in seinem Sohn. Auch er hatte nach Tracys Tod verschiedene Phasen der Trauer durchlebt, und er hatte erst mit Marys Unterstützung erkannt, dass er nicht länger wütend sein durfte. Dass sie alle diesen Verlust annehmen und weiterleben mussten.

Wie Oscar es ihnen vorlebte. Vielleicht war es die Gnade der späten Geburt, weshalb sein jüngerer Sohn sich nicht so sehr an seine Mutter erinnerte. Kein Wunder also, dass sein Herz der fürsorglichen Mary förmlich entgegenflog. Ähnliches beobachtete Oliver auch bei sich. Wie er ihre Nähe genoss. Wie er sich nach ein paar Tagen in London nach Bethersden sehnte. Nicht nur, um seine Söhne in die Arme zu schließen oder die Ruhe des ländlich gelegenen Hauses zu genießen. Auch zu Mary zog es ihn, und sei es nur, dass er wusste, sie war irgendwo im Haus und kümmerte sich.

Verzeih, Tracy, dachte er. Niemand wird dich je ersetzen können, aber …

Ja, aber. Er war ein Mann, der nie gern allein gewesen war, und nun, da er seine geliebte Gefährtin verloren hatte, wurde ihm das noch deutlicher bewusst. Der Schleier der Trauer, die ihn in den ersten Monaten umfasst hatte, hob sich langsam, und er erkannte, dass er nicht für immer allein bleiben wollte.

Für die Jungen wäre es auch besser, redete er sich ein.

Aber, und der Gedanke drängte sich auch sofort auf, dass er deshalb die Nähe einer Bediensteten suchte, war nicht in Ordnung.

Er musste sich in den Griff bekommen.

»Ach, Tracy«, murmelte Oliver. »Was soll ich nur machen?«

Dabei kannte er die Antwort. Tracy hatte sie ihm gegeben. »Meine Cousine Cora«, hatte sie eines Abends unvermittelt gesagt.

»Was ist mit deiner Cousine Cora?«, hatte er belustigt gefragt.

»Sie mag die Kinder. Und sie ist nicht verheiratet.«

Dieses Gespräch hatten sie mehr als einmal geführt, und jedes Mal hatte Oliver diesen Gedanken weit von sich gewiesen. Der Gedanke an ein Leben ohne Tracy war schon unerträglich genug gewesen. Die Vorstellung, dass eine andere Frau ihren Platz einnehmen könnte, war so fern von ihm gewesen wie nur irgendwas.

Vor ein paar Tagen war ein Brief von Cora eingetroffen, sie hatte sich erkundigt, wie es Oliver und den Kindern ging. Er mochte sie. Vielleicht sollte er allmählich herausfinden, ob es für mehr reichte.

Oliver ging mit dem Whiskey in der Hand in sein Arbeitszimmer. Er schaltete das Gaslicht ein und setzte sich an den Schreibtisch. Lange zögerte er, dann zog er einen Briefbogen aus dem Schubfach, schraubte den Füllfederhalter auf, den Tracy ihm zum fünften Hochzeitstag geschenkt hatte, und begann zu schreiben, bevor ihn wieder der Mut verließ.

Liebe Cousine Cora,
Dein letzter Brief traf uns bei bester Gesundheit und, soweit das Leben es uns erlaubt, in guter Stimmung an. Ich verbringe inzwischen mehr Zeit in Bethersden, zudem haben wir inzwischen eine Nanny, die sich um Oscar und Thomas kümmert.
Du fragst nach der diesjährigen Apfelernte – selten hatten wir so viele Äpfel! Es ist ein wenig, als würde Tracy über unseren Obstgarten wachen und ihn vor Frost und Hagelschlag schützen. Im Nachbardorf hat es die komplette Ernte verhagelt, doch uns traf diese Katastrophe nicht.
Liebe Cora, ich weiß gar nicht, wie ich es sagen soll, ohne dass Du glaubst, nun sei Tracys Witwer vollends verrückt geworden, aber ich merke, wie uns hier im Haus Gesellschaft fehlt, und darum möchte ich Dich gern für ein paar Tage zu uns einladen. Du warst Tracy immer auch eine Freundin, sie hat bis zuletzt so liebevoll von Dir gesprochen.

Er hielt inne. Dann zerriss er den Bogen, und weil ihm das nicht genug war, nahm er die Papierfetzen, lief zurück ins Wohnzimmer und warf sie in den Kamin. Die Glut flammte nur kurz auf, das Papier verglühte, während er an den Kamin gelehnt stand.

Warum, Tracy? Warum hast du uns nur verlassen?

Aber die Stille gab ihm keine Antwort. Es war etwas, das

er vielleicht nie begreifen würde – warum die einen lebten, die anderen viel zu früh starben. Und niemand zeigte den Überlebenden, wie sie mit diesem Verlust weiter existieren konnten.

Kapitel 13

Bethersden, November 1905

Tante Cora kommt heute!« Thomas hielt es vor Aufregung nicht mehr auf seinem Stuhl. Er tanzte durch das Frühstückszimmer und zog Oscar auf die Füße. Die beiden Kinder drehten sich wie wild im Kreis, bis Mary sie sanft ermahnte. Doch die Freude über den Besuch war so überbordend, dass die beiden Kinder nichts davon mitbekamen.

Mary versuchte, ihren Ärger herunterzuschlucken. Mr Mixon, der auf der anderen Seite des Frühstückstischs saß, lächelte belustigt und rührte seinen Kaffee um. Ihm schien es zu gefallen, dass er seinen Söhnen so eine schöne Überraschung bereitet hatte.

»Thomas, Oscar. Setzt euch bitte«, ermahnte Mary sie wiederholt. Erst als Oscar atemlos innehielt, blieb auch Thomas stehen.

Oscar kletterte auf Marys Schoß. Er legte ihr die Hände auf die Wangen. »Tanne Dora tommt!«, rief er.

Sie lachte. Trotzdem nahm sie sanft die Hände des Zweijährigen und schob sie nach unten. »Ich weiß«, sagte sie leise.

Mr Mixon hatte sie bereits vor ein paar Tagen darüber informiert, dass er zum ersten Mal seit dem Tod seiner Frau Besuch ins Haus eingeladen hatte. Daher wusste sie auch, dass Ms Cora Thornton eine ledige junge Frau war, die

Cousine seiner verstorbenen Frau und – seine Worte – »stets eine Stütze für die Familie«.

Eine Stütze für die Familie, ach so. In der Küche wurde über diesen Besuch ausgiebig getratscht. Ginny ließ kein gutes Haar an der jungen Frau. »Die war nur hier, solange es kommod war«, verkündete sie. »Als es Mrs Mixon so schlecht ging, dass sie nicht mal mehr ihre Kinder erkannte, war sie weg.« Mary saß still dabei und hörte der Köchin beim Schimpfen zu. Sie wusste inzwischen, dass sie auf diesem Weg noch am ehesten etwas über den Haushalt erfuhr.

Penny war auch überaus aufgeregt wegen des bevorstehenden Besuchs. Um nicht zu sagen außer sich. Seit Tagen lief sie mit finsterer Miene durchs Haus, und wenn man ihren Weg kreuzte, knurrte sie nur. Mary, die sich angewöhnt hatte, sich mit ihr über simple Handzeichen zu verständigen, ging ihr lieber aus dem Weg. Die Stimmung im ganzen Haushalt war aufgeladen.

Oscars Freude verwirrte Mary. Er war kaum ein Jahr gewesen, als er Miss Cora das letzte Mal gesehen hatte. Woher kam diese überbordende Vorfreude?

Am frühen Nachmittag fuhr Miles zum Bahnhof und holte die Besucherin ab. Mr Mixon bestellte die Kinder zu sich in den Salon, wo sie mit ihm warten sollten. Das behagte ihnen nicht, sie wurden aus ihrem Spiel herausgerissen, und aus der morgendlichen Vorfreude gepaart mit dieser hohen Erwartungshaltung wurde eine kleine Katastrophe. Keine Viertelstunde später klopfte Penny an Marys Kammertür und bedeutete ihr, sie solle mitkommen. Sie machte das Zeichen für die beiden Jungen – zwei kleine Figuren aus Zeigefinger und Mittelfinger, die über ihren linken Arm liefen – und legte die Hände an die Wangen, riss die Augen weit auf.

»Thomas und Oscar sind aufgeregt?«

Penny nickte eifrig.

»Ich komme.«

Sie betrat den Salon und sah, wie Mr Mixon versuchte, Oscar zu beruhigen, der auf dem Boden saß und wie am Spieß schrie, während Thomas sich in einen der Vorhänge gewickelt hatte und sich vor seinem Vater versteckte.

»So ein Glück, Nanny MacArthur«, begrüßte Mr Mixon sie. »Ich verstehe das gar nicht, die Kinder sind heute so ungezogen wie nie.«

Ich verstehe das gut, dachte Mary. Mit einem Blick hatte sie die Situation erfasst. Der Tisch war für Tee und Kuchen gedeckt, mittig stand bereits eine Torte mit üppiger Buttercreme und hübschen Marzipanrosen. Ginny hatte sich mal wieder übertroffen, dachte Mary. Aber diese Torte war auch das Problem, stellte sie fest, denn Oscar hatte versucht, von der Buttercreme zu naschen, und beherzt zugegriffen. Nun war seine Hand mit der Creme verschmiert, und in der Torte klaffte ein Loch, als hätte eine Ziege hineingebissen.

Mr Mixon sah hoch. »Sehen Sie, was er angerichtet hat?«, rief er anklagend und verzweifelt.

Mary musste sich ein Lachen verkneifen. Sie begriff den Ernst der Lage, zugleich aber war es wirklich absurd, dass Mr Mixon dachte, er könne zwei hungrige Kinder, neben denen eine Torte stand, bändigen.

»Tun Sie doch was.«

»Ja, natürlich.« Sie nahm Oscar auf den Arm, der überhaupt nicht begeistert war. »Thomas, komm her.« In ihrer Stimme lag eine gewisse Strenge. Zum Glück gehorchte der Ältere sofort. Die beiden Kinder waren es gewohnt, dass Mary sich kümmerte. Das Warten mit ihrem Vater hatte sie verwirrt, Oscar hatte zudem kaum Mittagsschlaf gehalten.

Mary brachte die Kinder in die Küche und erzählte Ginny vom Malheur mit dem Kuchen. Die Köchin lachte. »Ein bisschen Buttercreme ist noch da. Ich werde die Torte reparieren, und dann können die jungen Herren schon mal die Reste naschen.«

Während Bridget die Torte holen ging, reinigte Mary Oscars Hände und sein Gesicht. Er hatte sich die Buttercreme überall hingeschmiert, zu allem Unglück auch nicht das hellblaue Hemd verschont, das sie ihm passend zu Thomas' Hemd angezogen hatte. Dann musste sie ihm eben ein anderes Oberteil holen. Sie seufzte.

Bridget kam mit der Torte zurück.

»Jetzt aber schnell, Miles kann jeden Augenblick eintreffen.« Ginny hatte schon alles vorbereitet. Sie strich Buttercreme auf die kaputte Stelle der Torte und zauberte von irgendwoher noch eine zusätzliche Marzipanrose, die sie über der Stelle drapierte. Dann teilte sie die übrige Buttercreme unter den Kindern auf und gab jedem noch einen Keks dazu. Mary lief los, um frische Sachen für Oscar zu holen.

»Nanny MacArthur!«

Auf dem Weg zur Treppe fuhr sie herum. Mr Mixon war in der Tür zum Salon aufgetaucht, die Stirn umwölkt, die Stimme schneidend. »Was hatte das eben zu bedeuten?«

»Entschuldigen Sie?« Mary war überrascht, wie schneidend seine Stimme klang.

Mr Mixon trat näher. »Was erlauben Sie sich, Nanny MacArthur? Ihre Aufgabe ist es, die Kinder zu versorgen. Nicht, sie gegen mich aufzubringen.«

Unwillkürlich wich sie einen Schritt zurück.

»Ich habe sie nicht …«, wollte sie widersprechen. Er unterbrach sie rüde.

»Und wo sind meine Söhne jetzt? Sie sollten doch bei Ihnen sein.«

»In der Küche. Sie hatten Hunger. Ich habe Oscar sauber gemacht und hole ihm ein frisches Hemd.«

Seine Kiefer mahlten. »In der Küche. Bei der Dienerschaft.«

»Ich kann sie schlecht die ganze Zeit hinter mir herzerren. Oscar ist müde und …«

»Sie sind die Nanny«, unterbrach er sie. »Sie sollten bei Ihnen sein und nicht in der Küche abgestellt werden.«

»Ich wollte doch nur für Oscar …«

»Holen Sie die Kinder. In meinem Haus soll Ordnung herrschen, haben wir uns verstanden? Und Ordnung heißt, dass jeder das macht, wofür ich ihn eingestellt habe. Nicht das, was er selbst für den Moment als richtig erachtet.«

Mary spürte, dass jeglicher Widerspruch zwecklos war. Sie verstand es nur nicht, denn in den letzten Monaten hatten die Dienstboten und sie sich gegenseitig unterstützt, gerade bei der Versorgung der Kinder hatte sie jede Hilfe bekommen. Doch Mr Mixon funkelte sie an, drehte sich dann auf dem Absatz um und ging mit festen Schritten zurück in den Salon.

Mary gab nach. Sie holte die Kinder aus der Küche, die natürlich alles andere als begeistert waren. Als sie die Eingangshalle durchquerten, fuhr die Kutsche gerade vor. Mary zog Thomas an der Hand hinter sich her und trug Oscar auf dem Arm nach oben. Zu spät bemerkte sie, dass der Kleine sich auch bei seiner zweiten Begegnung mit der Buttercreme ordentlich beschmiert hatte. Er hielt sich mit der schmutzigen Hand am Stoff ihres Kleids fest, und nun prangte ein großer runder Buttercremefleck über der Knopfleiste.

»Das kann ich jetzt auch nicht mehr ändern.« Wenn Mr Mixon so viel Wert darauf legte, dass alle Familienmitglieder und die Dienerschaft tadellos sauber antraten, sobald der Besuch vorfuhr, hätte er sie gewähren lassen sollen. Sie wäre dreimal schneller mit dem sauberen Hemd für Oscar wieder in der Küche gewesen, hätte ihn vor dem Umziehen am Spülstein gewaschen und umgezogen. Aber zu spät.

Zumindest für sie war es zu spät, denn als sie Oscar frisch gesäubert und mit dem neuen Hemd ausstaffiert hatte, hörte sie bereits von unten Mr Mixon, der ungewöhnlich laut lachte. »Die Jungen kommen sofort!«, rief er lauter als nötig. Mary nahm Thomas und Oscar an der Hand und führte sie nach unten.

In der Eingangshalle stand Mr Mixon und gestikulierte. »Ah, da kommen sie ja«, sagte er gerade zu der jungen Frau, die in einem moosgrünen Reisekostüm vor ihm stand. Sie hielt ein Täschchen mit beiden Händen umklammert. Die dunkelbraunen Haare trug sie zu Korkenzieherlocken aufgedreht und hochgesteckt, die keck unter dem kleinen Reisehut hervorlugten, der mit Fasanenfedern gekrönt war. Die grünen, schräg stehenden Augen in ihrem vornehm blassen Gesicht blitzten vergnügt auf, als sie Thomas und Oscar erblickte. Thomas ließ Marys Hand los und ging die letzten Stufen allein. Er blieb vor Ms Thornton stehen und führte eine perfekte kleine Verbeugung aus. »Willkommen, Cousine Cora«, sagte er mit seiner hellen Kinderstimme.

Der Moment war herzergreifend. Cora Thornton ging vor ihm in die Knie und streckte ihm die Hand hin. »Guten Tag, Thomas«, sagte sie. Sogar ihre Stimme war absolut bezaubernd. Mary verstand sofort, warum Mr Mixon sie eingeladen hatte. Sie war bestimmt eine viel angenehmere Abendgesellschaft als sie, die plumpe und ungebildete Nanny.

Oscar hatte es nun eilig, die Stufen hinabzusteigen, um seinem Bruder nachzueifern. Die letzte übersah er und fiel auf die Nase, weshalb er sofort wütende Tränen vergoss. Mary hob ihn hoch und tröstete ihn, aber Oscar strampelte, er wollte nicht auf den Arm, und sie ließ ihn herunter.

»Ach, der arme Kleine.« Ms Thornton trat hinzu. Sie wartete, bis Mary ihn getröstet hatte, dann erst ging sie auch vor ihm in die Hocke. Oscar versuchte sich wie sein Bruder an einer Verbeugung. »Ditomm, Tanne Dora!«, krähte er glücklich.

»Danke, kleiner Oscar. Oder soll ich lieber großer Oscar sagen? Du bist gewachsen, seit wir uns zuletzt gesehen haben.«

»Darf ich dir meine Holzeisenbahn zeigen?« Thomas stand zappelig daneben.

»Gleich.« Mr Mixon runzelte die Stirn. »Erst gibt es Tee und Kuchen, und anschließend möchte sich Cousine Cora vielleicht etwas ausruhen.«

»Ach was.« Sie richtete sich auf. Diesmal galt ihr strahlendes Lächeln dem Gastgeber. »Ich habe die Zugfahrt genossen und fühle mich sehr erfrischt. Ich schaue mir gern deine Eisenbahn an, Thomas.«

Mary, die immer noch am Fuß der Treppe stand und wartete, ob man ihre Dienste noch einmal benötigte, senkte unbehaglich den Blick.

»Nach dem Tee«, fügte Mr Mixon hinzu. Er blickte an Miss Thornton vorbei und runzelte die Stirn, als er den Fleck auf Marys Kleid bemerkte. Hastig verschränkte sie die Arme vor der Brust.

»Sagen Sie in der Küche Bescheid, Nanny MacArthur.« Keine Bitte, ein Befehl.

Gehorsam nickte sie. »Natürlich, Mr Mixon.«

Sie wandte sich abrupt ab und lief zur Küche. Nachdem sie Ginny Bescheid gegeben hatte, die sogleich den Tee aufgoss und Penny herbeirief, damit sie Tee und Torte nach oben brachte, sank Mary auf einen der Stühle am Tisch. Sie fühlte sich seltsam leer. Zugleich wütete in ihr ein Sturm, den sie sich kaum erklären konnte.

Oder doch, sie wusste, was da in ihr tobte. Nur war sie nicht bereit, sich einzugestehen, dass sie Ms Thornton beneidete, die mit Mr Mixon Tee trinken und plaudern durfte – auf Augenhöhe.

Kapitel 14

Tatoi, Dezember 1905

Herrje, was tue ich hier nur?«, murmelte Katie. Sie zog fröstelnd ihren Umhang enger um die Schultern und versuchte, Susa ein aufmunterndes Lächeln zuzuwerfen. Doch das andere Kindermädchen hatte keinen Blick für sie, sondern war damit beschäftigt, die kleine Margarita bei Laune zu halten. Das Baby lag in einem Kinderwagen und schrie sich die Seele aus dem Leib.

Schon wieder. Es war nicht das erste Mal, dass Katie Zeugin einer solchen Situation wurde. Margarita war kein zufriedenes, ruhiges Baby, sondern äußerte ihr Missfallen stets lautstark. Vielleicht auch, weil sie so oft im Kinderwagen liegen musste, statt von ihrem Kindermädchen auf den Arm genommen zu werden. Das vermutete Katie jedenfalls, denn manchmal hatte sie Susa überreden können, Margarita aus dem Wagen zu holen, und dann hatte das Baby sich rasch beruhigt. Heute aber beschleunigte Susa ihre Schritte und ruckelte an dem Kinderwagen. »Jetzt schlaf doch endlich!«, rief sie gegen das Weinen an.

»Warte, warte!« Katie gab sich atemlos und lachte. »Willst du einen Wettlauf gewinnen?«

Susa blieb stehen. Sie runzelte die Stirn. »Entschuldige, Katie. Sind wir zu schnell?«

»Allerdings.« Katie schloss zu Susa und Margarita auf.

Olga an ihrer Seite ließ ihre Hand los, hielt sich stattdessen am Gestänge des Kinderwagens fest und reckte den Kopf, um hineinzusehen. Katie atmete auf. Sie staunte über Olgas Verhalten; ihr älterer Schützling hatte einen Narren an allen Kindern gefressen, und Margarita stand in ihrer Gunst besonders hoch, weshalb die nachmittäglichen Spaziergänge einmal rings um das Anwesen in Tatoi dem kleinen, lauffaulen Mädchen neuerdings besonders viel Freude machten.

Katie schob den wuchtigen Kinderwagen, in dem Elizabeth lag und zufrieden in den Himmel schaute. Die Augenlider wurden ihr schon schwer, es dauerte nicht mehr lange, bis sie dabei einschlief. Katie war froh, dass sie darauf bestand, bei jedem Umzug, jeder Reise den großen Kinderwagen mitzunehmen, in dem auch ein einjähriges Kind bequem liegen konnte. Auf den großen Rädern ließ er sich leicht über die Parkwege schieben. Gerade gingen sie durch einen Olivenhain, die Sonne blitzte hinter den Wolken hervor, und das Licht fiel in tanzenden Flecken durch die Äste, malte wunderschöne Muster, die Margarita für einen Moment verstummen ließen.

Susa seufzte. »Ich verstehe nicht, wie du so viel Geduld mit den Kindern haben kannst. Sie sind so anstrengend!«

»Hm«, machte Katie nur. Sie verkniff sich den Widerspruch, der ihr auf der Zunge brannte, weil sie nicht wollte, dass Margarita es ausbaden musste, wenn Susa nach dem Gespräch schlechte Laune bekam und meinte, sie könne nur durch strenge Erziehung bei einem Säugling etwas bewirken.

Katie war da anderer Auffassung, doch sie hütete sich, derlei Susa gegenüber anzudeuten. Mehr als einmal war das andere Kindermädchen in den vergangenen Wochen wütend davongestapft und hatte ihren Zorn an dem Kind ausgelassen, das wirklich *nichts* dafür konnte, dass sie … ja, was?

So ganz hatte Katie noch nicht verstanden, was mit Susa los war. In Schwerin hatte Susa sie mit Fragen zum Norland Institute und der Ausbildung dort gelöchert, bis es Katie fast zu viel wurde. Anfangs hatte sie noch überlegt, ob Susa für das Programm der Stiftung infrage käme, doch diese hatte den Vorschlag abgelehnt und behauptet, dass sie so eine Ausbildung gar nicht nötig habe.

Nach den zwei Wochen in Schwerin trennten sich ihre Wege wieder, und Katie atmete auf. Ihre Familie war nach St. Petersburg gereist, wo Großfürstin Jelena ihre Verwandtschaft besuchte. Für Susa war es zurück nach Griechenland gegangen.

Doch nun hatten sich ihre Wege wieder gekreuzt. Offenbar fand die junge Großfürstin doch Gefallen an Prinzessin Alice, und diese Zuneigung beruhte auf Gegenseitigkeit. Alice schien erleichtert, dass die Schwägerin sich mehr Zeit für sie nahm, und Jelena hatte Katie anvertraut, wie sehr sie wohl von den Kommentaren ihrer Mutter gegen Alice eingenommen worden war. »Weißt du, ich habe geglaubt, weil sie immer erst überlegt, bevor sie spricht, weil sie so beherrscht ist, dass sie eben … hochnäsig ist? Aber sie ist toll«, schwärmte Jelena bei einer Gelegenheit. Sie verbrachte so viel Zeit mit Alice, dass Katie manchmal den leisen Stich der Eifersucht nicht verhehlen konnte. Aber für Jelena und Alice war ihre Freundschaft einfacher, sie mussten nichts vor irgendwem verheimlichen. Bei Katie hatte Jelena immer darauf geachtet, dass bei aller Zuneigung eine gewisse Distanz gewahrt blieb – und sei es, dass sie, sobald andere zugegen waren, Katie scherzhaft »Nanny Foxie« nannte. Das klang zwar liebevoll, für Uneingeweihte wirkte es manchmal aber geradezu abfällig.

Nun waren sie also auf Besuch im griechischen Tatoi, und hier benahm sich Susa überheblich, als müsste Katie froh sein, dass sie die Tage gemeinsam bestritten. Als wäre sie etwas Besseres.

Hoffentlich blieben sie nicht zu lange hier. Schon jetzt sehnte Katie sich nach der Ruhe im Athener Palast zurück. Aber Jelena und Alice, die nun sehr viel Zeit miteinander verbrachten, machten nicht den Eindruck, als wollten sie sich allzu bald wieder voneinander lösen.

»Lass das, Olga!«, schimpfte Susa. Katie blickte hoch. Sie hatte einen Moment ihren Gedanken nachgehangen und gar nicht bemerkt, dass das kleine Mädchen vor ihnen auf dem Weg hockte und mit Stöckchen Muster in den Staub malte. Susa war mit zwei großen Schritten heran und riss Olga am Arm hoch. »Meine Güte, musst du dich denn immer schmutzig machen?«

»Olga darf das«, erklärte Katie ruhig und trat zu den beiden. »Komm, Olga.« Sie gab dem Kind den Stock zurück. Olga sah zu Susa hoch, dann trat sie zwei Schritte beiseite und hockte sich wieder in den Staub.

Susa schnaubte empört. »Dass du ihr so was erlaubst! Weiß die Großfürstin davon? Sie wird nicht begeistert sein, was du aus ihren Kindern machst.«

»Ich mache nichts. Ich gewähre ihnen Freiräume«, erklärte Katie ruhig. »Sie werden sich früh genug dem höfischen Zeremoniell unterwerfen müssen. Gerade Olga und Elizabeth als Großnichten des Zaren werden zeit ihres Lebens in ein starres Korsett aus Regeln eingebunden sein. Warum soll ich sie nicht zumindest jetzt ein wenig Kind sein lassen?«

»Was für ein Geschwätz«, kommentierte Susa.

Katie runzelte die Stirn. Die Kinder waren noch so klein, warum glaubte Susa, sie müsse mit ihnen so streng sein?

Katie wusste aus Erfahrung und von ihren Lektionen am Norland Institute, dass ein so strikter Umgang mit Kleinkindern diese in vielen Fällen nur verschreckte und die spätere Erziehung durchaus erschweren konnte.

Andererseits wusste sie nicht, ob Susa nicht entsprechende Anweisungen von Prinzessin Alice erhielt, wie sie das Kind erziehen sollte. Die Anweisungen von Großfürstin Jelena aber waren eindeutig. Sie hielt nichts von einer Erziehung, die eines Rittmeisters würdig war, wie sie es ausdrückte. Olga und Elizabeth würden sich früh genug dem höfischen Protokoll unterwerfen müssen. Bis dahin durften sie, so der Wunsch ihrer Mutter, Kind sein, wie sie wollten. Und dazu gehörte auch, dass sie im Dreck spielten, ohne deshalb gescholten zu werden.

»Komm her, Olga.«

Sofort huschte das kleine Mädchen zu ihr und drückte sich verschüchtert an Katies Beine. Sie streichelte den braunen Schopf der Kleinen.

»Schon gut. Niemand ist dir böse, weil du gespielt hast.«

»Susa böse«, sagte Olga. Sie war ganz aufgeregt deswegen.

»Ja, Susa möchte nicht, dass ihr im Dreck spielt.«

Da fing Olga an zu weinen.

Katie ging in die Hocke und nahm das kleine Mädchen in die Arme. »Schh, schon gut. Alles in Ordnung.«

Nichts war in Ordnung. Olga konnte es zwar nicht in Worte fassen, weil sie dafür noch viel zu klein war. Trotzdem begriff das Mädchen, dass hier irgendwas nicht richtig war, sich für sie nicht rechtens anfühlte. Auch kleinen Kindern durfte man dies zugestehen, fand Katie. Vielleicht war sie mit ihrer Ansicht manchmal allein, aber sie hatte bisher immer das Gefühl gehabt, dass die Kinder froh waren, wenn Katie ihnen auf Augenhöhe begegnete und ihre Sorgen und Nöte ernst nahm.

Susa indes hatte ihre Schimpftirade eingestellt. Sie rollte genervt mit den Augen und schob den Kinderwagen vor sich her über Baumwurzeln und Geröll, was immerhin Margarita aufmunterte, die inzwischen fröhlich krähte und mit den Beinchen strampelte. Olga packte den Lenker von Elizabeths Kinderwagen und blieb dicht bei Katie. Vermutlich wollte sie kein zweites Mal von Susa für etwas zurechtgewiesen werden.

Katie folgte Susa und Margarita. Sie war müde von diesem ständigen Hickhack, das Susa veranstaltete. Immer hatte sie etwas auszusetzen, meistens an Margarita, aber wenn das kleine Mädchen gerade keinen absurden Anlass zum Schimpfen lieferte, jammerte sie über das Wetter, beklagte sich über die Arbeit oder kritisierte Katie.

»Jetzt schleich nicht so hinter mir her!« Susa fuhr zu Katie herum. »Himmel, musst du mich ständig beobachten?«

»Entschuldige«, sagte Katie. Sie traf eine Entscheidung und wendete den sperrigen Kinderwagen.

»Was machst du denn da?« Susa klang alarmiert.

»Wir gehen zurück«, sagte Katie ruhig. »Ich habe keine Lust, mich von dir anschreien zu lassen. Oder dass du an meinen Kindern herumerziehst.«

»Es sind nicht *deine* Kinder«, brauste Susa auf.

»Sie sind aber meinem Schutz unterstellt. Ich trage die Verantwortung für sie.«

Susa machte den Mund auf, doch irgendetwas hinderte sie daran, sich auf Katie einzuschießen.

»Ach, so ist das also«, sagte sie nur. »Bist dir wohl zu fein mit deiner Nanny-Ausbildung, um dich mit mir abzugeben.«

»Entschuldige, das hat doch niemand gesagt?«

Katie verstand die Welt nicht mehr. Was war falsch gelaufen, dass das andere Kindermädchen sie so behandelte?

»Ja, doch.« Alles Aggressive, Wütende fiel auf einmal von Susa ab. Was blieb, war eine blasse, kleine Frau, die traurig den Kopf hängen ließ. »Ich hab's doch versucht, dort unterzukommen. Bei der Stiftung, meine ich. Dass sie mir die Ausbildung bezahlen. Du hast so viel davon erzählt, darum habe ich hingeschrieben.« Susa zog aus der Rocktasche einen zerknitterten Brief und streckte ihn Katie hin. »Da, das kam als Antwort.«

Katie nahm den Brief. Er war auf Oktober datiert und kam von Joan.

Liebe Ms Morgan,
vielen Dank für Ihre Bewerbung für das Stiftungsprogramm des Norland Alumni Funds. Leider können wir Ihnen keinen Platz anbieten, da die Bewerbungsfrist für das Ausbildungsjahr 1906 bereits im September abgelaufen ist. Gerne berücksichtigen wir Ihre Bewerbung für das Ausbildungsjahr 1907, möchten Sie aber darauf hinweisen, dass aufgrund Ihres Alters und der Tatsache, dass Sie bereits eine Anstellung als Kinderfrau haben, Ihre Chancen nicht besonders groß sind.

Katie ließ den Brief sinken. Nichts an dem, was Joan schrieb, überraschte sie, schließlich entsprach alles den Absprachen, die sie und Joan zusammen mit Mrs Ward in der Satzung der Stiftung formuliert hatten.

Natürlich hatte sie als eine der Nannys, die zum Stiftungsrat gehörten, auch einen ganz anderen Zugang zu dem Bewerbungsprozess. Sie hätte Susa tatsächlich aktiv empfehlen können, und vielleicht hätte Joan die Bewerbung dann eher berücksichtigt. Aber Katie hatte sich nach ihrer anfänglichen Begeisterung dann doch zurückgehalten. Und das hatte nichts damit zu tun, dass sie es Susa nicht gönnte, wenn sie eine gute Ausbildung bekam. Katie war der Auffassung, dass jede Frau die Ausbildung, den Beruf bekommen sollte, den sie sich wünschte.

Aber sie hatte eben auch gesehen, wie Susa mit Margarita umging. Und das hatte ihr schnell klargemacht: Es war nicht nur Unsicherheit, die Susa im Umgang mit dem Baby manchmal aufbrausen ließ. Es war ihr Temperament. Sie hatte in Katies Gegenwart bisher zwar nicht die Hand gegen das Baby erhoben oder es irgendwie schikaniert – aber es gab einen Punkt, der für Mrs Ward in der Ausbildung der Nannys über allen anderen stand.

Wir wenden auf gar keinen Fall körperliche oder seelische Gewalt gegen unsere Schützlinge an.

Susa hätte das Ausbildungsjahr am Norland Institute vermutlich nicht geschafft. Der Stress als Kinderfrau war schon an manchen Tagen zu viel für sie – und Katie wusste, dass jede Fünfte, die das Studium am Norland Institute aufnahm, ihren Abschluss nicht schaffte. Susa Morgan mit ihrem aufbrausenden Temperament, mit ihren für die Norland Nannys veralteten Glaubenssätzen, mit ihrer sturen Uneinsichtigkeit – sie hätte wahrscheinlich dazugehört.

Und doch bedauerte Katie, dass es für Susa diese Perspektive nicht gab.

»Das tut mir leid«, sagte sie aufrichtig. Sie wollte Susa den Brief zurückgeben, doch die verschränkte nur die Arme vor der Brust. Katie verstand ihre Wut nun besser.

Das war trotzdem kein Grund, sie an den Kindern auszulassen.

»Wenn du möchtest, höre ich mich nach anderen Schulen um. Es gibt einige, die nach dem Vorbild des Norland Institutes entstanden sind.« Und die bei der Bewertung ihrer Schülerinnen nicht so streng waren.

»Gib dir keine Mühe«, fauchte Susa und riss ihr den Brief aus der Hand. Sie stopfte ihn in ihre Rocktasche und marschierte unter den Olivenbäumen zur Allee, ohne sich noch einmal umzuschauen.

~

Katie hielt es aus, dass Susa ihr grollte. Aber was sie niemals aushalten würde, war das zunehmend ungerechte Verhalten, das ihre Kollegin dem kleinen Mädchen gegenüber an den Tag legte.

Am selben Abend noch musste sie dabei zusehen, wie Susa Margarita zwischen die Oberschenkel klemmte und dem schreienden Kind gewaltsam die ersten zwei winzigen Zähnchen schrubbte. Dabei brüllte Susa das Kind an, es solle sich gefälligst benehmen, das Leben sei nun mal hart.

Als sie dann auch noch die völlig aufgelöste Margarita zum Einschlafen allein ließ, »damit sie's mal lernt, dieses verzogene Blag!«, hatte Katie genug gesehen. Sie ging zu Margarita und setzte sich zu dem kleinen Mädchen, das bitterlich weinend auf dem Rücken lag. Elizabeth und Olga waren noch für ein paar Minuten bei ihren Eltern. Die abendlichen Besuche bei Großfürstin Jelena und ihrem Mann Prinz Nikolaos genossen die kleinen Mädchen sehr.

Katie legte behutsam die Hand auf Margaritas Brust. »Ich bin hier«, flüsterte sie. »Ich pass auf dich auf.«

Margarita drehte sich um. Sie beruhigte sich nur langsam und kuschelte sich an Katies Hand. Katie lächelte.

»So ist's gut. Ich passe auf dich auf. Gute Nacht, kleine Prinzessin von Griechenland«, flüsterte Katie.

Es dauerte nicht lange, und dem Baby fielen die Augen zu. Es schlief friedlich ein, musste sich nicht in den Schlaf weinen wie sonst.

Während sie bei Margarita saß und über ihren Schlaf wachte, hatte sie Zeit zum Nachdenken.

So viel hatte sie verstanden: Susa grollte ihr, weil sie nicht für das Norland Institute als Studentin infrage kam. Sie ließ ihre Wut und Enttäuschung aber ausgerechnet an dem Kind aus, für das sie doch sorgen sollte. Hätten nicht schon vorher viele Gründe gegen Susa gesprochen, hatte sie sich spätestens jetzt völlig disqualifiziert.

Lautlos stand Katie auf und zog behutsam ihre Hand aus dem Griff des kleinen blonden Mädchens. Es war an der Zeit, Olga und Elizabeth auch ins Bett zu bringen.

Als sie kurz darauf das kleine Wohnzimmer betrat, saßen die beiden Mädchen auf dem Schoß ihres Vaters. Prinz Nikolaos wirkte ganz beseelt davon, mit seinen Töchtern Zeit verbringen zu können. Obwohl Tatoi die Sommerresidenz der griechischen Königsfamilie war und im Moment nur die Prinzen Nikolaos und Andreas mit ihren Familien hier wohnten, hatten beide Männer tagsüber nur wenig Zeit für ihre Kinder.

Großfürstin Jelena saß auf dem zweiten Sofa und betrachtete mit einem liebevollen Lächeln ihre Familie. Als sie Katie bemerkte, hellte sich ihre Miene noch mehr auf. »Katia! Da bist du endlich.«

Katie machte einen Knicks. »Entschuldigen Sie die Verspätung. Ich habe Susa geholfen, die kleine Margarita ins Bett zu bringen.«

Großfürstin Jelena hob erstaunt die Brauen. »Gritta ist doch so ein braves Kind?«

»Ja«, sagte Katie nur.

»Nun, unsere beiden Rabauken sind auch rechtschaffen müde.«

Olga rutschte vom Schoß ihres Vaters, ließ sich noch einen Kuss geben und lief zu Katie. Elizabeth folgte etwas langsamer. Beide bekamen noch einen Gutenachtkuss von ihrer Mutter, dann nahm Katie die jüngere Elizabeth auf den Arm und Olga an die Hand.

»Es ist doch alles in Ordnung mit Margarita?«, fragte Großfürstin Jelena.

Katie zögerte. »Ich denke schon«, sagte sie vorsichtig. »Sie braucht viel Halt.«

»Den ihr das Kindermädchen sicher gibt.«

Großfürstin Jelena war mit den Grundsätzen des Norland Institutes vertraut. Schon häufiger hatte sie mit Katie darüber gesprochen, da sich manche Erziehungsmethoden grundlegend von dem unterschieden, was sie selbst als kleines Kind von ihrer Kinderfrau erfahren hatte.

»Susa tut, was in ihrer Macht steht«, sagte Katie.

Jelena warf ihr einen scharfen Blick zu. Mehr wollte Katie nicht in Gegenwart des Prinzen sagen, und ihre Dienstherrin verstand. Sie erhob sich und entschuldigte sich bei ihrem Gatten, der seinen Töchtern ein letztes Mal winkte, bevor sie das Wohnzimmer verließen.

Die Sommerresidenz in Tatoi war nicht so luxuriös wie das Kronprinzenpalais in Athen oder die anderen Paläste, in denen sie in den letzten Jahren gewohnt hatten. König Georg I. von Griechenland, der Vater der beiden Prinzen Nikolaos und Andreas, legte viel Wert darauf, der griechischen Bevölkerung zu signalisieren, dass sie kein der Prunksucht verfallenes Herrscherhaus wie die Romanows oder das englische Königshaus Sachsen-Coburg und Gotha waren. Daher musste die königliche Familie im Sommer eng zusammenrücken, wenn der König nebst Gemahlin und der Kronprinz mit seiner Familie hier residierten. Auch mit zwei Familien war es um diese Jahreszeit schon beengt.

Die junge Großfürstin kam direkt zur Sache. »Ich bekomme einiges mit«, sagte sie leise, während sie neben Katie durch den dunklen Flur schlenderte. »Wie Alice' Kindermädchen mit dem Baby umgeht. Oder wie sie nicht mit ihm umgeht.« Sie lächelte entschuldigend.

Katie fröstelte. Es bereitete ihr Unbehagen, Susa anzuschwärzen.

»Sie lässt es weinen«, sagte sie nur.

Großfürstin Jelena nickte nachdenklich. »Das wollten wir nie für meine Kinder, nicht wahr?«

Vom ersten Tag an hatte zwischen der Großfürstin und Katie eine besondere Verbindung bestanden – das gemeinsame Ziel war vom ersten Moment an das Wohlergehen der Kinder. Das einte sie, auch wenn es nicht immer reibungslos verlief.

Aber Katie wusste nicht, welche Erziehung die junge Prinzessin Alice bevorzugte. Ob es ihr darum ging, die kleine Margarita abzuhärten, weshalb sie Susa anwies, das Kind nachts schreien zu lassen oder sich strikt an die Fütterungszeiten zu halten.

»Danke, dass du so offen bist, Foxie«, sagte Großfürstin Jelena leise. »Ich denke, ich werde das Gespräch mit meiner Schwägerin suchen. Ich ertrage es nicht, wenn es jemandem in diesem Haus nicht gut geht. Und das betrifft auch die Kinder.«

Sie blieb stehen, da sie das Kinderzimmer erreicht hatten. Großfürstin Jelena gab ihren Töchtern einen Gutenachtkuss, dann legte sie die Hand auf Katies Arm. »Danke, dass du mit mir geredet hast. Ich schätze deine professionelle Sorge und Aufmerksamkeit sehr.«

Katie blieb verwirrt zurück. Es war selten geworden, dass die Großfürstin sie lobte, da sie einander freundschaftlich verbunden waren und weniger wie Herrin und Dienerin. Doch jetzt war es wie ein warmer Sommerregen, der auf sie niederging – so angenehm und erfrischend.

»Müde«, sagte Olga.

»Natürlich.«

Sie betraten das Schlafzimmer der Kinder. Margarita warf sich in der Wiege unruhig hin und her, sie war verschwitzt und jammerte im Halbschlaf. Katie entzündete ein Gaslicht, das auf der Kommode stand, und sie kleidete zuerst Olga und dann Elizabeth für die Nacht um. Dann legte sie die Kinder ins Bett und setzte sich zu ihnen.

Olga und Elizabeth waren beide so müde, dass sie nicht einmal protestierten, als Katie sie in ihre Betten legte. Katie sang ihnen noch ein Schlaflied, dann fielen beiden Kindern auch schon die Augen zu.

Stille.

Doch dann begann Margarita zu weinen.

Katie stand auf. Sie trat an das Bett des Säuglings und hob ihn heraus. Vermutlich hatte Margarita wieder Hunger, oder ihre Windel war nass. Sie würde sich darum kümmern, dann musste Susa sich nicht aufregen, weil das Kind nicht so funktionierte, wie sie es gern hätte.

»Was machst du da?!«

Katie drehte sich um. Wie ein Racheengel war Susa in der Tür aufgetaucht. Mit wenigen Schritten war sie bei Katie und riss ihr Margarita aus den Armen.

»Ich wollte doch nur …«

»Lass Margarita meine Sorge sein, ja? Ich kümmere mich um sie.« Das Baby an die Brust gedrückt, stürmte Susa aus dem Raum. Katie lauschte, doch das Weinen war irgendwo im Palast schließlich verstummt. Sie sah noch ein letztes Mal nach Olga und Elizabeth, die von der Aufregung offenbar nichts mitbekommen hatten. Katie ging über den Flur zu ihrer kleinen Schlafkammer, die sie sich mit Susa teilte. Sie lag im Bett und lauschte, doch von Susa oder Margarita war nichts zu hören, und schließlich schlief Katie ein.

Kapitel 15

London, Dezember 1905

Zweimal pro Woche stieg Joan früh am Morgen in die Mietdroschke und fuhr vom Haus ihres Onkels in Whitechapel zu dem am Pembridge Square gelegenen Norland Institute. Neben den Räumlichkeiten der Schule befand sich in einem Nebengebäude auch ein Kindergarten, wo viele kleine Kinder von Büroangestellten tagsüber und der Nachwuchs der Schichtarbeiter nachts von den jungen Nanny-Anwärterinnen versorgt wurden.

Wenn sie morgens das Frühstückszimmer betrat und Edward begierig die Ärmchen nach ihrem Onkel George ausstreckte, ging ihr regelmäßig das Herz auf. Die beiden hatten sich bereits kurz nach ihrer Ankunft in London vor sechs Wochen unsterblich ineinander verliebt, schien es – Edward saß stundenlang auf dem Schoß seines Großonkels und zauste ihm den Bart, während Onkel George dies abzuwehren versuchte, indem er für seinen Großneffen aus der Morgenzeitung Papierschiffchen faltete, die sie dann über die Tischdecke segeln ließen. Joan konnte sich an diesem vertieften Spiel nicht sattsehen, und es tat ihr immer leid, wenn sie die beiden stören musste, weil sie selbst Termine hatte. Sobald sie aber erwähnte, dass es für Edward nun in den Kindergarten ging, lief der Kleine sofort los und holte in der Eingangshalle seine Schuhe aus dem Korb.

Dann konnte es ihm nicht schnell genug gehen, denn er mochte die anderen Kinder dort und vergötterte die jungen Nannys.

Entsprechend aufgeregt hüpfte er auch an diesem Morgen auf ihrem Schoß herum, während sie durch die Stadt fuhren. Joan freute sich, dass Edward hier in London so vieles gefunden hatte, woran er Freude hatte – es bestärkte sie darin, dass sie das Richtige getan hatte, als sie sich dagegen entschieden hatte, ihn in Dublin zu lassen.

Zu ihrer Überraschung war Dublin inzwischen in ihren Gedanken weit weg, wie ein ferner Traum. Schwer vorstellbar, dass sie schon in wenigen Wochen zurückkehren sollte …

»Da, da!« Aufgeregt zeigte Edward auf das große Gebäude, das sich am Pembridge Square gegenüber der Parkanlage erhob. Die hell gestrichene Fassade, die Säulen des Portikus und das kleine Gärtchen davor ließen auch Joans Herz höherschlagen. Als sie im Oktober zurückgekehrt war, hatte es sich merkwürdig angefühlt. Als gehörte sie nicht hierher, und zugleich, als wäre das Norland Institute Teil ihres Zuhauses. Vielleicht stimmte beides. Egal, wo sie bisher gelebt hatte, London war immer ihre Heimat gewesen, obwohl sie die ersten zehn Lebensjahre vor allem in Kent verbracht hatte. Doch als sie nach dem Tod ihrer Eltern zu Onkel George gezogen war, war dieser frühe Teil ihrer Kindheit zu Ende gewesen.

Edward zerrte sie ungeduldig hinter sich her, sobald sie ausstiegen. Er kannte den Weg zum Kindergarten, der in einem Nebengebäude mit eigenem Garten untergebracht war. Joan schüttelte sich den Regen vom Hut, als sie das Gebäude betraten. Edward saß schon auf einer kleinen Bank und streifte die Schuhe ab, um sie gegen Filzpantoffeln zu tauschen. Er war so aufgeregt, dass sie ihm gerade noch einen Abschiedskuss geben konnte, bevor er in den Raum sauste und von den anderen Kindern begrüßt wurde. Joan winkte durch die offene Tür einer der Nannys zu, ehe sie sich auf den Weg zu ihrem ersten Termin machte.

Der Kindergarten war ein Glücksfall, sowohl für Edward als auch für sie. Untergebracht im Nachbarhaus von Pembridge Square Nummer zehn, wo sich das Norland Institute befand, wurden hier tagsüber Kinder von Stadtangestellten betreut. Seit Kurzem gab es aber in den oberen Stockwerken noch ein zusätzliches Kinderheim, das die Vollzeitbetreuung kleiner Kinder übernahm, während ihre Eltern in allen Winkeln der Welt unterwegs waren.

Wie war es wohl für die Eltern, wenn sie ihre Kinder manchmal wochen- oder monatelang nicht sehen konnten? Joan wusste, dass Mrs Ward sehr darauf achtete, dass die Auswahl der betreuten Kinder auch die Haltung der Eltern im Blick behielt – »wir sind keine Verwahranstalt für Eltern, denen die Betreuung ihrer Kinder zu lästig wird, sondern bieten ihnen die Möglichkeit, ihren Kindern statt langer, anstrengender Auslandsaufenthalte bei uns ein Heim zu bieten, wo sie sich wohlfühlen und gedeihen können«, pflegte sie zu sagen. Und Joan wusste, dass Mrs Ward mit dieser Haltung nicht unbedingt bei allen Eltern auf Gegenliebe stieß – denn es gab Familien, denen sie ihre Dienstleistung in dem Heim verwehrte, wenn sie glaubte, den Eltern ginge es nicht um die beste Lösung fürs Kind.

~

London hatte sie mit offenen Armen empfangen.

Onkel George holte Joan und Edward vom Bahnhof ab, und sie hätte es nicht für möglich gehalten, doch der alte Mann wirkte hocherfreut, sie wiederzusehen. Sogar zu einer Umarmung ließ er sich hinreißen. Auf dem Weg zu seinem Haus im East End erzählte er ihr, was er alles unternommen hatte, um ihr den Aufenthalt so angenehm wie möglich zu gestalten.

»Ich habe endlich ein Wasserklosett einbauen lassen und das Haus an die Kanalisation angeschlossen«, berichtete er stolz.

»Halleluja«, murmelte Joan. Doch dann musste sie mit ihm lachen, denn er hatte derlei bisher immer für einen übertriebenen Fimmel der Reichen gehalten. Joans Einwand, dass er durchaus auch wohlhabend war, hatte er immer beiseitegewischt. Durch den Handel mit Tabak reich geworden, hatte es Onkel George nie in die besseren Bezirke der Hauptstadt gezogen. »Ich bin im East End geboren, hier sind meine Leute, hier sterbe ich auch«, hatte er immer gebrummt, wenn sie ihn darauf ansprach.

Schon nach Joans Einzug in seiner »Junggesellenhöhle«, wie er gern dazu sagte, hatte er damals für die Zehnjährige versucht, sein Heim etwas freundlicher zu gestalten. Doch dieses Mal hatte er sich selbst übertroffen. Joan wusste nicht, was genau ihn dazu getrieben hatte, große Teile des Hauses zu renovieren, aber es wirkte insgesamt viel heller und tatsächlich wohnlicher.

»Ach, das waren nur ein paar notwendige Reparaturen«, wiegelte er ab.

Aber als sie an diesem trüben Oktobertag die Räumlichkeiten in Augenschein nahm, die für die kommenden Wochen und Monate ihr Zuhause sein sollten, verschlug es Joan für einen Moment die Sprache.

»Und wo schläfst du dann?«, hatte sie ihn gefragt.

»Auf der anderen Seite des Flurs. Wo früher dein Zimmer war.« Er kratzte sich verlegen am Nacken. »Dachte, zu zweit braucht ihr vielleicht mehr Platz. Ich weiß leider so gar nicht, womit kleine Kinder spielen, darum habe ich nur ein paar Dinge besorgt.« Fast verschämt zeigte er auf einen Korb. Darin befanden sich ein Stoffball, ein paar bunt lackierte Bauklötze und ein kleines Holzpferd mit einer Lumpenpuppe als Reiter. Edward machte sich von Joans Hand los und begann sogleich, den Inhalt des Korbs zu erforschen. Das ließ ihr Zeit, die drei Zimmer und das angrenzende Badezimmer zu erkunden, die früher einmal Onkel George bewohnt hatte. Auf der anderen Seite des Flurs gab es zwei Zimmer, von denen sie das eine lange Jahre bewohnt hatte. Das zweite hatte ebenso lange als Gästezimmer gedient.

»Leider gibt es nach wie vor nur ein Badezimmer«, sagte Onkel George, der ihr folgte. Er wies sie auf die Sitzpolster im Erker des Schlafzimmers hin, die Kissen waren aus rotem Brokat und die Gardinen aus einem helleren Orange, das sehr gut dazu passte. Bei der Einrichtung hatte er nicht gespart, und er schien ein Händchen für Farben und Stoffe zu haben.

»Du hast dir so viel Mühe gegeben …« Joan war ergriffen von so viel Umsicht, und ja, sie sah auch die Arbeit, die in den Umbauten steckte. Von dem wochenlangen Leben auf einer Baustelle mal ganz abgesehen.

»Ach, das ist doch nichts.«

»Nein, Onkel George.« Joan drehte sich zu ihm um und nahm seine Hände. »Das hier ist – alles. Du hast das alles auf dich genommen, um es für uns wohnlich zu machen. Ich danke dir so sehr.«

Er brummte. Aus dem Kinderzimmer rief Edward nach ihm, und sein Gesicht hellte sich auf. Er lief nach nebenan, während Joan sich in ihrem Schlafzimmer umsah.

Das große Bett mit den gedrechselten Pfosten und dem hellblauen Himmel kannte sie noch von früher – als Onkel George darin geschlafen hatte. Sein Schlafzimmer hatte sie selten betreten, und als sie es einmal getan hatte, bekam sie deshalb tüchtig Ärger. Die Matratze war neu, ebenso die Decken und Kissen. Hier würde sie bestimmt gut schlafen.

Eine Tür führte in das Kinderzimmer, das etwas kleiner war als ihr Schlafzimmer. Auch hier hatte Onkel George offenbar an alles gedacht – es gab eine Kommode, einen Schrank, ein Kinderbett, in dem Joan selbst ganz zu Anfang geschlafen hatte. Es war frisch lackiert worden und erstrahlte nun wie die anderen Möbel in einem makellosen Weiß. Als sie kurz nach den anderen beiden sah, hockten Großonkel und Großneffe einträchtig beisammen auf dem hellblauen Perserteppich und spielten mit den Bauklötzen.

Sie nahm noch das dritte Zimmer in Augenschein, das auf der anderen Seite des Schlafzimmers lag. Ein kleiner Salon mit zwei Sofas, einem niedrigen Tisch dazwischen und einem eleganten Schreibtisch aus Kirschholz direkt vor dem Fenster. Sie strich mit den Fingern über das Holz. Onkel George hatte sogar all ihre Bücher aus dem alten Jugendzimmer in das schmale Regal gestellt. Alles war so liebevoll, bis ins letzte Detail arrangiert worden. Joan runzelte die Stirn.

»Sag mal, Onkel George … Hast du das alles allein gemacht?«

Sie lehnte im Türrahmen zum Kinderzimmer. Edward schlug immer wieder begeistert zwei Bauklötze gegeneinander, weshalb Onkel George aufstand und zu ihr rüberkam. Joan wiederholte ihre Frage.

»Wieso? Gefällt es dir nicht?« Sofort war er besorgt.

Sie drückte seinen Arm. »Es ist wunderschön. Fast zu schade, dass du so viel auf dich nimmst, nur damit wir hier ein paar Monate wohnen.«

Er schüttelte den Kopf. »Ihr kommt ja hoffentlich häufiger her. Außerdem gibt's Gerüchte, dass der Earl of Dudley nicht ewig Vizekönig bleiben wird, und dann braucht ihr eine Londoner Bleibe, falls du dein Haus vermieten willst.«

»Ja, die gibt es.« Joan seufzte. Dass ihr Schwager früher oder später als Vizekönig von Irland abberufen werden würde, stand außer Frage. Aber niemand wusste, wann das sein würde.

»Dachte mir, wir sind lieber auf alles vorbereitet. Falls du nicht länger bei der Familie deines Mannes leben willst.«

»Es ist auch meine Familie …«, sagte sie leise. Doch sie merkte, dass das nicht stimmte, während sie es aussprach. Für sie war immer Onkel George ihre Familie gewesen, nachdem ihre Eltern nicht mehr waren. Dann für eine allzu kurze Zeit Reginald. Nun blieb ihr Edward, und wie es schien, hatte das letzte Jahr, das sie fern der Londoner Heimat verbracht hatte, der Verbindung mit ihrem Onkel keinen Abbruch getan.

»Dann grollst du mir nicht, weil wir weggezogen sind?«

»Das habe ich nie«, bekannte er. »Vermisst habe ich euch trotzdem.«

»Ja«, sagte sie leise. »Ich habe dich auch vermisst.« Sie merkte erst, als sie es aussprach, wie sehr das stimmte. »Tut gut, wieder hier zu sein.«

~

Im Norland Institute hatte man sich offensichtlich darauf gefreut, dass sie für ein paar Wochen hier sein würde.

»Wie gut, dass Sie bei uns sind.« Mrs Ward erhob sich hinter ihrem Schreibtisch, als Joan das Arbeitszimmer der Schulgründerin wenige Tage nach ihrer Ankunft in London mit Edward auf dem Arm betrat. »Was denn, ist das etwa der junge Mann, der vor einem Jahr noch nicht laufen konnte?«

Joan lachte. Edward strampelte, und sie ließ ihn herunter. Sofort stiefelte er zum Schreibtisch von Mrs Ward und begann, die einzelnen Papierbögen herunterzuziehen. Joan wollte schon eingreifen, aber Mrs Ward winkte ab. »Solange er die Rechnungen nicht in den Kamin steckt, soll er ruhig damit spielen.«

»Er könnte sie zerfetzen.« Joan umrundete den Schreibtisch. Sie passte lieber auf, während sie sich weiter mit Mrs Ward unterhielt. Es fühlte sich merkwürdig an, *hinter* dem Schreibtisch der Schulgründerin zu stehen; ein Perspektivwechsel, der Joan in mehr als einer Hinsicht berührte.

Während Mrs Ward und Joan sich unterhielten – über die Reise, das Wetter in London, das zuletzt kühl und unfreundlich war, »typisch London eben!«, bemerkte Mrs Ward –, entging es Joan nicht, dass ihr Gegenüber in den letzten zwölf Monaten sichtlich gealtert war. Mehr feine Fältchen im Gesicht, mehr zarte Silberfäden im dunkelblonden Haar. Was jedoch nicht verschwunden war, war diese innere Kraft und Selbstgewissheit, dass sie am richtigen Platz war und das tat, wofür sie immer noch brannte.

»Und nun lassen Sie uns nach nebenan gehen.« Mrs Ward holte aus der obersten Schreibtischschublade einen Schlüssel und ging voran.

»Was ist denn nebenan?«

Mrs Ward antwortete nicht. Sie summte leise, während sie auf den Flur trat, sich nach links wandte und die Tür aufschloss, hinter der sich zu Joans Überraschung ein weiteres Büro verbarg. Etwas kleiner als das von Mrs Ward, die Regale leerer, der Tisch noch komplett blank.

»Das hier ist Ihr Büro, Miss Hodges«, sagte Mrs Ward. Nachdenklich blickte sie sich um. Dann schrak sie aber aus ihren Gedanken hoch. »Entschuldigen Sie. Mrs Hodges? Mrs Dudley? Wir haben darüber nie gesprochen, wie möchten Sie am liebsten angesprochen werden?«

Joan betrat das kleine Büro. Sie war sprachlos, reagierte deshalb nicht auf Mrs Wards Frage. »Das ist meins?«, fragte sie schließlich ungläubig.

»Aber sicher. Sie werden viel zu tun haben, solange Sie bei uns in London sind.«

»Aber ich gehöre doch nicht zu den Angestellten der Schule«, protestierte Joan.

»Sie gehören trotzdem zur Familie des Norland Institutes. Ihre Rolle hat sich verändert, und Sie leisten inzwischen so viel für unsere Schule.« Mrs Ward duldete keinen Widerspruch. Auf ihre sanfte Art konnte sie sehr bestimmt sein. »Mit Ihrer Stiftung ermöglichen Sie genau den jungen Frauen eine Ausbildung, die wir unter normalen Umständen nicht hätten aufnehmen können. Mary MacArthur ist das beste Beispiel dafür.«

Mrs Ward ließ Joan Zeit. Sie trat hinter den Schreibtisch, blickte auf den Park auf der gegenüberliegenden Straßenseite. Sie hätte gern etwas gesagt, doch sie spürte, dass jedes Wort zu viel war, sie wäre sofort in Tränen ausgebrochen.

Als sie vor einem guten Jahr London verließ, hatte es sich wie eine Flucht angefühlt. Fort aus der Stadt, in der sie die glücklichste Zeit ihres Lebens hatte verbringen dürfen, weil sie den Schmerz nicht länger ertrug. Inzwischen hatte sie erkannt, dass die Trauer um Reginald und das gemeinsame Leben, das ihnen auf Dauer nicht vergönnt gewesen war, sich überall gleich anfühlen würde. Und hier stand sie mit Mrs Ward, die ihr ebenso wie Onkel George einen Platz zeigte, an dem sie bleiben konnte. Ein eigenes Büro für ihre Arbeit.

Joan schluckte. »Ich denke, Sie können mich Joan nennen«, sagte sie leise.

Mrs Ward trat zu ihr. Edward war unter dem Schreibtisch verschwunden und erkundete die Teppichfransen. »Aber nur, wenn Sie mich Emily nennen.«

~

Also hatte Joan dieses kleine Büro bezogen, wenngleich zunächst widerstrebend. Dann jedoch hatte sie bald Gefallen daran gefunden. Daheim in Dublin hatte sie ihre Schreibmappe und die Briefe, die Akten und Bücher, die sie für ihre Aufgaben benötigte, stets in der Bibliothek auf einem Tisch ausgebreitet, wann immer sie viel zu tun hatte. An anderen Abenden hatte sie beim schwachen Schein der Schreibtischlampe in ihrem Schlafzimmer am Sekretär gesessen und Briefe verfasst, meist mit der Mappe auf dem Schoß und ihrem Schreibblock auf dem Tisch, sie hatte immer hin- und hergewechselt.

Hier hatte sie Platz. Sie musste nach ein paar Stunden nicht alles zusammenraffen und wegtragen, sondern konnte einiges auch einfach liegen lassen. In dem schmalen Regal zwischen den beiden Fenstern fanden Bücher ihren Platz, und es gab eine kleine Sitzecke mit einem Zweisitzer und einem Sessel, falls Joan Besprechungen abhielt.

Ihr Kalender lag aufgeschlagen auf dem Schreibtisch, ein Bleistift auf der offenen Seite, damit sie jederzeit etwas notieren konnte. Eins der Dienstmädchen hatte bereits die Post, die sie sich nachschicken ließ, auf die Schreibtischunterlage gelegt.

Zur Mittagszeit verzehrte sie die Sandwichs, die ihr die Köchin eingepackt hatte. Weil ihr das stundenlange Sitzen nicht behagte, brach Joan zu einem kleinen Spaziergang auf. Direkt gegenüber des Norland Institutes erstreckte sich ein kleiner Park, umfriedet von einem schmiedeeisernen Zaun. Viele Bürger genossen hier zur Mittagsstunde etwas frische

Luft. Sie war überrascht von dem regen Treiben, denn ein eisiger Wind fegte über die Stadt hinweg. Ein Straßenverkäufer bot heiße Maroni an, und Joan kaufte ihm eine Tüte für einen Sixpence ab. Sie schlenderte weiter, knabberte an einer Esskastanie und war in Gedanken bei einem komplizierten Sachverhalt, für den sie eine Lösung suchte.

»Hoppla!«, sagte eine dunkle Stimme direkt vor ihr. Zu spät – Joan war in Gedanken versunken in einen hochgewachsenen Mann gelaufen, der mitten auf dem Weg stand und ... ja, was genau trieb er da eigentlich?

»Entschuldigen Sie«, murmelte Joan. Sie wollte an ihm vorbei, doch dann hielt sie inne. Etwas daran, wie er sie musterte, hielt sie auf. Sein Blick unter den dichten, dunklen Brauen hatte eine Intensität, die ihr die Knie weich werden ließ. Er bemerkte ihre Verwirrung und lüpfte den Hut. »Verzeihen Sie, aber ich musste die Eichhörnchen beobachten.«

»Ach, ist ja nichts passiert.«

»Schauen Sie.« Er zeigte auf einen Baum, an dem zwei Eichhörnchen rauf- und runterliefen.

»Oje, was haben sie denn?«, fragte Joan. Sie hatte natürlich auch schon gelegentlich Eichhörnchen in der Stadt gesehen – zumeist die etwas größeren braunen. Diese hier waren schlanker, hatten winzige Pinselhaare an den Ohrenspitzen und ein rostbraunes Fell.

»Die Eichhörnchen? Ich vermute mal, sie wollen in Ruhe gelassen werden, damit sie an ihre Vorräte herankönnen.« Ihr Gegenüber lächelte. »Ich bin übrigens Peter Bond.« Erneut lüpfte er den Hut. Sein Lächeln verblasste aber bereits wieder, weil sie keine Anstalten machte, sich ihrerseits vorzustellen, sondern fasziniert die Eichhörnchen beobachtete.

»Ich dachte, sie halten Winterschlaf«, sagte sie gedankenverloren.

»Winterruhe«, korrigierte er sie.

»Ach so.«

»Sie wachen gelegentlich auf, suchen ihren Nussvorrat und … nun ja.« Er bemerkte die Tüte Maroni in ihrer Hand. »Darf ich?«

Bevor Joan protestieren konnte, hatte der Mann mit dem enigmatischen Lächeln zwei Maroni aus ihrer Papiertüte stibitzt. Er näherte sich langsam dem Baum und gab kleine, keckernde Laute von sich. Fasziniert beobachtete Joan, wie die beiden Eichhörnchen erst die Köpfe hoben und lauschten. Dann traute sich das kleinere von ihnen vom Baum herunter. Es blickte immer wieder zum anderen hoch, das wie verrückt den Baumstamm rauf- und runterlief, als wollte es seinen Gefährten warnen, lieber nicht zu nahe an diesen Menschen da heranzugehen. Doch der Hunger siegte, und das kleine Eichhörnchen sprang langsam näher. Als es noch etwa drei Schritte von Mr Bond entfernt war, ging er langsam in die Hocke und warf die Marone in Richtung des Eichhörnchens. Sie blieb etwa einen Fuß vor dem Tier liegen, das sich nach einem letzten misstrauischen Blick auf den edlen Spender dann doch daraufstürzte und sofort anfing, die Marone aufzuknabbern.

»Maroni lieben sie«, erklärte er.

Inzwischen wagte sich das zweite Eichhörnchen vom Baum herunter – wohl eifersüchtig, weil sein Kamerad so einen feinen Leckerbissen bekommen hatte. Dieses war mutiger und kam noch näher. Mr Ford hielt die Marone auf der ausgestreckten Hand hin, doch das schien dem kleinen Tier nicht zu behagen. Er warf ihm die Marone zu und richtete sich langsam auf.

»Sehen Sie, wie ausgehungert sie sind? Vermutlich haben sie vergessen, wo sie ihren Nussvorrat vergraben haben.« Er warf ihr einen unergründlichen Blick zu. »Nun, viele von uns vergessen mal was. Ich kann mich zum Beispiel nicht mehr an Ihren Namen erinnern.«

Joan errötete. »Joan Hodges«, sagte sie spröde.

»Sehr erfreut, Ihre Bekanntschaft zu machen, Mrs Hodges. Sehen Sie nur. Gibt es etwas Anrührenderes als Tiere, die sich im Park einer Weltmetropole ihre Nische suchen und bemüht sind, in dieser zu überleben?«

»Was wohl mit ihrem Nussvorrat passiert ist?«, überlegte Joan.

»Das werden wir wohl nie erfahren. Sie legen mehr als eine Vorratsstätte an, können sich aber nicht jede merken. Aber wenn jene, die ihnen noch präsent sind, von Räubern leer geräumt werden, steht's schlecht um ihre Zukunft ...«

»Sie meinen, dann verhungern sie?«

Er zuckte mit den Schultern. »Die Natur ist grausam. Aber genau so ist es.«

»Sie klingen, als würden Sie sich damit auskennen. Sind Sie etwa Naturforscher?«

Mr Ford lachte. »Ertappt, Madame. Allerdings nur auf der Durchreise, nachdem ich der Royal Society mein neuestes Projekt vorgestellt habe. Ich residiere die meiste Zeit des Jahres im schottischen Hochland.«

»So weit weg.«

Fast bedauerte Joan, dass die Begegnung mit diesem höflichen Mann wohl eine Ausnahme bleiben würde, wenn er schon bald wieder nach Norden aufbrechen wollte.

»Die Stadt ... behagt mir nicht. Zu viele Menschen, zu viele Gebäude ...« Er schüttelte den Kopf. »Reden wir nicht von mir. Sie wollten gerade zu einem Spaziergang aufbrechen, oder wollten Sie gehen?«

»Tatsächlich wollte ich mir ein wenig die Beine vertreten, nachdem ich den ganzen Vormittag am Schreibtisch gesessen habe.«

»Am Schreibtisch, oh! Dann sind Sie eines der eifrigen Bürofräulein, die ich jeden Morgen mit ihren Lunchtüten in den Pferdebahnen sehe?«

»Oh, bewahre. Ich leite eine Stiftung.«

»Und sehen Sie, schon bin ich wieder in eines dieser großen Fettnäpfchen getreten, die in den besseren Kreisen mehr Raum einnehmen als das sichere Terrain eines Gesprächs mit einer Lady. Ich gebe zu, in einem schottischen Hochmoor bewege ich mich geschickter, und diese haben wirklich heimtückische Schlammlöcher, die ganze Pferdegespanne nebst Kutschwagen verschlingen können.«

Joan musste lachen. Ohne es zu merken, waren Mr Ford und sie inzwischen aufgebrochen und schritten nebeneinander über den Kiesweg durch den Park. Er hatte die Hände hinter dem Rücken verschränkt und lauschte aufmerksam, als sie versuchte, ihre Aufgabe zu umreißen.

»Sie sind Ihre eigene Herrin! Und verzeihen Sie, wenn ich so überrascht klinge, ich dachte wohl, als ich Sie vorhin sah … Ach, ich rede immer so viel, das kommt davon, wenn man einen Landjunker in die große Stadt lässt.«

»Ach, aber es ist so angenehm, mit Ihnen zu reden!«, rief Joan. Es überraschte sie selbst, wie sehr sie diesen Spaziergang mit einem Fremden genoss.

»Nun, wir haben leider bereits das andere Ende des Parks erreicht.« Mr Ford blieb stehen und blickte auf seine Taschenuhr. »Bedauerlicherweise habe ich gleich noch einen Termin, sonst hätte ich ewig verweilen können. Aber vielleicht ergibt sich ja ein andermal erneut die Gelegenheit?«

»Das würde mich sehr freuen.«

Sie wusste nicht, was sie noch sagen sollte. Mr Ford verneigte sich ganz leicht. »Es war mir ein Vergnügen, Mrs Hodges. Wollen wir nächsten Dienstag zur Mittagsstunde sagen? Am südlichen Tor?«

»Sehr gerne.«

Sie blickte ihm nach, wie er fröhlich und beschwingt durch das nördliche Tor des Parks davonschlenderte. Dabei drehte er sich noch einmal um und winkte ihr zu. Zaghaft hob Joan die Hand und winkte zurück.

Ich weiß nichts über ihn, fuhr ihr durch den Kopf. Dass sie einen Mann im Park kennenlernte, war reichlich unkonventionell, und sie wusste, dass sie ihm beim nächsten Mal ein paar Fragen würde stellen müssen.

Aber dass es ein nächstes Mal geben würde – das war das Beste daran, dachte sie.

Kapitel 16

Bethersden, Dezember 1905

Das erste Weihnachten ohne ihre Familie. Mary versuchte, den Gedanken zu verdrängen, und stürzte sich in den Adventswochen ganz in die Weihnachtsvorbereitungen. Mit Oscar und Thomas machte sie ausgedehnte Spaziergänge, auf denen sie allerhand schöne Dinge sammelten, mit denen sie das Haus schmückten. Bei einem Ausflug in den Ortskern von Bethersden hatte Mary in dem einzigen Krämerladen, den es weit und breit gab, rotes Schleifenband erstanden, das sie nun um die zu kleinen Bögen gebundenen Tannenzweige wand, die sie über die Türen hängten.

Am nächsten Morgen war der Tannenschmuck verschwunden.

Mary ging nach dem Frühstück wieder mit den Kindern los und holte neue Zweige. Als sie zurückkamen, erwartete Mr Mixon sie bereits in der Eingangshalle.

»Ich dulde derlei nicht in meinem Haus«, sagte er nur und nickte zu dem Korb mit Tannengrün, den Thomas voll kindlichem Ernst mit beiden Händen umklammert hielt.

»Entschuldigen Sie, Mr Mixon. Ich dachte, es wäre eine schöne Idee, wenn wir das Haus für Weihnachten schmücken. Den Kindern bereitet es viel Freude.«

Die Kinder. Bisher hatte dies als Argument immer gezogen. Doch etwas hatte sich geändert, seit Miss Cora Thornton im Haus war. Dabei konnte Mary gar nicht so genau sagen, was da nicht stimmte – es war mehr ein Gefühl. Als wäre sie nicht länger erwünscht.

Dazu passte, dass alles, was sie plante, sabotiert wurde.

Mr Mixon runzelte die Stirn. »Sie können doch so viel anderes mit den Kindern machen.«

»Ja, natürlich. Entschuldigen Sie, Mr Mixon.«

Das war auch neu. Dass sie sich ständig entschuldigen musste. Für Dinge, die sie zuvor einfach gemacht hätte.

Sie nahm Thomas den Korb mit Tannengrün ab. »Wartet hier, ich bringe den kurz nach unten. Miles soll sich drum kümmern.«

Ginny stand am Herd und schälte Zwiebeln, als Mary hereinkam. Das war aber nicht der Grund, weshalb die Köchin weinte. Sie ließ das Kochmesser sinken und wischte mit dem Handrücken über die Nase. »Ich halte das keinen Tag länger mit dieser Person aus«, jammerte sie.

»Mit welcher Person?«, fragte Mary in Gedanken versunken. Sie sah sich suchend um. Wo konnte sie den Korb mit dem Tannengrün abstellen, ohne dass er im Weg war?

»Dieser Cousine unserer lieben Mrs Mixon, Gott sei ihrer Seele gnädig.« Ginny bekreuzigte sich. »Kein Tag vergeht, an dem ich nicht hoffe, dass sie endlich abreist. Heute will sie Zwiebelsuppe als Vorspeise, stell dir vor.«

»Ich dachte, sie verträgt keine Zwiebeln?«

»Das war letzte Woche, da wollte sie lieber Sellerieschaumsuppe. Als wär das hier so ein feines Londoner Restaurant. Und heute kam sie zu mir und wollte die Menüfolge besprechen. Als ob sie schon die Hausherrin wäre.«

Mary fuhr herum. Etwas an Ginnys Worten ließ sie aufhorchen. »Hausherrin?«, krächzte sie.

»Na, ist das nicht sonnenklar? Wie sie Mr Mixon um den

Bart geht und ihn bezirzt? Sie hat's aber auch leicht. Ist der armen Mrs Mixon wie aus dem Gesicht geschnitten. Ach, aber wie verwirrend muss das für die Kinder sein, dass da nun eine ist, die wie ihre Mutter aussieht und sie so schlecht behandelt … Das hätte es damals nie gegeben, bevor Mrs Mixon krank wurde, wir waren so ein fröhliches Haus …« Ginny schnäuzte sich in einen Schürzenzipfel. »Also gibt es heute Zwiebelsuppe und den Rostbraten, den ich für Sonntag geplant habe. Ich musste Miles noch mal ins Dorf schicken, aber wir haben ja alle nichts zu tun.« Ginny schimpfte weiter vor sich hin.

Mary aber ging nachdenklich zurück in die Eingangshalle. Mr Mixon und Miss Thornton? War dies für alle schon so offensichtlich? Mr Mixon hatte selbst gesagt, er sei nicht gern allein. Und vermutlich hatte er erkannt, wie unangemessen es war, wenn er diese Überlegungen mit einer Bediensteten teilte.

Dass seine Offenheit sie in ein Gefühlschaos gestürzt hatte, wusste er selbstverständlich nicht – und so sollte es auch bleiben.

Mary ging mit den Kindern nach oben, wo sie aus Pappe Sterne ausschnitt, die die Jungen mit Glanzpapier bekleben durften. Das tröstete beide Kinder, und sie entspannte sich langsam.

Trotzdem ließ sie der Gedanke nicht los, dass Veränderungen bevorstanden, die ihr nicht gefallen würden. Und das lag nicht nur daran, dass Miss Thornton nach einer Heirat dauerhaft hier leben würde. Obwohl auch dieser Gedanke schon etwas Beängstigendes hatte.

Das Klopfen an die Kinderzimmertür ließ Mary aufblicken. Miss Thornton schaute herein. »Ich wollte die Kinder abholen.«

Mary stand auf. Sie hatte vor dem niedrigen Tisch gekniet, an dem die Kinder gern bastelten. Ihre Finger klebten vom Leim, das Glanzpapier färbte ab. Sie nahm einen Lappen und wischte sich notdürftig die Hände ab.

»Abholen?«

»Ja, zum Spaziergang. Hat Ihnen denn niemand Bescheid gesagt?« Miss Thornton seufzte. »Ich habe es Oliver mehrmals gesagt, dass ich mehr Zeit mit den Kindern verbringen möchte. Damit sie mich besser kennenlernen.«

»Oh, natürlich. Ich hole nur rasch meinen Mantel und bringe die Kinder gleich nach unten.«

»Das ist nicht nötig. Ich gehe allein mit den Kindern hinaus.«

Mary verharrte mitten in der Bewegung. Sie wollte widersprechen, sagen, dass es schließlich ihre Aufgabe sei, sich um die Kinder zu kümmern. Aber Miss Thorntons Miene duldete keinen Widerspruch. Sie hatte die Lippen fest zusammengepresst und die Stirn gerunzelt.

»Ist noch was?«, fragte sie herausfordernd.

»Nein.« Mary wusste, es hatte keinen Zweck, Miss Thornton darauf hinzuweisen, dass sie für die Kinder zuständig war. Das Letzte, was sie wollte, war, dass diese zu ihrem Dienstherrn ging und sich dort über sie beschwerte. Das würde alles nur noch komplizierter machen.

»Na kommt, ihr Süßen«, säuselte Miss Thornton. Oscar wackelte sogleich auf sie zu, Thomas jedoch machte es ihr nicht so leicht. Mit vor der Brust verschränkten Armen blieb er auf dem Kinderstuhl sitzen. »Ich bleibe lieber hier und bastele weiter mit Nanny Mary«, erklärte er.

Miss Thorntons Stirnfalte vertiefte sich. Sie schob Oscars Hand weg, der vor ihr stand und auf den Arm wollte. Mit wenigen Schritten war sie bei Thomas. »Du kommst mit«, sagte sie gefährlich leise.

»Ich will aber nicht«, sagte er nur.

Mary ging vor ihm in die Hocke. Doch bevor sie wusste, wie ihr geschah, bekam sie einen Schubs. Miss Thornton schob sie aus dem Weg. Sie baute sich bedrohlich vor Thomas auf. »Du kommst jetzt mit, sonst sage ich deinem Vater, wie ungehörig du dich verhältst, Thomas!«

Der Sechsjährige stand langsam auf. Er ließ den Kopf hängen. Mary kannte ihn gut; sie wusste, wie sehr es gerade in ihm arbeitete. Thomas gehörte zu den Kindern, die ihren Kummer in sich hineinfraßen und ihn erst später herausließen. Sie legte ihm tröstend den Arm um die Schultern, drückte ihn kurz. »Wir reden nachher«, sagte sie leise.

Sie hoffte, dass er diese kurze Bemerkung nicht falsch verstand, sondern wusste, dass sie auf seiner Seite war.

Aber wie kam es überhaupt, dass sie sich auf die Seite der Kinder stellen musste? Sie wurde das Gefühl nicht los, dass es keine gute Idee war, die junge Miss Thornton mit den beiden Jungen gehen zu lassen.

~

Da Miss Thornton mit den Kindern draußen war und darauf bestanden hatte, allein zu gehen, hatte Mary unverhofft ein wenig Zeit für sich, die sie dafür nutzte, die Kommoden mit den Kleidungsstücken der Kinder durchzusortieren und einen Korb Wäsche wegzuräumen. Anschließend legte sie alle Spielzeuge und Bücher auf ihre Plätze, wischte sogar Staub, obwohl das Pennys Aufgabe war und das Hausmädchen oft fuchsteufelswild wurde, wenn man ihm etwas abnahm.

Danach war Miss Thornton immer noch nicht zurück, und auf der Suche nach einer weiteren Aufgabe schlenderte Mary durch das Haus.

Jemand hatte über einigen Türen Mistelzweige aufgehängt. Mistelzweige, ausgerechnet … Mary konnte sich schon denken, wer das gewesen war. Miss Thornton legte es wohl darauf an, dass Mr Mixon ihren Wert für die Familie erkannte. Das stimmte Mary nachdenklich, denn als sie gestern das Tannengrün aufgehängt hatte, reagierte er darauf ja alles andere als wohlwollend.

Sie holte eine Leiter aus der Besenkammer und machte sich daran, den Schmuck zu entfernen. Nicht auszudenken, wenn Mr Mixon die Mistelzweige sah … Er würde garantiert ihr die Schuld daran geben und sie entsprechend tadeln. Darauf konnte sie wirklich verzichten.

Die Misteln waren mit einem Nagel in den Türstock gehauen worden. Himmel, dachte Mary. Sie ging eine Zange holen und fluchte ordentlich, während sie versuchte, die Zweige zu entfernen, ohne die Tür dabei zu beschädigen.

»Was treiben Sie da oben, Nanny MacArthur?«

Sie war so in ihre Aufgabe vertieft gewesen, dass sie Mr Mixon nicht bemerkt hatte, der aus seinem Büro kam. Er lehnte im Türrahmen, hatte die Arme vor der Brust verschränkt und beobachtete sie belustigt.

»Ich versuche nur … diese blöden … Zweige …« Sie fluchte, weil der Nagel abbrach. Herrje, wer hatte denn so alte, verrostete Nägel verwendet? Es wurde immer schlimmer.

»Ich habe Ihnen doch erklärt, dass ich keinen Weihnachtsschmuck über den Türen haben will.«

Jetzt klang er verärgert. Mary stieg von der Leiter herunter. Sie strich sich das verschwitzte Haar aus der Stirn. »Ja, das habe ich auch verstanden«, erwiderte sie. In ihr regte sich auch langsam Ärger. Hielt er sie für schwer von Begriff, dass er glaubte, sie würde sich ein zweites Mal über seine eindeutigen Anweisungen hinwegsetzen? »Aber irgendwer hat doch wieder diese Zweige aufgehängt, und ich wollte sie abnehmen, bevor Sie das sehen, weil Sie sonst wieder ärgerlich auf mich werden. Und das habe ich nicht verdient, Mr Mixon. Ich versuche doch nur, Ihnen und den Kindern immer alles recht zu machen, aber ich habe ständig das Gefühl, in irgendein Fettnäpfchen zu treten.« Sie merkte, wie ihr Tränen in die Augen stiegen. *Nicht jetzt!*, dachte sie verzweifelt. Es war ihr immer schon unangenehm gewesen, wenn sie in Gegenwart anderer Menschen weinen musste, aber in diesem Moment waren es vor allem Tränen der Wut, und die sollte erst recht niemand sehen.

»Das tun Sie nicht.« Mr Mixon trat näher. »Darf ich?«

Stumm gab sie ihm die Zange. Er stieg auf die Leiter und schaffte es, den Nagelstumpf aus dem Holz zu ziehen. Die Mistelzweige warf er ihr zu. Die kurze Zeit, die er dafür benötigte, reichte aus, dass Mary sich wieder beruhigte.

»Bleibt nur die Frage, wer das gemacht hat. Und warum.« Er klappte die Leiter zusammen. »Gibt es noch anderen Schmuck, den ich entfernen sollte?«

»Ich kann das auch erledigen.«

»Passen Sie nur auf, dass ich nicht von der Leiter falle.«

Sie folgte ihm zum nächsten Durchgang. Mr Mixon murmelte etwas vor sich hin, während er die Leiter aufstellte und sich daranmachte, ein Gesteck aus Ilex, Tanne und erneut ein wenig Mistel zu entfernen.

»Müssen Sie sich nicht um die Kinder kümmern?« Er schnaufte.

»Miss Thornton ist mit ihnen spazieren gegangen.«

Mr Mixon hielt mitten in der Bewegung inne. »Soso«, sagte er dann leise. Mit einem Ruck zog er den Nagel heraus. »Ich frage mich, wer solche Zweige aufhängt, obwohl ich doch allen gesagt habe, dass ich das nicht will …«

»Ich war's nicht«, sagte Mary hastig. Sie wurde rot.

Mr Mixon sprang von der Leiter. Er legte die Hand auf

ihre Schulter und sah sie ernst an. »Ich weiß, Mary. Und entschuldigen Sie bitte, dass ich Sie gestern deswegen so angefahren habe. Das war nicht richtig von mir. Sie kümmern sich so gut um meine Kinder, und ich …« Er sprach nicht weiter, sondern seufzte nur.

Mary wusste nicht, was sie darauf antworten sollte. Sie hätte viel zu sagen gehabt, doch nichts davon wäre angemessen gewesen.

Sieh mich an. Ich bin die Nanny deiner Kinder. Ich sorge für sie, meine Aufgabe ist, dass es ihnen gut geht. Mehr nicht.

Egal, wie oft sie sich in ihren Träumen mehr vorstellte oder in schlaflosen Nächten ausmalte, wie Mr Mixon einen Schritt auf sie zu machte, wie er seine Hand nicht nur auf ihren Arm legte, sondern langsam nach oben schob, bis sie ihren Hals berührte, bis er sie langsam an sich zog und mit rauer Stimme ihren Namen flüsterte, bevor er sie sanft auf den Mund küsste, bevor sie in Marys Fantasie Dinge taten, die unaussprechlich waren … Egal, wie oft sie sich das vorstellte. Es würde niemals passieren, davon war sie überzeugt.

Trotzdem lag seine Hand immer noch auf ihrer Schulter, und sein Blick forschte in ihrem Gesicht nach der Antwort auf seine unausgesprochene Frage.

Mary machte einen halben Schritt zur Seite. Seine Hand sank herunter. Sie räusperte sich verlegen. Ihr Herz raste.

»Entschuldigen Sie, Mary. Miss … Nanny MacArthur.« Er wirkte seltsam verloren. »Manchmal … Ich sehne mich …« Er verstummte wieder, schüttelte den Kopf. »Ich sehne mich …«, sagte er.

»Aber Miss Thornton …«

»Nein, Mary. Ich sehne mich auf keinen Fall nach Miss Thornton.«

Kapitel 17

Bevor Mary etwas erwidern konnte, hörte sie aus der Eingangshalle Stimmen und Geschrei. Sie eilte in die Richtung, aus der der Lärm kam.

Ihr bot sich ein überraschender Anblick. Oscar stand mitten im Raum und brüllte sich die Seele aus dem Leib, während Thomas Schal und Mütze in die Ecke schleuderte und jammernd in das Gebrüll einstimmte. Miss Thornton hatte hektische rote Flecken auf den Wangen und zerrte schimpfend an Oscars Arm.

Mary begriff die Situation sofort. Es war schon später Nachmittag, und für gewöhnlich bekamen die Kinder nachmittags eine Kleinigkeit zu essen. Der Imbiss wurde sonst immer im Kinderzimmer gereicht, aber da sie heute draußen gewesen waren, war dieser entfallen. Die Kinder waren überdreht, hungrig und erschöpft zugleich.

Miss Thornton aber, die mit so einer Situation nicht vertraut war, wurde ganz aufgeregt, als hinter Mary auch noch Mr Mixon auftauchte. »Sie waren die ganze Zeit total brav!«, beteuerte sie und versuchte, Oscar am Arm hochzuziehen. Thomas hockte sich einfach neben die Kommode und legte die Arme um die Knie. Er hätte sich am liebsten die Ohren zugehalten, das sah Mary ihm an.

Es war nur noch eine gute Stunde bis zum Abendessen,

aber wenn sie nicht die komplette Zeit mit zwei hungrigen, heulenden Kindern zubringen wollten, musste sie schnell handeln. Sie ging neben Oscar in die Hocke und schloss ihn in die Arme. »Nana Hunna!«, jammerte der Kleine. Sie merkte, wie sich Stolz bei ihr regte. Nicht, weil der knapp Zweijährige mit seinem Kummer zu ihr kam, sondern eher, weil er wusste, was ihm fehlte. Das war so eine wertvolle Fähigkeit!

»Ich weiß«, flüsterte sie. »Komm, wir gehen in die Küche. Ginny hat bestimmt etwas für euch.« Sie stand auf, Oscar hielt die Ärmchen um ihren Hals geschlungen. Mary streckte die Hand nach Thomas aus, der sich ebenfalls aufrappelte.

Sie hatte schon fast die Treppe erreicht, als Miss Thornton, die sich offenbar rasch von der Situation erholt hatte, sich zu Wort meldete.

»Ich halte das für keine so gute Idee.« Ihre Stimme klang schneidend.

»Wie bitte?« Mary drehte sich um.

»Gleich gibt es Abendessen. Sie müssen die Kinder nicht davor noch vollstopfen.«

»Entschuldigen Sie«, sagte Mary leise. »Aber hier wird niemand *vollgestopft,* ich kümmere mich nur um die Bedürfnisse der Kinder. Weil das *meine* Aufgabe ist.«

Miss Thornton wandte sich an Mr Mixon. »Findest du das richtig, Oliver? Die Kinder machen so einen Aufstand, und sie belohnt sie mit Keksen?«

Mr Mixon warf Mary über den Kopf seiner Cousine einen Blick zu, den sie in diesem Moment schwer deuten konnte – war es Verzweiflung, eine Frage oder einfach die Hoffnung, sie könnte einlenken und ihn aus dieser unangenehmen Situation erlösen?

Wenn es nicht um die Kinder gegangen wäre, hätte Mary

nachgegeben. Sie wusste, wie Hunger sich anfühlte, hatte ihn selbst als Kind oft genug erlebt, wenn Pop mal wieder arbeitslos war und ihre Mam zu wenig Seidenblumen auf dem Markt verkaufte. Oh, hatten sie hungern müssen!

Aber darum ging es ja. Niemand sollte hungern müssen. Schon gar nicht, wenn die Speisekammer voll war und ein kleines Brötchen den Schaden begrenzen würde und die Laune der Kindern zuverlässig hob.

»Ich gebe ihnen keine Kekse«, sagte Mary ruhig. »Thomas und Oscar brauchen aber jetzt etwas im Magen, nachdem sie über zwei Stunden im Garten gespielt haben.«

»Wir waren nicht im Garten«, bemerkte Miss Thornton. »Wir sind ins Dorf marschiert.«

Ins Dorf. Das waren knapp zwei Meilen. Mary wusste gar nicht, was sie dazu sagen sollte. Kein Wunder, dass die Kinder wie erschlagen waren.

»Aber warum?«, fragte Mr Mixon. Er bedeutete Mary, sie sollte sich zurückziehen. Dankbar steuerte sie mit den Kindern die Küche an. Als sie auf der Treppe nach unten gingen, hörte Mary, wie Miss Thornton die Stimme erhob.

»Die Kinder sind doch viel zu verwöhnt, Oliver. Sie brauchen täglich Ertüchtigung an der frischen Luft, nicht so ein verweichlichtes Spielprogramm in der Kinderstube. Thomas ist sechs, was soll aus ihm mal werden, wenn du ihn eines Tages in ein Internat schickst? Willst du nicht das Beste für deine Söhne? Tracy hätte das gewollt.«

Leider hatte Mary das untere Ende der Treppe erreicht, sie würde also nicht erfahren, was Mr Mixon erwiderte.

Ginny hatte zum Glück noch ein paar eingemachte Birnen vom Mittagessen übrig. Während die Jungen am Küchentisch saßen und aßen, erkundigte die Köchin sich, was oben gerade los war.

Mary zögerte.

Sie spürte manchmal die Kluft zwischen oben und unten – und wie sehr sie dazwischenstand. Niemand war so nah an der Familie dran wie sie. Das weckte natürlich die Neugier der anderen Bediensteten, der sie stets auszuweichen versuchte. Aber heute brauchte sie die Bestätigung, dass sie keinen Fehler gemacht hatte. Deshalb erzählte sie alles. Von den Mistelzweigen, dem Ausflug der Kinder und Miss Thorntons Auffassung, die Kinder seien zu verwöhnt. Nur die kurze Berührung von Mr Mixon und seinen Blick, der ihr durch und durch gegangen war, verschwieg sie. Das ging wirklich niemanden etwas an.

»Arme kleine Mäuschen.« Ginny seufzte. »Ich sag dir was, wenn Mr Mixon diese Frau ins Haus holt, ist's mit dem Frieden für uns alle vorbei.«

»Ach«, machte Mary nur.

»Ja, meinst du nicht, sie ist nur deshalb hier? Bridget hat gestern wohl zufällig gehört, wie sie ihn fragte, ob ihre Eltern und ihr Bruder über Weihnachten herkommen können. Ich mag Besuch, aber keinen, der sich selbst einlädt.«

»Sie bleibt über Weihnachten?«

Das war Mary neu.

Ginny hingegen schnaubte nur. Sie rührte in dem Topf mit der Suppe für das Abendessen. »Die bleibt für immer«, meinte sie nur.

~

Vielleicht hatte Ginny recht. Mary beobachtete in den kommenden Tagen, wie Miss Thornton bei jeder sich bietenden Gelegenheit Mr Mixon aufsuchte. Von den Kindern hielt sich die junge Frau nun fern, und das war Mary nur recht. Nach dem langen Spaziergang mit ihr waren Oscar und Thomas nicht besonders erpicht darauf, mit »Tante bäh!«, wie Oscar sie nun nannte, Zeit zu verbringen.

Eine Woche vor Weihnachten ließ Mr Mixon durch Ginny allen anderen Bediensteten mitteilen, dass über die Feiertage Miss Thorntons Familie zu Besuch kam und zwei weitere Gästezimmer hergerichtet werden mussten. »Als hätten wir nicht genug zu tun«, schimpfte Ginny. Penny und sie mussten die Zimmer vorbereiten, für das Essen am ersten Feiertag mussten sie noch zusätzlich einkaufen, und natürlich sollte es in jedem Winkel des Hauses blinken und blitzen, wenn der Besuch eintraf. Miss Thornton war natürlich keine Hilfe. Im Gegenteil; wann immer ihr etwas in den Sinn kam, tauchte sie unangekündigt in der Küche auf und äußerte teils absurde Sonderwünsche.

»Warum ist im Zimmer für meinen Bruder noch nicht alles hergerichtet?«, beklagte sie sich drei Tage vor der Ankunft ihrer Familie bei Ginny. »Ich habe Ihnen doch alles aufgeschrieben.«

»Ja, und ich habe den Zettel Penny gegeben.«

»Dann gehe ich zu Penny und werde mit ihr sprechen.«

Mary, die gerade am Küchentisch saß und beim Gemüseputzen half, weil Thomas noch bei seinem Lehrer war und Oscar ein Schläfchen hielt, musste sich ein Grinsen verkneifen, denn mit Penny zu reden, das war ja eh schon so eine Sache. Aber bei Miss Thornton war sie besonders »verstockt«, wie die junge Frau es gern nannte. Ginny und Mary hingegen waren überzeugt, dass das gehörlose Dienstmädchen sich einfach nicht von jedem etwas sagen lassen wollte.

Bevor sie die Küche verließ, bemerkte Miss Thornton Mary.

»Haben Sie nichts zu tun?«

»Ich tue doch etwas«, sagte Mary. Sie fühlte sich in die Defensive gedrängt.

»Mr Mixon lässt ausrichten, dass Sie heute noch zu ihm kommen sollen.«

Rums, die Tür fiel hinter ihr ins Schloss. Mary blickte Ginny an, doch die zuckte nur mit den Schultern. »Weiß auch nicht, was er wollen könnte.«

»Dann gehe ich heute Abend wohl mal zu ihm.« Vor einer Stunde war Mr Mixon nach Bethersden geritten. Vermutlich wollte er die Weihnachtsgeschenke für die Angestellten besorgen, hatte Ginny ihr mit einem Augenzwinkern erklärt. »Letztes Jahr hat er's vergessen, war ja immer Sache seiner Frau. Aber ich glaub, dieses Jahr gibt's was für uns. Was Feines. Ist ein gutes Haus hier, auch wenn's im Moment nicht immer den Anschein hat.«

Das war wohl noch untertrieben, dachte Mary, als sie am Abend, nachdem sie Oscar und Thomas ins Bett gebracht hatte, wieder nach unten ging. Miss Thornton hatte sich zum Glück schon zur Ruhe begeben, nachdem sie mittags vergeblich versucht hatte, Penny klarzumachen, dass im Gästezimmer ihres Bruders keine Lavendelsäckchen in den Schubladen der Kommode liegen durften. Das hatte Penny nicht eingesehen. Für sie gehörten Lavendelsäckchen zur frischen Wäsche.

»Mr Mixon? Sie wollten mich sprechen?«

Er saß hinter dem Schreibtisch, wie schon vor ein paar Wochen, als er Mary zu sich gebeten hatte. Auch heute klopfte ihr Herz laut. Sie war seltsam nervös, als müsste sie von ihm Ärger befürchten.

»Ja, Miss MacArthur. Bitte setzen Sie sich doch. Hm, möchten Sie etwas trinken?« Er sprang auf, und kurz dachte sie, er wolle hinter dem Schreibtisch hervortreten, doch dann blieb er dahinter stehen und setzte sich, nachdem sie auf den Stuhl vor dem Schreibtisch gesunken war. Ihre Knie zitterten. Sein Blick beunruhigte sie.

»Ich möchte nichts.« Sie faltete die Hände auf den Knien und blickte ihn an.

Er räusperte sich, raschelte mit den Papieren und suchte nach den richtigen Worten.

»Also, es ist so. Nun ja. Ich dachte nur, in ein paar Tagen ist Weihnachten. Vielen Dank für Ihre Vorschläge, worüber sich die Kinder freuen. Ich habe alles besorgt.«

»Oh«, machte Mary. Auf seinen Wunsch hatte sie ein paar Dinge aufgeschrieben, damit er auswählen konnte. Dass er gleich alles besorgte, überraschte sie.

Aber dann fiel ihr wieder ein: *Geld spielt für ihn keine Rolle. Er hat genug.*

Daran konnte sie sich nicht gewöhnen.

»Jedenfalls habe ich auch für Sie eine Kleinigkeit besorgt. Nein, zwei sogar, aber eine möchte ich Ihnen heute schon geben, weil … nun ja. Es könnte der falsche Eindruck entstehen.« Er legte ein Päckchen auf den Tisch vor sich. »Ich fürchte vielleicht auch, *Sie* könnten es falsch verstehen.«

Mary schluckte. Sie hatte mit allem Möglichen gerechnet – aber nicht mit einem Geschenk.

»Ich werde Ihnen natürlich auch an Weihnachten noch etwas schenken, na ja, es wäre sonst auffällig, wenn ich Sie übergehe. Aber das hier – ich hoffe, es gefällt Ihnen.«

Er schob die Schachtel über den Schreibtisch. Mary saß wie erstarrt da. Ihre Gedanken rasten. Was geschah, wenn sie dieses Geschenk annahm? Was passierte dann? Würde er nicht denken, dass sie käuflich war?

Als sie das letzte Mal allein waren, hatte sie das Gefühl gehabt, dass da auch von seiner Seite mehr war. Er empfand nichts für Miss Thornton, das waren seine eigenen Worte gewesen.

Umso mehr zog es ihr jetzt den Boden unter den Füßen weg, als er die Finger auf die Schachtel legte und sich vorbeugte, um sie näher zu ihr zu schieben. »Sehen Sie es als eine Art … Geschenk, um Ihnen zu versichern, wie sehr ich Sie schätze. Auch über Ihre Arbeit hinaus.«

Stumm blickte sie auf die Schachtel.

»Wollen Sie es nicht öffnen?«, fragte Mr Mixon leise.

Mary beugte sich vor. Sie berührte die rote Schleife auf dem silbernen Karton. Eine wunderschöne Verpackung. Aber sie fürchtete sich vor dem, was sie darin erwartete.

»Es ist nichts, das Sie in Verlegenheit bringt«, versicherte er ihr. »Aber ich möchte …«

Weiter sagte er nichts, und Mary verstand auch so. Zumindest glaubte sie zu verstehen. Sie räusperte sich. Oh, sie war zu unerfahren in diesen Dingen, sie fühlte sich völlig fehl am Platz und glaubte, jedes Wort, das sie nun sagte, könnte zu viel von dem Sturm der Gefühle offenbaren, der in ihr tobte. Den sie immer wieder zu besänftigen versuchte, weil es ja nicht sein durfte.

»Mr Mixon.«

»Nennen Sie mich Oliver. Ich meine, wenn wir für uns sind und uns niemand hört …«

Sie nickte. Fasste all ihren Mut zusammen. »Oliver. Also … Ich habe kein gutes Gefühl dabei, wenn ich das annehme. Verstehen Sie … Jeder weiß doch, was Sie bald zu tun beabsichtigen.«

Er hob überrascht die Augenbrauen. »Was werde ich denn tun?«, wollte er wissen.

»Nun ja. Sie haben die Familie von Miss Thornton zu Weihnachten eingeladen. Sie ist nun schon seit Wochen im Haus. Sie beginnt, Dinge in ihrem Sinne zu regeln. Die Angestellten reden.«

Mr Mixon seufzte. Er fuhr sich mit einer Hand durch die Haare und lehnte sich zurück. »So ist das.«

»Darum denke ich, das Geschenk ist keine gute Idee.« Sie beugte sich vor und schob das Kästchen in seine Richtung.

»Alles, was den Anschein erwecken könnte, dass ...« Ihre Stimme versagte. Sie war nicht abgebrüht genug, um ihm zu erklären, dass sie auf keinen Fall den Eindruck erwecken wollte, als würde sie sich mit größtem Vergnügen auf etwas einlassen. Oder als hätte sie sich bereits auf etwas eingelassen.

»Mary. Ich sage das nur Ihnen und nur dieses eine Mal. Danach werde ich nie wieder ein Wort darüber verlieren. Als meine Tracy starb, habe ich gedacht, ich werde nie wieder lieben können. Nie wieder etwas für eine andere Frau empfinden. Und dann kamen Sie ins Haus. Jung, viel zu jung, dachte ich im ersten Moment, noch dazu, verzeihen Sie meine Offenheit, Sie stammen nun mal aus einer eher ungebildeten Familie. Aber wissbegierig und bestrebt, meinen Kindern eine glückliche Kindheit zu ermöglichen, das sind Sie. Mehr noch – Sie haben meine Söhne und mich wieder zusammengebracht, und für all das werde ich Ihnen immer dankbar sein. Für Ihren liebevollen Umgang mit *jedem* Haushaltsmitglied.«

Mary senkte den Blick auf ihre gefalteten Hände. Sie merkte, wie ihre Unterlippe zitterte. Wie ihr Tränen in die Augen stiegen.

Mr Mixons Stimme wurde leiser. »Aber das alles, meine Empfindungen, meine Dankbarkeit und vor allem die Tatsache, dass ich Verantwortung übernehmen will ... Ich weiß nicht, wie das gehen soll. Alle erwarten von mir, dass ich Miss Thornton ... Cora ... einen Antrag mache. Sie erwartet das am ehesten, und in mir sträubt sich alles dagegen, weil ... Nun ja. Weil Sie da sind. Und weil Sie und ich eine Weile doch ganz gut darin waren, als ...«

Er sprach nicht weiter.

Mary wusste nicht, wohin mit sich und ihren Gefühlen. Alles in ihr schrie danach, so schnell wie möglich den Raum zu verlassen, denn er kam ihr mit dem Geschenk und seinen Worten so nahe, dass sie glaubte, sie könne nicht mehr atmen.

»Bitte, Mary. Ich möchte Ihnen einfach irgendwie zeigen, wie viel mir das bedeutet, was Sie für meine Söhne und mich getan haben.«

Es klang wie ein Abschied.

»Schicken Sie mich fort, Mr Mixon?«

Er starrte sie lange an, als wäre das eine Frage, die er sich bisher nicht gestellt hatte.

»Nur, wenn Sie das wollen.«

Mary stand auf. Sie hatte genug gehört. Er erklärte ihr, dass er Gefühle für sie hatte, und im selben Moment eröffnete er ihr, dass er Miss Thornton heiraten würde, weil das so von ihm erwartet wurde und weil er nicht gut allein sein konnte. Statt sie fortzuschicken, speiste er sie mit einem Geschenk ab, von dem sie vermutete, dass es teuer war. Ein Schmuckstück vielleicht, das sie niemals würde tragen können, weil es sofort Fragen aufwerfen würde.

»Wenn Sie nicht wissen, was Sie wollen, Mr Mixon, dann sollten Sie das erst herausfinden, bevor Sie etwas tun, das Sie später bereuen.«

Sie war sich jedenfalls zu schade dafür, ihm für den Rest seines Lebens als Entschuldigung dafür zu dienen, warum er mit Miss Cora gar nicht hätte glücklich werden können. Schließlich gab es da immer eine andere in seinem Herzen. Und in seinem Haus.

Über die Liebe wusste Mary nicht viel. Nur so viel hatte sie verstanden: Wenn zwei sich liebten, seien es ihr Pop und ihre Mam oder Finn mit seiner Frau Elle, dann ging es um ein gemeinsames Ziel. Was hätte dieses Ziel für Mr Mixon und sie sein können?

»Mary.« Er folgte ihr bis zur Tür. Sie blieb stehen, ließ die

Arme hängen. Er hob die Hand und legte sie an ihre Wange. »Bitte, lass es mich erklären.« Seine Stimme klang heiser.

Sie wandte sich ihm zu. Ihr Herz hämmerte in der Brust, ihre Hand zitterte, als sie langsam den Arm hob und seine Wange berührte. »Oliver«, wisperte sie.

Oliver umschlang sie mit beiden Armen, er vergrub den Kopf an ihrem Hals. Marys Finger fuhren durch seine sandfarbenen Haare, während er einfach dastand, sie spürte seine Lippen an ihrem Hals, wo er sie ganz sanft streifte. Sie seufzte leise. Ihr Körper reagierte auf seinen, sie konnte gar nicht anders, so sehr hatte sie sich danach verzehrt, dass er sie in den Arm nahm, dass sie ihm so nahe sein durfte.

Er flüsterte ihren Namen.

»Ich bin hier«, antwortete sie.

Als er den Kopf hob und ihr Gesicht mit beiden Händen umfasste, legte sie die Arme um seinen Hals. Sein Blick suchte etwas in ihrem. »Wenn ich dich jetzt küsse …«

Er sprach nicht weiter, aber sie wusste, was er sagen wollte.

Wenn ich dich jetzt küsse, was bedeutet das für uns?

»Tu's einfach«, murmelte sie.

Seine Lippen berührten ihre. Mary seufzte, sie sank nach hinten und spürte die Türzarge im Rücken. Seine Hände fuhren an ihrem Oberkörper hinab, er umarmte sie, seine Zunge schlüpfte in ihren Mund und umspielte ihre. Sie schnappte überrascht nach Luft, wollte ihn schon von sich stoßen, weil sie überwältigt war von Lust und Begehren, weil sie glaubte, sie könnte das nicht länger aushalten.

Mit einem Keuchen riss Oliver sich von ihr los.

Er starrte sie an. Sagte keinen Ton. Marys Lippen fühlten sich geschwollen an, sie berührte die Unterlippe mit einem Finger.

Oliver wandte sich von ihr ab.

»Mary, Mary … Was tun wir hier?« Kopfschüttelnd und schwer atmend stützte er sich mit einer Hand auf den Schreibtisch.

Sie machte einen Schritt auf ihn zu, berührte ihn am Arm. Er blickte hoch. »Wir machen das, was unsere Herzen uns befehlen«, sagte sie. Das hatte sie mal in einem Roman gelesen. Damals hatte sie es nicht verstanden. Wie konnte ein Herz, wie konnten Gefühle einen so sehr überwältigen?

Aber nun wusste sie es.

Die Konsequenzen waren ihr egal. In diesem Augenblick ging es nur um Oliver und sie.

»Wir dürfen das nicht«, murmelte er.

»Doch«, widersprach sie. »Wir dürfen das. Nicht für immer, aber jetzt … für diesen Moment …«

Sie nahm seine Hand. Sie fühlte sich so mutig, fast schon dreist. Oliver hob ihre Hand an die Lippen und küsste einzeln die Fingerspitzen. »Willst du das wirklich?«

Sie nickte stumm.

»In zehn Minuten. In meinem Zimmer.«

Er ließ sie allein. Mary blieb vor dem Schreibtisch stehen. Sie versuchte, ihr rasendes Herz zu beruhigen. Die kleine Schachtel auf dem Schreibtisch lachte sie an, doch sie widerstand dem Drang, sie zu öffnen.

Sie hielt es keine zehn Minuten ohne ihn aus.

Als sie sein Arbeitszimmer verließ, zog sie die Tür behutsam hinter sich ins Schloss. Dann blickte sie hoch. Über dem Türstock hing ein Bund aus Tannengrün und Mistelzweigen, das sie wohl am Nachmittag vergessen hatten.

Sie lächelte.

Manche Dinge sollten wohl passieren, sosehr man sich auch dagegen wehrte.

Kapitel 18

Tatoi, Dezember 1905

Katie blickte sich unbehaglich in dem Zimmer um, das Prinzessin Alice und ihrem Gemahl als privater Salon diente. Wie alles in diesem kleinen Palast waren die Gemächer des Prinzenpaars klein und mit Möbeln vollgestellt, die von der Größe her eher zu den großzügigen Räumen des Wladimir-Palasts in St. Petersburg passten. Allerdings war manches angeschlagen, die einzelnen Stücke passten nicht zueinander, und es fühlte sich nicht wohnlich an.

Das erdrückende Gefühl wurde durch das winterliche Grau vor den Fenstern noch zusätzlich verstärkt.

Aber das war es nicht, weshalb Katie sich gerade zunehmend unwohl fühlte.

»Setzen Sie sich, Nanny Fox. Meine Schwägerin hat berichtet, Sie wollen mir etwas erzählen.«

Prinzessin Alice wies einladend auf einen Stuhl mit hoher Rückenlehne und rosa Polster. Katie ließ sich behutsam nieder, während ihr Gegenüber ein Sofa wählte, das die besten Zeiten schon hinter sich hatte. Eine der Schlosskatzen hatte sich am Sitzpolster die Krallen geschärft. Prinzessin Alice zupfte gedankenverloren an einigen heraushängenden lindgrünen Fransen, während sie Katies Schilderung lauschte.

»Es geht um Ihr Kindermädchen Susa.« Sie räusperte sich unbehaglich.

»Ja, das erwähnte Jelena.« Prinzessin Alice runzelte die Stirn. »Aber ich verstehe das nicht. Sie meint, Susa lässt Margarita schreien, oder sie hält allzu strikte Fütterungszeiten ein. Macht man das nicht so mit Babys?«

Katie atmete tief durch. Als sie zum Gespräch gebeten wurde, hatte sie schon schlimmste Befürchtungen gehegt – zum Beispiel, dass Prinzessin Alice sie in ihre Schranken verweisen und abkanzeln würde. Aber die junge Mutter schien dankbar zu sein, dass jemand ihr eine andere Sichtweise auf Kindererziehung bot. Sie war offenbar bereit, zuzuhören und zu lernen. »Wo soll ich da anfangen«, murmelte Katie mit gesenktem Kopf.

»Bitte sehen Sie mich an, wenn Sie sprechen.« Prinzessin Alice' Stimme klang auf einmal schneidend. Katie fiel siedend heiß ein, dass ihr Gegenüber ja nahezu gehörlos war, weshalb sie sich durch das Lippenlesen bei Gesprächen behalf.

»Entschuldigen Sie.« Katie hob den Kopf. Sie sah Prinzessin Alice an, während sie zu erklären versuchte, welche Grundsätze der Säuglingspflege sie im Norland Institute gelernt hatte.

»Kinder brauchen Strukturen und Rituale. Aber vor allem brauchen sie es, dass wir auf ihre Bedürfnisse eingehen. Das muss einander nicht widersprechen. Wenn ein Kind mehr Hunger hat, weil es einen Wachstumsschub hat, zum Beispiel, dann können wir von der Struktur abweichen und ihm häufiger das Fläschchen reichen. Oder sie weinen nachts vermehrt, weil sie Zähne bekommen. Dann tragen wir sie herum und trösten sie. Schlaf ist für so kleine Kinder sehr wichtig, weshalb ich es vermeide, meine Schützlinge mittags zu wecken, nur damit sie abends zeitiger einschlafen. Manchmal steckt hinter einem langen Mittagsschlaf einfach ein größeres Schlafbedürfnis.«

Sie hätte ewig so weiterreden können, doch Prinzessin Alice hob die Hand und bremste sie.

»Bisher hatte ich den Eindruck, Susa macht ihre Sache gut. Jedenfalls, wenn ich dabei bin.«

Das war Teil des Problems. Susa ließ ihren Frust nur dann an Margarita aus, wenn die Eltern es nicht merkten. Und auch bei Katie war sie inzwischen auf der Hut. Trotzdem bekam Katie genug mit, schließlich schliefen die drei kleinen Mädchen in einem Zimmer. Wenn sie das Baby nachts weinen hörte, war Katie meist sofort wach, während Susa selig weiterschlief. Schon mehr als einmal hatte Katie es dann übernommen, Margarita zu trösten, statt Susa zu wecken, die sonst nur brummelig auf das Kind schimpfte, weil es ihre Nachtruhe störte.

Aber dadurch bekam Katie noch weniger Schlaf, und so langsam kam sie an die Grenzen ihrer Belastbarkeit. Sie reagierte selbst immer gereizter, wenn tagsüber etwas nicht nach ihren Vorstellungen lief. Und das Leben mit Kindern ließ sich eben nicht so planen, dass sie als Erwachsene ihr Schlafdefizit tagsüber aufholen konnte. Im Norland Institute hatten sie in einem Kurs auch darüber diskutiert, wie viele Nannys eine Familie brauchte, wenn es viele sehr kleine Kinder gab. Dass eine Nanny für drei Kinder unter drei zuständig war, konnte unter bestimmten Umständen gut funktionieren. Wenn es eine Amme gab, die nachts das Jüngste stillte, zum Beispiel. Aber das war hier nicht der Fall.

»Nun?« Prinzessin Alice ließ Katie keinen Moment aus den Augen. »Was sagen Sie dazu, erfüllt Susa ihre Aufgabe anständig?«

Katie senkte den Blick. Es widerstrebte ihr, Susa anzuschwärzen. Sie verstand das Gefühl von Überforderung. Wer kannte das nicht im Umgang mit kleinen Kindern? Jede Nanny kam da regelmäßig an ihre Grenzen.

Aber Susa quälte Margarita.

Nein. Sie musste für Margarita einstehen, die nicht für sich selbst sprechen konnte.

»Susa ist nicht immer so sanftmütig und umsichtig«, sagte sie. »Wenn sie mit Margarita allein ist … Verstehen Sie, mir geht es nur um das Wohl der Kinder. Und ich … es fällt mir schwer, andere zu kritisieren, aber was Susa macht, ist einfach gemein.«

Sie ließ den Kopf hängen. Halb rechnete sie damit, dass Prinzessin Alice wütend werden würde.

»Verstehe«, sagte die junge Prinzessin leise. »Sie denken also, unsere kleine Margarita braucht eine andere Erziehung?«

Katie blickte auf. »Kein Kind sollte gequält werden, nur weil es Hunger hat oder zu viel Arbeit macht.«

»Was schlagen Sie vor, Nanny Fox?«

»Ich?« Katie riss die Augen auf. Damit hatte sie nicht gerechnet.

»Nun, Sie erheben schwere Vorwürfe gegen Nanny Susa. Aber ich weiß von meiner Schwägerin Eleni, dass Sie in den zwei Jahren, die Sie nun bei ihr sind und sich um ihre Kinder kümmern, alles getan haben, damit Olga und Elizabeth sich wohlfühlen. Und das merkt man den kleinen Prinzessinnen an«, fügte Prinzessin Alice mit einem Lächeln hinzu. »Sie genießen die Zeit mit Ihnen. Und Eleni vertraut Ihnen uneingeschränkt. Darum frage ich Sie, was Sie mir raten würden.«

Katie überlegte. Sie fand, es sei zu früh, Susas Entlassung zu fordern. Jeder konnte sich ändern, nicht wahr?

»Reden Sie mit ihr. Ich helfe gern, wenn Susa Fragen hat.«

»Gut. Ich werde mir etwas überlegen und dann mit meiner Nanny sprechen. Danke, Nanny Fox.« Prinzessin Alice erhob sich. Die Unterredung war beendet, Katie stand ebenfalls auf. »Ich danke Ihnen für Ihr Vertrauen.«

Hoffentlich nahm Susa die Veränderung gut auf, dachte Katie. Wenn die Prinzessin bestimmte, dass Katie zukünftig in der Kinderstube das Sagen hatte, könnte Susa ihr das übel nehmen.

Aber es ging um Margaritas Wohlergehen, sagte sie sich. Und dafür war Katie bereit, ein paar Unannehmlichkeiten auf sich zu nehmen.

~

»Wie konntest du mir das antun?!«, schrie Susa. Sie griff nach einer Bürste und warf damit nach Katie, kaum dass diese das Kinderschlafzimmer betrat. Katie wich dem Wurfgeschoss aus, das gegen den Türrahmen hinter ihr knallte.

Susa stand an der Wickelkommode, darauf lag vor ihr die halb nackte Margarita. Mit heftigen Bewegungen riss sie die nasse Windel vom Po des Säuglings.

»Stell dir vor«, sagte Susa zu dem Baby. »Heute hat die feine Prinzessin Alice mich zu sich gerufen. Sie war sehr erbost, weil sie meint, ich würde dich nicht richtig behandeln. Das hast nur du zu verantworten«, rief sie in Katies Richtung.

»Bitte beruhige dich.« Katie atmete tief durch. Sie hatte mit einer heftigen Reaktion von Susa gerechnet, aber das hier übertraf alles. Wenn in der Kinderstube von Erwachsenen mit harten Gegenständen geworfen wurde, hörte für sie der Spaß auf.

»Mich beruhigen? Pah, darauf kannst du lange warten. Hast du jetzt erreicht, was du wolltest? Hast dich ja immer schon für was Besseres gehalten mit deiner Norlandausbildung und der Uniform und allem. Aber von dir werde ich mir nichts sagen lassen, hast du verstanden?«

Olga versteckte sich hinter Katies Rock, weil Susa ihr Angst einjagte, und Elizabeth auf ihrem Arm drehte sich auch weg und vergrub ihr kleines Gesicht an Katies Schulter. »Schhh, ich weiß«, sagte Katie mitfühlend. Sie stellte Elizabeth auf dem Boden ab. »Magst du mit Olga ins Spielzimmer gehen, bevor ich euch ins Bett bringe?«

Sie begleitete die beiden kleinen Mädchen, die über den kleinen Aufschub glücklich waren.

»Wieso hast du mich bei meiner Dienstherrin verpetzt?«, klagte Susa, sobald Katie zurück war und die Verbindungstür zwischen Schlafgemach und Spielzimmer anlehnte. »Wenn ich nicht mache, was du sagst, wird sie mir kündigen. Und ich hab keine Lust, nach deiner Pfeife zu tanzen. Hoffentlich reisen wir bald zurück nach Athen.«

Darüber hatte Katie noch gar nicht nachgedacht. Aber es stimmte – sobald Prinzessin Alice und Prinz Andreas in die Hauptstadt zurückkehrten, wäre Susa wieder mit Margarita allein und konnte tun und lassen, was sie wollte.

Hatte sie einen Fehler gemacht, als sie zu Prinzessin Alice ging?

Nein. Aber Prinzessin Alice machte einen Fehler, wenn sie glaubte, Susa würde ihr Verhalten dauerhaft ändern, weil Katie ihr für ein paar Wochen vorlebte, wie man Säuglingspflege am Norland Institute lernte. Ihr rann ein eiskalter Schauer über den Rücken, als sie sich vorstellte, mit wie viel Wut Susa die kleine Margarita behandeln würde, wenn sie erst glaubte, dass niemand sie kontrollierte.

Sie gab sich einen Ruck. Was war nur mit ihr los? Sonst glaubte sie immer an das Gute im Menschen, und Susa hatte es verdient, dass Katie ihr vertraute. Im Sommer in Schwerin hatte sie noch nicht das Gefühl gehabt, dass die andere dem Kind mit Absicht etwas vorenthielt. Inzwischen erhärtete sich immer mehr Katies Verdacht, dass Susa ganz genau wusste, was sie tat, und es ihr schlicht egal war. Sie hatte sich nicht im Griff und ließ ihre Wut am Kind aus? Na und? Wer sollte sie denn daran hindern?

»Bist was Besseres, was?« Susa hob Margarita vom Wickeltisch und kitzelte sie am mopsigen Doppelkinn. »Aber das bist du nicht. Ich werde dir beweisen, dass ich genauso eine gute Nanny bin wie du.«

Mit diesen Worten legte sie Margarita ins Bett. Das kleine Mädchen quengelte, weinte aber nicht. Katie ging nach nebenan und holte Olga und Elizabeth dazu. Während sie die beiden Mädchen fertig machte, saß Susa geduldig an Margaritas Wiege und ließ sie hin- und herschwingen, bis dem Baby die Augen zufielen.

»Zufrieden?«, murmelte sie Katie zu, als sie den Raum verließ.

Katie sagte nichts. Ihr war es lieber, wenn sie ihren Ärger an Katie ausließ und nicht an den Kindern, die absolut keine Schuld traf.

~

Zwei Wochen später verkündete Prinzessin Alice, sie werde mit ihrer Familie nach Athen zurückkehren, da Andreas einige Termine hatte und sie ihn lieber begleiten wollte. Großfürstin Jelena war traurig, dass ihre Schwägerin nicht länger bleiben konnte. Katie jedoch machte sich direkt Sorgen um Margarita.

Es hatte sich wenig geändert. Wenn Susa ihr Verhalten anpasste, geschah es vor allem, weil sie sich beobachtet fühlte. Mehr als einmal hatte Katie sie nachts dabei erwischt, wie sie liegen blieb, obwohl Margarita weinte.

»Was soll ich nur tun?«, fragte Katie Jelena. Sie saßen gemeinsam auf dem Kinderzimmerfußboden und spielten mit Jelenas Töchtern. Immer wieder kam Elizabeth angekrabbelt und wollte, dass Katie für sie einen Turm baute, den sie zum Einsturz bringen konnte. »Sie quält das Baby ja nicht, aber Margarita schreit schon hysterisch, sobald Susa das Zimmer betritt. Ich muss immer häufiger einschreiten und die Nächte übernehmen.«

»Man sieht es dir an, Foxie«, sagte Jelena mitfühlend. »Es tut mir so leid! Du machst dir viele Gedanken um Margarita. Aber wir können nichts tun, fürchte ich. Als ich Alice neulich darauf ansprach, reagierte sie sehr verhalten. Ich fürchte, sie scheut den Aufwand, nach einem anderen Kindermädchen zu suchen. Ach, wenn sie einfach beim Norland Institute eine Nanny bekommen könnte, das wäre schön.«

»Leider wird sie sich selbst darum kümmern müssen«, sagte Katie leise. »Ich weiß aber, dass Mrs Wards Wartelisten derzeit sehr lang sind.«

»Ja, leider. Es bräuchte so einen Glücksfall wie für mich damals, als du dich spontan bereit erklärt hast, zu uns zu kommen, obwohl du doch gerade eine Pause von deinen Aufgaben brauchtest.«

Katie lächelte verträumt. »Ich habe es nicht bereut«, erklärte sie.

»Wir auch nicht.«

Konnte es für Katie ein größeres Kompliment geben?

Susa kam mit Margarita auf dem Arm ins Zimmer. Sie knickste verlegen, als sie Großfürstin Jelena sah, die sich sogleich vom Fußboden erhob. »Entschuldigen Sie, aber kann ich Margarita kurz hierlassen? Ich muss zu Prinzessin Alice, es gibt etwas Wichtiges zu besprechen.«

»Natürlich.« Margarita streckte die kleinen Arme nach Katie aus, und sie nahm das Baby auf den Arm. »Ist alles in Ordnung?«, erkundigte Katie sich.

»Jaja. Ich muss der Prinzessin nur etwas Wichtiges mitteilen.«

Susa tat geheimnisvoll, aber Katie fragte nicht nach. Wenn dieses Gespräch etwas mit ihr zu tun hätte, würde sie es schon früh genug erfahren.

Tatsächlich dauerte es nicht lange, bis sie auf dem Flur Stimmen und Schritte hörten. Großfürstin Jelena runzelte die Stirn. »Ist das Alice?«, fragte sie.

Im nächsten Moment stürmte bereits die junge Prinzessin in das Kinderzimmer. Sie blickte sich suchend um und marschierte dann auf Katie zu. »Sie!«, rief sie. »Erst verleumden Sie mein Kindermädchen, und dann erdreisten Sie sich auch noch, mich zu bestehlen?!«

Katie, die gerade Olgas Puppe ein Kleidchen anzog und dafür auf einem kleinen Hocker saß, blickte überrascht auf. »Ich weiß nicht, was Sie meinen, Prinzessin Alice«, stotterte sie.

»Stehen Sie gefälligst auf, wenn ich mit Ihnen rede!«

Katie stand hastig auf.

»Haben Sie meine Amethystbrosche genommen oder nicht?«

»Ich habe gar nichts genommen!« Katies Blick ging an Alice vorbei zu Susa, die hinter der Prinzessin stand und sich ein süffisantes Grinsen nicht verkneifen konnte. Diese Schlange, dachte Katie. Ihr war natürlich sofort klar, was Susa getan hatte. Sie hatte die Brosche genommen und vermutlich in Katies Sachen versteckt. Wenn Katie nun anbot, die Prinzessin könne gern nachsehen, würde sie in die Falle tappen. Und sicher blieb Jelena danach keine andere Wahl, als Katie auf Prinzessin Alice' Intervention hin zu kündigen. Was sollte sie nur tun?

»Alice.« Jelena meldete sich zu Wort. »Liebe Schwägerin. Wollen wir einen Moment miteinander reden? Allein?«

Prinzessin Alice sah Großfürstin Jelena an, sie dachte

nach. Dann nickte sie knapp, und die beiden verließen den Raum. Susa kam zu Katie geschlendert, die auf den Hocker sank. Mechanisch kleidete sie die Puppe an und gab sie Olga zurück.

»Na, jetzt sitzt du aber gehörig in der Patsche«, kommentierte Susa.

»Spar dir deine Spucke«, erwiderte Katie scharf.

»Och, hat die kleine Nanny vom hoch angesehenen Norland Institute etwa Muffensausen bekommen? Tja, wenn du mich in die Pfanne haust, siehst du, was du davon hast. Würde mich wundern, wenn du auch nur einen Tag länger hier arbeiten dürftest.«

Katie wandte sich ab. Sie hockte sich zu Elizabeth und baute tränenblind einen neuen Turm aus den Bauklötzen. Sie wollte nicht darüber nachdenken, was es bedeuten würde, wenn Großfürstin Jelena glaubte, dass Katie ihre Schwägerin bestahl.

»Dann werde ich mich wohl künftig um alle Kinder kümmern.« Susa verschränkte die Arme und schaute auf Katie herab.

»Sei einfach still«, zischte Katie.

»Katie?« Großfürstin Jelenas Stimme klang schneidend. »Komm mit.«

»Ja, Großfürstin Jelena.« Mit gesenktem Kopf folgte Katie ihrer Dienstherrin aus dem Spielzimmer. Sie spürte Susas feixenden Blick im Rücken. Prinzessin Alice kam ihnen im Flur entgegen. Zu Katies Überraschung blieb sie vor ihr stehen. »Es tut mir leid, dass ich Sie verdächtigt habe«, sagte sie. »Eleni hat mir erzählt, dass sie Susa beobachtet hat, als sie die Brosche nahm.«

Katie blickte auf. Sie wischte hastig die Tränen von den Wangen. Bevor sie etwas sagen konnte, zwitscherte Jelena neben ihr. »Wirklich, ich habe mir nichts dabei gedacht, meine Liebe! Wie dumm von mir, zu glauben, dass du ihr die Brosche geschenkt hast.«

»Vergeben und vergessen. Ich werde die Angelegenheit klären.« Prinzessin Alice' Blick ruhte auf Katie. »Können Sie mir verzeihen?«

»Ja, natürlich«, entgegnete Katie gepresst.

»Danke.« Prinzessin Alice nickte. Sie ging an Katie und Großfürstin Jelena vorbei.

»Aber …«, wollte Katie protestieren. Jelena hakte sich bei ihr unter.

»Kein Aber. Wir beide wissen, dass Susa gelogen hat. Also habe ich auch gelogen. Für dich.« Sie drückte Katies Arm. »Ich habe nämlich keine Lust, dich vor die Tür zu setzen, nur weil dieses dumme Ding meint, sie könne dich mit so einem billigen Trick aus dem Weg räumen.«

»Danke«, flüsterte Katie ergriffen.

Jelena lächelte. »Bedank dich lieber nicht zu früh. Wenn Susa nicht mehr da ist, wirst du dich auch um Margarita kümmern müssen. Prinzessin Alice wird bei der Wahl ihrer nächsten Nanny vermutlich sehr viel mehr Vorsicht walten lassen.«

»Das schaffe ich«, zeigte sich Katie überzeugt. Die Hauptsache war, dass es den Kindern gut ging.

»Ich werde Alice nahelegen, sich bei deiner Mrs Ward zu melden. Auch wenn ihre Aussichten vermutlich nicht besonders gut sind.«

»Versuchen kann sie es«, sagte Katie. Sie hatte allerdings Zweifel. Sie wusste, dass Nannys aus dem Norland Institute sehr gefragt waren. Selbst eine griechische Prinzessin würde ihre Mühe haben, auf die Schnelle eine Nanny zu bekommen. »Vielleicht hat sie ja Glück.«

Als Katie an diesem Abend in ihr Zimmer kam, saß Susa auf dem anderen Bett. Ihre Tasche mit den gepackten Sachen stand neben ihr auf dem Boden. Sie sah verheult aus und putzte sich mit einem Stofftaschentuch die Nase. »Ich soll morgen früh verschwinden«, krächzte sie.

»Es tut mir leid«, sagte Katie.

»Du weißt, dass Großfürstin Jelena für dich gelogen hat.« Susas Augen blitzten im schwachen Schein der Gaslampe.

Katie fragte leise: »Hast du die Amethystbrosche genommen und in meinen Sachen versteckt?«

Susas Antwort war nur ein Schnauben. »Sieh halt nach.«

Katie trat an ihre Kommode. Sie zog die Schübe auf, ihre Hände glitten zwischen die Wäsche. Nichts.

»War schon praktisch, dass sie da lag.«

Als Katie sich zu Susa umdrehte, hatte diese die Brosche in der Hand. Im schwachen Licht glänzten die Amethyste in der Goldeinfassung. »Sie hat nur meine Sachen durchsucht, du warst ja über jeden Zweifel erhaben.«

»Du bestiehlst die Prinzessin.«

Susa zuckte mit den Schultern. »Was willst du dagegen tun? Es deiner Großfürstin *Eleni* erzählen? Kannst du natürlich machen, aber ich glaub, ihre Mutter würde das schon sehr interessieren, wie vertraulich sie mit dir spricht, wenn ihr ungestört seid. *Foxie hier, Foxie da«*, äffte Susa die Stimme der jungen Großfürstin nach. »Dass sie für dich gelogen hat, wird ihr auch nicht gefallen. Sie kann mich unmöglich beobachtet haben, als ich die Brosche genommen habe.«

Katie schwieg. Niemals würde sie Eleni so etwas antun. Sie wusste, wie Maria Pawlowna sein konnte, und sollte ihr zu Ohren kommen, dass ihre Tochter sich mit der Nanny angefreundet hatte und sie so innig waren, würde sie darauf bestehen, dass Jelena Katie vor die Tür setzte. Und Jelena, die immer alles tat, um ihrer übermächtigen Mutter zu gefallen, würde es schwerfallen, sich zu widersetzen.

Nein. Das war kein Konflikt, den Katie ihr zumuten wollte. Eine Bewährungsprobe, von der sie nicht wusste, ob Eleni und sie heil daraus hervorgehen könnten.

Susa seufzte. Sie schüttelte den Kopf. »Ich wollte das alles nicht.«

Katie musste sich beherrschen. »Aber du hast es getan«, sagte sie leise. »Und wäre Großfürstin Jelena mir nicht zu Hilfe gekommen, würde *ich* nun hier sitzen und weinen.«

Susa nickte. »Ich weiß nicht, ob ich noch mal so eine gute Arbeit bekomme.« Sie blickte hoffnungsvoll zu Katie auf. »Meinst du, wenn ich mich fürs nächste Jahr am Norland Institute bewerbe, könnte ich ein Stipendium bekommen?«

»Nein«, sagte Katie hart. Glaubte Susa allen Ernstes, nach allem, was sie getan hatte, wäre sie für das Ausbildungsprogramm der weltweit besten Nannyschule geeignet? Fast hätte Katie bitter aufgelacht.

»Das hab ich wohl verdient.«

»Such dir eine andere Aufgabe. Vielleicht sind größere Kinder eher was für dich.«

»Ach, eigentlich mag ich keine Kinder. Ich sollte wohl lieber zurück zu meiner Familie.« Susa stand auf und begann, sich auszuziehen. »Ich bin froh, dass das endlich vorbei ist.«

War sie das wirklich?, fragte sich Katie, als sie kurze Zeit später im Dunkeln lag und hörte, wie sich Susa unruhig hin- und herwälzte. Ja, vielleicht. Aber warum hatte sie dann versucht, Katie alles zu nehmen, indem sie eine Intrige spann?

War es wirklich so, dass manche Menschen einfach *schlecht* waren? Oder steckte auch in einer Susa ein guter Kern?

Kapitel 19

Bethersden, Januar 1906

Mit Freundlichkeit kommt man nicht weiter im Leben«, murmelte sie, als sie sich an diesem Morgen daran erinnerte, wie Mam sie immer ermahnt hatte, zu allen freundlich zu sein. Wenn du zu anderen freundlich bist, werden sie auch freundlich zu dir sein, das hatte sie ihren Kinder beigebracht. Doch Mary glaubte langsam nicht mehr daran. Zu oft hatte sie erlebt, wie ihre Gutmütigkeit ausgenutzt wurde.

»Nicht das blaue!«, rief Cora Thornton ungeduldig. »Meine Güte, Mary. Ich habe dir schon dreimal gesagt, dass ich lieber das jadegrüne Kleid haben will.«

Und hier war sie nun. Degradiert zu einer Zofe, weil Miss Thorntons Mädchen es nicht länger in einem Haus aushielt, von dem es überzeugt war, dass es in allen Ecken spukte. Miss Thorntons Familie, jede einzelne Person auf ihre Art unerträglich, war kurz nach Weihnachten abgereist. Die allgemeine Freude über die Verlobung von Cora und Oliver war zumindest bei Coras Mutter rasch der Ernüchterung gewichen, als Oliver allen erklärte, er wolle seine Kinder zumindest in den kommenden Jahren in Bethersden und nicht in London aufwachsen lassen. »Aber wieso denn nur?«, klagte Mrs Thornton bei den vielen Gelegenheiten, wenn Mary ihr und Cora zur Hand gehen musste. Mrs Thornton hatte nämlich einfach versäumt, ihre eigene

Zofe mitzubringen, und offenbar hatte Mary sich zumindest so geschickt angestellt, dass die beiden Thornton-Frauen gerne auf ihre Dienste zurückgriffen.

Darum hatte Mary auch mehr mitbekommen, als ihr lieb war. Sie wusste um alle Details des »romantischen, liebevollen Antrags«, den »Mr Oliver« Cora gemacht hatte. Die Hochzeit war für Mai anberaumt, und Cora plante, erst in einigen Wochen nach London zurückzukehren, um »die Spannung vor der Hochzeit zu erhöhen«, wie sie es ausdrückte.

Einige Wochen, das hielt Mary aus. Bei ihrer Rückkehr würde Cora Thornton hoffentlich eine neue Zofe haben und konnte Mary nicht länger herumkommandieren. Allerdings wäre sie dann die Stiefmutter der beiden Jungen und könnte Mary in ihre Arbeit hineinreden …

Mary holte das jadegrüne Kleid aus dem Schrank, das Miss Thornton für das Dinner tragen wollte, zu dem ein paar Gäste geladen waren. Der Wind rüttelte an den Fensterläden, und sie blickte in die hereinbrechende Dämmerung. Die Tage wurden wieder länger.

»Na los!«

Mary blickte hoch. Cora Thornton hielt die Hand nach dem Mieder ausgestreckt und wartete, statt die zwei Schritte auf Mary zuzumachen.

Mary legte das Kleid auf den Sessel. »Entschuldigen Sie, Miss Thornton. Ich glaube, ich habe Oscar rufen gehört.«

Die Kinder waren die einzige Entschuldigung, die Miss Thornton duldete – wenn auch mit einem Zähneknirschen, das wusste Mary. Es war höchste Zeit, dass sich etwas änderte. So konnte sie jedenfalls nicht weitermachen.

Aber was konnte sie nur tun, um ihre unerträgliche Situation zu verbessern?

~

Einige Stunden später stand sie in der offenen Tür ihres kleinen Turmzimmers und lauschte. Im Haus war Ruhe eingekehrt, nachdem die Gäste heimgegangen waren. Die Standuhr in der Eingangshalle sandte den dumpfen Glockenschlag zur elften Stunde bis zu ihr herauf.

Sie schlüpfte aus ihrem Zimmer und schlich auf Strümpfen zur Treppe. Dort verharrte sie. Unten war alles dunkel, doch das kümmerte Mary nicht. Sie kannte sich ja aus. Flink stieg sie die Treppe hinunter. Bis ins Erdgeschoss. Die Tür zum Arbeitszimmer war angelehnt, ein gelber Lichtkeil fiel in den Flur. Sie seufzte. Ihr Herz klopfte bis zum Hals, als sie sich der Tür näherte.

»Da bist du ja.«

Oliver saß am Schreibtisch und blickte auf, als sie in der Tür erschien. Er hatte auf sie gewartet.

Auch nach Wochen verlor dieser Moment nicht seine Magie, wenn sie abends zu ihm ging und er sie begrüßte.

»Guten Abend«, sagte sie leise. Immer noch ein wenig atemlos, denn was mit Oliver und ihr passiert war, entzog sich ihrem Verständnis. Irgendwann hatte sie beschlossen, es einfach zu genießen, denn sie wusste, dass es nicht immer so bleiben würde.

Ihre Tage waren gezählt.

Oliver stand auf. Er trat an den Barwagen vor dem Kamin. »Ein Glas Weißwein? Oder lieber was Stärkeres?«, fragte er und lächelte.

Sie entschied sich für Weißwein. Während Oliver die Getränke vorbereitete, schloss Mary die Tür hinter sich. Sie setzten sich auf das Sofa, das vor dem Bücherregal stand. Erst nachdem sie den ersten Schluck Wein genossen hatten, ergriff Oliver das Wort. »Es tut mir leid, wenn Cora dir zusetzt«, sagte er. »Ich habe ihr gesagt, sie soll dich nicht wie ihre Zofe behandeln.«

»Es ist in Ordnung, solange ich genug Zeit für die Kinder habe.«

Er schüttelte entschieden den Kopf. »Es ist nicht richtig. Ich habe eine Anzeige in der Zeitung aufgegeben. Solange sie noch hier ist, suche ich eine richtige Zofe für sie.« Nachdenklich glitt sein Finger über den Rand des Weinglases. »Manchmal denke ich, sie ahnt wohl, wie wichtig du mir bist.«

Der Gedanke erschreckte sie. »Aber hätte sie dann nicht etwas gesagt?«

»Wohl kaum.« Er seufzte unglücklich.

Mary hätte gern die Hand nach ihm ausgestreckt. Und wenn es nur eine flüchtige Berührung wäre, ihre Finger auf seinem Arm, etwas gänzlich Harmloses. Doch seit sie sich vor einigen Wochen fast vergessen hätten, achteten beide tunlichst darauf, einander körperlich nicht zu nahe zu kommen. Zu groß war die Gefahr, dass sie sich erneut in ihrer Leidenschaft verloren. Damals wäre es fast zum Äußersten gekommen, und nur Olivers Frage, ob er weitermachen solle, hatte Mary wieder zurück in die Wirklichkeit geholt. Sie hatte stumm den Kopf geschüttelt, und er hatte als Antwort darauf genickt. Hatte sie aus seiner Umarmung entlassen, und es waren einige Minuten vergangen, bevor beide wieder zu Atem kamen und über das Geschehene reden konnten.

Seitdem trafen sie sich regelmäßig am Abend, sobald Miss Cora schlief. Sie saßen auf diesem Sofa und redeten miteinander. Keine Küsse, keine Berührungen mehr. Aber zwischen ihnen war immer noch dieses Gefühl der Nähe, das sich in den Nachtstunden stets aufs Neue einstellte, sobald sie beisammensaßen. Tagsüber gingen sie ihrer Wege, und bei den seltenen Gelegenheiten, wenn sie einander begegneten, redeten sie höflich und distanziert über Belange des Haushalts und das Wohlergehen der Kinder. Mr Mixon und Nanny MacArthur wahrten ihr kleines Geheimnis.

Meist genügte es ihnen, wenn sie bei einem Glas Wein für eine Stunde zusammensaßen. Heute aber hatte Mary etwas auf dem Herzen – seit Tagen schon, wenn sie ehrlich war.

»Wir müssen reden.«

Sofort hatte sie seine Aufmerksamkeit. »Heraus damit.«

»Was wird aus uns, wenn du sie heiratest?«, platzte es aus ihr heraus.

»Mary.« Nun nahm er doch ihre Hand, und sie ließ es geschehen. »Vertrau mir. Auch dann werden wir unsere Inseln im Alltag finden.«

Behutsam entzog sie ihm die Hand. »Ich will keine Inseln«, sagte sie fest. »Ich will nicht von deiner Verlobten wie ein einfaches Dienstmädchen behandelt werden, und ich will nicht, dass ich in ein paar Monaten nur die Brotkrumen abbekomme. Wenn überhaupt. Sie wird ja wohl von dir verlangen, dass du abends mit ihr zu Bett gehst.« Sie wurde rot beim Gedanken an das, was sie mit diesen Worten implizierte.

»Was schlägst du vor?«

»Ich werde gehen, Oliver. So bald wie möglich.«

Da war es heraus, was sie seit Tagen umtrieb.

»Du kündigst?«

Er starrte sie ungläubig an. Dann lehnte er sich zurück, seine Miene verfinsterte sich. »Du lässt die Kinder im Stich.«

»Nein«, sagte sie sanft. »Ich werde erst gehen, wenn sie bleibt. Sie werden eine Mutter haben, und Miss Cora wird ihnen eine gute Mutter sein.«

»Weil sie von dir lernt.«

»Aber das ist gut. Sie hört mir zu, wenn ich ihr von der Arbeit erzähle. Sie möchte ja mit Oscar und Thomas gut auskommen.«

Seit jenem langen Marsch ins Dorf, nach dem Oscar und Thomas müde und hungrig waren und es fast zum Streit zwischen Mary und Miss Cora gekommen war, bemühten sich beide, zum Wohl der Kinder zusammenzuarbeiten. Und das zumindest klappte, irgendwie. Miss Cora nahm Marys Tipps an oder fragte sie, ob dieses oder jenes angemessen wäre oder den Kindern Spaß machte. Mary strengte sich sehr an, die neutrale Haltung einzunehmen, die für eine Nanny angemessen war – liebevoll zu den Kindern, aufrichtig gegenüber den Eltern. Auch wenn es ihr schwerfiel – Miss Cora würde schon bald die Mutter der beiden Jungen sein, und damit verdiente sie jede Unterstützung von Mary.

Doch sie konnte zumindest Oliver gegenüber nicht verhehlen, wie kompliziert sich das für sie anfühlte.

Oliver schüttelte den Kopf. »Das ist nicht richtig«, murmelte er. »Warum kannst du nicht bleiben?«

»Wir kennen die Antwort, Oliver.« Sie hätte fast losgeweint. Es fiel ihr so schwer, von ihm Abschied zu nehmen, aber es musste sein. Sie wollte sich schützen, und das vermochte sie nur, wenn sie ging. Auch wenn es ihr Herz zerriss. Aber Oliver hatte sich nun einmal so entschieden.

Er senkte den Kopf. »Ich verstehe dich«, murmelte er. »Du willst nicht zusehen, wie sie mit mir glücklich wird. Selbst wenn ich nicht glücklich sein werde …«

»Aber du hast das selbst so gewählt«, sagte sie leise. »Du hast gesagt, du wolltest nicht länger allein sein. Dass Tracy dir damals Cora ans Herz gelegt hat. Und du erfüllst damit ihren letzten Wunsch.« Ihre Stimme war nur noch ein Flüstern. »Sie wird dich auch glücklich machen. Aber nicht, wenn ich weiter bei euch bin. Dann wirst du immer an das denken, was wir sind. Was wir hätten sein können, wenn ich nicht die gewesen wäre, die ich nun mal bin.«

»Ich hoffe, ich habe dir nie das Gefühl gegeben, dass du … weniger wert sein könntest.«

Das hatte er tatsächlich getan, aber Mary verkniff es sich, ihn daran zu erinnern, wie er anfangs ihren Lohn heruntergehandelt hatte. Auch das war der Grund, weshalb sie heute all ihren Mut zusammengenommen hatte. Sie stand für sich ein. Selbst wenn das bedeutete, dass sie schon bald dieses Haus hinter sich lassen würde.

»Du hast mich gesehen«, sagte sie leise. »Vielleicht habe ich deshalb den Mut, dich zu verlassen.« Mary schluchzte leise. »Ich werde euch so vermissen«, flüsterte sie.

Oliver sagte nichts. Er nahm sie einfach nur in den Arm und hielt sie fest.

~

Es war das erste Mal seit ihrem Kuss, dass er ihr so nahe war. Oliver spürte Marys tränennasse Wange an seiner Brust, er drückte die Lippen in ihre roten Locken. Tief in seinem Innern war er wie erstarrt.

Es ist noch nicht zu spät, dachte er. Ich kann immer noch die Verlobung mit Cora lösen und Mary bitten, meine Frau zu werden. Ja, natürlich wird sich die Verwandtschaft das Maul über uns zerreißen – vor allem Tracys Familie. Vielleicht würde er damit sogar eine Brücke hinter sich einreißen.

Wann immer er in den letzten Monaten seit Tracys Tod nicht gewusst hatte, welcher Weg der richtige für ihn und seine Söhne war, hatte er sich gefragt, was seine verstorbene Frau getan hätte. Oft hatte ihn die Antwort auf diese Frage überrascht. Diesmal überraschte es ihn nicht, und er horchte noch einmal in sich hinein. War das nur sein Wunsch, der Tracys Willen überdeckte? Oder hörte er sie wirklich in Gedanken sagen: »Wenn du sie liebst, ist sie die Richtige für dich – und nicht Cora«?

Würde Tracy ihm raten, seinem Herzen zu folgen oder lieber seinen Verpflichtungen?

Oliver räusperte sich. Er traf eine Entscheidung. »Mary.« Behutsam schob er sie von sich weg. Tränen glänzten auf ihren Wangen, er hob die Hand und wischte eine weg. »Hör mir zu. Ich …«

Ein Geräusch von der Tür ließ ihn herumfahren. Mary stieß einen erstickten Laut aus, doch Oliver blieb jeder Laut im Hals stecken.

Unbemerkt hatte Cora die Tür geöffnet und stand nun im Raum. Reglos starrte sie die beiden auf dem Sofa an. Einen Moment lang war sie stumm. Oliver ließ Mary los; er stand auf.

»Cora«, sagte er. »Was ist los?«

»Das sollte ich wohl dich fragen.« Ihr Blick glitt zu Mary, die auf dem Sofa saß. Sie hob die Augenbrauen. »Was hat das zu bedeuten?«

Er war nicht um eine Ausrede verlegen, denn er hatte sich schon mehr als einmal darüber Gedanken gemacht, wie er reagieren würde, wenn Cora oder ein anderes Haushaltsmitglied Mary und ihn bei ihren nächtlichen Treffen ertappte. Nur war er bei dieser Überlegung bisher davon ausgegangen, dass sie brav und mit ausreichend Abstand voneinander auf dem Sofa saßen.

Wie viel hatte sie gesehen?, fragte er sich.

»Nanny MacArthur kam vorhin zu mir, weil sie etwas auf dem Herzen hat.«

Hinter ihm stand Mary auf. Sie räusperte sich und betupfte mit einem Taschentuch ihre Augenwinkel.

»Entschuldigen Sie, Miss Thornton. Ich kam nach unten, weil ich von zu Hause eine Nachricht bekommen habe. Ich sollte … Meine Mutter ist schwer erkrankt. Ich muss zurück nach London.«

Nein!, dachte er. Tu das nicht, Mary. Geh nicht.

Doch sie schob sich an ihm vorbei. »Es tut mir leid, wenn ich Ihnen in den kommenden Tagen nicht zur Verfügung stehen werde. Und es tut mir leid, wenn Sie die Situation als unangemessen einschätzen. Ich kam nur her, um Mr Mixon mitzuteilen, dass ich nicht zurückkommen werde. Leider haben mich der Kummer und die Sorge um meine Mutter so sehr erschüttert, dass ich in Tränen ausgebrochen bin.«

»Ach«, entfuhr es Cora. »Das ist aber schade. Wie schlimm steht es um Ihre Mutter? Ich hoffe, Sie müssen nicht mit dem Schlimmsten rechnen?«

»Ich weiß es nicht. Aber bereits letzten Sommer war sie kränklich, und ich fürchte, ich werde mich bis zu ihrer Genesung um meine Geschwister kümmern müssen.«

»Das verstehen wir natürlich.« Cora nickte ernst. »Ich wünsche Ihnen alles Gute auf dem weiteren Lebensweg.« Sie wandte sich an Oliver. Für sie schien das Thema damit erledigt zu sein. Er bekam gerade noch mit, wie Mary aus seinem Arbeitszimmer ging, dann hakte Cora sich bei ihm unter und gurrte: »Ich kann nicht schlafen.«

Er konnte nicht weg. Die nächste halbe Stunde verbrachte er mit Coras Geschwätz über die merkwürdigsten Themen, denn was interessierte ihn mitten in der Nacht der Tischschmuck für die Hochzeitsfeier? Aber er versuchte, auf seine junge Braut einzugehen, sie wirkte ehrlich besorgt. Zugleich schweiften seine Gedanken immer wieder ab, kreisten um Mary. Er wollte zu ihr gehen, mit ihr reden. Ihr vor allem ausreden, dass sie morgen abreiste. Was sollte er nur ohne sie tun?

»So, nun bin ich aber recht müde.« Sie stand auf, lächelte und gähnte hinter vorgehaltener Hand. Dann, als wäre ihr gerade noch etwas eingefallen, meinte sie: »Ich hoffe, sie reist tatsächlich ab, Oliver.«

»Wie bitte?«

»Die Nanny. Ich möchte sie nicht mehr länger hierhaben. Ich weiß nicht, aber irgendwie werde ich mit ihr nicht warm.«

»Du hast sie ja gehört. Morgen reist sie ab.«

»Gut.« Cora nickte. »Ich werde meiner Mutter schreiben, sie soll nach einer neuen Zofe für mich suchen. Bis dahin behelfe ich mir. Aber Nanny MacArthurs Dienste werden nicht länger benötigt.«

»Natürlich nicht«, sagte er gedankenverloren. Cora ließ ihn allein. Er sank auf den Stuhl hinter dem Schreibtisch und grübelte. Hatte seine Verlobte etwas gemerkt? War sie deshalb zu so später Stunde heruntergekommen, weil sie sich Sorgen machte, er könnte auf Abwege geraten, wie man es so schön umschrieb?

Er *war* vom rechten Weg abgekommen, das stimmte. Aber Mary und er hatten sich eine kleine Zuflucht gesucht. Sie hatten nichts Verbotenes getan, oder?

Was er nicht verstand: warum Mary ihn verlassen wollte. Waren sie nicht glücklich gewesen, da auf ihrer nächtlichen Insel?

Die Antwort kannte er. Und sie schmerzte.

Nein, natürlich war sie damit nicht glücklich gewesen. Sie liebte ihn, so wie er sie liebte, und sie hatten es nicht geschafft, diese Liebe konsequent zu leben. Und konsequent hätte in diesem Fall nicht geheißen, dass sie sich nachts in seinem Schlafzimmer oder ihrem Turmzimmer trafen. Konsequent hätte bedeutet, dass er sich über Tracys Wunsch hinwegsetzte und auf sein Herz hörte.

Aber das schaffte er nicht. Es gab zu vieles, was gegen die Entscheidung für Mary sprach. Und das waren nicht nur die Regeln des Norland Institutes.

Er musste sich eingestehen, dass er nicht mutig genug

gewesen war, um für sein eigenes Glück einzustehen. Das Leben mit Cora würde kein schlechtes sein – aber es wäre nicht das Leben, das er mit Mary hätte führen können.

Es war nicht das Leben, das ihn glücklich machen würde.

Kapitel 20

London, Januar 1906

Es war für Mary schwer zu ertragen, dass sie wieder in Mrs Wards Arbeitszimmer saß, dort, wo letzten Sommer ihr Weg als Nanny begonnen hatte. Dieses Mal hatte sie ein hervorragendes Zeugnis im Zeugnisbuch, das ihr Oliver beim Abschied überreicht hatte. Trotzdem hatte sie die Befürchtung, es könnte nicht reichen, damit sie eine neue Anstellung bekam.

Was blieb, war ihr Versagen. Sie hatte sich so viel vorgenommen, als sie nach Bethersden reiste. Vor allem hatte sie für die Mixon-Jungen eine gute Nanny sein wollen. Sie hatte ihr Vertrauen erworben, war ihr Leuchtturm im Alltag gewesen. All das, was sie sich so sehr gewünscht hatte. Aber durch ihr Gefühlschaos und die Kündigung hatte sie Oscar und Thomas im Stich gelassen. Von einem Tag auf den anderen verließ sie Bethersden. Sie konnte sich noch so oft einreden, dass Oscar und Thomas sich inzwischen auf Miss Thornton eingelassen hatten, dass die Eröffnung, sie werde bald ihre Mama werden, ihnen an Weihnachten ein Strahlen aufs Gesicht gezaubert hatte.

Es war genau das passiert, was Mrs Ward hatte vermeiden wollen, als sie Mary mit diesem Auftrag betraute. Die Kinder sollten nicht ein zweites Mal nach so kurzer Zeit ihre Bezugsperson verlieren.

Hinter ihrem Rücken ging die Tür auf. »Mary. Entschuldige, dass du warten musstest. Heute geht hier alles drunter und drüber.«

Erstaunt blickte Mary zu Joan auf, die neben den Schreibtisch trat.

»Meine Liebe. Ich habe erst heute früh erfahren, dass du zurück in London bist.« Joan seufzte. »Wollen wir hier reden oder in mein Büro gehen?«

»Ich wusste nicht, dass du noch hier bist«, erwiderte Mary. Geschweige denn, dass Joan ein Büro im Norland Institute betrieb? Sie stand auf.

Joan lächelte. »Das hat niemanden mehr überrascht als mich. Komm mit. Mrs Ward kommt heute nicht mehr, aber ich habe mich nebenan eingenistet und mag es dort. Sie ist Ende letzten Jahres schwer erkrankt und erholt sich nur langsam«, fügte sie erklärend hinzu.

Neugierig folgte Mary ihrer Freundin. Das Arbeitszimmer, in das Joan Hodges sie führte, war etwas kleiner als das von Mrs Ward – und auf dem Schreibtisch herrschte ein buntes Durcheinander aus ungeöffneten Briefen, einer Schreibmappe, Büchern und Stiften. Joan murmelte verlegen: »Das sieht hier sonst nie so aus«, während sie hektisch ein paar Unterlagen zusammenschob. Dann lächelte sie entschuldigend. »Wie du siehst, fühle ich mich schon fast zu sehr zu Hause.«

Mary ließ sich auf einem der Besucherstühle nieder. Joan setzte sich hinter den Schreibtisch und faltete die Hände auf der Unterlage. Das ähnelte so sehr Mrs Ward, wenn sie ein Gespräch begann, dass es Mary die Brust zuschnürte. Sie konnte selbst nicht sagen, warum. Vielleicht, weil so viele Erinnerungen an Gespräche mit der Schulgründerin auf sie einstürzten.

»Ich habe gehört, dass du gekündigt hast.«

»Ja. Es war mir leider nicht mehr möglich, länger dort zu bleiben.«

»Hm, und was genau …?« Joan sprach nicht weiter.

»Was dort nicht stimmte?«

Ihr Gegenüber nickte. Mary seufzte, und ihr Blick ging über Joans Schulter hinweg nach draußen. Die Äste der Parkbäume auf der anderen Straßenseite reckten sich kahl in den grauen Januarhimmel. Sie fröstelte. »Es ging nicht mehr. Mr Mixon …« Ach, wem machte sie was vor? Sie musste irgendwem davon erzählen, und weder ihre Mam noch Finn würde Mary zuhören. Wer sollte Verständnis für ihre Situation aufbringen, wenn nicht Joan?

Trotzdem starrte sie verlegen auf ihre Hände.

»Wir haben Gefühle füreinander … entwickelt.«

»Verstehe«, sagte Joan langsam.

»Es ist … nichts passiert. Wir haben erkannt, dass wir einander viel bedeuten. Aber zugleich hatte er bereits einer anderen Frau Hoffnung gemacht, und er wollte sie nicht enttäuschen. Ich konnte danach nicht bleiben, weil es sich falsch anfühlte.«

»Du Arme.« Joan klang ehrlich mitfühlend. Mary hob den Kopf. Sie hatte mit allem Möglichen gerechnet, aber nicht damit, dass Joan sie nachdenklich ansah. »Ich verstehe, wie es dir gehen muss. Damals mit Reginald … Das war nicht leicht. Ich habe mich lange dagegen gewehrt.«

»Das ist es ja. Gewehrt habe ich mich nicht.«

Einen Moment war es still. »Dann bist du …?« Joan machte eine unbestimmte Handbewegung, die alles oder nichts heißen konnte, aber vor allem auf Marys Körpermitte abzielte.

»Mein Gott, nein! So weit kam es nicht.« Obwohl sie im Nachhinein fast bereute, dass sie es nicht so weit hatten kommen lassen. Sie vermisste Oliver. Schmerzlich. Der Gedanke an Bethersden war immer ganz dicht unter der Oberfläche, und wenn sie zur Ruhe kam, kehrten die Erinnerungen zurück …

Sie schluckte.

»Du hast also gekündigt. Das Zeugnis, das er dir ausgestellt hat, ist hervorragend …« Joan lehnte sich zurück. »Ich hoffe, Mrs Ward hat eine Idee, wo du als Nächstes eine gute Anstellung findest. Sie war nicht besonders glücklich mit den Bedingungen, die Mr Mixon ausgehandelt hatte, hat sie mir erzählt.«

Mary wurde rot. »Das hat er mehr als wettgemacht«, flüsterte sie. In Gedanken war sie wieder bei jenem Tag vor knapp einer Woche, als sie von Oliver und seinen Söhnen hatte Abschied nehmen müssen.

~

Sie wusste nicht, ob Miss Thornton den Ausflug ins Dorf schon vorher geplant hatte oder ob sie spontan entschied, dass sie am folgenden Morgen »unbedingt ein paar Erledigungen« machen musste. Jedenfalls spürte sie eine seltsame Erleichterung, als Olivers Verlobte sich verabschiedete und von Miles nach Bethersden gefahren wurde. Wenn sie zurückkehrte, würde Mary sich auf den Weg zum Bahnhof machen und mit dem Nachmittagszug nach London fahren.

»Da wären wir also«, sagte Oliver leise. Er stand in der offenen Haustür und hatte seiner Verlobten nachgewunken, bis die Kutsche am Ende der Straße verschwand. Oscar und Thomas standen neben Mary. Beide hatten Marys Ankündigung beim Frühstück, dass sie abreisen musste, schlecht aufgenommen. Kein Wunder – der Abschied kam zu plötzlich, war unverständlich. Genau das hatte Mary vermeiden wollen, aber sie beugte sich Miss Coras Wunsch, die sie so schnell wie möglich aus dem Haus haben wollte.

Sie hatte ihnen behutsam erzählt, sie müsste sich um ihre eigene Familie kümmern. Thomas hatte versucht, die Nachricht möglichst tapfer hinzunehmen, während Oscar sich auf den Boden warf und vor Verzweiflung schrie. Jetzt waren beide wie erstarrt. Die Trauer würde sich vermutlich in den nächsten Tagen noch oft genug Bahn brechen, und Mary tat es jetzt schon so leid, weil sie nicht da sein und die Kinder trösten konnte.

»Ein wenig Zeit bleibt uns noch«, meinte Oliver.

Mary antwortete nicht. Sie ging zwischen den Jungen in die Hocke. »Geht schon mal hoch«, flüsterte sie Thomas zu. »Ich komme gleich, und wir spielen noch ein wenig, ja?«

Thomas nickte stumm. Er nahm Oscars Hand, und gemeinsam stiegen die beiden Kinder die Treppe hinauf.

»Lass uns in mein Arbeitszimmer gehen«, sagte Oliver leise.

Überrascht sah sie ihn an. »Warum?«

»Um Abschied zu nehmen. Nur du und ich …« Er drehte sich um und ging zu seinem Arbeitszimmer. Mary blickte ihm nach. Für ihn ist das auch nicht leicht, dachte sie. Bis es gestern Abend zum Eklat kam, hatte sie sich wohl immer noch erfolgreich eingeredet, dass er sie widerspruchslos ziehen ließ, wenn sie das wollte.

»Kommst du?«, rief er, und Mary ging ihm nach. Sie stand etwas verloren in seinem Arbeitszimmer, während er etwas im Schreibtisch suchte.

Auf dem Tisch lag wieder die kleine silberne Schachtel, die sie vor Weihnachten nicht hatte annehmen wollen. Mary blickte auf ihre Schuhspitzen, die unter dem braunen Kleid hervorlugten. Diesmal, beschloss sie, würde sie das Geschenk nicht ablehnen.

»Mary. Setz dich doch bitte.« Er verstummte, schüttelte den Kopf. Dann umrundete er den Schreibtisch und blieb vor ihr stehen. Sein Blick war forschend. »Alles in Ordnung?«, fragte er leise.

Sie nickte stumm.

Oliver geleitete sie zum Sofa, und sie setzten sich. Er nahm ihre Hand, er räusperte sich. »Ich will dich nicht gehen lassen.«

Mary blickte auf. Das war das Letzte, was sie jetzt brauchte. Sie wollte sich nicht gegen ihn durchsetzen müssen. Begriff er nicht, wie schwer es ihr ohnehin schon fiel zu gehen?

Entschieden schüttelte sie den Kopf. »Es ist besser so«, erwiderte sie fest, obwohl sie sich fragte, für wen es denn besser sein sollte. Für sie, weil sie nach London zurückkehrte, wo ihre berufliche Zukunft ungewiss war? Für ihn, der zum zweiten Mal in so kurzer Zeit eine Frau verlor, die ihm so viel bedeutete? Für die Kinder etwa? Die beiden Jungen hatten es nicht gut aufgenommen, dass ihre Nana wieder gehen würde …

»Lass es uns miteinander versuchen«, platzte es aus Oliver heraus.

Mary schnappte nach Luft. Meinte er das ernst?

Er hielt ihre Hände umfasst. »Bitte, Mary. Ich weiß nicht, wie ich ohne dich leben soll. Die Jungen lieben dich, ich liebe dich … Du gehörst hierher. Du solltest neben mir am Altar stehen, nicht Cora.«

»Aber …«

Mary dachte an ihre Familie. An Mam, die auf den Markt ging und Seidenblumen verkaufte. Der sie jeden Monat Geld schickte, damit ihre jüngeren Geschwister weiter zur Schule gehen durften. An Theresa, die so gern Lehrerin werden wollte. Sie dachte auch an Finn, der es schon zu etwas gebracht hatte, wenngleich er das Geld auf eher dubiose Art verdient hatte. An seine Frau Elle. Was würden sie sagen, wenn Mary ihnen erzählte, dass sie den Mann heiratete, auf dessen Kinder sie achtgeben sollte?

Dann dachte sie an Mrs Ward. Sie stellte sich vor, wie die Schulgründerin Mary ansehen würde, wenn sie erfuhr, was sich in dem halben Jahr in Bethersden abgespielt hatte. Wie Mary sich verliebte. Wie Oliver seine Gefühle für sie entdeckte und doch aus Pflichtgefühl die Verlobung mit einer anderen einging.

Nein, diese Schmach würde sie sich niemals eingestehen. Sie durfte Mrs Ward auf keinen Fall erzählen, warum sie gekündigt hatte. Das würde das in sie gesetzte Vertrauen zutiefst erschüttern. Sie verdankte Mrs Ward so viel. Auch der Schuldirektorin Mrs Sharman, von der Mary wusste, dass sie lange gezögert hatte, Mary überhaupt eine Chance am Norland Institute zu gewähren, wäre wohl zutiefst betrübt, wenn sie erfuhr, dass die erste Absolventin des Förderprogramms für junge Frauen aus der Arbeiterschicht bei der ersten sich bietenden Gelegenheit lieber eine Ehe einging, statt in dem Beruf zu arbeiten, für den sie ausgebildet war.

Und zuletzt: Könnte sie sich selbst denn noch in die Augen sehen, wenn sie irgendwann zurückblickte und sich der Erkenntnis stellen musste, wie viele Menschen sie enttäuscht hatte?

Mary stand auf. Oliver blickte hoffnungsvoll zu ihr auf, doch in dem Moment, als sie ihm sanft die Hände entzog, fiel sein Lächeln in sich zusammen. »Das können wir nicht tun, Oliver. Ich gehöre nicht hierher.«

»Doch«, erwiderte er laut. »Nur du gehörst hierher. Zu mir. Zu meinen Söhnen.«

Sie fand ihre Selbstsicherheit wieder. »Es wäre falsch. Ich

bin nur deshalb hier, weil ich viele Fürsprecherinnen hatte. Ich darf sie nicht enttäuschen, Oliver.«

»Ach, das sind doch nur …« Er verstummte. Eine steile Falte erschien zwischen seinen Augenbrauen.

»Es sind die Frauen, auf deren Schultern ich stehe. Denen ich unendlich viel verdanke. Das alles hier war nur möglich, weil sie mich gefördert haben. Darum, so leid es mir tut …« Sie legte eine Hand auf seine Wange, beugte sich zu ihm hinab und küsste ihn sanft auf den Mund. »Darum muss ich gehen«, flüsterte sie.

Oliver nickte. »Darum liebe ich dich so sehr«, murmelte er. »Weil du weißt, was du willst. Du weißt, wer du bist.«

Er ließ den Kopf hängen. Doch dann fiel ihm etwas ein. Er stand auf und trat wieder an den Schreibtisch. »Das hier ist für dich.«

Mary blickte auf die kleine Schachtel. »Ich vermute, du lässt dir das nicht nehmen, selbst wenn ich es dir verbieten möchte?«, fragte sie sanft.

Er lachte. »Keine Chance. Ich habe es so lange schon hier liegen, und heute ist meine letzte Gelegenheit.«

Sie hielt die Schachtel in beiden Händen.

»Du musst es nicht aufmachen. Aber es wäre schön, wenn du es irgendwann tust. Ich will es nur nicht länger hier liegen haben, weil es mich an dich erinnert.«

Mary nickte. Sie konnte das Geschenk annehmen, solange er nicht von ihr verlangte, dass sie es direkt ansah und ihre Dankbarkeit zeigte.

»Sehen wir uns irgendwann wieder?«, fragte er.

»Ich weiß es nicht.«

Wer wusste schon, wohin das Leben sie führte.

~

Der Abschied war Mary sehr schwergefallen. Sie wollte jetzt mit Joan nicht darüber reden, und darum blieb sie still, während Joan mit ihren Papieren raschelte. Erwartungsvoll, dachte sie. Als hoffte sie auf Details. Doch die hatte Mary tief in ihrem Herzen verschlossen. Niemals würde sie wieder über Oliver sprechen. Es war vorbei.

»Nun gut.« Joan seufzte. »Entschuldige, ich bin gerade etwas abwesend, heute früh kam die Nachricht aus Dublin, dass mein Neffe verschwunden ist. Die Familie ist in Aufruhr, und das alles ausgerechnet jetzt, während ich hier nicht wegkann, sondern Mrs Ward vertrete, die sich in ihrem Haus in Bath von einer zehrenden Grippe erholt.« Sie schnalzte mit der Zunge. »Wirklich, ich sollte dich damit nicht belasten. Will wird wieder auftauchen. Vermutlich ist er bei einem Freund, was soll ein knapp Zwölfjähriger sonst schon machen? Sich eine Schiffsfahrkarte nach Amerika kaufen?«

Genau das wäre eine Dummheit, die Mary einem Elfjährigen zutrauen würde, der von zu Hause weglief. Finn wäre so etwas durchaus zuzutrauen gewesen.

»Warum ist er denn verschwunden?«, fragte sie.

»Ach, Ärger mit seinem Vater. Er fühlt sich nicht genügend ernst genommen. Aber genug davon. Was hast du nun vor? Brauchst du erst ein wenig Zeit? Oder bist du bereit für eine neue Aufgabe?«

»Jederzeit«, sagte Mary.

»Gut. Ich werde das mit Mrs Ward besprechen, sobald sie wieder hier ist. Nächste Woche kommt sie zurück nach London. Bis dahin kannst du gern im Kindergarten aushelfen.«

Mary atmete auf. Ihre schlimmste Befürchtung war gewesen, dass sie nun länger ohne Arbeit dastehen würde und ihre Familie nicht unterstützen konnte. »Danke«, sagte sie leise.

»Ich denk mir, dass es dir hilft.« Joan lächelte. »Uns übrigens auch. Dieses Jahr sind viele unserer Mitarbeiterinnen erkrankt.«

Neben den Studentinnen vom Norland Institute, von denen einige im Kindergarten der Schule den praktischen Teil ihrer Ausbildung absolvierten, gab es noch ein paar junge Frauen, die sich ganz der Arbeit im Kindergarten verschrieben hatten. Sei es, dass sie nicht als Nannys arbeiten wollten oder eigene Familien hatten.

»Ja, natürlich. Das Gehalt ist niedriger als das einer Nanny, aber …«

»Das ist schon in Ordnung«, sagte Mary hastig, bevor Joan es sich anders überlegte. Im Kindergarten hatte sie eine Aufgabe, sie musste dann nicht ständig grübeln, ob das, was sie tat, richtig war. Sie würde mit anderen Frauen zusammenarbeiten, wäre nicht allein verantwortlich. Für den Moment genügte ihr das, und mit dem Geld konnte sie weiter ihre Familie unterstützen.

»Gut, dann kannst du morgen um sieben anfangen.« Joan klappte Marys Zeugnisbuch zu. »Alles Weitere dann nach Mrs Wards Rückkehr.«

Fünf Minuten später stand Mary auf der Straße. Sie hatte das Zeugnisbuch unter den Arm geklemmt und blickte in den tief hängenden grauen Januarhimmel. Sie musste husten. Seit ihrer Rückkehr nach London fiel ihr erst auf, wie sehr die Luft hier verschmutzt war. Wie anders das Leben in Bethersden war.

Auf dem Heimweg hielt sie bei einem Bäcker an und kaufte Brot. Was für ein Glück, dachte sie. Ich kann in eine Bäckerei gehen und frisches Brot kaufen, das noch ofenwarm ist und so köstlich riecht. Nicht das altbackene vom Vortag, weil es billiger ist.

Als sie wenig später nach Hause kam, saßen Theresa

und Molly am Tisch über ihre Hausaufgaben gebeugt. Der Jüngste, Albie, hockte auf dem Boden und spielte mit der Holzeisenbahn, die Mary ihm gebraucht gekauft und zum Geburtstag geschenkt hatte. Theresa blickte auf, als sie kam. »Mam ist schon zum Markt. Aber ich passe auf.«

»Ja, das tust du.« Mary strich ihrer Schwester über den Scheitel.

Alles war leichter geworden, seit sie Arbeit hatte. Sie verdiente gut genug, dass ihre Geschwister hoffentlich einen Schulabschluss machen konnten. Und wenn sie dafür in den kommenden Jahren alle sechs Monate eine neue Stellung antreten müsste – dann wäre es das allemal wert.

Trotzdem hoffte Mary, dass sie beim nächsten Mal länger bleiben durfte, wohin auch immer Mrs Ward sie schickte. Sie vermutete, dass sie erneut wenig Mitspracherecht haben würde. Aber das war in Ordnung. Irgendwann würde sie ankommen.

Kapitel 21

London, Januar 1906

»Emily, meine Liebe. Sie sehen immer noch ganz blass aus um die Nase.«

Emily Ward lächelte schwach. »Sie sind direkt, wie immer, Joan. Aber ich sage Ihnen was – irgendwann habe ich es nicht mehr ausgehalten. Die Untätigkeit war mir immer schon ein Graus.« Sie musste husten. Natürlich war sie noch nicht vollständig wiederhergestellt. Walter hatte geschimpft, als er sie gestern Abend vom Zug abholte. »Du bist erst kürzlich dem Tod von der Schippe gesprungen, und du glaubst, mit zehn Tagen Erholung bist du wieder auf dem Damm? Wir sind keine zwanzig mehr, Emily.«

Sie hatte ihn nachdenklich angesehen. Es stimmte; sie waren nicht mehr die Jüngsten. Aber Emily für ihren Teil war nicht bereit, sich für den Rest ihres Lebens hinter Gebrechlichkeit oder Krankheit zu verstecken.

»Joan wird auf mich aufpassen«, hatte sie ihm versprochen.

Tatsächlich war Joans Reaktion ähnlich entsetzt gewesen wie die von Walter. Emily vermutete, dass Joan sie am liebsten wieder nach Hause geschickt hätte. Aber hier stand sie nun vor dem Schreibtisch in Joans kleinem Arbeitszimmer.

»Setzen Sie sich doch wenigstens«, sagte Joan fast ein wenig unwirsch.

Emily wählte den linken Besucherstuhl. Sie lehnte den Spazierstock gegen die Armlehne. Der ist nur zur Zierde, redete sie sich ein. Ihr gefiel eben der Ebenholzstab mit dem silbernen Elefantenknauf. Aber wem machte sie etwas vor? Sie war weit davon entfernt, wieder genesen zu sein. Und wer wusste schon, ob sie überhaupt wieder ganz gesund wurde?

Sie gab es nicht gern zu, aber nach der schweren Grippe, die sie über die Weihnachtstage ans Bett gefesselt und fast das Leben gekostet hatte, war sie sich bewusst geworden, wie viel auf dem Spiel stand. Das Leben war so wertvoll, es war zu kostbar.

Sie musste husten. Dann aber straffte sie die Schultern. »Ich muss mit Ihnen über etwas reden.«

»Ja, nur zu.« Joan beugte sich leicht vor.

Sie hatte so selbstverständlich Emilys Aufgaben während ihrer Abwesenheit übernommen. Als gehörte sie längst zum Norland Institute, dabei hatte sie doch vor allem ihre Stiftung im Sinn gehabt, als sie für ein paar Wochen nach London kam.

Außerdem war Emily sich noch nicht ganz sicher, ob ihre Pläne wirklich so klug waren, und deshalb suchte sie nach den richtigen Worten.

Sie fand offenbar die falschen.

»Vielen Dank jedenfalls, dass Sie während meiner Rekonvaleszenz zur Stelle waren. Isabel hat mir regelmäßig geschrieben, und sie meinte, Sie hätten Ihre Sache gut gemacht.«

Joan runzelte die Stirn. »Ich wusste nicht, dass ich unter Beobachtung stand.«

»Aber nein, meine Liebe. Verzeihen Sie einer alten Frau, die um ihr Lebenswerk bangt.« Emily lächelte.

»Nun, Sie sind jetzt ja zurück und können sich um alles

kümmern. Die meisten Dinge sind geklärt. Allein, was wir mit Mary MacArthur machen, wollte ich nicht ohne Sie entscheiden.«

»Mary, ja.« Emily überlegte. »Eine unglückliche Angelegenheit. Hat sie sich erklärt?«

»Weshalb sie gekündigt hat? Nun, es lag wohl nicht an ihrer Arbeit.« Joan wandte verlegen den Blick ab. »Manchmal passt es menschlich nicht. Sie hat von Mr Mixon allerdings ein tadelloses Zeugnis bekommen.«

Manchmal passt es menschlich auch zu gut, dachte Emily. Aber sie bohrte nicht nach. Als Nächstes aber brauchten sie eine Position für Mary, wo sie gedeihen konnte. Eventuell unter einer anderen Nanny noch dazulernen … Ihr kam eine Idee.

»Was ist mit Ihrer Schwägerin?«, fragte sie.

Joan runzelte die Stirn. »Lady Rachel? Was soll mit ihr sein?«

»Braucht sie nicht eine zweite Nanny? Ich meine mich zu erinnern, dass sie schon kurz vor Alexandras Geburt nach einer weiteren Kraft suchte.«

»Deshalb war ich hochwillkommen.«

»Ach, so habe ich das nicht gemeint.« Emily seufzte. Sie massierte sich die Stirn. Was gar nicht mehr verschwand, seit sie krank gewesen war, waren die Kopfschmerzen.

»Entschuldigen Sie. Manchmal reagiere ich etwas gereizt, wenn es um die Familie meines Mannes geht. Nanny Brooks kam zuletzt gut mit den Dudley-Kindern zurecht, es sind ja auch nur noch Roderick und Alexandra in der Kinderstube. Ich glaube nicht, dass da Bedarf besteht. Nun, was meinen Sie? Wo kann Mary ihre nächste Stelle antreten?«

»Ich weiß es noch nicht«, gab Emily zu. Die Warteliste war lang, doch sie musste sich erst einen Überblick verschaffen. Außerdem war es ihr wichtig, dass Mary als Nächstes eine *gute* Stelle fand. Und gut hieß in diesem Fall, dass sie dort langfristig glücklich wurde.

Garantien gab es nie. Aber vielleicht hatte sie einen Fehler gemacht, als sie ein junges, unbedarftes Mädchen zu einem Witwer schickte …

»Wissen Sie, warum sie gekündigt hat?«, fragte sie deshalb noch einmal eindringlicher.

Joan wurde rot. Aha, sie wusste also Bescheid. Ihre Antwort aber war ausweichend. »Mary hat mir erzählt, sie habe sich dort nicht wohlgefühlt.«

Emily nickte nachdenklich. Ihr war klar, dahinter musste mehr stecken. Aber Joan schien nicht bereit zu sein, mehr darüber zu erzählen – auch das sagte ihr etwas, gerade im Hinblick auf Joans Vergangenheit als Nanny bei den Dudleys.

»Ich werde einen guten Platz für sie finden.« Eine verwitwete Countess vielleicht. Eine Familie hier in London. Irgendetwas, das Marys Risiko minderte, sich ein zweites Mal in etwas zu verstricken.

Aber stand es ihr überhaupt zu, Marys Lebensweg auf diese Art beeinflussen zu wollen? Was unterschied sie denn von den Männern, die meinten, sie dürften über das Wohl der eigenen Frau entscheiden, dürften ihnen vorschreiben, welche Arbeit sie wann und wo machen konnten?

Walter hatte ihr gezeigt, wie es anders ging. Sie hatte wählen können, wie sie ihr eigenes Leben gestaltete, und so sollte sie auch Mary die Möglichkeit geben, auszuwählen.

Und wenn sie wieder einen Fehler macht?, flüsterte eine Stimme in ihrem Hinterkopf.

Ja, dann war das so. Aber Mary vor allen Fehlern bewahren zu wollen, war auch nicht richtig. Sie war kein Kind mehr. Das *konnte* Emily gar nicht. Sie hatte schon erlebt, dass Nannys in Familien kamen, wo sie dann nach kurzer Zeit schon von der Dienstherrin schikaniert wurden. Oder auch das Gegenteilige hatte sie erlebt – Familien, bei denen sie dachte, es müsse schiefgehen, weil die Voraussetzungen nicht die besten waren. Zu ihrer Überraschung hatte sie sich so häufig geirrt, dass sie inzwischen keine Vorhersagen mehr wagte, welche Konstellationen gut ausgingen und welche nicht.

Gut möglich, dass es gar nicht so sehr half, wenn sie sich ständig einmischte und die Nannys aktiv auswählte.

Du bist nur müde, schalt sie sich. Sie stand auf, stützte sich dabei schwer auf ihren Gehstock. »Ich kümmere mich darum.«

»Übertreiben Sie es nicht.« Joan lächelte, wollte ihren Worten damit die Schärfe nehmen.

»Nein, nein, keine Sorge.«

Emily blieb stehen. Ihr war noch ein Gedanke gekommen. Eine Frage.

»Werden Sie noch länger in London bleiben, meine Liebe?«

»Ich bleibe, solange Sie mich brauchen.«

Das genügte ihr als Antwort. Vorerst zumindest.

~

Joan wartete, bis Emily Ward ihr kleines Arbeitszimmer verlassen hatte. Dann stand sie auf und trat ans Fenster. Ihr Blick ruhte auf dem Park.

Was hatte Mrs Wards Frage zu bedeuten? War das der subtile Hinweis, Joan könnte sich allmählich wieder auf den Heimweg machen? Oder sprach daraus ihre Sorge, sie könnte bald mit der Arbeit allein sein, die Joan wie selbstverständlich zusätzlich übernommen hatte?

So war es nicht geplant gewesen. Weder, dass sie bis Weihnachten blieb, noch, dass sie auch Wochen später hier saß und sich durch die Berge aus Briefen, Akten und Rechnungen wühlte. Sie hatte geahnt, dass Emily Ward für das Norland Institute großartige Arbeit leistete. Aber *wie viel* sie tatsächlich machte, war Joan nicht bewusst gewesen.

Dennoch hatte sie keinen Moment gezögert, als sie kurz nach Weihnachten von Emilys schwerer Erkrankung erfuhr. Sie bot an zu helfen, weil sie da war, weil sie Zeit hatte – und weil ihr im Moment jedes Mittel recht war, um London nicht allzu verfrüht den Rücken zu kehren.

Sie zückte ihre Taschenuhr. Halb eins – höchste Zeit für ihre Verabredung. Sie machte einen kurzen Abstecher in den Kindergarten im Anbau, aber Edward schlief bereits, teilte ihr eine der Kindergärtnerinnen mit. Joan sah auch Mary aus der Ferne, die ein Mädchen mit blonden Löckchen auf dem Arm hielt, das am Daumen lutschte und sich dabei an sie kuschelte.

Sie verließ das Gebäude, überquerte die Straße und tauchte in den Park ein. Zu dieser Jahreszeit war er mittags längst nicht so belebt wie vor drei Monaten.

»Guten Tag, Joan.«

Sie fuhr herum. Mr Ford war hinter ihr aufgetaucht. Er wirkte etwas atemlos. In der Hand hatte er – wie so oft – eine Tüte Maroni.

»Peter. Wie schön, Sie zu sehen.«

»Wollen wir wieder nach unseren Eichhörnchen sehen?«

Sie lachte. Peter Ford bot ihr den Arm, und Joan hakte sich bei ihm unter. Gemeinsam spazierten sie durch den Park zu den Bäumen, wo sich fast jeden Tag zur Mittagsstunde ein paar Eichhörnchen einfanden. Als hätte es sich unter ihnen herumgesprochen, dass da immer zwei Menschen kamen, die großzügig ihre Maroni mit ihnen teilten.

Joan indes genoss es, tagsüber mit einem Erwachsenen über andere Themen als Kindererziehung zu sprechen. Selbst abends, wenn sie mit Onkel George zusammensaß, drehte sich inzwischen fast alles um den kleinen Edward. Was er gemacht oder gesagt hatte, wie niedlich er war … Auf seine alten Tage entdeckte ihr Onkel seine Liebe zu Kindern. Darauf angesprochen, wurde er fast unwirsch. »Nur dieses Kind«, meinte er dann. »Weil dein Edward etwas ganz Besonderes ist.«

Joan neckte ihn gern damit, dass in ihm auch eine Nanny steckte. »Weiberkram«, meinte er nur. Aber seit klar war, dass Joan noch länger in London bleiben wollte, war er wieder etwas friedlicher geworden.

Ein bisschen war es so, als fügte sich gerade alles. Sie hatte während Emily Wards Abwesenheit die Geschäfte des Norland Institutes übernommen. Als Emily vorhin in ihr Büro kam, war Joan erschrocken. Sie hatte die Schulgründerin immer nur als tatkräftige Frau erlebt, die nie die Stimme erheben musste, weil jeder an ihren Lippen hing. Aber von ihrer einstigen Kraft war nicht viel geblieben, und ihre Stimme war nur noch ein heiseres Flüstern.

»Ist Ihre Kollegin zurück?«, riss Mr Ford sie aus den Gedanken. Joan blickte auf. Schon bewundernswert, wie er immer die richtigen Worte fand. Oder genau die Themen anschnitt, die sie gerade bewegten.

»Ja. Aber sie ist noch nicht gänzlich wiederhergestellt.«

»Sie nehmen es mir hoffentlich nicht übel, dass ich mich darüber ein winziges bisschen freue.«

Joan lächelte. »Nun, für Emily freut es Sie vermutlich nicht.«

Peter lachte. »Da vermuten Sie richtig, meine Liebe.«

»Sondern eher, weil Sie hoffen, ich könnte meinen Aufenthalt in London noch mal verlängern.«

»Tatsächlich hatte ich diese Hoffnung.«

Sie seufzte. »Ich bin schon viel zu lange aus Dublin fort.«

»Ja, nun. Aber ist Dublin Ihr Zuhause? Oder könnten Sie sich vorstellen …«

Er sprach nicht weiter, und Joan vermied es, nachzuhaken. Sie ahnte, wohin dieses Gespräch führte – auf unsicheres Terrain, vor dem sie regelmäßig zurückschreckte.

Es lag nicht an Peter Ford. Er war ein so angenehmer, aufmerksamer und freundlicher Zeitgenosse. Kinderlieb außerdem. Als sie sich ein wenig besser kannten und Joan ihm von Edward erzählte, sagte er zwar erst nicht viel – doch beim nächsten Mal brachte er einen kleinen Teddy mit, den er Joan verlegen überreichte, »ich hoffe, der gefällt dem jungen Mann«.

Er drängte sie zu nichts. Als würde es ihm genügen, mit ihr dreimal pro Woche die Mittagspause zu verbringen, soweit es seine und ihre Zeit erlaubte. Darauf angesprochen, dass er sicher angenehmere Zeitvertreibe wüsste, als mit ihr durch die Winterkälte zu flanieren, wehrte er ab. Für ihn war es schlimmer, den ganzen Tag im Haus zu verbringen, und er genoss es, wenigstens etwas Natur zu sehen.

Nachdem sie die Eichhörnchen gefüttert hatten, spazierten sie zurück zum Norland Institute. Als schon das Parktor in Sichtweite kam, verlangsamte Peter seine Schritte. »Ich muss mit Ihnen reden, Joan.«

»Sie klingen so ernst.«

»Nun, ich mache es kurz – *meine* Zeit in London neigt sich dem Ende zu, und ich frage mich, ob Sie *Ihre* Zeit zukünftig bei mir verbringen wollen. In Schottland. Als meine … Frau.« Bei dem letzten Satz geriet er ins Stottern.

»Als Ihre Frau«, echote sie.

»Entschuldigen Sie. Ich fürchte, ich bin nicht besonders

romantisch veranlagt, weshalb … nun ja. Meine Qualitäten liegen woanders.« Er verstummte. Sein Blick ruhte auf Joan, und sie hatte das ungute Gefühl, dass von ihr eine Antwort erwartet wurde – und in diesem Moment wurde nur die eine Antwort akzeptiert.

»Es tut mir leid, Peter. Ich habe darüber bisher nicht nachgedacht.«

Er ließ ein wenig betrübt den Kopf hängen. »Verstehe.«

»Aber es liegt wirklich daran, dass ich bisher … Sie waren mir einfach ein guter Gefährte bei den Spaziergängen. Mehr nicht.«

Seine Miene hellte sich etwas auf. »Dann darf ich hoffen, dass Sie über meine Frage nachdenken?«

Sie nickte zögernd. Ja, nachdenken konnte sie darüber. Sie wusste selbst nicht, zu welchem Ergebnis sie käme.

»Werden Sie mir schreiben, wenn Sie wieder nach Schottland reisen?«, erkundigte sie sich.

»Oh, ich reise nicht nach Schottland. Ich begebe mich auf eine Polarexpedition, meine Liebe.«

»Ach.«

»Ich werde wohl den ganzen Sommer weg sein. Sie haben also mehr als genug Zeit, über meinen Antrag nachzudenken.«

Das stimmte wohl.

Den Rest des Wegs legten sie schweigend zurück.

»Werden Sie mir schreiben? Postlagernd in Trondheim?«

»Und Sie? Werden Sie nach Ihrer Rückkehr antworten?«

Sie wusste selbst nicht, weshalb sie so verschnupft klang. Vielleicht war sie enttäuschter, als sie zugeben wollte, weil Peter ihr bisher seine Pläne für den Sommer verschwiegen hatte. Wie hatte er in den letzten Wochen nicht darüber reden können, wenn die Reisevorbereitungen seinen Alltag bestimmten?

»Ich werde Ihnen während meiner Reise schreiben.« Peter blieb stehen. Ernst sah er sie an. Dann nahm er ihre Hand, und Joan war zu perplex, um sie zurückzuziehen. »Ich kann Ihnen zwar kein Eisbärenfell versprechen, aber ich werde Ihnen etwas mitbringen von dieser Reise.«

Sie schauderte. Was war das mit der Romantik und den Männern? Ein Eisbärenfell hätte sie sich als Letztes gewünscht.

»Vielleicht genügen mir ja ein paar schöne Zeilen von Ihnen.«

»Also kein Fell.« Er nickte nachdenklich. »Mir sind Eisbären in freier Natur auch lieber. Also, solange sie mich in Ruhe lassen.«

Joan lachte. »Ja, bitte! Die sollen Sie mal schön in Ruhe lassen. Ich schreibe Ihnen«, versprach sie.

»Danke, meine liebe Freundin. Ich erwarte Ihre Antwort nach meiner Rückkehr.«

Das waren seine letzten Worte an sie. Joan sah ihm nach, als er durch das Parktor schritt, leichtfüßig die Straße überquerte und zügig in einer Seitenstraße verschwand.

Ich erwarte Ihre Antwort nach meiner Rückkehr.

Merkwürdig. Sie hatte Mr Ford nie so eingeschätzt, als ginge es ihm darum, zu ihr engere Bande zu knüpfen. Sicher, sie hatte manchmal überlegt, wie es wäre, mit einem Mann wie ihm verheiratet zu sein. Doch jedes Mal hatte sie diesen Gedanken sofort beiseitegeschoben. Sie war verwitwet, hatte ein kleines Kind – niemand konnte sie zwingen, sich erneut zu verheiraten.

Und bisher hatte sie diese Vorstellung weit von sich gewiesen. Sie liebte die Freiheiten, die das Leben ihr bot. Sie konnte in London oder Dublin leben, sie hatte ein gutes Auskommen, eine Arbeit, die sie erfüllte. Einen kleinen Sohn, der ihr Ein und Alles war.

Was konnte sie da noch vom Leben verlangen?

Oder anders gefragt: Was konnte ihr ein Peter Ford bieten, das sie nicht bereits besaß?

Kapitel 22

Mary atmete tief durch. Sie stand mit zwei anderen Kindergärtnerinnen im Durchgang zwischen den beiden Räumen, in denen sich gerade über zwanzig Kinder tummelten. Die kleinsten waren gerade mal ein Jahr alt, die größten kurz vor ihrem fünften Geburtstag – die ältesten würden im April eingeschult werden. Zwei Norlandschülerinnen sagten gerade mit ein paar Kindern einen Abzählreim auf. Andere Kinder hockten auf dem Boden und bauten Türme mit den Bauklötzen. An einem Tisch saßen drei Jungen und malten bunte Bilder. Es war gewohnt laut, aber das war ein Geräuschpegel, an den sie sich in den letzten Wochen gewöhnt hatte.

Kindergärtnerin. Das war also jetzt ihre Aufgabe.

Sie wusste, dass Mrs Ward seit einer Woche wieder im Institut war. Aber bisher war keine Einladung zu einem Gespräch gekommen. Immer noch wartete sie. Und tagsüber arbeitete sie hier, obwohl ihr abends vom Lärm die Ohren klingelten. Sie wusste immerhin eines mit Gewissheit: Die Arbeit als Kindergärtnerin mit so vielen Kindern würde ihr niemals auf Dauer behagen, auch wenn es für den Moment eine willkommene Aufgabe war.

Und dann war da noch die Sehnsucht nach dem Leben, das sie im letzten halben Jahr geführt hatte. Bethersden,

Oliver, die Kinder … das alles vermisste sie. Sogar Ginny und Penny, selbst Miles der Kutscher wäre ihr nun ein angenehmerer Gesprächspartner als Miss Dornum und Miss Rowling, die mit verkniffenen Mienen und verschränkten Armen die Nannyschülerinnen beobachteten. Die beiden Kindergärtnerinnen arbeiteten dauerhaft in der Einrichtung, und sie machten keinen Hehl daraus, wie sehr die Arbeit sie anstrengte, denn ihnen oblag nicht nur die Aufsicht über die Kinder, sondern auch die Anleitung und Bewertung der Studentinnen von nebenan. Den Kindern gegenüber waren sie liebevoll und zugewandt, aber selbst Mary gegenüber, die ja ihre Ausbildung abgeschlossen hatte, waren sie manchmal hochmütig.

Ein Einjähriger wackelte auf sie zu, fiel hin und fing an zu weinen. Miss Rowling seufzte. »Ach, Henry. Pass doch auf.« Sie sagte es nicht unfreundlich, doch der Kleine weinte nur noch mehr. Mary warf Miss Rowling einen Blick zu, dann schob sie sich an ihren Kolleginnen vorbei und half Henry auf.

»Henny muttig!«, rief der kleine Junge empört.

»Nein, du bist gar nicht schmutzig. Schau!« Mary hob seinen Pullover leicht an. Er bestand aber darauf, dass sie ihn vorne und hinten ein wenig abklopfte, bevor er weiterwatscheln konnte.

»Sie verwöhnen die Kinder.« Miss Rowling seufzte. »So viel Elan hätte ich auch gern wieder.«

Mary erkannte in diesem Moment etwas Wichtiges. Wie müde einen die Arbeit machen konnte, selbst wenn man sie gern machte.

»Ja, dann ist das eben so«, gab Mary zurück.

»Zwanzig Kinder verwöhnen, dafür ist hier keine Zeit.«

»Ich nehme sie mir.«

Es war nicht das erste Mal, dass Miss Rowling Mary kritisierte. Aber langsam wurde sie besser darin, für sich einzustehen.

»Na ja, Sie bleiben ja nicht ewig hier.« Miss Rowling spitzte den Mund.

Als Mary zur Tür blickte, sah sie dort eine willkommene Ablenkung. Joan stand im Flur und winkte Mary.

»Hast du einen Moment?«, fragte Joan, als Mary die Tür erreichte.

»Immer.«

»Lass uns in mein Büro gehen.«

Auf dem Weg nach oben schwiegen sie. Erst als Mary die Tür von Joans Arbeitszimmer hinter sich schloss und Joan sich in ihren Schreibtischstuhl fallen ließ, schien die Anspannung von ihr abzufallen.

»Herrje, was soll ich nur tun?«, murmelte Joan.

»Was ist denn los?«

»Familiendinge.« Joan überlegte. »Entschuldige, dass ich dich das frage. Und du kannst gern Nein sagen, ich nehm's dir nicht übel. Aber ich weiß mir nicht anders zu helfen.«

»Erzähl.«

»Ich habe von meinem Neffen erzählt, der abgehauen ist? William?«

Mary nickte.

»Nun, es stellte sich heraus, dass er es irgendwie geschafft hat, sich nach London durchzuschlagen. Gestern Abend stand er bei uns vor der Tür. Er will nicht länger bei seiner Familie leben, sondern bevorzugt ein Internat. Das kommt natürlich nicht infrage, er ist noch zu jung.«

»Herrje«, murmelte Mary. Was für ein mutiger Junge! In dem Alter eine solch beschwerliche Reise auf sich zu nehmen …

»Ja, herrje trifft es. Meine Schwägerin Lady Rachel ist außer sich vor Sorge, Lord Dudley rast vor Wut. William soll schnellstmöglich zurück nach Dublin. Ich kann leider nicht hier weg, mein Onkel ist auch verhindert, ihn plagt ein hartnäckiger Husten. Darum habe ich gedacht, du könntest vielleicht William nach Dublin zurückbringen.«

»Ich?!«, rief Mary überrascht. »Aber …«

Sie verstummte. Ja, was denn? Was sprach dagegen, dass sie einen störrischen Jungen zurück zu seinen Eltern brachte? Also, außer dass sie selten reiste.

»Es tut mir leid, dass ich dich darum bitten muss.« Joan wirkte ehrlich betrübt. »Rachel will nicht herkommen, ihr Mann ist der Auffassung, wenn er allein nach London reisen konnte, schafft er den Rückweg auch ohne Begleitung.«

»Und das siehst du anders?«

»Bei mir zu Hause sitzt ein Elfjähriger, der Angst hat, dass ihm der Vater den Kopf abreißt, wenn er heimkommt. Er soll das nicht allein machen müssen.«

Mary zögerte. Warum ich?, hätte sie gern gefragt.

»Du musst dich um nichts kümmern«, fuhr Joan fort. »Ich besorge die Billetts, falls ihr unterwegs ein Hotel braucht, werde ich dir genug Geld mitgeben. Du bringst William nach Dublin und kehrst nach einigen Tagen zurück. Ich hoffe, dass ich bis dahin auch endlich gute Nachrichten für dich habe. Mrs Ward ist zwar wieder hier, aber sie braucht noch eine Weile, bis sie alles auf ihrem Schreibtisch bewältigt hat.«

Mary versuchte, ihre Enttäuschung zu verbergen. »Ach, schon gut.« Sie hatte wirklich gehofft, Joan hätte eine gute Nachricht für sie.

»Dann übernimmst du das für mich? Du würdest mir damit sehr helfen. Ich würde ihn selbst bringen, aber dann müsste ich Edward mitnehmen, ihn kann ich nicht so lange bei meinem Onkel lassen.«

»Ja, natürlich.« Zumindest war eine solche Reise besser,

als sich mit Miss Rowlings mieser Laune herumzuschlagen.

Und bei ihrer Rückkehr erfuhr sie hoffentlich, wo sie als Nanny anfangen konnte.

~

Zunächst aber sollte sie am Abend William kennenlernen. Mary wusste nicht, womit sie gerechnet hatte. Einem flegelhaften, frühreifen Kind, das ihr erklärte, es habe kein Interesse daran, sich von einer Nanny etwas sagen zu lassen?

Sie wurde überrascht.

Der dunkelblonde Junge, der ihr in der Wohnstube von George Hodges gegenüberstand, hatte die Hände tief in den Hosentaschen vergraben und wurde knallrot, als sie ihn begrüßte. »Guten Abend«, sagte er mit erstaunlich tiefer Stimme. Dann erst sah er hoch. Sein Blick war offen und freundlich.

»Guten Abend, William. Ich bin Mary MacArthur.«

Er nickte. »Sie sollen mich zurück nach Dublin bringen. In die Hölle der Langeweile.«

»William, bitte.« Joans Stimme war leise.

Er zuckte mit den Schultern. »Na, aber wenn's doch stimmt? Vater schert sich nicht um mich, und Mutter will nichts von mir wissen, sie meint, ich wäre Vaters Angelegenheit. So hat sie's gesagt.«

»Und dein Vater …«

»Er hat kein Interesse an mir. Für die Jagd bin ich ihm noch zu klein, egal, ob es die auf Wild oder Frauen ist.« Er schürzte die Lippen.

Hoppla, dachte Mary. Da steckte ein kluger Kopf im Körper eines Kindes, das von niemandem Beachtung bekam. Sie wusste nicht, ob sie diesem jungen Mann gewachsen war. Aber insgeheim gab sie Joan recht – es wäre wohl das Beste, wenn William schon bald in ein Internat ging, wo er unter anderen Jungen war, die sein Schicksal teilten.

Mary bat ihn, sich zu setzen und ein wenig zu plaudern. Sie erzählte ein wenig von sich selbst und ihrer Familie. Dass ihr Bruder Finn was aus sich gemacht hatte, weckte Williams Interesse, und sie merkte, dass alles Kaufmännische eine große Faszination auf ihn ausübte. Als sie ihn fragte, was genau ihn an seinem Zuhause störte, taute er ein wenig auf.

Er habe es satt, daheimzusitzen und von niemandem beachtet zu werden, vertraute er Mary an. All die Jahre sei wenigstens Tante Joan noch da gewesen. Doch sie reiste nach London und verschob ihre Rückkehr immer wieder. Darum hatte er seine Sachen gepackt, seiner Mutter ein wenig Geld geklaut – »Ich habe es nur ausgeliehen, natürlich bekommt sie es zurück!« – und hatte sich auf den Weg gemacht.

»Eine große Leistung für einen Elfjährigen«, merkte Joan an, die sich zu ihnen gesetzt hatte, ansonsten aber nicht viel sagte.

William beachtete sie nicht.

»Ich will nicht zurück«, sagte er zu Mary. »Lieber will ich arbeiten, statt weiter im Schulzimmer zu hocken und lateinische Vokabeln zu pauken.«

»Was genau stört dich daran?«

»Sie haben nichts mit dem Leben zu tun.«

Insgeheim hätte Mary ihm gern recht gegeben, doch sie hütete sich davor, offen die Bildung eines Jungen zu kritisieren, der eines Tages Earl sein würde. »Deine Eltern haben Pläne mit dir«, erinnerte sie ihn sanft.

Joan stand auf und verließ den Raum. Ihr Onkel George saß in einem Sessel und las seine Zeitung, während sich der

Rauch aus der Meerschaumpfeife bis zur Decke kräuselte. Er hielt sich aus dem Gespräch heraus.

»Wenn Sie mich nach Dublin zurückbringen, werde ich wieder weglaufen. Und dieses Mal dann nicht zu Tante Joan.« Williams Miene verfinsterte sich.

»Das steht dir frei. Aber wovon willst du leben?«

Er kniff den Mund zusammen.

»Ich sag dir was, William. Ich beneide dich. Ja, wirklich! So viel Wissen, das dir vermittelt wird. Ich bin überzeugt, deine Tante wird sich dafür einsetzen, dass du früher auf eine Schule kommst, die deinen Wissensdurst stillt. Und dann? Nur wenige Jahre später steht dir die ganze Welt offen. Du wirst ein finanziell sorgloses Leben führen. Ganz anders als die meisten Menschen in unserem Land oder auf der ganzen Welt. Viele müssen kämpfen, bis sie ihre Ziele erreichen. Du kannst einfach sagen, was du willst – und bekommst es.«

Darüber dachte er nach. »Und Tante Joan legt für mich ein gutes Wort ein, dass ich im Herbst nach Eton darf?«

»Ganz bestimmt.«

Wenig später suchte Mary nach Joan. Sie fand die Freundin in ihrem kleinen Salon. Edward schlief noch nicht, sondern kuschelte sich müde auf den Schoß seiner Mama, während Joan ihm vorlas.

»Nun?«, fragte Joan.

Mary seufzte.

»Ich bringe nur gerade Edward nach nebenan.«

Als sie zurück war, seufzte auch Joan und sank aufs Sofa.

»Dein Neffe ist ein verwöhnter junger Mann, der meint, die Welt müsse ihm *sofort* offenstehen. Nicht erst in acht oder zehn Jahren.«

Joan lachte leise. »Er braucht seinen Vater und nicht die ganze Welt. Das ist das Problem, vermute ich.« Sie wurde nachdenklich. »Braucht Edward auch einen Vater? Wird er mir sonst auch auf der Nase herumtanzen oder weglaufen?«

»Edward ist noch nicht mal zwei«, bemerkte Mary trocken. »Laufen kann er schon, aber …«

»Ich meinte, ob er das in zehn Jahren machen wird.« Joan stand auf. »Ich hole uns mal was zu trinken, ja?«

Mary war überrascht.

»Bis zum Abendessen haben wir noch etwas Zeit, und ich brauche jemanden zum Reden«, erklärte Joan, als sie mit einem kleinen Silbertablett zurückkam, auf dem sie zwei Gläser mit Weißwein vor sich hertrug. Sie gab Mary das eine Glas, und sie stießen miteinander an. Es fiel Mary immer noch schwer, sich in diesen gesellschaftlichen Kreisen zu bewegen, die für Joan und die anderen Nannys so selbstverständlich waren. Wein vor dem Abendessen gehörte nicht zu den üblichen Gepflogenheiten, wenn sie sich richtig erinnerte. Aber offenbar musste Joan sich Mut antrinken; sie nahm zwei große Schlucke.

»Ich habe einen Antrag bekommen.«

»Oh«, machte Mary. Das kam tatsächlich überraschend.

»Er heißt Peter Ford. Wir treffen uns seit Monaten mittags zum Spaziergang.« Wurde Joan etwa rot? »Jedenfalls hat er mich gefragt, ob ich ihn heiraten will. Kurz bevor er mir eröffnet hat, dass er den ganzen Sommer auf einer Polarexpedition sein wird.«

»Oje.«

»Oje. Das trifft es.« Joan atmete aus. Sie hatte ihr Glas fast vollständig geleert. »Ich habe mir Bedenkzeit auserbeten. Aber er ist ohnehin bis zum Herbst fort, das sollte lang genug sein.« Sie lachte nervös.

»Magst du ihn denn?«

»Das ist die Frage, nicht wahr? Mag ich ihn genug, um

seine Frau zu werden? Mag ich ihn so sehr, dass ich bereit bin, für ihn mein Leben aufzugeben?«

»Müsstest du denn dein Leben aufgeben, wenn du seine Frau wirst?«, wandte Mary ein.

»Natürlich müsste ich das. Eine Witwe, die eine Stiftung führt und auf eigenen Beinen steht, das kann die Gesellschaft noch annehmen, nicht wahr? Aber eine Ehefrau mit kleinen Kindern … Er wird Kinder wollen, oder? Das wollen alle Männer, wenn sie heiraten und häuslich werden. Siehst du, nicht mal das weiß ich, und er wird mir all diese Fragen frühestens im Herbst beantworten können …«

Mary verstand Joan. Sie hatte für sich selbst bisher nicht darüber nachgedacht, was es hieß, eine Familie zu gründen. Selbst ohne ihre Ausbildung zur Nanny wäre das ein fernes Ziel gewesen, von dem sie nicht gewusst hätte, ob es ihr je möglich wäre.

Und dann kam Oliver. Mitten in ihr Herz hinein, mit ihm seine Söhne. Sie hätte bei ihnen bleiben können, als Oscars und Thomas' Nana, als Olivers Geliebte. Wenn Miss Thornton nicht gewesen wäre. Zum ersten Mal in ihrem jungen Leben war die Liebe nicht nur eine vage Möglichkeit, sondern die Triebfeder all ihres Tuns gewesen. Und deshalb war sie gegangen. Weil sie Oliver und seine Söhne liebte. Weil sie ihn nicht vor die Entscheidung hatte stellen wollen »sie oder ich«, weil sie wusste, sie würde verlieren.

Mary konnte nicht anders. Sie fing an zu weinen.

Von einem Moment auf den anderen vergaß Joan ihre eigenen Sorgen. Sie rückte näher an Mary heran und legte ihr den Arm um die Schulter. »Ach, herrje, du Arme«, murmelte sie. Und tatsächlich lag darin ein Trost, dass sie die Traurigkeit darüber, wie ihr Abschied von Bethersden verlaufen war, einfach mal herauslassen konnte, ohne sagen zu müssen, was sie bedrückte.

»Herrje«, murmelte Joan. Sie streichelte Marys Rücken und drückte ihr ein Taschentuch in die Hand. »Arme Mary.«

»Es tut mir so leid«, flüsterte Mary. »Ihr habt so viel für mich getan, damit ich Nanny werden konnte. So wie ihr, Katie und du. Ich dachte, ich kann das auch. Aber dann ist so viel schiefgelaufen …«

»Ich weiß, Liebes. Ich weiß. Aber beim nächsten Mal muss es nicht so kommen. Mrs Ward hat von mir zwar nichts über deine Gründe für die Kündigung erfahren, aber ich werde meinen Einfluss geltend machen, damit du nicht erneut in eine so kompromittierende Situation kommst.«

»Ein zweites Mal passiert mir das sicher nicht.« Mary schniefte.

»Davon bin ich überzeugt. Trotzdem müssen wir das Glück ja nicht herausfordern.«

Jetzt ging es ihr etwas besser. Zu wissen, dass Joan immer noch ihre Verbündete war, tat Mary gut. Als es zum Abendessen läutete, hatte sie sich wieder beruhigt, und die Tränen waren auch getrocknet.

»Wirst du William nach Dublin begleiten?«, fragte Joan auf dem Weg nach unten.

»Etwas Ablenkung könnte mir nicht schaden, was?« Und nach ihrer Rückkehr hatte Mrs Ward sicher eine Perspektive für sie.

Es fühlte sich leichter an. Der Abend, das Leben. Allein deshalb, weil sie Joan ihr Herz hatte ausschütten können – und ihre Freundin ihrerseits Marys Rat gesucht hatte. Auch wenn beide für ihre Probleme noch keine befriedigende Lösung gefunden hatten. Aber das würde die Zeit schon bringen.

Zum ersten Mal seit ihrem Weggang aus Bethersden konnte Mary Hoffnung schöpfen.

Kapitel 23

London, Februar 1906

Herrje, wir werden alt«, seufzte Emily, als sie das Frühstückszimmer betrat. Die Kinder waren bereits auf dem Weg zur Schule, nur ihr Mann Walter saß am Tisch und war in seine Zeitung vertieft. Er blickte dahinter hervor und lachte gutmütig.

»Ich für meinen Teil bin es schon, meine Liebe.«

Sie ließ sich auf ihren Stuhl fallen. Es gab Tage, an denen fiel es ihr nun sogar schwer, aus dem Bett zu steigen, als hätte jemand Bleigewichte an ihren Gliedern befestigt. Der Arzt, den sie inzwischen so regelmäßig aufsuchte, dass Walter kürzlich bemerkte, Dr. Waterstone bekäme sie deutlich häufiger zu Gesicht als er, meinte nur, sie müsse Geduld haben.

»Sie können froh sein, dass Sie noch am Leben sind, Mrs Ward. Lassen Sie Ihrem Körper Zeit für die Genesung. Die Jüngste sind Sie auch nicht mehr, da dauert's schon mal länger.«

Offensichtlich hatte sie sechsundfünfzig werden müssen, um zu erkennen, dass Geduld nicht zu ihren herausragenden Tugenden gehörte. Walter neckte sie gelegentlich damit, aber sie war längst nicht mehr zu Scherzen aufgelegt.

»Nun, ich wünsche dir einen schönen Tag. Möchtest du mit einer Kutsche rüberfahren oder zu Fuß gehen?«

Sie starrte Walter an, suchte nach den richtigen Worten. Eine scharfe Erwiderung brannte ihr auf der Zunge, denn, Himmel, sie hatte die Strecke bisher problemlos zweimal täglich zu Fuß bewältigt, was nicht nur ihre Lungen stärkte, sondern auch den Kopf frei machte.

»Eine Kutsche«, sagte sie nur.

»Ich kümmere mich für dich darum, meine Liebe.«

Er faltete die Zeitung zusammen, stand auf und gab ihr einen Kuss, bevor er das Frühstückszimmer verließ.

Jetzt muss mir schon mein Mann die Kutsche rufen, damit ich überhaupt zum Norland Institute komme.

Die Krankheit hatte ihr den Humor genommen, weil auch der manchmal Kraft kostete. Das war das Allerschlimmste – dass sie Walters Neckereien ebenso wenig ertrug wie die kleinen Witze, die ihre Kinder gelegentlich machten, weil sie eben »eine alte Mama« war.

Dafür kann ich nun wirklich nichts, dachte sie müde. Dass Walter und sie erst so spät geheiratet hatten, dass an leibliche Kinder kein Gedanke mehr war und sie sich danach noch ein wenig mehr Zeit gelassen hatten, bevor sie die drei Geschwister adoptierten – Emily hatte schließlich mehr als genug mit der Gründung des Norland Institutes zu tun – das alles hatte Spuren hinterlassen.

Aber nein. Es war diese verflixte Krankheit, die sie so sehr an ihre Vergänglichkeit gemahnte. Es wurde langsam Zeit, dass sie sich der Wahrheit stellte. Sie würde nicht ewig jeden Morgen von Ladbroke Grove zum Pembridge Square spazieren, um dort ihren Geschäften nachzugehen.

Und siehe da – es hatte während ihrer Abwesenheit auch vortrefflich funktioniert. Fast könnte sie meinen, dass niemand sie vermisst hatte, denn als Joan ihr bei ihrer Rückkehr die wohlgeordneten Unterlagen übergab, fehlte nichts, die dringlichen Dinge waren erledigt, dazu gab es eine Liste an Erledigungen, die nicht ganz so eilig waren.

Hätte Emily irgendwann jemanden gebraucht, der nach ihr alles übernahm – derjenige müsste wie Joan sein.

Diejenige.

Es stand für sie außer Frage, dass das Norland Institute weiterhin in den Händen von Frauen bleiben sollte. Alle Lehrerinnen, die Schuldirektorin, fast alle Angestellten bis auf den Gärtner waren weiblich, und so sollte es nach ihrem Willen auch bleiben.

Heute stand ein wichtiger Termin in ihrem Kalender. Als sie am Institut angekommen war und sich in ihrem Arbeitszimmer eingerichtet hatte, zog sie das Lederbuch heran.

Mittwoch, 7. Februar, 10 Uhr: Prinzessin Alice von Griechenland & Katie Fox

~

Das Arbeitszimmer von Mrs Ward hatte Katie irgendwie größer in Erinnerung. Sie blickte zu den hohen Bücherregalen, die die Fenster flankierten. Ach, vor gar nicht allzu langer Zeit hatte sie hier die Lehrbücher ausgeliehen, die in der kleinen Schulbibliothek keinen Platz fanden. Wenn sie ein Referat für einen ihrer Kurse vorbereitete, zum Beispiel.

Auf ihrem Schoß saß Margarita und speichelte fröhlich die Silberrassel ein, die Katie ihr zum Spielen überlassen hatte. Die kleine Tochter von Prinzessin Alice und Prinz Andreas zahnte im Moment, es kamen gleich mehrere Zähnchen auf einmal. Sie musste sich tagsüber ganz schön anstrengen, das Kind bei Laune zu halten.

Und dann gab es da ja noch die anderen beiden Mädchen – Olga und Elizabeth waren schließlich streng genommen ihre Schützlinge. Dass sie sich zusätzlich während Prinzessin Alice' Aufenthalt in der Sommerresidenz Tatoi auch um Margarita kümmerte, nachdem Susa entlassen worden war, hatte dazu geführt, dass Großfürstin Jelena und Prinzessin Alice auch die Wochen nach Weihnachten gemeinsam verbrachten. Jelena, die noch letzten Sommer kein gutes Haar an ihrer Schwägerin gelassen hatte, schien sich mit ihr inzwischen recht wohlzufühlen. Als Alice ankündigte, sie müsse wegen der Nanny-Frage nach London, bot Jelena daher sofort an, sie zu begleiten.

Und nun saß Katie hier mit Prinzessin Alice und hoffte, dass Mrs Ward eine gute Nachricht für sie hatte.

Zugleich fürchtete sie, ihr Besuch könnte die Schulleiterin über Gebühr strapazieren. Müde sah Emily Ward aus, als laste das Gewicht der ganzen Welt auf ihren schmalen Schultern. Katie hatte sie zuletzt vor gut anderthalb Jahren getroffen, als sie zur Gründung der Norland Alumni Stiftung nach London gereist war.

Mrs Ward hüstelte. »Nun, ich freue mich, dass Sie den Weg hierher gefunden haben.« Sie hielt den Kopf gesenkt. Neben Katie rutschte Prinzessin Alice unruhig auf ihrem Stuhl herum. Margarita ließ die Rassel los und krähte, weil diese natürlich herunterfiel. Während Katie sich danach bückte, sagte sie ruhig: »Mrs Ward, bitte seien Sie so nett und sehen Prinzessin Alice an. Sie liest von Ihren Lippen ab.«

»Oh, selbstverständlich.« Mrs Ward hob den Kopf.

Neben Katie zischte Prinzessin Alice vernehmlich. Sie mochte es nicht, wenn ihr eingeschränktes Hörvermögen thematisiert wurde. Und obwohl sie Katies Bemerkung vermutlich nicht gehört hatte, *wusste* sie, was sie gesagt hatte.

Mrs Ward richtete ihren Blick auf die Prinzessin.

»Ich habe für Sie drei fähige Kandidatinnen herausgesucht. Mir ist bewusst, dass Sie jede der jungen Frauen erst kennenlernen möchten, bevor Sie eine Entscheidung treffen. Das wird im Laufe der kommenden Tage möglich sein.«

Sie überreichte Prinzessin Alice drei Bögen Papier. »Das sind die Kandidatinnen.«

Margarita quengelte immer lauter. Katie berührte Alice' Ärmel, die junge Prinzessin blickte kurz auf, nickte verstehend. Sie machte nicht viele Worte, obwohl sie gut sprechen konnte und sogar sehr redegewandt war. Aber sie schien sich bei Mrs Ward wohlzufühlen, deshalb stand Katie auf und trug Margarita nach draußen, wo sie das kleine Mädchen schuckelte und mit ihm auf und ab lief.

Sie war müde. Hoffentlich fand Mrs Ward die richtige Nanny für die kleine Margarita. Nachdem Olga und Elizabeth aus dem Gröbsten raus waren, hatte Katie gehofft, dass es etwas ruhiger werden würde. Aber nun umsorgte sie zusätzlich Margarita, und Prinzessin Alice war bereits mit ihrem zweiten Kind schwanger, das im späten Frühling zur Welt kommen sollte. Katie hoffte, bis dahin habe sich die Angelegenheit mit der neuen Nanny gefügt, denn Margarita wurde in Kürze eins, und die Vorstellung, zusätzlich zu Olga und Elizabeth eine Einjährige und einen Säugling zu versorgen, war selbst für Katie zu viel. Sie hielt eine Menge aus, aber nicht auf Dauer.

Und hoffentlich bekam die Großfürstin nicht allzu bald ein drittes Kind. Als Nanny und Freundin wusste Katie von Elenis Wunsch nach einem Stammhalter, von ihrer wachsenden Verzweiflung, weil es bisher nicht hatte klappen wollen, wie sie Katie anvertraute. »Vielleicht stimmt ja irgendwas mit mir nicht.«

Katie hatte sie beruhigt. Aber sie hoffte, dass ihr noch ein bisschen Zeit blieb, bevor sie wieder einen Säugling betreuen musste.

Inzwischen war Margarita an ihrer Schulter eingeschlafen. Prinzessin Alice kam aus dem Büro von Mrs Ward. Sie wirkte nicht unzufrieden. Als sie kurz darauf in der Kutsche saßen und nach Windsor fuhren, wo sie während ihres Aufenthalts in London residierten, breitete die Prinzessin die Unterlagen aus und fragte Katie nach ihrer Meinung.

Mrs Ward hatte drei Nannys vorgeschlagen, von denen Katie zumindest eine persönlich kannte – eine freundliche, etwas schüchterne Irin, die im Jahr vor Katie ihren Abschluss gemacht hatte. Soweit Katie wusste, hasste Siobhan weite Reisen; es würde sie wundern, wenn sie ein Angebot von Prinzessin Alice annahm, die oft und gerne unterwegs war.

Die anderen beiden sagten ihr nichts. Kein Wunder – das Norland Institute war in den vergangenen Jahren gewachsen, jedes Jahr machten inzwischen mehrere Dutzend junge Frauen ihren Abschluss am Pembridge Square. Einen Namen hatte sie zumindest einmal bei ihrer Arbeit für den *Norland Quarterly* gelesen, meinte sie sich zu erinnern. Die andere Nanny war ihr unbekannt.

Ein Name fehlte allerdings auf der Liste.

»Warum nicht Mary?«, murmelte sie.

»Wie bitte?«

Prinzessin Alice riss Katie aus ihren Überlegungen.

»Ach, ich habe nur überlegt, warum der Name einer Freundin nicht aufgeführt ist. Aber vielleicht ist sie bereits anderswo eine neue Verpflichtung eingegangen.«

»Wer ist diese Freundin?«, erkundigte sich Alice interessiert.

»Mary MacArthur. Sie hat erst letzten Sommer ihren Abschluss gemacht. Ich weiß, dass sie in ihrer ersten Anstellung ein hervorragendes Zeugnis bekam. Sie wäre auch eine gute Kandidatin gewesen.«

Alice nickte und nahm die Papiere wieder entgegen. »Ich möchte, dass Sie bei den Gesprächen dabei sind, Nanny Fox.«

»Sehr gerne. Wenn Großfürstin Jelena damit einverstanden ist.«

»Ach, Eleni versteht mich. Sie wünscht mir, dass ich eine genauso gute Nanny bekomme wie sie.«

Katie lächelte abwesend. Aber in Gedanken war sie ganz weit weg.

Warum nicht Mary?

~

So langsam verstand Mary die Welt nicht mehr. Sie war vor wenigen Tagen von Dublin nach London zurückgekehrt, nur um an ihrem ersten Tag im Norland Kindergarten zu erfahren, dass sie zukünftig weiter hier arbeiten sollte. Ein Termin mit Mrs Ward? Fehlanzeige. Dabei hatte sie der Schulgründerin sogar einen kurzen Brief geschrieben und um ein Gespräch gebeten. Als sie an diesem Vormittag in den Kindergarten kam, drückte Miss Dormer ihr einen Umschlag in die Hand.

Von Mrs Ward.

Ihr Herz schlug bis zum Hals, als sie den Umschlag aufriss.

Liebe Nanny MacArthur,
im Moment sehe ich keine Möglichkeit
zur Anstellung für Sie. Leider ist keine
entsprechende Stelle frei.
Herzlich, Ihre Mrs Walter Ward

»Das verstehe ich nicht«, murmelte sie.

»Ist was?«, fragte Miss Dormer. Sie hatte sich in Marys Nähe herumgedrückt, als ob sie auf schlechte Nachrichten lauerte.

»Nein, schon gut.« Mary faltete den Brief zusammen und

stopfte ihn in ihre Rocktasche. Sie wollte nicht darüber nachdenken, was das für sie bedeutete.

Sollte sie ewig im Kindergarten bleiben? Viel wichtiger aber: warum?

Diese Fragen trieben sie um, und weil sie keine für sie befriedigende Antwort fand, traf Mary eine Entscheidung. Wenn Mrs Ward glaubte, sie könne Mary einfach übergehen, hatte sie sich geirrt. Sie wollte für ihr Recht einstehen. Sie hatte schon immer kämpfen müssen; dass ausgerechnet die gütige Schulleiterin mit dem sanften Lächeln ihr nun Steine in den Weg legte, obwohl sie Mary immer so gut wie möglich gefördert hatte, verstand sie nicht.

Sie wollte Antworten.

Und vor allem wollte sie wieder als Nanny arbeiten.

Zur Mittagszeit, während die Kleinen schliefen und die Größeren sich leise beschäftigten, entschuldigte Mary sich bei ihren Kolleginnen. Sie lief nach oben zu Joans Büro und klopfte an.

»Hast du gerade Zeit?«, fragte sie.

Joan blickte auf. »Für dich immer.« *Sie sieht müde aus,* dachte Mary. Wie schon bei ihrem Treffen im Haus ihres Onkels vor zwei Wochen, als sie Mary ihr Herz ausgeschüttet hatte.

»Du hast William sicher zurück zur Familie gebracht, habe ich gehört.«

Mary nickte. Sie setzte sich und faltete die Hände im Schoß.

»Welchen Eindruck hattest du? Sind meine Schwägerin und Earl Dudley froh, dass William heil wieder bei ihnen ist?«

Mary zögerte. Sie war Zeugin gewesen, wie William von seinen Eltern in die Arme geschlossen wurde, nachdem er heil ins Dubliner Stadtschloss zurückgekehrt war.

Zugleich aber hatte sie den Eindruck, dass der Earl seinen Zorn kaum verhehlen konnte, weil William ihn mit seinem Weglaufen in eine unmögliche Situation gebracht hatte, wie er selbst am selben Abend erklärte. Mary hatte nicht versucht, sich aktiv für den Jungen einzusetzen, obwohl sie im Laufe der Reise mehr als einmal darüber gestaunt hatte, wie erwachsen der Elfjährige in manchen Belangen war. Sie gab Joan insgeheim recht, dass er der Kinderstube bereits entwachsen war und neue Herausforderungen brauchte. Vor allem aber brauchte er einen Vater. Mütter und Nannys konnten den Vater nicht ersetzen, und »keine Zeit« war in ihren Augen kein Argument. Selbst Pop hatte es bis zum Schluss geschafft, für jedes seiner Kinder da zu sein und zu sehen, wie sie wuchsen und sich entwickelten.

Davor verschloss der Earl of Dudley einfach die Augen, als sei es wichtig, dass sein Sohn sich an die gesellschaftlichen Normen hielt.

»Er wird auch zukünftig eine Fürsprecherin brauchen.«

»Ich werde mich darum kümmern«, versprach Joan. »Aber nun zu dir.«

Mary atmete tief durch, löste die Hände voneinander und legte sie auf die Armlehnen des Stuhls. Sie verkrampfte sich immer, wenn sie versuchte, in einem Gespräch ihren Standpunkt darzulegen. Aber diesmal, schwor sie sich, würde sie sich nicht abspeisen lassen.

»Du musst für mich bei Mrs Ward ein gutes Wort einlegen«, platzte es aus ihr heraus.

»Muss ich das, ja?« Joan klang seltsam abwesend. Erst dann schien sie zu begreifen, was Mary gerade gesagt hatte. Mary legte den Brief auf den Schreibtisch. »Ja, sie will mich nicht sehen. Sie meint wohl, im Moment soll ich bleiben, wo ich bin. Aber da gehöre ich nicht hin, Joan. Ich will doch für die Kinder einer Familie da sein, ich will doch reisen. Im Kindergarten …«

»Ach, Mary.« Joan seufzte. »Fühlst du dich denn nicht wohl dort?«

»Das ist es nicht«, erwiderte Mary fest.

»Sondern?«

»Ich wurde nicht *dafür* ausgebildet. Und ehrlich gesagt bin ich es auch leid, bei meiner Familie zu wohnen. Aber als Kindergartennanny verdiene ich nicht genug, dass ich mir eine eigene Wohnung nehmen kann, weil ich meine Familie unterstütze. So war das doch nicht geplant«, fügte sie leiser hinzu. Ihr Mut sank.

»Oh, Mary.« Joan seufzte. »Ich verstehe deine Sorgen so gut. Aber ich kann auch kaum zu Mrs Ward gehen und sie *zwingen,* dir eine neue Stellung anzubieten. Hab Vertrauen. Ich weiß eines über sie mit Sicherheit: Sie hat mit jeder von uns etwas vor. Sie hat Pläne, und nur weil wir vielleicht länger warten müssen, ist das kein schlechtes Zeichen.«

Mary knüllte den Brief in ihrer Hand zusammen. *Joan irrt sich,* dachte sie verzweifelt. Mrs Ward hatte mit ihrer Nachricht gesagt, dass es keinen Platz für sie in der Welt der Norland Nannys gab – sonst hätte sie es doch bestimmt anders formuliert, oder nicht?

Sie war nicht dumm. Es mochte ihr manchmal Probleme bereiten, die feinen Zwischentöne herauszulesen, weil Lesen sie anstrengte. Aber Mrs Wards Worte hatten sich ihr eingebrannt. Als sie abrupt aufstand und ohne ein Wort Joans Arbeitszimmer verließ, waren sie wie das Rattern einer Eisenbahn in ihrem Kopf. Wie das leise Klappern der Klöppelschlegel, mit denen sie sich all die Jahre in jeder freien Minute etwas Geld hinzuverdient hatte.

Leider ist keine entsprechende Stelle frei.

Was sie nicht sagte: Für *sie,* Mary MacArthur, war keine

Stelle frei. Sie hatte versagt, und nie wieder würde man ihr eine Chance geben.

Das Schlimmste war nicht, dass sie mit leeren Händen dastand – denn das tat sie nicht. Sie wusste von anderen Norland Nannys, die nach ihrer Ausbildung auf die Vermittlung durch Mrs Ward verzichteten und lieber auf eigene Faust mit ihrem Zeugnisbuch auf Arbeitssuche gingen.

Bisher hatte sie daran keinen Gedanken verschwendet, schließlich verdankte sie Mrs Ward, Joan und Katie so viel, dass sie sich schäbig vorgekommen wäre. Aber nun fühlte sie sich alleingelassen. In wenigen Monaten wollte sie Theresa auf eine weiterführende Schule schicken, die aber auch jeden Monat Geld kostete. Wie sollte ihre Familie das schaffen, wenn Mary nicht das verdiente, was ihr zustand? Sie hatte mit dem Geld fest gerechnet.

Und da war sie. Die Angst, dass sie wieder in die Armut abrutschen könnten. Zu lebhaft war Mary in Erinnerung, wie sie früher um jede Mahlzeit gekämpft hatten, wie sie sich die Medikamente für ihren Pop vom Munde absparten, wie Mam und sie jede Woche bangten, ob es für die Miete reichte oder ob sie beide nur eine Mahlzeit am Tag bekamen, damit wenigstens ihre jüngeren Geschwister satt wurden …

»Niemals«, murmelte Mary. So weit würde sie es nie mehr kommen lassen.

Es war an der Zeit, dass sie handelte. Für sich und für ihre Familie. An diesem Abend ging sie nach der Arbeit zu einer Adresse, die nur wenige Straßen vom Norland Institute entfernt lag. Dort klopfte sie und hielt ihr Zeugnisbuch hoch, als eine spitzmäusige, ältere Frau ihr öffnete.

»Ich suche Arbeit und bin eine Norland Nanny.«

Die Frau grinste. »Immer hereinspaziert, junge Frau. Wäre doch gelacht, wenn sich da nichts finden würde.«

Kapitel 24

Die Frau stellte sich Mary als Mrs Fisher vor. Sie führte Mary in ein kleines, hübsch eingerichtetes Zimmer direkt hinter dem Flur, das ihr wohl als Büro diente. Sie setzte sich hinter den wuchtigen Schreibtisch und streckte die Hand nach Marys Zeugnisbuch aus.

»Darf ich mal sehen?«

»Ja, natürlich.«

Weil sie nicht zum Sitzen aufgefordert wurde, blieb Mary vor dem Schreibtisch stehen.

Mrs Fisher blätterte in dem Zeugnisbuch, sie räusperte sich mehrmals.

»Das sieht ja ganz gut aus«, meinte sie. »Also, ich kann Ihnen vielleicht eine Stellung anbieten, direkt hier in London. Eine Familie mit drei Kindern, das jüngste ist acht Monate alt.«

»Das macht mir nichts«, beeilte Mary sich zu sagen.

»Nun, es läuft so. Wir machen einen Vertrag, Sie und ich, dass ich als Vermittlerin tätig werde. Dann gebe ich Ihnen die Adresse der Familie. Sie stellen sich dort vor. Wenn Sie genommen werden, bekomme ich zwanzig Prozent Ihres Lohns. Wenn nicht – nun ja, ich habe auch Kosten, dann bekomme ich ein Pfund von Ihnen.«

Mary starrte sie an. »Ein Pfund? Nur für die Adresse?«

Mrs Fisher zuckte mit den Schultern. »Das ist ein fairer Preis. Wenn es nicht klappt, kann ich ja nichts dafür.«

»Ja, und wenn es bei dieser Familie nicht klappt?«

»Kriegen Sie die nächste Adresse. Auch für ein Pfund.«

»Aber …«

Mrs Fisher musterte sie streng. »So sind die Regeln. Ich kann nichts dafür, wenn Sie sich mit den Verantwortlichen beim Norland Institute überworfen haben, meine Liebe.«

Das habe ich doch gar nicht, dachte Mary betrübt. Oder nein, sie wusste nicht, woran es lag, dass Mrs Ward sie überging. Aber sollte sie deshalb das Risiko eingehen und Geld dafür investieren, dass sie dann für ein geringeres Gehalt arbeitete? Hatte sie sich nicht schon lange genug unter Wert verkaufen müssen?

Sie streckte zögernd die Hand nach dem Zeugnisbuch aus. »Ich glaube, ich schaue mich woanders noch mal um.«

Mrs Fisher starrte Mary an. Sie dachte nach. Ließ das Buch auf der Tischplatte liegen. »Nun ja. Vielleicht könnte ich auch mit fünfzehn Prozent zufrieden sein. Eine echte Norland Nanny. Das wäre schon was Besonderes.«

Mary traf eine Entscheidung. »Vielen Dank, Mrs Fisher. Ich möchte lieber nicht.«

»Sehen Sie sich wenigstens die eine Familie an.« Jetzt fiel alle Souveränität von ihrem Gegenüber ab, sie wurde beinahe flatterig. »Ein Pfund, ja? Könnte doch sein, dass Sie gut zusammenpassen, einen Versuch wär's wert, finden Sie nicht?«

Mary schüttelte den Kopf. »Ich denke nicht.« Sie wusste zwar nicht, wie lange sie noch auf Mrs Ward würde warten müssen – aber dieser Frau wollte sie ihre Zukunft nur ungern anvertrauen.

»Ich gebe Ihnen einen Nachlass über drei Schilling!«

Mary streckte die Hand aus. »Geben Sie mir bitte mein Zeugnisbuch.«

»Aber … bitte, Miss MacArthur.« Mrs Fisher bekam hektische rote Flecken auf den Wangen. »Wenn Sie mir keine Chance geben, werden Sie nie wissen, ob es die richtige Entscheidung ist. In meiner Kartei habe ich auch Prinzessinnen, eine Countess ist dabei …«

Mary horchte auf. »Ist das tatsächlich so?«

»Ja. Warten Sie, wo habe ich denn meine Liste …« Mrs Fisher zog eine Liste aus einer Mappe und überflog die Namen darauf. »Hier habe ich es – Prinzessin Olga von Florenz, sie braucht dringend ein Kindermädchen.« Mrs Fisher strahlte Mary an, als hätte sie ihr gerade den Hauptpreis einer Tombola versprochen.

»Florenz?« Italien. »Wie soll ich denn da hinkommen, um mich vorzustellen?«

»Das müssen Sie gar nicht. Die Prinzessin wird Sie auf jeden Fall einstellen. Sie geben mir ein Pfund, ich gebe Ihnen die Adresse, und Sie schreiben ihr. Wenn Sie dann positiv Bescheid bekommen, unterschreiben Sie mit mir einen Vertrag, und ich zahle Ihnen Ihren Anteil aus.«

Mary zögerte. Italien, das klang schon anders als Bethersden. Und wenn sie ehrlich war, brauchte sie eine Luftveränderung. Einen anderen Ort. Eine ganz andere Welt als die, in der sie ihr bisheriges Leben verbracht hatte. Es klang verlockend …

»Ich werde es mir überlegen.« Mary streckte die Hand aus. Mrs Fisher hielt den Zettel mit der Adresse fest, sie drückte ihn an ihre Brust. »Erst das Geld«, sagte sie.

»Ich habe kein Geld.« Unwillkürlich legte Mary die Hand auf ihre Geldbörse, die sie am Gürtel trug. Mrs Fisher bemerkte es, ihre Augen blitzten gierig. »Jedenfalls nicht dabei.«

»Dann kann ich Ihnen die Adresse noch nicht geben.«

Mary ließ die Arme sinken. »Geben Sie mir mein Zeugnisbuch zurück? Bitte.«

»Nein. Ich könnte es anderen Interessenten zeigen, und morgen treffen wir uns, und Sie bringen das Geld mit.«

Kurz darauf stand Mary wieder auf der Straße. Sie fühlte sich unwohl; alles, was Mrs Fisher ihr erzählt hatte, fühlte sich *falsch* an. Würde sie so an neue Arbeit kommen? Oder ging es Mrs Fisher nur darum, sie um das Geld zu bringen?

Aber sie hatte das Zeugnisbuch nicht wieder herausgegeben, deshalb musste Mary morgen wieder zu ihr. Sie wurde das Gefühl nicht los, dass mit ihr gespielt wurde. Ihren Hoffnungen, ihrem Wunsch, endlich wieder in einer Familie arbeiten zu können.

Auf dem Rückweg kam Mary an dem kleinen Laden vorbei, den ihr Bruder Finn mit seiner Frau Elle vor ein paar Jahren eröffnet hatte. Elle fegte gerade vor der Tür, während ihr Jüngster auf ihrem Rücken im Tuch saß und schlief.

»Na, du siehst aber nicht besonders glücklich aus.«

Mary blieb stehen.

Damals, als Elle und Finn heirateten, hatte Mary erlebt, wie es ihrer Schwägerin ergangen war. Über ihre Vergangenheit sprach Elle nie; sie hatte sich an den Spieltischen in irgendwelchen Spelunken reichen Herren an den Hals geworfen, vielleicht war auch mehr passiert, und anschließend hatte Finns bester Freund die Gentlemen erpresst und damit um ein erkleckliches Sümmchen gebracht. »Ich suche Arbeit«, sagte sie nur. »Und es ist nicht so leicht.«

Elle hielt inne. »Du verdienst gerade nichts?«

»Schon. Aber nicht so viel, wie ich könnte.« Mary zögerte. »Ich will Mam nicht hängen lassen. Und Theresa.«

»Also, von uns bekämen sie auch nichts, wenn du ausfällst.« Elle spitzte den Mund. »Ich krieg noch ein Kind.

Sonst würde ich mit Finn reden, wir sind aber jetzt schon ganz schön knapp bei Kasse.«

»Ja, verstehe.«

Was hatte sie auch erwartet? Elle und Finn führten ihr eigenes Leben. Mary war es, die sich nicht aus der Verantwortung stehlen wollte. Frustriert lief sie das letzte Stück nach Hause. Es sah ganz so aus, als bliebe ihr nichts anderes übrig, als Mrs Fisher ein Pfund zu bezahlen, damit sie wenigstens ihr Zeugnisbuch zurückbekam. Und die Adresse der florentinischen Prinzessin.

Und dann? Selbst wenn sich diese Arbeit in Florenz als eine Möglichkeit erwies, konnte Mary nicht allein dorthin reisen, oder?

Was sollte sie bloß tun?

~

Katie fuhr sich ein letztes Mal mit der Bürste durch die blonden Haare, teilte sie in drei Strähnen und flocht einen Zopf. Mehr Zeit blieb ihr nicht, sie hörte schon wieder ein Kind weinen. Diesmal war es Olga, vermutete sie. Die Tonlage war sehr schrill, es klang ein wenig so, als versuchte jemand, sie zu entführen.

Manchmal waren für kleine Kinder Situationen, die für Erwachsene so gänzlich harmlos wirkten, geradezu existenziell bedrohlich – zumindest in diesem Moment konnten sie nicht anders, als ihre Angst, ihre Wut, ihren Zorn aus sich herauszubrüllen. Katie beeilte sich und verließ ohne letzten prüfenden Blick in den Spiegel über der kleinen Kommode ihr Zimmer.

Die Kinderstube lag am anderen Ende des Gangs. Die Wohnräume, in denen die Prinzessin und die Großfürstin mit ihren Familien während ihres Aufenthalts in London logierten, lagen im Südflügel von Schloss Windsor, das

König Edward eher selten bewohnte und daher gern der entfernten Verwandtschaft vom Kontinent zur Verfügung stellte, wenn sie zu Besuch in London war. Die Räumlichkeiten waren weitläufig und üppig ausgestattet. Ersteres führte nun dazu, dass Katie ihre Schritte beschleunigte, als sie auf dem Weg zur Kinderstube, die eher die Größe eines kleinen Ballsaals hatte, über den Gang eilte.

Es war tatsächlich Olga. Sie hatte es irgendwie geschafft, sich auf die Sitzfläche des Schaukelpferds zu stellen, und versuchte nun, ihren Posten durch lautes Gebrüll gegen ihre Schwester Elizabeth zu verteidigen. Zugleich versuchte Margarita, die erst seit wenigen Tagen krabbeln konnte, das Schaukelpferd zu erreichen. Margaritas Hand berührte gerade in dem Moment ganz sacht das Holzreittier, als Katie ihre Schützlinge erreichte. Olga wurde von dem leichten Wippen nach vorne geworfen und fiel direkt in Katies Arme. Vor Empörung heulte sie erneut auf, und Margarita, die sich ordentlich erschreckte, weil sie mit ihrer winzigen Berührung so viel Wirkung erzielt hatte, setzte sich auf den Hosenboden und fing ebenfalls an zu kreischen. Elizabeth ballte die Fäustchen und setzte auch gerade an, in das Gebrüll einzustimmen, als Katie genervt: »Genug!«, rief.

Drei Kinderaugenpaare richteten sich auf sie. Drei Gesichtchen spiegelten Überraschung. Olga klappte den Mund zu.

»Herrje, ihr Mäuse. Kann ich euch nicht für drei Minuten allein lassen?«

Offensichtlich nicht. Aber manchmal musste selbst Katie kurz mal ins Bad verschwinden. Nicht zum ersten Mal wäre dabei fast eine Katastrophe passiert.

Sie seufzte und ließ Olga vom Arm, die sogleich in eine andere Zimmerecke lief und sich dort Margaritas neue

Puppe mit dem Ballkleidchen aus rosa Seide schnappte. Margarita krabbelte hinter ihr her und schimpfte empört.

Katie steckte der Schreck noch in den Gliedern. Sie hockte sich neben Elizabeth, die sich wieder ihren Holzbausteinen widmete, als wäre gar nichts passiert.

»Ihr treibt mich noch in den Wahnsinn«, murmelte Katie.

Auffordernd hielt Elizabeth ihr einen Bauklotz hin, und Katie nahm die Einladung zum Spiel an. Für ein Weilchen war es friedlich in der Kinderstube. Bis sich jemand hinter ihr räusperte.

Katie fuhr herum und rappelte sich zugleich auf. »Ich habe Sie gar nicht kommen gehört.«

Prinzessin Alice lächelte. »Das passiert mir auch oft genug. Sie waren so schön in Ihr Spiel vertieft, Nanny Fox. Ich habe Sie beobachtet.«

»Ach, nun.« Sie hätte gern gesagt, das sei schließlich ihre Aufgabe. Doch bevor es dazu kam, schrie Olga auf, weil Margarita sie an den Haaren zog. Margarita brüllte, und während Katie versuchte, den Streit zu schlichten, merkte sie, dass beide Prinzessinnen eine neue Windel brauchten. Sie seufzte, nahm Olga an die Hand und Margarita auf den Arm.

Bei ihrer Rückkehr saß Prinzessin Alice auf einem Sofa in der Mitte des Raums und beobachtete Elizabeth, die weiter die höchsten Bauklotztürme baute und sie dann mit großem Geschrei und Jubel zum Einsturz brachte. Katie verzog das Gesicht. Der Lärm war heute schier unerträglich. Prinzessin Alice zuckte nicht mal mit der Wimper.

Es musste manchmal auch schön sein, wenn man nichts hörte, dachte Katie. Und sofort schalt sie sich, weil sie so gemein über die Prinzessin dachte. Dabei mochte sie Prinzessin Alice, ihre stille, gelassene Art.

Sie brauchte so dringend eine Pause.

Seit drei Wochen waren sie nun in London. Katies Hoffnung, dass Mrs Ward schon bald eine Nanny für Prinzessin Alice haben würde, hatte sich bisher nicht erfüllt. Die drei Kandidatinnen hatten Prinzessin Alice allesamt aus unterschiedlichen Gründen nicht zugesagt. Siobhan wäre noch ihre Favoritin gewesen, doch diese hatte sich rundweg geweigert, das Vagabundenleben in einem europäischen Fürstenhaus aufzunehmen. Sie standen also wieder am Anfang. Katie war ratlos; sie wusste ja, dass Mary im Moment keine Stellung hatte. Warum bot Mrs Ward ihr nicht an, Prinzessin Alice kennenzulernen?

Sie war aber auch zu erschöpft, um selbst die Initiative zu ergreifen und diese in ihren Augen so offensichtliche Möglichkeit anzusprechen. Ihr einziger Beitrag bestand darin, Joan auf Mary aufmerksam zu machen. Aber Joans Antwort klang eher verhalten.

Ich weiß auch nicht, weshalb Mrs Ward unsere Mary nicht vorschlägt – vermute allerdings, sie wird schon ihre Gründe haben. Gute Gründe! Leider war Marys Weggang aus der letzten Stellung nicht gänzlich unproblematisch. Ein zweites Mal darf derlei nicht passieren, denn damit steht und fällt auch unser Förderprogramm für junge Frauen aus der Arbeiterklasse. Mary sollte ein leuchtendes Beispiel sein, ihr Stern jedoch scheint zu verglühen.

Das klang alles andere als vielversprechend.

»Nun, wie geht es meiner kleinen Margarita?«, erkundigte sich Prinzessin Alice.

»Es geht ihr gut.«

Mehr sagte Katie nicht, denn sie musste bereits die nächste kleine Katastrophe verhindern – Olga und Elizabeth zankten sich um das Schaukelpferd. Katie schlichtete den Streit, erklärte den Mädchen, dass sie beide schaukeln durften – nacheinander. Dann hob sie zuerst Elizabeth auf den Sitz, ließ sie ein bisschen schaukeln und sorgte für eine Übergabe an Olga. Danach trat sie wieder zu Prinzessin Alice, die derweil auf dem Boden kniete und Margarita lockte, dass sie auf sie zukrabbelte.

»Sie macht jedenfalls einen zufriedenen Eindruck«, stellte die Prinzessin fest.

Katie schwieg. Sie rieb sich die Stirn.

Ich brauche Hilfe, dachte sie. Immer häufiger plagte Spannungskopfschmerz sie. Die Vorstellung, dass nach der Niederkunft der Prinzessin ein Säugling zusätzlich zu den drei Kleinkindern versorgt werden musste, trieb ihr den Angstschweiß auf die Stirn. Sie war es gewohnt, dass ihre Arbeit viel Einsatz forderte. Aber das hier? Das war selbst für sie zu viel.

Sie traf eine Entscheidung.

~

»Nanny Fox, meine Liebe. Was für eine angenehme Überraschung.«

Mrs Ward erhob sich hinter ihrem Schreibtisch. Schwer auf den Gehstock gestützt, kam sie auf Katie zu und reichte ihr die Hand. Ihr Händedruck war kaum spürbar.

Wie schwach sie ist, dachte Katie bestürzt. Sofort hatte sie ein schlechtes Gewissen, weil sie einen freien Nachmittag eingefordert hatte und ohne Termin zum Norland Institute gefahren war, um das Gespräch mit Mrs Ward zu suchen.

Sie hatte ja von Mrs Ward's Erkrankung gehört. Doch dass ihr Gegenüber auch Monate nach der Erkrankung noch schwer gezeichnet war, beunruhigte sie.

»Setzen Sie sich doch. Entschuldigen Sie, wenn ich etwas derangiert bin. Nachmittags ermüde ich immer noch rasch.« Mrs Ward lachte leise. »Aber Sie hätten mich mal vor ein paar Wochen sehen sollen. Unsere gemeinsame Freundin Joan hätte mich am liebsten wieder nach Hause geschickt.«

»Unterstützt Joan Sie noch?«, erkundigte Katie sich.

Mrs Ward ließ sich schwer auf den Stuhl hinter dem Schreibtisch fallen. Sie wurde ernst. »Ohne Joan wäre es nicht gegangen, Miss Fox«, sagte sie. »Ich bin ihr unendlich dankbar für ihren Einsatz. Aber Sie sehen selbst – es ist trotzdem mehr als genug liegen geblieben.« Sie zeigte auf den Schreibtisch, der normalerweise akkurat aufgeräumt war, bis auf das große, in Kalbsleder gebundene Buch. Jetzt stapelten sich weitere Bücher, ungeöffnete Briefe, Unterlagen und Mappen hier.

»Also, was kann ich für Sie tun?«

»Ich möchte Ihnen ungern Umstände machen.« Katie druckste herum.

»Heraus damit.«

»Im Moment arbeite ich für Prinzessin Alice und Großfürstin Jelena.«

Mrs Ward hob fragend die Augenbrauen.

»Die beiden Familien reisen gemeinsam. Ich fürchte, dass es daran liegt, dass die Prinzessin keine Nanny für ihre Tochter hat. Im Mai erwartet sie das zweite Kind.«

»Oh«, sagte Mrs Ward leise. Sie seufzte, ihr Blick irrte über den Schreibtisch, als suchte sie etwas.

»Ich beklage mich selten. Aber seit Monaten versorge ich die Kinder zweier Familien. Kleine Kinder. Rund um die Uhr. Es gibt keine Amme, niemand hilft mir.« Sie biss sich auf die Unterlippe, wollte nicht zu jämmerlich klingen. »Meine Aufgabe bereitet mir viel Freude, das wissen Sie. Ich habe immer alles gegeben. Nur jetzt …«

»Ja? Was ist jetzt, meine Liebe?«

»Jetzt habe ich das Gefühl, es reicht nicht. Prinzessin Alice braucht für ihre Kinder eine eigene Nanny.«

»Nun, ich habe Prinzessin Alice drei unserer Nannys vorgeschlagen, und sie schien mit keiner von ihnen besonders zufrieden zu sein.«

»Und das war's?«, fragte Katie leise. »Was ist mit Mary MacArthur? Wäre sie keine geeignete Kandidatin?«

Plötzlich kniff Mrs Ward den Mund zusammen. Sie runzelte die Stirn und starrte Katie finster an. »Ich glaube, über Miss MacArthur müssen wir nicht mehr reden«, sagte sie rigoros.

»Aber ...«

»Ich weiß, sie war Ihr Protegé. Sie waren für Miss MacArthur im Mentorenprogramm des Norland Institutes zuständig, Sie und Joan Hodges haben ihr durch das großzügige Stipendium erst die Ausbildung ermöglicht. Auch ich habe lange Zeit schützend meine Hand über Mary gehalten. Habe mich unermüdlich für sie eingesetzt. Ich habe ihr alle Steine aus dem Weg geräumt, habe mich gegen den Widerstand von Mrs Sharman durchgesetzt, die Mary nicht an unserer Schule haben wollte. Sie hatte recht, wissen Sie? Mary war fleißig, doch hat sie uns damit getäuscht. Alle, die nach ihr kamen, waren ebenso faule Äpfel. Das Programm ist gescheitert. Es wird keine Dienstmädchen mehr geben, die sich den vergünstigten Jahreskurs bei uns verdienen können.«

Katie war wie vor den Kopf gestoßen. Was war denn nur in Mrs Ward gefahren? In all den Jahren hatte sie die Schulgründerin nie so missmutig erlebt. Ja, sie wirkte geradezu erbost über einen nicht näher bezeichneten Vertrauensbruch, den Mary offenbar begangen hatte.

Katie stand auf.

»Falls Sie als Nächstes versuchen, hinter meinem Rücken Mary aufzusuchen, geben Sie sich keine Mühe. Sie hat sich bereits von einer dubiosen Agentur an eine florentinische Prinzessin vermitteln lassen. Bei mir hätte sie schon bald eine gut bezahlte Stellung bekommen, aber sie zog es vor, ihr Geld einer fremden Frau in den Rachen zu werfen.« Mrs Ward atmete tief durch. »Und nun gehen Sie bitte, Miss Fox, bevor ich mich noch mehr aufrege.«

Katie stand auf. »Sie werden Prinzessin Alice weitere Vorschläge unterbreiten?«, fragte sie.

»Jaja, irgendwann.« Mrs Ward klang unwirsch. »Ich habe im Moment wirklich Wichtigeres zu tun.«

Katie verließ das Zimmer ohne ein Wort. Vor der Tür blieb sie stehen, lehnte sich an die Wand und atmete tief durch. Aus dem ersten Stock hörte sie das Lachen und Plaudern der jungen Studentinnen, die gerade in ihren Studierzimmern saßen und beim Nähen und Sticken offenbar viel Spaß hatten. Katie beneidete sie um diese unbeschwerte Zeit.

Was war nur in Mrs Ward gefahren?

Sie steuerte die Treppe an, als hinter ihr eine Tür aufging. Joan trat heraus. »Du hier?«, fragte sie erstaunt.

Katie blieb stehen. »Ich war bei Mrs Ward.«

Joan sah zur geschlossenen Tür der Schulgründerin. »Komm mit. Oder musst du wieder los?«

»Ich werde erst heute Abend in Windsor zurückerwartet.«

Sie folgte Joan in ihr kleines Büro.

»Windsor, ja. Ich habe davon gehört. Darf ich sagen, dass du müde aussiehst?«

Katie brachte nur ein Schulterzucken hervor.

»Geht es dir gut?«

Die mitfühlenden Worte ihrer Freundin ließen den

Damm brechen, den sie in den letzten Tagen und Wochen so mühsam instand gehalten hatte. Katie spürte, wie ihr Tränen übers Gesicht rannen. »Ich bin wirklich müde«, flüsterte sie.

Joan umrundete den Tisch und umarmte die Freundin. Sie ließ Katie weinen, und Katie, die sich erst zusammenreißen wollte, spürte, es ging jetzt nicht mehr.

»Du Arme. Es tut mir so leid.«

»Ich versteh das nicht. Mütter schaffen das doch auch. Ich meine …«

»Die versorgen aber meistens nicht drei Kinder unter drei«, erinnerte Joan sie sanft.

Sie setzten sich nebeneinander auf die beiden Besucherstühle vor Joans Schreibtisch. Joan streichelte behutsam Katies Hände, und Katie seufzte. Ein Weilchen schwiegen beide.

»Es wäre leichter, wenn nicht Margarita hinzugekommen wäre. Sie ist zuckersüß, aber eben auch sehr fordernd.«

»Mrs Ward hat keine Lösung?«

Katie schüttelte den Kopf. »Was ist mit Mary? Mrs Ward wurde richtig böse, als ich andeutete, sie könnte doch für Prinzessin Alice die Richtige sein. Sie meinte, Mary hätte jetzt eine Stellung bei einer florentinischen Prinzessin in Aussicht, weil sie sich an eine Vermittlerin gewandt hat. Das klingt gar nicht nach unserer Mary. Und es klingt auch nicht nach unserer Mrs Ward, die geradezu biestig wurde, als ich auf Mary zu sprechen kam.«

Joan seufzte. »Ja, da liegt wohl einiges im Argen. Ich hätte auch gedacht, dass Mary die ideale Besetzung für Prinzessin Alice' Kinder sein könnte. Aber Mrs Ward traut es ihr offenbar nicht zu. Ich dachte, es liegt vielleicht an ihrer langen Krankheit. Sie ist noch nicht wieder die Alte, sie ist geradezu misstrauisch geworden.«

Katie nickte. Das passte zu dem, was sie beobachtet hatte.

»Aber die Wahrheit ist kompliziert. Es gibt Probleme mit den zwei neuen Mädchen, die sich durch ihre Dienstzeit bei uns eine vergünstigte Ausbildung verdienen. Die eine ist schlicht faul, und die andere tut sich ständig hervor, weil sie denkt, sie wüsste bereits alles über Kindererziehung, weil sie schon mal als Nanny gearbeitet hat. Ich fürchte, Mrs Ward bereut das Programm, aber im Moment gibt es kein Zurück, und so versucht sie, Mary und die anderen lieber dort unterzubringen, wo sie *möglichst wenig Schaden anrichten*.«

»So wie bei Mr Mixon.«

»Tja, so ungefähr.« Joan blickte nachdenklich auf die Papiere, die sich ähnlich wie in Mrs Wards Arbeitszimmer auf dem Tisch stapelten. Ihre Finger glitten über das dunkle Holz der Tischkante. »Gut möglich, dass Mrs Ward an ihrer eigenen Urteilsfähigkeit zweifelt, nachdem das mit Mary und ihrer Familie in Bethersden nicht geklappt hat. Die Gründe sind dabei zweitrangig. Ziel ist es ja immer, dass die Kinder möglichst lange von ein und derselben Nanny betreut werden. Ständige Wechsel schaden allen Beteiligten. Mr Mixon hat wohl, nachdem Mary nicht mehr dort ist, nicht angefragt, ob eine andere Norland Nanny dort anfangen kann.«

»Weißt du, Mrs Ward hat mir auch eine zweite Chance gegeben«, erinnerte Katie sie sanft. Nur zu gut war ihr noch gegenwärtig, wie sie selbst vor einigen Jahren mit der familiären Situation bei den Ruspolis überfordert war und schließlich ihre Kündigung einreichte.

»Das stimmt. Danach brauchtest du aus gutem Grund eine Pause. Mary aber würde lieber heute als morgen eine neue Stellung antreten – wohl auch, weil sie finanzielle Verpflichtungen für ihre Familie eingegangen ist.«

»Was schlägst du vor?«, fragte Katie.

Joan riss überrascht die Augen auf. »Ich? Aber was kann ich schon ausrichten?«

Katie umfasste mit einer Handbewegung das kleine Büro. »Du sitzt *hier*. Direkt neben Mrs Wards Büro. Ich weiß nicht, ob du das nicht sehen *willst*, aber sie hat etwas mit dir vor.«

Joans Verwirrung wuchs. »Was soll sie denn mit mir vorhaben? Es war sehr nett von ihr, dass sie mir das Büro gegeben hat, aber das ist ja auch praktisch für alle Beteiligten. Wenn wir etwas wegen der Stiftung besprechen müssen, sind die Wege viel kürzer, als wenn ich erst aus dem East End herkomme oder einen Botenjungen mit einem Brief schicke. Und als sie krank war, erwies es sich als Segen. Ich konnte direkt den Teil ihrer Aufgaben übernehmen, den Miss Sharman nicht auch noch schaffte.«

Katie beugte sich vor. »Ich sage nur, dass sie etwas mit dir vorhat. Denk mal darüber nach.«

Sie war überzeugt, dass Mrs Ward nichts tat, ohne sich zugleich Gedanken darüber zu machen, welchen Nutzen alle Beteiligten daraus zogen. Aber es wunderte sie nicht, dass Joan die dahinterliegende Absicht bisher entgangen war.

»Du meinst, ich soll …« Joan runzelte die Stirn. »Das ergibt doch keinen Sinn. Isabel Sharman ist noch so jung, sie wird viele Jahre Schuldirektorin bleiben.«

»Ja«, sagte Katie sanft. »Aber was ist mit Mrs Ward? Sie wird vielleicht nicht ewig ihrer Arbeit nachgehen wollen …«

Sie stand auf. »Entschuldige, ich muss nun weiter. Ich denke, ich sollte mal ein Wörtchen mit einigen Damen reden. Vor allem mit unserer lieben Mrs Ward.« Katie hielt inne. »Das klingt fast ein bisschen zu verrückt, nicht wahr? Dass wir die sind, die wir sind. Es ist eine Menge passiert in den letzten Jahren.« Sie zwinkerte Joan zu. »Keine Angst, ich werde Mrs Ward nicht fragen, wann sie ihren Stuhl zu räumen gedenkt.«

~

Joan blieb in ihrem kleinen Büro zurück. Sie hörte, wie Katie nebenan klopfte und nach kurzem Warten unverrichteter Dinge zur Treppe ging.

Sie lehnte sich in ihrem Bürostuhl zurück, drehte sich um und starrte aus dem Fenster.

Mrs Ward wird nicht ewig ihrer Arbeit nachgehen wollen …

Merkwürdig, dass sie darauf nicht gekommen war. Bisher hatte sie sich nur als ein winziges Rädchen im Getriebe des Norland Institutes gesehen, als einstige Nanny kannte sie die Abläufe sehr gut und war durch ihre Stiftung auch mit den finanziellen Aspekten vertraut. Als Mrs Ward ihr das kleine Büro hier oben im Hauptgebäude zuwies, hatte sie keine Hintergedanken vermutet, sondern dieses Arrangement einfach praktisch gefunden.

Aber was war, wenn Mrs Ward überlegte, einen Teil ihrer Arbeit an Joan zu übertragen, über ihre Krankheit hinaus, dauerhaft?

Sie müsste in London bleiben, so viel stand fest. Joan dachte an Onkel George, mit dem sich das Zusammenleben seit ihrer Rückkehr als so angenehm erwies, als hätte der alte Mann sich fest vorgenommen, dass es gelingen sollte. Joan könnte auch immer noch in ihr Stadthaus drüben in Mayfair ziehen, das Reginald ihr nach seinem Tod vererbt hatte. Oder sie kehrte nach Dublin zurück, aber Dublin war so fern, dass sie leichte Verwunderung spürte, wann immer Rachel schrieb, dass die ganze Familie Joan und Edward vermisste.

Nach Reginalds Tod hatte sie London nicht länger ertragen, ihre finanzielle Situation war schwierig gewesen, und sie hatte Entscheidungen treffen müssen, für die sie sich nicht bereit gefühlt hatte. Jetzt war das anders. Sie hatte eine Arbeit, die ihre Tage ausfüllte und ihr Freude bereitete, die mehr war als reine Beschäftigung. Sie hatte einen wundervollen kleinen Sohn. Freundinnen, die ihr auch mal eine unbequeme Wahrheit sagten, sonst aber immer für sie da waren. Und dann war da noch Mr Ford. Ein reiselustiger Kerl, von dem sie nicht so genau wusste, was sie von ihm halten sollte. Sie hatte gedacht, sie würde sicher nicht bis zum Herbst in London auf ihn warten. Aber nun eröffnete sich mit Katies Andeutung eine ganz andere, neue Möglichkeit.

Und zum ersten Mal ließ Joan den Gedanken zu, dass ihre Rückkehr nach London dauerhaft sein könnte.

Kapitel 25

London, März 1906

Mary saß mit Mrs Fisher und der florentinischen Prinzessin in der Lobby des *Savoy*. Sie wusste nicht, was sie erwartet hatte – aber das war es definitiv nicht.

Etwas daran, wie die Prinzessin sie musterte – aus großen, leicht hervorstehenden Augen, die an einen Frosch erinnerten –, bereitete Mary vom ersten Moment an ein unerklärliches Unbehagen. Wie eine Froschprinzessin, dachte sie und konnte sich ein Lächeln nicht verkneifen.

»Scusi, was ist so … glücklich?«

Außerdem die Sprachbarriere. Mary seufzte. Sie schüttelte den Kopf. »Entschuldigen Sie, Prinzessin Anita. Ich wollte nicht unhöflich erscheinen.«

Der Blick der Prinzessin ging hilflos zur dritten Person am Tisch. Mrs Fisher beugte sich vor. Sie sprach schnell und leise an die Prinzessin gewandt auf Italienisch, sodass Mary keine Chance gehabt hätte, etwas zu verstehen, selbst wenn sie der Sprache mächtig gewesen wäre.

Zwischen Mrs Fisher und der Prinzessin entbrannte eine hitzige Diskussion. Mary lehnte sich zurück. Sie sah sich in der Lobby des Hotels um, in dem die Prinzessin logierte, um Mary kennenzulernen. Und nun saß sie Mary gegenüber in diesem wunderschönen bequemen Sessel, die Beine etwas undamenhaft übereinandergeschlagen, das Kleid von einem Grün, das es Mary nicht einfach machte, das Bild eines Frosches aus dem Kopf zu bekommen. Dazu das erregte Zittern ihrer Stimme, als hätte sie nun wirklich etwas anderes erwartet als Mary.

Sie erinnerte sich an Mrs Fishers Worte. »Die Prinzessin ist etwas überspannt, nehmen Sie es ihr nicht übel. Überlassen Sie mir das Reden, wir werden das schon hinbekommen, meine Liebe.«

Bisher hatte ja auch alles so geklappt, wie Mary es sich erhofft hatte. Die erste Kontaktaufnahme war vielversprechend verlaufen. Mary erhielt prompt Antwort auf ihren Brief, und es wurde ein Kennenlernen in London vereinbart Das war nun sechs Wochen her. In der Zeit hatte sie weiter im Kindergarten gearbeitet und jedes Nachfragen von Joan oder Katie abgeblockt; sie war fertig mit dem Norland Institute, sie blieb nur, bis sie ihre neue Arbeitsstelle antreten konnte.

Leider kam es immer wieder zu Verzögerungen. Aber nun saß Mary hier, in ihrem besten Kleid. »Ziehen Sie ruhig die Nanny-Uniform an«, hatte Mrs Fisher gedrängt, »damit die Prinzessin sofort sieht, dass Sie eine richtige Norlanderin sind. Das wird sie beeindrucken.«

Sollten nicht eher Marys Zeugnisse beeindrucken? Mary hatte schließlich eines ihrer Nannykleider angezogen – einfach, weil sie das Beste waren, was sie besaß.

Ihr Zeugnisbuch lag unberührt auf dem Tisch und wurde schließlich beiseitegeschoben, als ein Kellner mit einem Servierwagen kam und eine Etagere mit Gebäck, winzigen Sandwiches und kunstvoll verzierten Obsttörtchen mit Baiserhaube auf den Tisch stellte. Offenbar brauchte er mehr Platz für die delikaten Teetassen mit Rosendekor und die silberne Teekanne.

»Mary, meine Liebe. Sie können das doch übernehmen,

nicht wahr?« Mit einem Wink verscheuchte Mrs Fisher den Kellner, der sich leicht verbeugte und zurückzog. Mary schrak aus ihren Gedanken hoch. Was denn, sie sollte den Tee servieren?

Aber sie gehorchte. Obwohl sie bei allem, was an diesem Nachmittag geschah, ein ungutes Gefühl nicht abwehren konnte, versuchte sie immer noch, das auf ihre eigene Nervosität zu schieben. Mam hatte ihr eingeschärft, bei dem Gespräch heute nicht »frech« zu werden. Mary hatte ihr gar nicht erst erzählt, dass sie sich mit einer Prinzessin traf, dann hätte sich ihre Mutter und mit ihr Theresa vermutlich gar nicht mehr beruhigt.

Und wenn Mary ehrlich war, hatte sie sich selbst nicht wohlgefühlt bei dem Gedanken an diesen Termin.

»So, da sind wir also.« Mrs Fisher hatte ihren Disput mit Prinzessin Anita beendet. Sie lächelte nervös. »Wollen wir den Vertrag nun unterzeichnen?«

Mary riss die Augen auf. »Vertrag?«, stotterte sie. Bisher hatte sie keine drei Sätze mit Prinzessin Anita gewechselt, sie beschlich das Gefühl, dass die Sprachbarriere sich bei ihrer Berufsausübung doch als hinderlicher als gedacht erweisen könnte. Sie war natürlich lernwillig, aber wie sollte sie die Kinder dieser Frau versorgen, wenn sie mit ihr nicht einmal über die einfachsten Probleme sprechen konnte?

Zum ersten Mal bekam sie das Gefühl, dass es nicht nur Mrs Wards pure Bosheit war, dass es so lange gedauert hatte, sie zu vermitteln. Sie hatte nie die Gelegenheit gehabt, eine andere Sprache zu lernen, und jetzt war es zu spät dafür.

»Ihre Referenzen sind hervorragend. Das genügt ihr.«

Mary zögerte. Mrs Fisher zog eine Mappe hervor, in der sie bereits die Arbeitsverträge vorbereitet hatte. »Entschuldigen Sie, dass sie auf Italienisch sind. Aber es steht nichts darin, das Ihnen Sorgen machen müsste. Sehen Sie, hier«, sie tippte auf eine Stelle, »ist Ihr Lohn festgesetzt, zahlbar monatlich.«

Mary zögerte. Mrs Fisher wurde nun sehr eifrig, sie beugte sich vor, erklärte. Aus dem Stegreif übersetzte sie ein paar Passagen der Vereinbarung, während die Prinzessin ungerührt an ihrem Tee nippte und woanders hinsah, als ginge sie das alles gar nichts an.

»Ich weiß nicht«, sagte Mary schließlich, als Mrs Fisher Atem holte. »Ich würde diesen Vertrag lieber erst jemandem vorlegen.«

Sie dachte an Katie. Hatte sie nicht auch eine Zeit lang bei einer italienischen Familie gearbeitet? Ruspoli, genau. So hatten sie geheißen. Katie war seit Kurzem mit Großfürstin Jelena in der Stadt. Das wusste Mary, weil ihre Mentorin ihr zweimal geschrieben hatte und sie um ein Gespräch bat. Darauf hatte sie aber nicht reagiert; alles, was mit dem Norland Institute zu tun hatte, bereitete ihr ein unerklärliches Unbehagen. Sie fürchtete, für ihren Alleingang verurteilt zu werden. Dass Katie und Joan ihr grollten, weil sie nicht länger gewartet, sondern sich auf eigene Faust auf die Suche nach einer neuen Stelle gemacht hatte.

Aber nun fühlte sie sich überrumpelt. Bedrängt. Mrs Fisher hüstelte, und als Mary sie fragend ansah, bedeutete sie ihr mit einem ungeduldigen Rucken des Kopfs, sie müsse nun endlich den Vertrag unterzeichnen.

Da traf Mary eine Entscheidung. Sie gab Mrs Fisher die Papiere zurück. »Ich brauche mehr Bedenkzeit.« Dann wandte sie sich an die Prinzessin, die fragend die Stirn runzelte. »Entschuldigen Sie, Prinzessin Anita. Sie haben bestimmt gehofft, ich könnte Ihre Probleme lösen. Aber ich weiß ja nicht mal, wie alt Ihre Kinder sind oder wie sie heißen. Geschweige denn, wie viele Sie haben.«

Der fragende Blick der Prinzessin huschte zu Mrs Fisher,

die hastig drauflosplapperte. »Ah, also der Älteste ist Francesco, dann gibt es da noch … Francesca? Und die Jüngste, Maria. Also …«

Mary schüttelte den Kopf. Sie stand auf. »Danke. Aber ich möchte das Angebot lieber nicht annehmen, tut mir leid.«

Sie verließ das *Savoy*. Ein Portier hielt ihr die Tür auf, sie wäre fast über seine Füße gestolpert, so eilig hatte sie es. Mary drückte ihr Zeugnisbuch an die Brust. Draußen blinzelte sie in die schwache Märzsonne. Ein Stück weiter war eine Haltestelle der Straßenbahn. Mary sah gerade eines der Fahrzeuge um die Ecke biegen. Sie raffte ihren Rock und eilte zur Haltestelle.

In Sichtweite des Buckingham Palace ging es durch Belgravia und von dort nach einem Umstieg bis nach Kensington. Als sie vor dem hoch aufragenden Hauptgebäude des Norland Institute stand, wusste Mary, was sie tun musste.

Hoffentlich war Joan in ihrem Büro.

~

Ein junges Dienstmädchen steckte den Kopf ins Zimmer. »Da ist eine Besucherin für Sie, Mrs Hodges. Eine Nanny.«

»Hat sie auch ihren Namen genannt, Elsbeth?«, fragte Joan ruhig.

Das Mädchen schnaubte. »Mary Mac-Irgendwas.«

Katie, die auf dem Besucherstuhl vor dem Schreibtisch saß, während Joan mit ihr die Liste der Spenderinnen für die Stiftung durchging, blickte auf. »Mary? Unsere Mary etwa?«

»Gute Frage.« Joan seufzte. Mit Elsbeth hatte sie wirklich ihre Probleme, aber das war eher etwas Persönliches. Sie war frech und aufbrausend, führte sich oftmals auf, als wäre sie etwas Besseres.

»Schicken Sie sie herein.«

Mary MacArthur betrat das Zimmer. Ihr Blick ging von Joan zu Katie, doch statt Freude über das unverhoffte Wiedersehen zeichnete sich eine erschreckende Müdigkeit auf Marys Gesicht ab. Resignation. Sie setzte sich nach einem kurzen Nicken in Joans Richtung auf den zweiten Besucherstuhl. Katie beugte sich zu ihr hinüber und streichelte ihren Arm.

»Mary, meine Liebe. Was führt dich zu mir?«

»Ich …« Und dann brach es aus Mary hervor, all die angestaute Wut, die Verzweiflung, der Schmerz. »Ich will doch nur als Nanny arbeiten!«, rief sie in höchster Not. »Warum wird mir das verwehrt?«

»Aber wer verwehrt es dir denn?«, fragte Katie.

Joan hob die Hand. Sie wusste ja, es war Mrs Ward, die sich bisher geweigert hatte, für Mary eine neue Stellung vorzuschlagen.

Katie stand auf. »Wir werden das jetzt klären, ein für alle Mal.«

Mary blieb sitzen. »Ich hab sogar versucht, eine Vermittlerin zu beauftragen. Ein ganzes Pfund wollte sie von mir, damit sie mir den Namen dieser Prinzessin aus Florenz nannte, und dann war das so eine krötige Frau, die keinerlei Interesse an meinen Referenzen hatte!«

»Komm, Mary. Du kannst mir alles später erzählen. Jetzt musst du mich zu Mrs Ward begleiten.« Sanft drängte Katie die Jüngere aus dem Zimmer. Sie schloss die Tür hinter sich, warf noch einen Blick zu Joan, die ihr verschwörerisches Lächeln erwiderte. Sie beide wussten, warum Katie es so eilig hatte, nach nebenan zu gelangen.

Vor der Tür blieb Katie stehen und drehte sich um. »Mrs Ward hat Besuch. Prinzessin Alice von Battenberg«, sagte sie. »Überlass bitte mir das Reden.«

Mit diesen Worten klopfte sie und betrat das Arbeitszimmer der Schulgründerin.

~

»Ich verstehe Ihr Problem, Prinzessin Alice.« Emily Ward schloss für einen winzigen Moment die Augen. Wieder diese Kopfschmerzen. Und nun auch noch die völlig aufgelöste junge Frau vor ihr, die ihren runden Bauch mit beiden Händen umfasst hielt, als hätte sie Schmerzen. Sie schien nicht gewillt zu sein, ihren Platz aufzugeben, solange sie nicht das bekam, was sie wollte.

Emily seufzte. »Ich würde Ihnen auch gern helfen, denn ich verstehe Ihre Lage.«

Prinzessin Alice von Griechenland schüttelte so heftig den Kopf, dass die fein ondulierten Löckchen ihr um die Ohren flogen. »Ich glaube nicht, dass Sie mich verstehen«, erklärte sie. »Meine Tochter Margarita hat ebenso wie die Kinder meines Schwagers mehr verdient. Seit Monaten bin ich auf die Gunst meiner Schwägerin angewiesen. Wenn Großfürstin Jelena meiner Gesellschaft überdrüssig wird, verliere ich zugleich den Zugang zu ihrer Nanny Fox, die so gütig ist, Margarita wie ihre eigenen Schützlinge zu versorgen. Ich habe den beiden gegenüber ein schlechtes Gewissen, das verstehen Sie sicher.«

»Ich habe Ihnen drei unserer fähigsten Nannys vorgestellt.«

»Und keine passt zu uns.«

»Unsere Wartelisten sind lang. Vielleicht ergibt sich im Sommer eine Gelegenheit, wenn der neue Jahrgang seinen Abschluss gemacht hat.«

Prinzessin Alice schüttelte erneut den Kopf. Sie setzte zu einer weiteren Antwort an, doch in dem Moment klopfte es, und ohne auf Emilys »Herein« zu warten, betrat Katie

Fox den Raum. »Entschuldigen Sie die Störung, Mrs Ward. Dürfte ich kurz mit Prinzessin Alice sprechen?«

Die Prinzessin hatte wohl bemerkt, dass jemand hinter ihrem Rücken eingetreten war – aber eher an Emilys Miene als daran, dass sie die Tür gehört hätte. Sie drehte sich um, erkannte Katie und stand auf. »Wir sind hier fertig, nicht wahr?«, fragte sie.

»Ja, sind wir wohl«, sagte Emily resigniert. Hinter Katie entdeckte sie Mary MacArthur. Sie ahnte, worauf Katie hinauswollte, und sie hätte ihr gern zugerufen, dass es ein Fehler war, wenn sie Mary und die griechische Prinzessin zusammenbrachte. Wie sollte das gut gehen?

Es gab gute Gründe, weshalb sie Mary nicht auf die Liste der Nannys gesetzt hatte, die sie Alice von Griechenland vorgestellt hatte. Oder einer anderen Familie, die händeringend nach einer Norland Nanny suchte.

Emily spürte, wie sich ihr Zorn regte. So heftig, dass er sogar die Kopfschmerzen für einen Moment vergessen machte. Sie stand auf. Winzige Lichtpunkte tanzten vor ihren Augen, und als sie tief Luft holte, spürte sie schmerzhaft ihren Brustkorb, der sich wegen des Korsetts nicht vollständig entfalten konnte. So eine unsinnige Erfindung, dachte sie kurz, dann versuchte sie, sich wieder zu sammeln, denn was sie zu sagen hatte, war zu wichtig.

»Mary MacArthur ist keine geeignete Norland Nanny. Für niemanden.«

Katie sah sie lange an. Hinter ihr Mary – sie senkte nur den Blick, als wüsste sie selbst, wie unzulänglich sie war, wie wenig geeignet für diesen Beruf.

»Ich habe mich geirrt«, fuhr Emily fort. Sie fand nun die richtigen Worte, musste nicht länger danach in ihrem schmerzenden Kopf forschen. »Das ganze Projekt war keine gute Idee, ich werde es in Kürze abbrechen. Es tut mir leid«, fügte sie hinzu, an niemand Bestimmtes gerichtet.

»Nein«, sagte Katie. »Das ist nicht wahr.«

Emily sah von Katie zu Mary, weiter zu Prinzessin Alice, deren Blick interessiert zwischen Katie und ihr hin- und herging, während sie versuchte, der Unterhaltung zu folgen.

»Ich denke mir, dass es Ihnen widerstrebt, die junge Miss MacArthur als das zu sehen, was sie ist«, sagte Emily sanft. »Immerhin haben Sie viel Zeit und auch Geld investiert, damit sie bei uns ihren Abschluss machen konnte.«

»Mit Bestnoten«, fügte Katie leise hinzu.

»Wie bitte?«

»Mary hatte Bestnoten. Sie ist bestens geeignet für ihre Aufgabe.«

Emily sah Katie an. Sie schwieg, weil sie nicht wollte, dass irgendwer die wahren Gründe für Marys Kündigung bei Mr Mixon erfuhr. Denn natürlich wusste Emily Bescheid. Bei Gott, sie war nicht dumm, sie war sich stets der Risiken bewusst gewesen, wann immer sie eine junge Frau entsandte. Erst recht, wenn sie so jung und unbedarft war wie Mary MacArthur. Es war dumm gewesen, dass Emily damals nicht auf ihr Bauchgefühl gehört hatte.

»Auf ein Wort, Mrs Ward?« Katie ließ sich nicht beirren. Fast hätte Emily gelächelt. Ja, so kannte sie Katie Fox. Sie gehörte zum inneren Kreis der Norlanderinnen. Frauen wie sie und Joan Hodges waren es, die eines Tages die Fackel dessen, was das Norland Institute für Emily bedeutete, in die Zukunft tragen würden.

Wenn ich einmal nicht mehr bin.

»Ich wüsste nicht …«

»Bitte«, unterbrach Katie sie. »Mary, bleib du so lange hier, ja?«

Die junge Frau nickte schüchtern.

»Was geht hier vor?«, schaltete sich nun die Prinzessin von Griechenland ein.

»Bitte entschuldigen Sie, Eure Hoheit. Es ist ärgerlich, dass ich das ausgerechnet jetzt klären muss. Ich bin gleich zurück.« Es widerstrebte Emily, Mary mit der Prinzessin allein zu lassen, doch sie wusste auch, dass Katie sehr hartnäckig sein konnte. »Lassen Sie uns in einen der Kursräume gehen, Nanny Fox.«

Katie nickte. Sie wartete geduldig, bis Emily ihren Gehstock genommen hatte und an ihr vorbei aus dem Raum ging.

Sie hasste alles an dieser Situation. Dass sie so langsam war. Dass sie sich überhaupt erklären musste, ärgerte sie am meisten. Schwer atmend sank sie auf den Stuhl hinter einem der Pulte in dem kleinen Kursraum, in den Katie Fox sie führte. Zum Glück waren sie auf dem Gang keinen Studentinnen begegnet. Es war Emily immer noch unangenehm, wenn die jungen Frauen sahen, wie gebrechlich sie noch war.

»Nun?« Katie Fox blieb stehen und verschränkte die Arme vor der Brust. »Was ist es, das Miss MacArthur nicht befähigt, ihre Arbeit auszuüben?«

»Sie ist jung, unerfahren und auf eine Heirat aus«, zählte Emily an den Fingern ab. »Finden Sie wirklich, sie dürfte mit so wenig Erfahrung einfach in eine adelige Familie gehen?«

Katie schüttelte den Kopf. »Bei mir hat Sie das damals nicht gestört, Mrs Ward.«

»Bei Ihnen war das ja auch was anderes.«

Emily verschränkte die Arme vor der Brust.

»Inwiefern? Weil ich aus besserem Hause kam?«

»Das ist es nicht.« Ärgerlich versuchte Emily, diesen Gedanken wegzudrücken. Aber Katie ließ nicht locker.

»Als Sie anfingen, jungen Frauen aus der Arbeiterklasse die Möglichkeit einer Ausbildung einzuräumen, waren Sie sich doch bewusst, dass Sie ihnen einen beispiellosen Aufstieg ermöglichen, oder?«

»Ja, schon.« Und bisher hatte Emily gedacht, das wäre auch kein Problem – aber Mary war die Erste von vielen, und sie hatte sich direkt in die Gefühle für ihren Arbeitgeber verstrickt. Waren das wirklich Gefühle oder nur die verbrämte Hoffnung, den sozialen Aufstieg auf die Spitze zu treiben? Nach Mary würden andere junge Frauen kommen – drei von ihnen besuchten ja gerade den Jahreskurs. Was sollte Emily mit ihnen machen? Sie selbst, das Norland Institute – sie hatten einen Ruf zu verlieren.

»Mary ist ein guter Mensch. Was ihr passiert ist …« Katie suchte nach den richtigen Worten. »Könnte ich Ihnen nur versichern, dass das, was Mary geschehen ist, nicht ihre Absicht war, dass sie es in keinem Fall so geplant hatte. Sie hat sich Joan anvertraut, die mir versichert hat, Mary habe sich auf jeden Fall vollkommen korrekt verhalten.«

»Und weshalb hat sie dann gekündigt?«

»Weil sie ihren Gefühlen nicht nachgegeben hat. Weil sie sich den Kindern verpflichtet fühlte, ihren Schützlingen. Sie hat gesehen, dass die Gefühle alles nur komplizierter machten – und zog daraus die Konsequenz. Außerdem plante wohl ihr Arbeitgeber ohnehin, eine andere Frau zu heiraten, und sie wollte diesem Glück nicht im Weg stehen, indem sie blieb.«

Emily schloss die Augen. Das alles klang wirr, und es dauerte einen Augenblick, bis sich Katies Version der Geschichte über die legte, die sie aus den bekannten Details selbst zusammengesetzt hatte.

»Dann hat sie das Richtige getan.«

»Genau«, sagte Katie sanft. Sie wartete.

Emily seufzte. »Ich habe ihr Unrecht getan. Ich dachte, weil sie eine Aufstiegschance erkannt hat …«

Mehr sagte sie nicht. Katie schwieg taktvoll.

»Muss ich mich bei Mary MacArthur entschuldigen?«

»Denken Sie wenigstens darüber nach.«

Eins nach dem anderen, dachte Emily müde. »Seien Sie so gut und machen Sie Mary mit der griechischen Prinzessin bekannt. Und sehen Sie mich nicht so überrascht an! Das war es doch, was Sie die ganze Zeit wollten? Nun, Sie kriegen Ihren Willen. Manchmal muss man sich ja einen Irrtum eingestehen. Aber Sie sollten sich dessen bewusst sein, wenn Mary scheitert, wird es auch auf Sie zurückfallen.« Emily schloss die Augen. »Und nun gehen Sie. Ich habe genug von diesem Hin und Her.«

Katie verließ eilig den Raum, als fürchtete sie, Emily könnte es sich noch einmal anders überlegen.

Endlich Ruhe. Emily ließ die Augen geschlossen.

Hatte sie sich in ihrem Urteil über Mary MacArthur so sehr geirrt? Bisher hatte Emily sich immer auf ihren Instinkt verlassen können. Aber das hatte sie ja auch gedacht, als sie Mary aufnahm.

Sie schüttelte müde den Kopf. Der schmerzte nun ordentlich, das viele Grübeln machte es nicht besser.

Nun, Mary würde nicht länger ihr Problem sein. Wenn die griechische Prinzessin sie haben wollte, konnte es Emily nur recht sein – damit wären gleich zwei Probleme aus der Welt geschafft, und sie konnte sich wieder in aller Ruhe ihrer Genesung widmen.

~

Mrs Ward und Katie Fox hatten kaum den Raum verlassen, als Prinzessin Alice das Wort an Mary richtete. »Sie sind auch eine Nanny, nicht?«

»Ja«, sagte Mary vorsichtig.

»Ich suche nämlich nach einer.«

Mary hätte fast aufgelacht. Himmel, natürlich musste ausgerechnet nach diesem verrückten Gespräch im *Savoy* eine zweite Prinzessin vom Himmel fallen.

»Sie haben Mrs Ward doch gehört. Ich bin nicht geeignet als Nanny.« Betreten senkte sie den Blick.

Nachdenklich betrachtete ihr Gegenüber sie. »Das zu entscheiden, sollte doch mir obliegen«, sagte sie.

»Ja, natürlich«, sagte Mary hastig. Sie wurde rot. Konnte sie denn nicht einfach ihren Mund halten?

Prinzessin Alice aber schien Gefallen an Mary zu finden. »Sie wirken auf mich wie jemand, der zupacken kann.«

Mary lachte verlegen. »Ja, das kann ich. Ich habe mich schon früh um meine jüngeren Geschwister gekümmert, wenn meine Eltern arbeiten gingen.«

Ihr fiel auf, dass die Prinzessin sie unverwandt ansah, wenn Mary sprach.

»Trauen Sie sich das zu? Meine Tochter ist ein Jahr alt, bald kommt das zweite Kind. Nachts wären Sie auf sich allein gestellt.« Sie zeigte auf ihre Ohren. »Ich wache nicht immer auf.« Sie lächelte unbehaglich. »Ich habe schon Gespräche mit anderen Norland Nannys geführt. Bisher haben mir alle abgesagt.«

Mary hätte am liebsten sofort einer Verpflichtung zugestimmt, doch nach ihrem Erlebnis wenige Stunden zuvor im Hotel *Savoy* war sie nicht mehr ganz so euphorisch. »Warum?«, fragte sie vorsichtig.

»Vielleicht liegt es an mir. Ich bin fast taub«, Prinzessin Alice zeigte auf ihre Ohren, »und wir reisen viel.«

Mary atmete tief durch. Sag jetzt nur nichts Falsches, dachte sie.

»Bei meiner letzten Anstellung gab es eine Frau, die war

auch gehörlos«, sagte sie. »Ich konnte mich gut mit ihr verständigen über Zeichensprache. Aber Sie …?«

»Ich kann von Ihren Lippen ablesen.«

Erstaunlich!, dachte Mary. Wozu der Mensch doch fähig war, wenn ihm ein Sinn genommen wurde.

»Ich würde mich freuen, wenn wir uns ein wenig unterhalten könnten, Prinzessin Alice«, hörte sie sich sagen.

Kapitel 26

Und dann habt ihr miteinander gesprochen?« Joan starrte sie fassungslos an, als könnte sie es nicht glauben, mit wie viel Mut Mary für sich eingestanden hatte. Mary ging es genauso, und sie musste sich ein Grinsen verkneifen. Katie mischte sich ein.

»Stell dir vor, Prinzessin Alice wird Mary einen Vertrag geben, ist das nicht wundervoll?« Katies Wangen waren vor Aufregung gerötet. »Mrs Ward meint zwar, das sei nun auch in meiner Verantwortung, aber da mache ich mir wirklich keine Sorgen. Sag doch auch was, Mary!«

Aber Mary blieb still, ganz wie es ihre Art war. Sie war erschöpft, und es hatte einiger Überredungskunst von Katie und Joan bedurft, dass sie sich nach all der Aufregung zum Abendessen bei Joan einladen ließ. »Meinen Onkel wird's nicht stören«, hatte Joan ihr versichert. Katie hatte Prinzessin Alice mitgeteilt, sie werde erst spät nach Windsor zurückkehren. Das war zum Glück kein Problem; in Windsor gab es einige Dienstmädchen, die sich darum rissen, die kleinen Prinzessinnen in Katies Abwesenheit zu versorgen.

Sie goss gerade etwas Wein nach und hickste übermütig. »Eleni und Alice kriegen das mit den Kindern schon hin, sie sind ja nicht allein im Palast. Ach, Mary. Mir fällt ehrlich ein Stein vom Herzen.«

Ganz so weit war Mary noch nicht. Sie versuchte, die Eindrücke des Tages zu sortieren.

»Erzähl noch mal, was Prinzessin Alice gesagt hat.« Auch Joan konnte von der Geschichte nicht genug bekommen.

Mary schüttelte den Kopf. Sie nahm wortlos das Weinglas, das Katie ihr hinhielt. Sie war vorsichtig, was Alkohol betraf, hatte zu oft erlebt, was Ale und Gin mit den Menschen anrichteten. Trotzdem nahm sie einen Schluck, während über ihren Kopf hinweg Joan und Katie lachten und diskutierten, wie gut sich heute alles gefügt hatte. Sie dachte wehmütig an Oliver. Daran, wie sie abends in seinem Arbeitszimmer Wein oder Cider getrunken hatten. Er hatte ihr gezeigt, wie man mit Genuss trinken konnte. Dass Alkohol trinken nicht gleichbedeutend war mit diesem absoluten Kontrollverlust.

»Macht ihr euch keine Sorgen um Mrs Ward?«, unterbrach Mary die ausgelassene Stimmung.

Katies Lächeln schwand. Joan schenkte sich Wein nach und lehnte sich zurück. Mary beneidete die beiden in diesem Moment um ihre Haltung, ihre Lässigkeit. Sie strahlten ein Selbstbewusstsein aus, das sie noch nie so empfunden hatte.

»Natürlich mache ich mir Sorgen. Sie ist nicht mehr sie selbst, seit sie so lange krank war.« Joan seufzte. »Sie wird alt. Ich fürchte, sie wird sich irgendwann zurückziehen. Was dann aus dem Norland Institute wird? Wer weiß.«

»Du hast deine Sache sehr gut gemacht«, bemerkte Katie. »Das sagen alle.«

Joan lächelte zurückhaltend. »Mal sehen.«

Das Weinglas fühlte sich unter Marys Fingern kühl an. Sie fühlte sich angenehm müde und gesättigt; Joan hatte es sich nicht nehmen lassen, Katie und sie zu einem opulenten

Abendessen mit Braten und Kartoffeln einzuladen. Joans Onkel George hatte alle mit seinen Geschichten aus der Zeit unterhalten, als er noch die Weltmeere bereist hatte. Nach dem Abendessen hatte er sich allerdings lieber in die Bibliothek zurückgezogen, »so viele Frauen auf einmal sind nichts für mich«, hatte er gescherzt. Joan brachte Edward ins Bett, und nun saßen sie hier. Etwas brannte Mary noch auf der Seele, zwei Dinge sogar, aber die eine Sache konnte sie unmöglich ansprechen. Deshalb entschied sie sich, wenigstens die andere zur Sprache zu bringen.

»Diese Mrs Fisher, von der ich euch erzählt habe.«

Katie stellte ihr Glas ab und beugte sich vor. Auch Joans volle Aufmerksamkeit galt nun Mary. »Genau, darüber wollte ich noch mit dir reden. Was war das denn? Sie vermittelt Norland Nannys an Adelige, die bei uns nicht zum Zug kommen?«

»Das weiß ich eben nicht.« Mary dachte an ihr Gespräch mit Prinzessin Alice. Die griechische Prinzessin hatte auf sie einen ganz anderen Eindruck gemacht als die florentinische Prinzessin. Das musste nichts heißen, sie kannte sich ja nicht aus mit dem Hochadel. Aber ein merkwürdiges Gefühl blieb.

»Tut mir leid. Ich war verzweifelt und brauchte endlich wieder eine richtige Aufgabe.« Zerknirscht senkte sie den Blick.

»Niemand macht dir einen Vorwurf«, sagte Joan leise. »Ich habe schon davon gehört, dass es Leute gibt, die versuchen, die Norlanderinnen abzuwerben. Meist mit geringem Erfolg, aber im Augenblick läuft einiges nicht so rund, da haben sie wohl mehr Erfolg.«

»Viel wichtiger ist doch die Frage, ob es sich um ein reales Angebot handelt oder ob Betrug dahintersteckt.« Katie runzelte die Stirn. »Ich werde Eleni fragen, ob sie schon mal von einer Prinzessin aus Florenz mit diesem Namen gehört hat. Mehr weißt du nicht über sie?«

Mary schüttelte den Kopf. »Es war merkwürdig. Sie drängte mich, so schnell wie möglich einen Vertrag zu unterzeichnen. Der war auf Italienisch, ich habe kein Wort verstanden …«

»Klingt jedenfalls nicht seriös. Wir gehen der Sache nach, meine Liebe. Nicht wahr?« Katie blickte auffordernd in Joans Richtung.

»Ja, natürlich kümmern wir uns darum«, bekräftigte diese.

Mary verabschiedete sich kurz darauf. Sie war nach der Aufregung dieses Tags sehr müde, und die zwei Schlucke Wein, die sie sich dann doch genehmigt hatte, taten ein Übriges. Auf dem Heimweg fragte sie sich nicht zum ersten Mal, warum ausgerechnet sie das Glück gehabt hatte, so tolle Freundinnen gefunden zu haben.

Doch die Euphorie verblasste, kaum dass sie die enge Zweizimmerwohnung betrat, die sie vorübergehend mit ihrer Mutter und ihren jüngeren Geschwistern bewohnte. Am Küchentisch saß wie ein Häuflein Elend ihr älterer Bruder Finn vor einem halb vollen Glas und einer schon recht weit geleerten Flasche Gin.

»Schwesterchen.« Er starrte sie aus blutunterlaufenen Augen an. »Was machst du denn hier.«

»Dasselbe könnte ich dich fragen.« Sie hängte ihren Umhang an den Haken hinter der Tür. »Daheim alle gesund und munter?«

Er schnaubte. Und dann fing er an zu weinen.

Mary wusste einen Moment lang nicht, was sie tun sollte, denn dass Finn weinte, passte so gar nicht zu ihm. Mit zwei Schritten war sie bei ihm und legte ihm den Arm um die Schultern. »Hey«, sagte sie leise.

Ihre Mutter kam aus dem Schlafzimmer. Sie schien in den wenigen Stunden seit heute früh um Jahre gealtert zu sein. »Sie schlafen«, sagte sie. »Ach, Mary. Es ist so schrecklich.«

»Sagt schon, was ist passiert?«

»Elle. Das Baby.« Finn zog die Nase hoch. Seine Stimme klang brüchig. »Es kam viel zu früh. Sie hat so viel geblutet.«

»Mein Gott.« Mary hatte das Gefühl, ihr würde jemand den Boden unter den Füßen wegziehen. Sie sank auf einen Schemel. »Wo ist sie jetzt?«

»Hab sie ins Krankenhaus gebracht, aber die meinten, ich solle morgen wieder nach ihr fragen. Wenn überhaupt …« Er schüttelte finster den Kopf, griff nach der Ginflasche. Mary kam ihm zuvor.

»Du brauchst jetzt einen klaren Kopf«, erklärte sie ihm rundheraus. Sie stand auf und stellte die Flasche auf die Anrichte. »Wir kümmern uns um dich und die Kinder.«

»Gott, die Kinder.« Finn barg das Gesicht in den Händen. »Wenn Elle stirbt, was soll ich dann tun?«

»Elle ist stark. Sie wird nicht sterben.« Über Finns Rücken hinweg warf Marys Mutter ihr einen Blick zu. Mary verstand. »Wir sind für euch da.«

Aber sie dachte an Prinzessin Alice, der sie vor wenigen Stunden fest versprochen hatte, für *sie* da zu sein.

Bitte, Elle. Du musst es schaffen.

~

»Musst du gar nicht nach Windsor zurück?«, erkundigte Joan sich. Sie wickelte sich in ein Schultertuch, während Katie in der anderen Sofaecke das Weinetikett las und anerkennend durch die Zähne pfiff.

»Ich sag's doch, sie kommen auch ohne mich klar. Herrje, bin ich froh, wenn Mary bald ihre Stellung antritt.«

»Aber schon schlimm, wie verzweifelt sie war. Sie hat dieser Frau ein Pfund in den Rachen geworfen, allein für die Hoffnung auf eine Anstellung. Ohne Garantien!«

»Vielleicht ist das so bei anderen üblich?« Joan runzelte die Stirn. Das Norland Institute hatte in den letzten Jahren zahlreiche Nachahmer gefunden, weil es so erfolgreich war. Sie warben damit, ihre Ausbildung sei nicht so teuer, dafür vergleichbar mit der der Norland Nannys, es gebe nach dem Abschluss die Garantie für eine Anstellung oder dass sie schlicht besser seien als das Norland Institute. Ihr waren diese Konkurrenten schon länger ein Dorn im Auge, vor allem, wenn sie mit unlauteren Mitteln arbeiteten. Nachdenklich sah sie Katie an – ihr kam eine Idee.

»Du sprichst doch Italienisch?«, fragte sie scheinheilig.

»Was hast du vor?« Ihre Freundin lächelte. Natürlich hatte sie denselben Gedanken. »Willst du dieser Mrs Fisher auf den Zahn fühlen?«

»Wenn du die Zeit hast?«

»Für dich immer.«

Eine Woche mussten sie sich gedulden, bevor sie ihren Plan in die Tat umsetzen konnten, denn zuerst musste Katie zurück nach Windsor.

Als sie sich am folgenden Dienstag zur Mittagsstunde im Norland Institute trafen, sah sie sehr müde und ein bisschen zerzaust aus.

»Oje, übst du schon für deine Rolle?«, fragte Joan mitfühlend.

»Es ist eine Katastrophe.« Katie ließ den Kopf hängen und seufzte schwer. »Mary hat mich im Stich gelassen. Ich bin so enttäuscht von ihr. Ich verstehe sie, aber …« Katie schüttelte den Kopf.

»Was? Aber ich dachte, sie wollte vor fünf Tagen bei euch eintreffen?« Joan konnte es nicht glauben. Ausgerechnet Mary, die sie als so zuverlässig kennengelernt hatte.

»Sie kam erst gestern. Entschuldigte sich damit, dass sie sich um die Familie ihres Bruders kümmern musste, bei dem es einen Unglücksfall gab. Sie hat einfach in der Situation nicht daran gedacht, dass sie mir hätte Bescheid sagen müssen. Eine Nachricht hätte genügt, ich hätte sie bei Prinzessin Alice entschuldigt. Aber so? Was hat das nun für einen Eindruck gemacht? Verlässlich wirkt sie dadurch nicht.«

»Hoffentlich erfährt Mrs Ward nicht zu schnell davon, sie würde sich nur bestätigt fühlen, dass es falsch war, Mary eine zweite Chance zu geben.«

»Einerlei. Sie hat ihre Sache für den Anfang gut gemacht. Aber vorerst steht sie unter Beobachtung.«

»Man könnte meinen, sie tut das mit Absicht«, murmelte Joan.

»Sich selbst sabotieren? Das glaube ich nicht. Vermutlich ist ihr Leben tatsächlich so fordernd, das können wir uns gar nicht vorstellen. Sie ist für ihre Geschwister verantwortlich. Ihre Schwägerin lag tagelang im Krankenhaus, keiner wusste, ob sie überlebt. Die beiden kleinen Kinder mussten versorgt werden, und da ist Mary natürlich eingesprungen.«

Manchmal bewunderte Joan ihre Freundin Katie. Wie schaffte sie es nur, jedem Menschen in ihrem Leben so wohlwollend gegenüberzutreten?

Andererseits hatte ihr das Leben immer mal wieder den einen oder anderen Streich gespielt, ihre Biografie war von Verlusten geprägt.

»Also, wie hast du es dir überlegt?«, fragte sie, um von diesem unangenehmen Thema abzurücken. Schließlich hatten Katie und sie eine Mission.

»Ganz einfach. Ich gehe zu dieser Mrs Fisher und bitte sie, mir Arbeit zu verschaffen – so schnell wie möglich, ich bin in Not. Nach einigem Zögern werfe ich ihr auch das Geld in den Rachen, meinetwegen. Aber nur, wenn sie mich möglichst rasch mit einem potenziellen Arbeitgeber zusammenbringt. Wenn meine Vermutung stimmt und sie mit den Hoffnungen der Nannys ein falsches Spiel treibt, wird sie sich darauf einlassen und mir in kürzester Zeit die ominöse Prinzessin aus Florenz oder eine andere Familie vorstellen. Und ab da improvisiere ich eben.«

»Meine Güte. Ich wusste gar nicht, dass du so …« Joan fiel kein richtiges Wort ein.

»Hartnäckig sein kannst?«, vollendete Katie für sie den Satz.

Joan nickte.

»Nun ja. Ich kann es nicht haben, wenn jemand falsche Tatsachen vorspielt. Oder versucht, sich auf die Schultern derer zu stellen, die mit harter Arbeit etwas erschaffen haben. Leute wie diese Mrs Fisher nutzen es gnadenlos aus, welche Strahlkraft das Norland Institute hat. Und wenn sie wirklich versucht, mit unserem guten Namen junge Nannys zu täuschen, muss ihr jemand deutlich machen, dass das nicht geht.«

Katie sprach wie eine Journalistin, fuhr es Joan durch den Kopf. »Und natürlich schreibst du für den *Norland Quarterly* über deine Erfahrungen«, erriet sie.

Katie grinste. »Natürlich mache ich das.«

~

Auf leisen Sohlen schlich Mary zum Kinderzimmer, in dem die kleinen Prinzessinnen hoffentlich schlummerten. Sie spähte durch den Türspalt. Tatsächlich – alles ruhig. Sie atmete auf.

Ihr erster Tag als Nanny bei der Familie des griechischen Prinzen hätte kaum katastrophaler verlaufen können. Schlimm genug, dass sie aufgrund der privaten Umstände ihrer Familie erst einige Tage später als geplant ihre Stellung hatte antreten können. Sie war gestern Nachmittag mit einem schlechten Gewissen nach Windsor gefahren – sowohl ihrer Familie als auch Prinzessin Alice gegenüber, der sie versprochen hatte, vom ersten Augenblick an zuverlässig zu sein.

Finn und Elle hatte es wirklich hart getroffen. Nicht nur, dass Marys Schwägerin das Baby verloren hatte – sie würde noch einige Wochen brauchen, bis sie sich von der schweren Geburt vollständig erholt hatte und wieder voll einsatzfähig im Laden stehen konnte. Aber auch die Betreuung der beiden kleinen Kinder war für die kommenden Wochen nicht gesichert. Finn brauchte eine zusätzliche Hilfe im Laden, und die Krankenhausrechnung tat ein Übriges, ihm Sorgenfalten auf die Stirn zu treiben. Er hatte keinerlei Rücklagen, da er kürzlich erst versucht hatte, ein zweites Geschäft zu eröffnen. Irgendwie würde es schon gehen, dachte Mary, ihre Mutter half und Theresa auch. Trotzdem wäre sie lieber dort als hier in Windsor.

Das lag auch an der höfischen Pracht des Palasts. Sie hatte sich eingeredet, sie wüsste, worauf sie sich einließ, wenn sie für eine Prinzessin aus dem Hochadel arbeitete. Aber schon jetzt war ihr klar geworden, dass es absolut nicht vergleichbar war mit dem Leben, das sie in Bethersden geführt hatte.

»Alles in Ordnung?«

Mary fuhr herum. Sie hatte vor dem Kinderzimmer im

Flur gestanden und gelauscht, und nun war plötzlich hinter ihr die Großfürstin aufgetaucht. Hastig machte sie einen tiefen Knicks. »Ja, Eure Hoheit, Euer Gnaden«, stotterte sie.

Großfürstin Jelena legte ihr eine Hand auf den Oberarm. »Eure Hoheit genügt«, sagte sie mit sanftem Lächeln.

Hatte sie Mary beobachtet? Verstehen könnte sie es ja, nachdem sie sich als so unzuverlässig erwiesen hatte. Katie hatte betont, Mary würde das schon schaffen mit den drei Kindern; sie selbst hätte etwas Wichtiges zu erledigen. Und dann war alles schiefgegangen, Mary hatte Margarita dreimal umziehen müssen, weil sich das Kleinkind immer wieder vollgespuckt hatte. Entweder es wurde ernsthaft krank oder war völlig außer sich, weil Katie heute statt Mary hier war.

»Ich wollte nur schauen, ob bei Margarita alles in Ordnung ist.«

»Ah ja.« Großfürstin Jelena sah sie nachdenklich an. »Nun, ist alles in Ordnung?«

»Jaja. Sie schlafen alle ganz friedlich.«

»Dann eine gute Nacht Ihnen, Nanny MacArthur.«

Mary machte erneut einen Knicks. »Ihnen auch, Eure Hoheit.«

Die junge Großfürstin schwebte in ihrem luftigen, zarten Kleid den Flur entlang. Eine Tür klappte, dann war Mary wieder allein. Sie seufzte.

Ob sie sich irgendwann an dieses neue Leben gewöhnen würde? Es war das, was sie sich immer ersehnt hatte, aber im Moment fühlte sie sich noch völlig verloren.

Wieder Schritte auf dem Gang. Mary wusste nicht, wie viel Zeit vergangen war. Sie hatte sich an die Wand gelehnt und gelauscht.

»Mary.«

Katie stand vor ihr, die Stirn besorgt gerunzelt.

»Warum gehst du nicht ins Bett?«, fragte sie leise.

»Aber die Kinder …«

Katie spähte in das Schlafzimmer. »Alle schlafen. Du kannst dich auch hinlegen. Komm.« Sie führte Mary zu dem Zimmer am Ende des Flurs, das Mary nun bewohnte und das durch eine Verbindungstür mit Katies Zimmer verbunden war. »Du brauchst dich wirklich nicht unnötig wach halten, Mary. Wir müssen unsere Kräfte gut einteilen.«

»Ich weiß, aber …« Sie sprach nicht weiter. Sie wollte keine erneuten Fehler machen, verstand Katie das nicht?

»Keine Sorge. Im Moment sind wir beide noch gemeinsam für die Kinder verantwortlich. Du wirst das schaffen, Mary.«

Sie hätte Katie gerne geglaubt. Aber als sie sich ins Bett legte und in die Dunkelheit lauschte, blieb dieses unangenehme Gefühl, dass der nächste Fehler der letzte für sie sein könnte.

Kapitel 27

Schatz, geht es dir gut?« Cora hakte sich bei Oliver unter, sie wagte es sogar, kurz ihren Kopf gegen seine Schulter zu lehnen. Er nahm eine Hand vom Lenkrad und drückte kurz die ihre.

»Alles bestens«, murmelte er. In Gedanken aber war er meilenweit weg von ihr und von seinem schnittigen Automobil, das er durch den Londoner Stadtverkehr lenkte. »Ich muss mich nur aufs Fahren konzentrieren, meine Liebe.«

»Natürlich.« Sie rückte ein wenig von ihm ab, und Oliver lächelte sie entschuldigend an.

»Du siehst heute wunderschön aus, Bellissima«, sagte er, um seinen Worten die Schärfe zu nehmen.

»Oh, danke.« Verlegen zupfte sie an den Federn, die über die Krempe ihres wagenradgroßen fliederfarbenen Huts hingen. »Ich hoffe, die anderen Sachen gefallen dir auch, die ich für unsere Hochzeitsreise ausgesucht habe.«

»Ganz bestimmt, meine Liebe.«

Er konzentrierte sich wieder auf die Straße, doch seine Gedanken waren nicht bei den modischen Finessen von Coras Kleidern und Hüten, sondern bei dem schlichten Braun einer Nannyuniform, die ihm hier in London ständig über den Weg lief. Halb London schien Nannys zu beschäftigen. Früher war ihm das nie aufgefallen, aber da er nun immer nach einer bestimmten Nanny Ausschau hielt, konnte er die anderen Nannys nicht mehr *übersehen*.

Er hatte nach einem ersten Schreck festgestellt, dass es Unterschiede bei den Nannys gab – subtil, aber durchaus erkennbar. Die einen trugen andere Hüte als die Norlanderinnen, bei den nächsten waren die Mäntel etwas modischer, oder das Braun war ein wenig heller. Dass ihm diese Unterschiede auffielen, lag vor allem daran, dass er jedes Mal, wenn er im Straßenbild eine Nanny erblickte, im Stillen hoffte, dass rote Locken unter dem Hut hervorquollen oder die grün blitzenden Augen einer ganz bestimmten Nanny ihn über viele Meter hinweg ansahen und sofort erkannten.

Er gab es nicht gern zu, aber er vermisste Mary.

Cora plapperte neben ihm über Blumenschmuck, Hochzeitsmenüs, Gästelisten und das Neueste, was sie über das Königshaus in der *Times* gelesen hatte, und war von seiner Schweigsamkeit gänzlich unbeeindruckt. Das war einerseits ganz angenehm, weil er sich so aufs Fahren konzentrieren konnte. Aber es zeigte ihm auch, wie weit sie sich voneinander entfernt hatten, seit sie ihre Verlobung gefeiert hatten.

»… außerdem habe ich darüber nachgedacht, eine neue Nanny einzustellen. Was denkst du? Die Jungen mögen mich, aber ich habe keine Lust, mich komplett allein um sie zu kümmern.«

»Natürlich. Wenn du das möchtest, machen wir das«, sagte er. Und fühlte sich bei seinen Gedanken ertappt, die beständig um Mary MacArthur kreisten. Seit er in London war, konnte er nicht aufhören, sich vorzustellen, wie sie ihm zufällig über den Weg lief.

»Gut, ich mache dann einen Termin beim Norland Institute. Aber bitte nicht Mary MacArthur, ja? Ich suche diesmal die Nanny aus.«

»Selbstverständlich, mein Schatz.« Er nahm ihre Hand und küsste die Fingerspitzen. Sie quiekte auf, das war ihr wohl plötzlich zu viel Nähe, obwohl sie feine Ziegenlederhandschuhe trug.

Oliver seufzte und ließ ihre Hand los. Was hatte ihn nur dazu getrieben, sich mit ihr zu verloben? In zwei Wochen war die Hochzeit, und er hatte zunehmend das Gefühl, dass er zur Schlachtbank geführt werden sollte und nicht zum Altar.

~

Katie kam eine Viertelstunde vor dem Termin ins Hotel *Savoy*. Bisher war bei ihrer angeblichen Bewerbung bei Mrs Fisher vieles ähnlich abgelaufen, wie Mary es ihr geschildert hatte. Die anfängliche Begeisterung ihres Gegenübers, dann die Bitte um eine Bezahlung, und nach Katies Zögern (denn alles andere wäre unglaubwürdig gewesen, vermutete sie) zahlte sie ein Pfund und bekam die Adresse einer deutschen Prinzessin. Sieh an, dachte sie. Etwas Abwechslung. Aber sie war immer noch davon überzeugt, dass es um Betrug ging.

Wie sie den Beweis dafür erbringen sollte, war ihr allerdings noch nicht ganz klar.

Als Mrs Fisher kam, wurde sie von der deutschen Prinzessin begleitet. Katie erhob sich, als die beiden Frauen auf sie zukamen, sie machte einen Knicks, die Prinzessin nickte hoheitsvoll.

»Darf ich vorstellen? Prinzessin Olga von Sachsen-Gotha«, sagte Mrs Fisher atemlos.

Katie hob leicht die Augenbrauen. Den Namen hatte sie noch nie gehört, und sie kannte sich im Hochadel schon ein wenig aus – gerade auch, weil Großfürstin Jelena und Prinzessin Alice verwandtschaftliche Beziehungen nach Hessen hatten. Aber sie sagte nichts. Man setzte sich zusammen an den Tisch, Katie auf einen Sessel, die Prinzessin und Mrs Fisher auf das Sofa gegenüber. Mrs Fisher wirkte seltsam fahrig, sie wandte sich an die Prinzessin und fragte sie etwas. Diese beugte sich zu ihr hinüber und flüsterte ihr etwas ins Ohr.

»Ah ja. Prinzessin Olga fragt mich, ob Sie Deutsch sprechen, das sei ihr ganz wichtig.«

Katie blieb auf der Hut. Natürlich konnte sie sich auf Deutsch verständigen, aber das musste hier ja niemand wissen. »Leider nicht, aber ich kann es bestimmt lernen«, sagte sie und lächelte treuherzig. Mrs Fisher wirkte durchaus zufrieden mit der Antwort. Die Prinzessin wiegte den Kopf, aber dann ergriff sie endlich selbst das Wort.

»Ich habe drei kleine Kinder. Trauen Sie sich das zu?«

Katie nickte. »Selbstverständlich.«

»Kann ich Ihre Referenzen sehen?«

Das war ein heikles Thema. Denn natürlich verfügte Katie über hervorragende Referenzen, die Zeugnisse waren allesamt in ihrem Zeugnisbuch abgeheftet. Zugleich hatte sie sich aber unter falschem Namen bei Mrs Fisher vorgestellt – für sie hieß Katie Rosemary Walker.

»Nanny Walker hat mir ihre Zeugnisse bereits vorgelegt.«

Nun ja. Katie hatte ihr etwas vorgelegt, das sie mit Joans Hilfe selbst formuliert hatte. Keine Spitzenzeugnisse, eher mittelmäßig. Dass es für eine Familie aus der gehobenen Gesellschaft reichte, sollte sie schon stutzig machen.

»Ach ja. Nun, erzählen Sie mir doch mal ein wenig über sich.« Die Prinzessin legte die Hände in den Schoß. Sie trug ein grünes Kleid, das zumindest passte zu der Beschreibung, die Mary ihr geliefert hatte. Auch fiel Katie auf, dass es nicht nach der neuesten Mode geschnitten war, sondern vermutlich schon ein paar Jahre älter war. Letzteres musste kein

Hinweis darauf sein, dass es sich um eine Schauspielerin handelte, die hier die kontinentale Prinzessin mimte. Aber dass ein Saum ausgefranst war – das wäre einer Adeligen niemals passiert, davon war Katie überzeugt.

Sie erzählte ein wenig von ihrer Arbeit als Nanny, ließ ein paar Namen fallen, die Mrs Fisher und Prinzessin Olga anerkennend nicken ließen. Katie behauptete, sie hätte viele Jahre in Italien gearbeitet, obwohl ihre Episode bei den Ruspolis nur ein knappes Jahr gedauert hatte. Schließlich erklärte sie, ihr sei es bei ihrer letzten Stellung zu viel geworden, weil die Arbeitgeberin hohe Ansprüche stellte.

Dann lehnte sie sich zurück und nippte am Tee.

»Nun.« Mrs Fisher wechselte einen Blick mit der Prinzessin. »Ich denke, dann haben wir alles. Wenn Sie uns für einen Moment entschuldigen?«

Ah ja. Nun würde die Prinzessin Bedenken äußern, die Mrs Fisher zerstreute, bevor Katie ein Vertrag vorgelegt wurde. Möglichst in einer Sprache, die sie nicht verstand. Und dann drängte man sie sicher zu einer baldigen Unterschrift, damit sie auch ganz bestimmt in die Falle tappte.

Katie wählte von der Etagere, die ein Kellner in der Zwischenzeit gebracht hatte, ein Obstküchlein mit Baiser. Sie blieb äußerlich ganz ruhig.

»Ich fürchte, es gibt ein Problem.« Mrs Fisher kehrte allein zurück. »Prinzessin Olga ist noch nicht überzeugt, dass Sie die Richtige sind. Sie möchte gern noch weitere Kandidatinnen prüfen, bevor sie sich entscheidet.«

»Ach, kein Problem.« Katie betupfte ihren Mund mit einer Stoffserviette. »Ich habe auch noch ein anderes Angebot. Deutschland hätte mich einfach sehr gereizt.«

Sie stand auf. Mrs Fisher schien von Katies Aufbruchstimmung verwirrt zu sein. »Nein, nein! Laufen Sie doch nicht sofort weg!«

»Aber Sie haben doch selbst gesagt, die Prinzessin braucht Bedenkzeit. Die soll sie gern haben.«

»Ich kann gern noch einmal mit ihr reden. Mit Bedenkzeit meinte ich auch eher, sie müsse jetzt im Anschluss noch etwas überlegen …«

Katies Gegenüber sprang auf. Sie schaute sich hektisch um, dann lief sie hinaus. Katie nahm in aller Ruhe noch ein Obsttörtchen. Die waren verflixt lecker, fand sie.

Als Mrs Fisher mit der Prinzessin zurückkam, hatte sie rote Flecken auf den Wangen. »Hier, Prinzessin Olga hat es sich überlegt. Sehen Sie? Ich halte meine Versprechen, ich vermittle die besten Nannys an die besten Häuser.«

Von oben herab musterte die Prinzessin Katie. *Niemals ist die eine echte Aristokratin,* dachte sie. Und als Schauspielerin taugte sie auch nicht für drei Penny.

»Nun gut. Wo soll ich unterschreiben?«

Mrs Fisher war erleichtert. Sie setzten sich wieder, und sie zog aus einer Mappe einen Vertrag, »in dreifacher Ausführung«, betonte sie, »denn ein Exemplar verbleibt bei mir, weil ich vermittelnd tätig war«.

Da wusste Katie, wohin die Reise ging.

Der Vertrag war tatsächlich auf Deutsch. Natürlich, bei einer deutschen Prinzessin nicht anders zu erwarten. Aber Katie beherrschte die Sprache zumindest so gut, dass sie recht schnell erfasste, was sie da unterschreiben sollte.

Sie legte den Füllfederhalter behutsam auf das Papier. »Das werde ich nicht unterzeichnen«, erklärte sie.

»Aber warum nicht?«, fragte Mrs Fisher bestürzt. »Es ist alles so geregelt, wie wir es besprochen haben.«

»Eben nicht.« Katie zeigte auf die entsprechenden Paragrafen. »Sehen Sie das hier? *›Die Nanny verpflichtet sich, fünfundzwanzig Prozent ihres Salärs an die Agentur zu zahlen. Dies trifft auch zu, wenn das Beschäftigungsver-*

hältnis in den ersten vier Wochen aufgelöst wird, auf mindestens ein Jahr.‹ Sie wollen mich wohl auf den Arm nehmen? Ich soll fünfzehn Pfund an Sie zahlen, selbst wenn mir sofort gekündigt wird?«

»Entschuldigen Sie …« Mrs Fisher runzelte die Stirn. Der Passus, den Katie gerade vorgelesen hatte, war auf Deutsch. »Was haben Sie gesagt?«

Katie wiederholte den Passus, allerdings auf Englisch. Wenn es Mrs Fisher verwirrte, dass Katie entgegen anderslautender Auskunft der deutschen Sprache mächtig war, ließ sie sich davon nichts anmerken.

»Das passiert ja nicht«, beschwichtigte Mrs Fisher. »Prinzessin Olga ist von Ihren Fähigkeiten überzeugt, nicht wahr?«

Die Prinzessin nickte. Doch ihr Blick flackerte, ging von Katie zu Mrs Fisher, als müsste sie sich bei ihr rückversichern.

»Und was ist hiermit?« Katie zeigte auf einen weiteren Absatz. »Wenn ich unterschreibe, darf ich zwei Jahre lang für niemanden außer für die von Ihnen vermittelte Familie arbeiten? Stimmt das?«

»Ach, das können wir auch streichen.« Mrs Fisher riss ihr den Stift aus der Hand. »Geben Sie schon her. Wenn Sie schon so anfangen, kommen wir aber nicht ins Geschäft.«

Katie legte die Hände in den Schoß. Sie war vollkommen ruhig. Fast schon fasziniert beobachtete sie, wie Mrs Fisher hektisch alles an sich raffte. »Das glaube ich auch«, sagte sie leise. »Ich fürchte, Sie treiben ein falsches Spiel mit den Hoffnungen junger Frauen. Das kann ich nicht so hinnehmen, Mrs Fisher.«

»Was wissen Sie schon.«

»Sind Sie wirklich eine deutsche Prinzessin?«, wandte Katie sich an Mrs Fishers Komplizin. »Oder eine florentinische? Oder einfach das, was gerade gebraucht wird, um jungen Frauen das Geld aus der Tasche zu ziehen?«

Die Prinzessin wurde rot. Sie sagte nichts, sondern starrte nur Mrs Fisher an.

»Jetzt ist aber mal genug«, keifte diese los. Sie riss Katie den Vertrag aus der Hand. »Wenn Sie nicht wollen, werden wir schon jemand anderes finden. Kommen Sie, Hoheit, Sie müssen sich das nicht gefallen lassen von dieser unverschämten Person.«

Sie knallte ein paar Münzen auf den Kaffeetisch und griff nach dem Arm der Prinzessin. Katie blickte den beiden belustigt nach, als sie völlig überhastet das *Savoy* verließen.

Spätestens wenn ihr Artikel über dieses dubiose Geschäftsgebaren im *Norland Quarterly* erschien, würde sich Mrs Fisher gewiss noch mal aus der Deckung wagen – und sei es, um ihren beschädigten Ruf zu retten.

Katie summte vor sich hin. Sie nahm den Stift, den Mrs Fisher liegen gelassen hatte, als sie hektisch die Verträge zurück in die Ledermappe gestopft hatte, und bat den Kellner um ein Blatt Papier. Sie wusste schon genau, wie sie über diese Begegnung schreiben würde.

Norland Quarterly, Ausgabe 2,
4. Jahrgang – Mai 1906, Seite 3

Meine lieben Mitstreiterinnen,
heute möchte ich Ihnen eine besonders kuriose Geschichte erzählen, die hoffentlich als Warnung für diejenigen dient, die darüber nachdenken, nicht länger auf das Norland Institute in seiner vermittelnden Funktion zurückzugreifen.
Wir alle wissen, es kam im letzten halben Jahr gelegentlich zu Verzögerungen. Was ich bis vor

Kurzem nicht wusste, war der Umstand, wie zwielichtige Elemente versuchen, diese Schwäche auszunutzen.
Lassen Sie mich berichten, wie mir vor wenigen Wochen von einer gewissen Mrs F. angeboten wurde, sie könne für mich vermittelnd tätig werden. An sich ist nichts daran verwerflich, denke ich – bis auf ihr Geschäftsgebaren.

Joan ließ den *Norland Quarterly* sinken. Sie kannte den Artikel bereits, doch ihn so schwarz auf weiß vor sich zu haben, war noch mal etwas anderes, Greifbares. Sie saß in ihrem kleinen Büro, der Schreibtisch war aufgeräumt und leer. Ihr letzter Tag im Norland Institute. Fünf Monate später als geplant, aber heute war er da. Nächste Woche ging es zurück nach Dublin.

Das zarte Klopfen an der Tür riss sie aus den Gedanken. »Ja, bitte?«

Es war Mrs Ward. Die Schulgründerin trat ein. »Ach, da sind Sie ja. Gut, gut.« Schwer atmend stützte sie sich auf ihren Stock und ging langsam bis zum Schreibtisch. »Sie haben es auch gelesen?«

»Ein pointierter Artikel. Ich hoffe, er erreicht viele unserer Nannys, damit sie zukünftig auf der Hut sind, bevor sie zwielichtigen Vermittlerinnen ihr Geld nachwerfen.«

Mrs Ward seufzte schwer, als sie sich in den Besucherstuhl plumpsen ließ. »Die Nannys haben recht, wenn sie sich anderswo umhören. Es wird zu viel, Mrs Hodges.«

Joan horchte auf. Sie legte die Zeitschrift vor sich auf den Tisch. Bisher hatte Mrs Ward nie so offen zugegeben, dass sie unter Umständen überfordert sein könnte.

»Sehen Sie mich doch an.«

»Ich sehe Sie«, sagte Joan sanft.

Mrs Ward lächelte müde. »Und *was* sehen Sie? Ein alterndes Weib, das nicht von der Macht lassen kann. Mein Mann spottet schon. Nennt mich Lady Forever.« Sie wurde nachdenklich. »Er hat recht, wissen Sie? Die Kinder werden so schnell groß. Hier habe ich immer noch das Gefühl, am meisten zu bewirken. Aber der Körper spielt eben nicht mehr so mit.«

Joan schwieg. Sie ahnte, was folgen würde – Mrs Ward würde sie fragen, ob Joan sich eine Zukunft als Teil des Norland Institutes vorstellen konnte. Nicht nur für den Notfall, sondern als dauerhafte Lösung. Um den Übergang vorzubereiten, wenn Mrs Ward eines Tages endgültig abtrat.

Ich weiß immer noch nicht, ob ich das kann, dachte Joan.

Mrs Ward atmete tief durch. »Könnten Sie sich das vorstellen, Mrs Hodges? Joan? Sie haben mich hervorragend vertreten, und ich fühle mich wohler, wenn Sie im Haus sind. Ich würde Ihnen weitgreifende Entscheidungsbefugnisse einräumen, und Sie wären Teil der Führung des Norland Institutes. Was denken Sie?«

Joan atmete tief durch. »Wir haben schon häufiger darüber nachgedacht«, sagte sie schließlich. »Ob mein Platz hier in London ist, meine ich. Ob die Stiftung nicht hier besser aufgehoben wäre. Ganz nah am Norland Institute.«

Mrs Ward nickte zu allem.

»Liebe Emily, ich würde so gerne bleiben. Aber ich bin nicht nur für mich verantwortlich. Auch mein Sohn braucht seine Familie. Und die ist in Dublin.«

»Sie werden nicht ewig in Dublin bleiben, das wissen Sie so gut wie ich.«

Joan schwieg. Es gab immer wieder Gerüchte, ja … Demnach sollte der Earl of Dudley früher oder später von seinem Amt als Vizekönig von Irland abgezogen werden und jemand anderem Platz machen. Davon hatte Joan auch schon gehört, doch sie weigerte sich, ihr Leben auf Gerüchte zu begründen.

»Die Stiftung gehört nach London. Zum Norland Institute.« Mrs Ward ließ den Stock auf den Teppich rumsen, wie um ihren Worten Nachdruck zu verleihen.

»Nicht unbedingt«, widersprach Joan. Sie war selbst überrascht, wie energisch sie klang. »Die Stiftung war immer ein Projekt von Katie Fox und mir. Wir haben sie als Teil der Norland-Familie begriffen, doch sie gehört nicht Ihnen. Oder dem Norland Institute.«

Mrs Ward kniff den Mund zusammen. »Ah, Sie nun wieder mit Ihrer Eigenständigkeit.« Doch dann musste sie lächeln. »Darf mich nicht wundern, was? Ich versuche, Ihnen und den anderen jungen Frauen zu vermitteln, dass sie für ihre Ziele einstehen müssen. Nun, da bin ich wohl ein klitzekleines bisschen selbst dran Schuld, wenn Sie sich so gut an meine Ratschläge halten.«

»Sie waren mir immer eine gute Lehrmeisterin.« Joans Finger fuhren über die Tischplatte. »Vielleicht denke ich in ein paar Jahren anders darüber. Aber im Moment möchte ich zurück.«

Mrs Ward gab sich einen Ruck und stand auf. »Das tut mir leid zu hören. Aber ja, gehen Sie zurück nach Dublin. Vor Weihnachten sind Sie wieder hier, aber dann wird im Norland Institute kein Platz mehr für Sie sein.«

Joan starrte ihr sprachlos nach.

Das war nicht die Mrs Ward, die sie kannte.

Sie stand auf, trat aus dem Büro, das sie, wenn es nach Emily Ward ging, nie mehr betreten würde, und ging eine Treppe tiefer und zu einem Zimmer, vor dessen Tür sie mehr als einmal gezittert hatte. Damals, als sie noch Schülerin am Norland Institute war.

Sie klopfte. »Herein!«, rief eine glockenhelle Stimme.

»Entschuldigen Sie die Störung, Mrs Sharman.« Die Schuldirektorin, einige Jahre jünger als Mrs Ward, deutlich schmaler und fast schon etwas verhärmt, blickte von ihrer Arbeit auf.

»Joan, meine Liebe. Sind Sie gekommen, um sich zu verabschieden?«

Joan holte tief Luft. »Bitte, Isabel. Wir müssen über Emily sprechen.«

Isabel Sharmans Miene wurde ernst. »Gerne. Schließen Sie bitte die Tür.«

Kapitel 28

London, Mai 1906

»Wie lange gedenkt die griechische Prinzessin denn, noch in Windsor zu bleiben?«

Mary hielt in der Bewegung inne. Sie versuchte, ruhig zu bleiben, aber langsam fiel es ihr schwer. »Sie möchte bis nach der Entbindung nicht reisen«, sagte sie.

»Wenigstens bekommt sie noch ein Kind.« Ihre Schwägerin Elle starrte düster auf den Braten, den Mary an ihrem freien Nachmittag für die Familie gekocht hatte. Sie hatte außerdem Mam und ihre Geschwister überredet, gemeinsam Finn und Elle mit dem kleinen Festessen zu überraschen. Es ging nicht nur darum, Marys neue Arbeit ein wenig zu feiern, sondern vor allem um Elle.

Marys Schwägerin war blass und schmal geworden. Seit sie aus dem Krankenhaus zurück war, hatte die lebensfrohe junge Frau alle Kraft verlassen – als hätte sie mit dem Baby auch ihren Lebensmut verloren. Mary hätte ihr gern etwas Tröstendes gesagt. Aber sie wusste, es gab im Moment keinen Trost. Ihr hatte auch nichts die Trauer über den Verlust der jüngeren Geschwister nehmen können, um die sie sich vor einigen Jahren Tag und Nacht hatte kümmern müssen.

Auch Mam wirkte seltsam bedrückt, seit sie mit Elle und Finn an einem Tisch saß, als erinnerte sie das Fehlen des dritten Enkelkinds daran, wen sie selbst verloren hatte.

Theresa und Sam griffen kräftig zu, sie lobten Marys Kochkunst und freuten sich über die köstliche Mahlzeit.

»Das sind die Tage, an denen er besonders fehlt«, sagte Mam leise, als sie Mary half, das Kochgeschirr in der kleinen Küchenecke von Finns Wohnung zu schrubben. Er saß mit seinen Geschwistern am Tisch, zeigte ihnen Kartentricks, die er sich zu jener Zeit angeeignet hatte, als er in zwielichtigen Spelunken sein Geld mit dem Kartenspiel verdient hatte.

»Du meinst Pop?«

Ihre Mutter nickte still und wischte sich verstohlen mit dem Zipfel eines Handtuchs die Augen. Mary rieb ihr mitfühlend den Rücken.

Für sie war es schwer vorstellbar. Dieses Leben, bei dem eine zurückblieb. Oder einer. Finn hatte vor wenigen Wochen gefürchtet, er würde Elle verlieren und stünde dann allein mit zwei kleinen Kindern da. Das alles war nicht ungewöhnlich. Kinder starben in den ersten Lebensjahren, Mütter starben bei der Geburt. Das gehörte zum Leben. Die Familie veränderte sich, wuchs und schrumpfte wieder. Neue Familien bildeten sich, die jüngere Generation übernahm.

Und da war wieder dieser eine Gedanke, den sie so konsequent zu verdrängen versuchte.

Was, wenn ich damals Ja zu Oliver gesagt hätte? Wenn ich ihn nur ein kleines bisschen mehr ermutigt hätte, wenn wir beide es gewagt hätten? Wenn er sich über den Wunsch seiner Frau hinweggesetzt hätte. Und über den Standesunterschied …

Dann aber rief Finn ihr etwas zu, und sie schob den Gedanken ganz weit von sich.

»Du siehst müde aus«, meinte er einige Stunden später. Mary saß neben ihm auf der Bank, die kleineren Geschwister spielten mit den Karten, während Mam und Elle in der Küche standen und miteinander redeten. Mary beobachtete über den Kopf ihres Bruders hinweg, wie ihre Mutter Elle umarmte, die sich versteifte und anschließend die Arme vor der Brust verschränkte.

Finn drehte sich um, folgte ihrem Blick.

»Nun ja. Wir sind alle mit unseren Kräften am Ende.«

»Es tut mir so leid.«

»Wir kriegen das schon hin. Sie will kein weiteres Kind, aber dann ist das so. Vielleicht ändert sie ihre Meinung noch.«

Der kleine Seamus trippelte zu seinem Vater. Finn hob ihn hoch, der Junge kuschelte sich an die Brust seines Vaters, die Hände vergruben sich in dem Wollpullunder. Mary musste unwillkürlich grinsen.

»Was denn?«

»Du als liebevoller Vater. Immer noch ungewohnt.«

Da musste auch Finn grinsen. »Hätte ich auch nie gedacht. Irgendwann werden wir wohl alle erwachsen.«

Nach kurzem Schweigen fügte er hinzu: »Und bei dir? Du wirst bald gehen, was?«

»Sobald Prinzessin Alice entbunden hat, geht es wohl nach Griechenland, ja.«

»So weit weg.«

Sie lächelte unbehaglich.

»Danke, dass du da warst. Als es Elle schlecht ging und ich erst nicht wusste, wie ich mich um die Kinder kümmern soll. Das hat ja immer sie gemacht. Oder früher, da hast du dich um unsere Geschwister gekümmert.« Er beugte sich vorsichtig vor und schenkte noch einen Fingerbreit Whiskey in ihre Gläser, ignorierte ihren Protest. »Lass mich ausreden, ja?«

»Ja.«

Sie nahm das Glas, ließ die bernsteinfarben funkelnde Flüssigkeit kreisen. Finn lehnte sich zurück, Seamus seufzte und kuschelte sich wieder an ihn. Inzwischen wurden dem Kleinen die Lider schwer. Es dauerte nicht lange, und er war eingeschlafen.

»Ihr Frauen habt euch gekümmert. Ich hab das gesehen und war froh, dass ich es nicht machen musste. Und dann verlor Elle das Baby, und ich hab gemerkt, das ist ganz schön viel, was sie jeden Tag macht. Sie schafft es bis heute noch nicht wieder, den Haushalt zu machen. Ich übernehme das meiste.«

»Lass ihr Zeit.«

»Ja, mach ich doch. Ich wollte nur sagen … Ich verstehe jetzt, wieso ihr immer so müde seid. Mam. Du. Elle. So viel Verantwortung, wenn man's richtig machen will. Und ich will das. Meine Kinder sollen es besser haben. Keine verpasst kriegen, weil ich zu ungeduldig bin.«

Sie dachte an Pop. Bei dem hatte es häufiger mal eine Ohrfeige gegeben, wenn ein Kind ungezogen war.

»Und du machst das nun beruflich. Wow.«

»Ich mach's gerne.« Mary hätte ihm am liebsten erzählt, wie es war, für eine Prinzessin zu arbeiten. Sie hielt aber lieber den Mund, weil sie zum einen nicht angeben wollte, zum anderen fühlte sie sich ihrer Arbeitgeberin verpflichtet. Man diente nicht für eine Familie aus dem Hochadel und tratschte dann beim Familienessen darüber.

»Na ja, kam mir anfangs komisch vor, was du da machst. Aber du wirkst ganz zufrieden.«

»Das bin ich auch.«

Mam drängte zum Aufbruch.

Sie gingen durch die abendlich stillen Straßen, Theresa trottete neben Mary her. Auch Mam war in sich gekehrt. Mary war in Gedanken schon damit beschäftigt, wie sie am besten mit der Eisenbahn zu so später Stunde noch nach Windsor kam.

»Bleib doch über Nacht bei uns«, schlug Mam vor. Mary stimmte zu. Sie wurde morgen früh erwartet, aber dann stand sie eben um fünf auf.

»Finn ist ein Guter«, sagte ihre Mutter, als wüsste sie, worüber Mary mit ihm gesprochen hatte. »Er strengt sich an. Will Elle helfen. Er hat sie wirklich lieb.«

»Ja«, sagte Mary. Ihre Stimme klang belegt.

Wieder dachte sie an Oliver.

Ob das irgendwann aufhörte? Sie würde Oliver nie wiedersehen, er lebte sein Leben, sie ihres.

Sie sollte sich endlich damit abfinden.

~

Noch zwei Tage bis zur Hochzeit. Sie waren schon alle in London eingetroffen – seine Familie, Coras Verwandtschaft. Sein Haushalt war bereits vor einigen Wochen von Bethersden in das Stadthaus übergesiedelt. Diesmal sollte es für längere Zeit sein, denn Cora hatte ihm unmissverständlich klargemacht, dass sie für ein Leben auf dem Lande nicht geschaffen sei.

Er hingegen hasste den Lärm Londons, selbst wenn er in den ruhigen Nebenstraßen von Mayfair nicht allzu viel davon mitbekam. Trotzdem hörte er genug Automobile, Menschen, Pferdefuhrwerke und Straßenbahnen, sobald er das Haus verließ. Nichts Friedliches war hier, keine Apfelbäume weit und breit.

Seinen Söhnen war es egal, wo sie lebten, wenn sie nur mit ihm zusammen sein konnten. Seit Mary nicht mehr bei ihnen war, wurde das für Oliver immer deutlicher. Seine

Kinder brauchten *ihn*. Nicht Cora, die immer noch versuchte, eine gute Beziehung zu den beiden Jungen aufzubauen, und sich regelmäßig bei ihm beklagte, das könne ja nichts werden, weil er Thomas und Oscar zu sehr verwöhnte.

Da musste er wieder an Mary denken. Sie hatte ihm einmal erklärt, sie versuche alles, damit die Kinder sich wohlfühlten. »Solange meine Grenzen gewahrt sind und ich es leisten kann, bekommen sie ihren warmen Kakao vor dem Einschlafen, wenn sie danach die Zähne putzen.«

»Du musst ihnen Zeit lassen«, war stets seine Antwort. »Sie haben erst vor einem Jahr ihre Mutter verloren.«

Und er seine Frau.

Cora kniff dann immer die Lippen zusammen. Sie spürte wohl selbst, dass vieles, was sie kurz vor Weihnachten angestoßen hatte, sich nun als überhastet erwies.

Immerhin – Cora bemühte sich, und Oliver merkte, wie auch Oscar und Thomas versuchten, mit ihrer künftigen Stiefmutter gut auszukommen.

Heute Abend aber hatte Cora darauf bestanden, die Kinder ins Bett zu bringen. Oliver hatte sich ins Wohnzimmer zurückgezogen. Irgendwas war anders hier. Er blickte sich um, konnte es aber nicht so genau benennen. Kopfschüttelnd vertiefte er sich in die Zeitungslektüre.

»Papa, ich will noch nicht ins Bett.« Thomas stand plötzlich vor ihm, hatte sich auf leisen Sohlen hereingeschlichen. Die Tür zum Flur stand offen, man hörte Cora rufen und Oscar kreischen. Vermutlich ging es ums Gesichtwaschen oder Zähneputzen – beides abendliche Verrichtungen, denen sein Jüngster im Moment wenig abgewinnen konnte.

Thomas kämpfte sichtlich mit den Tränen. Er stand im Pyjama vor Oliver, die Füße nackt auf dem Orientteppich, den Cora unbedingt hatte kaufen müssen, um den alten auszutauschen. Oliver breitete die Arme aus, sein Sohn flog an seine Brust und schluchzte auf. »Ich will nicht weg, Papa!«, hörte Oliver ihn mit erstickter Stimme sagen. »Bitte schick uns nicht fort.«

»Aber Thomas.« Sanft schob Oliver seinen Sohn etwas von sich weg. Cora tauchte in der Tür zum Wohnzimmer auf. Das dunkelgrüne Kleid, das sie trug, gab ihr etwas Strenges, unterstrich ihre leicht gerunzelte Stirn, als sie den Siebenjährigen betrachtete, der sich in seiner Verzweiflung an den Vater klammerte. »Wir haben doch darüber gesprochen. Cora und ich verreisen für zwei Wochen, direkt nach der Hochzeit. Das machen frisch vermählte Eheleute so, es nennt sich Hochzeitsreise. Du bleibst derweil mit Oscar, deinem Hauslehrer und den anderen Bediensteten hier in London.«

»Und wenn ihr wiederkommt? Zieht ihr dann allein nach Bethersden?«

Aus dem Augenwinkel bemerkte Oliver, wie Cora die Arme verschränkte und dabei die Augen verdrehte.

»Natürlich nicht. Wir kommen zurück zu euch. Hier in London werden wir alle zusammenleben.«

Thomas schniefte und wischte sich mit einem Pyjamaärmel die verrotzte Nase ab. »Versprochen, Papa?«

»Hoch und heilig. Und nun ab mit dir ins Bett.«

Er gab seinem Sohn noch einen Kuss, dann ließ er ihn schweren Herzens gehen. Er wird so schnell groß, dachte Oliver. Und doch ist er immer noch ein kleiner Junge, der von Verlustängsten geprägt ist.

»Was war da los?«, fragte er, als Cora einige Zeit später zurückkam. Sie sank mit einem Seufzen auf das Sofa und schloss für einen Moment die Augen.

»Was soll schon los sein. Deine Söhne sind verwöhnt, und irgendwer muss ihnen das ja austreiben.«

Oliver faltete die Zeitung zusammen. Er wusste, er musste behutsam vorgehen, wenn er jetzt Coras Umgang mit den Kindern kritisierte. Es wäre nicht das erste Mal, dass sie sich deswegen stritten.

»Austreiben?«, hakte er behutsam nach.

»Ja, merkst du denn nicht, wie sie dir auf der Nase herumtanzen? Du gewährst ihnen jeden Wunsch, den sie äußern. Und dann diese Puppe für Oscar!« Sie seufzte.

»Die Puppe hat er sich gewünscht, ja. Und wenn ich Thomas ein Buch mit Abenteuergeschichten kaufe, das er sich wünscht, kann ich Oscar doch nicht leer ausgehen lassen?«

»Aber eine Puppe? Er ist doch kein Mädchen.« Cora schnaubte. »Wirklich, Oliver. Was soll aus deinen Kindern werden, wenn du ihnen nicht die Richtung vorgibst, in die sie zu streben haben? Kleine Kinder sind wie Pflanzen, man muss ihnen schon zeigen, wohin sie wachsen dürfen. Puppenspiel ist sicher nicht das Richtige für den Kleinen. Du musst ihn stärken, nicht schwächen.«

»Mein Sohn darf spielen, womit er will.« Oliver spürte, wie ihm die Zornesröte in die Wangen stieg. Er hieb mit der geballten Faust auf die Sessellehne, bevor Cora widersprechen konnte. »Genug! Ich lasse mir nicht vorschreiben, wie ich meine Kinder zu behandeln habe.«

Sie kniff die Lippen zusammen. Oh, diese Miene kannte er von ihr allzu gut. »Mit *meinen* Söhnen machen wir das anders«, presste sie hervor.

Er hob die Augenbrauen, sagte aber nichts. Sie schien zu spüren, dass sie eine unsichtbare Grenze überschritten hatte, denn abrupt stand sie auf. Erst zögerte sie, doch dann verließ sie wortlos das Zimmer und ließ Oliver mit einigen unguten Gedanken zurück, von denen er wusste, dass er sie viel zu lange verdrängt hatte.

~

»Nanny MacArthur? Da ist Besuch für Sie.«

Der Diener, der das Schlafzimmer der Kinder betrat, ihr knapp zunickte und dann seine Nachricht überbrachte, sah sie abwartend an.

»Besuch?« Sie erwartete niemanden. Außerdem war sie beschäftigt. In ihren Armen lag die unglaublich winzige und zarte Prinzessin Theodora, der jüngste Spross von Prinz Andreas und Prinzessin Alice von Griechenland und Dänemark. Geboren vor wenigen Stunden, nach einer langen, kräftezehrenden Geburt. Prinzessin Alice ruhte sich im Moment aus, während Mary sich um das Neugeborene kümmerte.

»Ich kann jetzt nicht weg, das sehen Sie doch.«

Er blieb wie angewurzelt stehen. Mary seufzte. Theodora war gerade eingeschlafen, den winzigen Mund verzog sie im Schlaf, als wäre sie über diese Störung überaus empört. Behutsam stand Mary aus dem Schaukelstuhl auf und legte den Säugling in die Wiege daneben. »Warten Sie hier. Wagen Sie keinen Mucks, solange die Prinzessin schläft!«

Er verneigte sich zackig. »Jawohl, Nanny MacArthur.«

Mary musste sich ein Lächeln verkneifen. Es hatte gedauert, bis sie begriffen hatte, dass die anderen Hausangestellten nur deshalb respektlos mit ihr umgingen, weil sie ihnen nicht sagte, was sie erwartete. Seit sie klare Grenzen zog und sich dabei an Katie Fox orientierte, kam sie besser mit ihrem neuen Leben zurecht.

Sie überquerte den Flur und klopfte bei Katie. Es war schon spät, aber sie hoffte, ihre Freundin war noch wach.

»Störe ich?«

»Niemals.« Katie legte den Stift beiseite. »Was für ein aufregender Tag. Brauchst du etwas?«

»Nein, Theodora schläft jetzt.« Mary zögerte.

»Ach, entschuldige, dass ich frage. Ich bin es immer noch so sehr gewöhnt, dass ich mit Kindermädchen zusammenarbeite, denen ich alles erklären muss.«

Mary lächelte nachsichtig. »Da ist Besuch für mich«, sagte sie.

»Oh.« Katie runzelte überrascht die Stirn. »Weißt du, wer das sein könnte?«

»Keine Ahnung. Aber ich fürchte, nun ja …« Wenn jemandem in ihrer Familie etwas zugestoßen war, hätten sie vielleicht nicht bis morgen gewartet. Hoffentlich ging es Mam gut.

Katie verstand. »Ich komme. Du möchtest, dass ich so lange bei dem Baby sitze?«

»Wenn es nicht zu viel Umstände macht?«

»Dafür sind wir doch da, Mary.« Katie schloss ihre Briefmappe und stand auf. Sie folgte Mary zum Babyzimmer, ließ sich alles zeigen. Der Diener stand immer noch wie eingefroren am Fußende der Wiege.

»Geh schon, Mary«, sagte Katie. »Du wirst ja nicht ewig weg sein.«

»Ich beeil mich.«

Mit bangem Herzen folgte Mary dem Diener. Er führte sie durch die Gänge und Treppenhäuser von Schloss Windsor, benutzte Abkürzungen, die Mary noch nicht kannte. Dabei schwieg er so beharrlich, dass sie fröstelnd das wollweiße Schultertuch um ihren Oberkörper zog. Sie hatte Angst, was sie erwartete.

Und war doch nicht im Geringsten auf den vorbereitet, der sich aus dem Schatten löste, als sie kurz darauf aus der Tür des Seitenflügels trat, der am südlichen Torhaus endete. Seine Haare hingen ihm nass in die Stirn, er hatte die Schultern hochgezogen gegen die Kälte und den Regen. Sein Blick aber, der suchte sogleich ihren, klammerte sich an ihr fest, als könnte allein dieser stumme Austausch genügen, dass er wieder zu sich fand.

»Danke«, sagte sie zu dem Diener, der ihr noch ein letztes Mal knapp zunickte und dann nach einem Blick auf den Besucher verschwand. Mary trat langsam näher. »Was machst du hier?«, fragte sie.

»Es tut mir leid.« Oliver senkte den Blick. »Ich habe dich gesucht. Ich war bei deiner Mutter, sie hat mir gesagt, wo ich dich finde.«

Sie schüttelte heftig den Kopf. »Woher weißt du, wo meine Mutter lebt?«

»Ich habe Erkundigungen über dich eingezogen. Schon letztes Jahr im Herbst.«

»Bevor oder nachdem ich gekündigt habe?«

Betreten senkte er den Blick. Mary ertrug nicht, wie er vor ihr stand, hätte er einen Hut dabeigehabt, hätte er den verlegen in den Händen gedreht. So rang er die Hände, als flehte er sie an.

»Mach es mir doch nicht so schwer, Mary«, krächzte er.

Sie wich einen Schritt zurück. »Wie geht es den Jungen?«

Seine Miene wurde weich. Dann senkte er den Blick, konnte sie nicht ansehen. »Sie vermissen dich. Immer noch.«

»Ich vermisse sie auch.«

Sie wollte noch etwas hinzufügen, Oliver kam ihr aber zuvor.

»Cora und ich heiraten nun.«

»Meinen Glückwunsch.« Sie hoffte insgeheim, er sei nicht deshalb hergekommen. Um ihr das mitzuteilen. Sie hätte es sich ohne dieses Wiedersehen denken können, dass er mit der Cousine seiner verstorbenen Frau den Bund fürs Leben einging. Dass er die Verlobung löste, war immer die unwahrscheinlichste Variante gewesen, selbst wenn sie sich das in schwachen Momenten vorgestellt hatte …

»Übermorgen schon.«

Was willst du von mir hören?, dachte sie.

»Sag doch was.«

»Ich freue mich für euch«, brachte sie hervor. Das Herz schlug ihr bis zum Hals, denn wie sehr hätte sie sich gewünscht, dass er nicht zu ihr kam, um ihr diesen letzten Todesstoß zu versetzen, sondern weil er das Gegenteil davon wollte – ein Leben mit ihr.

»Tust du das wirklich?«

Sieh mich nicht so an, dachte Mary. Was erwartete er denn von ihr? War er hergekommen, damit sie ihn aus dieser Sackgasse herausholte, in die er sein Leben manövriert hatte? In die es von anderen manövriert worden war, weil er nach dem Tod seiner Frau nicht wieder er selbst war? Nein, das glaubte sie nicht. Bei ihr hatte er jedenfalls damals nicht den Eindruck erweckt, er würde sich von anderen lenken lassen.

Sie begriff, wie viel sie in den vergangenen Monaten verdrängt hatte. Nach der Kündigung hatte sie gedacht, sie sei frei, sie hätte sich vor allem von der Hoffnung befreit. Aber nun stand er vor ihr. Und die Hoffnung keimte wieder auf.

Sie standen voreinander, und während ihr die eine Antwort auf der Zunge brannte, sagte sie langsam, ganz bedächtig: »Wenn es das ist, was du willst.« Und weil er die Hände in die Hosentaschen steckte und nicht antwortete, fügte sie hinzu: »Willst du das? Cora heiraten? Tracys letzten Wunsch erfüllen?«

»Ich weiß es doch nicht, Mary. Verdammt. Woher soll ich das wissen?«

Sie sah, in welch großer Bredouille er steckte. Aber zugleich begriff sie, dass nicht sie ihm heraushelfen konnte. Wenn sie ihm sagte, er solle Cora heiraten, weil er es Tracy versprochen hatte, würde sie sich selbst ebenso verraten, wie wenn sie ihn bat, die Verlobung zu lösen und mit ihr glücklich zu werden. Beides war falsch.

Mary blickte zu der geschlossenen Tür des Torhauses. »Mein Leben ist jetzt hier, verstehst du?«

»Ja. Alles, worum ich bitte …«

Nein, Oliver, dachte sie. Bitte mich nicht mehr um etwas, das ich dir nicht geben kann.

Sie wollte das nicht hören. Keine Versprechungen, keine Bitten, keine Bedingungen, weshalb sie in genau diesem Moment, da er sich selbst an einem Scheideweg in seinem Leben wähnte, ihr eigenes über Bord werfen sollte. Dafür hatte sie zu lange darum gekämpft, dass sie nun hier stand. Am Seiteneingang eines Schlosses, in dem Königinnen lebten und Prinzessinnen geboren wurden. Sie dachte an das kleine Mädchen, das in der Kinderstube schlief, an den Säugling, über dessen Schlaf Katie wachte. Margarita und Theodora waren ihre Kinder, so wie Theresa und ihre anderen Geschwister auch immer ihre Kinder gewesen waren. Oscar und Thomas ebenfalls. Ein Teil ihres Herzens würde immer bei den beiden Jungen sein, die viel zu früh die Mutter verloren hatten, und damit würde sie auch immer ein Stück weit bei Oliver sein – aber nur, weil er Thomas' und Oscars Vater war, nicht um seiner selbst willen.

»Ich möchte einfach noch mal ein wenig Zeit mit dir verbringen.«

Sie schüttelte den Kopf. »Nein, Oliver«, flüsterte sie. »Das kann ich nicht.« Sie fürchtete, wenn sie jetzt mit ihm sprach, wenn er von Liebe redete, dann würde es ihr das Herz brechen, das vor einem halben Jahr bereits einen Knacks bekommen hatte. Es war jetzt noch kaum verheilt.

Und weil er da vor ihr stand und nichts sagte, fragte sie: »Wie stellst du dir das auch vor? Du sagst selbst, du heiratest Cora übermorgen. Ich vermute, danach werdet ihr direkt in die Flitterwochen aufbrechen?«

»Sei nicht so ungerecht. Bitte.«

Mary spürte, wie sich ihre Wut einer Welle gleich in ihr aufbaute. »Ich und ungerecht?!«

Er sah unbehaglich zur Seite. »Falls ich in dir Hoffnungen geweckt habe, tut es mir leid. Das war nicht meine Absicht.«

Sie sah seine Zerrissenheit. Doch sie wusste auch, dass sie ihm nicht das geben konnte, was er sich von ihr erhoffte.

»Du willst meine Absolution. Ich soll dir sagen, dass du das Richtige tust.«

»Ich weiß schon lange nicht mehr, was das Richtige ist.«

»Du wirst schon das Richtige tun«, sagte sie nach einem Schweigen, das sich unendlich lang dehnte, von dem sie aber wusste, dass es nur wenige Herzschläge dauerte, die ihr bis zum Hals pochten.

Er nickte. Drehte sich um, wollte schon gehen. Da fiel ihm noch etwas ein. »Bist du glücklich hier?«

»Du meinst, mit meiner Arbeit?«

»Ja.«

»Ich bin so glücklich, wie eine Frau sein kann, wenn sich ihr Wunsch erfüllt. Ich wollte immer Kinder betreuen. Das ist das, was ich am besten kann. Also ja, ich bin am besten Ort.«

Oliver nickte langsam. »Vielleicht musste ich das mit eigenen Augen sehen«, sagte er leise. »Die kleine Schachtel, die ich dir damals geschenkt habe … hast du sie inzwischen geöffnet?«

Mary blinzelte verwirrt. Die Schachtel mit der roten Schleife. An ihrem letzten Abend hatte Oliver sie ihr ausgehändigt, und sie hatte sie in ihre Reisetasche gesteckt. Daheim in London hatte sie sie in der Kommode in der

Wohnung ihrer Mam versteckt, ganz hinten. Sie wollte nicht wissen, was darin war. Wenn es etwas Wertvolles war, interessierte es sie nicht. Sie bewahrte die Schachtel nur auf, falls es irgendwann einen finanziellen Notfall gab, der sie zwang, möglichst schnell Geld zu organisieren.

»Nein«, sagte sie nur.

Oliver nickte. »Vermutlich besser so«, sagte er leise.

Sie sah ihm nach, als er ging. So vieles, das ungesagt blieb. Sie hätte ihm sagen können, dass sie immer noch Gefühle für ihn hatte – auch wenn sie diese tief in sich vergrub. Oder dass sie sich ein Leben mit ihm vorstellen konnte. Jederzeit. Aber nichts davon hätte etwas geändert.

Oder doch?

Mary lauschte in sich hinein.

Sie sah ihm nach. Seine breiten Schultern, seine dunklen Haare, wie er mit der Dunkelheit verschmolz.

»Warte, Oliver!«

Sie lief ihm nach. Leichter Nieselregen setzte ein. Er drehte sich um, sein Gesicht so voller Hoffnung, dass sie ihm die Antwort geben würde. Diese eine, die ihn davor bewahrte, dass er einen Fehler beging. Sie wussten beide, dass es ein Fehler wäre, wenn er den Weg weiter beschritt.

Aber Mary wusste auch: Sie war nicht dafür verantwortlich, ihn davor zu bewahren. Das konnte er nur ohne sie tun.

»Du weißt, was das Richtige ist.«

Er nickte.

Mary stellte sich auf die Zehenspitzen. So kühn kam sie sich vor, das musste an diesem Tag liegen, der sich wie ein Rausch anfühlte. Ein Kind war geboren, sie wuchs über sich selbst hinaus. »Dann tu es«, flüsterte sie ihm ins Ohr. Ihre Lippen berührten seine Wange. Oliver atmete scharf ein. Er wollte ihre Hand nehmen, doch Mary lief zurück zum Torhaus. Der Regen verstärkte sich, rauschte vom Himmel wie eine Wand, die sich zwischen sie schob. Sie blickte über die Schulter, nachdem sie anklopfte, sah ihn im Regen stehen und ihr nachblicken.

»Leb wohl, Oliver«, flüsterte sie.

Dann öffnete der Diener ihr, und sie verschwand im Schloss.

~

»Nanny MacArthur!«

Fast hatte sie unbemerkt das Babyzimmer erreicht, als die Stimme hinter ihr erklang. Sie fuhr herum.

Hinter ihr stand im dunklen Anzug Prinz Andreas von Griechenland.

»Ah, wo waren Sie denn? Ich habe Sie überall gesucht, und auf mein Klopfen haben Sie auch nicht reagiert. Ich wollte doch meine Tochter endlich sehen!«

»Prinz Andreas.« Sie machte hastig einen Knicks, wie Katie es ihr beigebracht hatte. »Entschuldigen Sie, Eure Hoheit, ich musste nur kurz …« Sie wurde rot und hoffte, er würde das so interpretieren, dass sie sich nicht unerlaubterweise vom Arbeitsplatz entfernt hatte, sondern nur kurz einem menschlichen Bedürfnis gefolgt war.

»Aber wer ist bei meinem Kind?«, rief er empört. Dabei überschlug sich seine Stimme fast, und Mary brauchte einen Moment, ehe sie seine Worte verstand, denn Prinz Andreas' Akzent machte es ihr schwer, ihn zu verstehen.

»Nanny Fox hat mich kurz abgelöst«, sagte sie hastig und hoffte, dass Prinz Andreas nicht schon länger nach ihr gesucht hatte. »Kommen Sie, ich bringe Sie zu Ihrer Tochter.«

Sie hoffte, dass Katie so umsichtig reagieren würde und Prinz Andreas nicht verriet, wie lange oder warum Mary tatsächlich verschwunden war.

Mary klopfte leise, bevor sie die Tür zum Babyzimmer öffnete.

Katie saß im Schaukelstuhl neben der Wiege. Sie wirkte gänzlich entspannt. Als sie allerdings Prinz Andreas bemerkte, der hinter Mary ins Zimmer drängte, sprang sie auf.

»Eure Hoheit.« Sie machte einen tiefen Knicks. »Möchte Prinzessin Alice nun ihre Tochter sehen?«

Der Prinz räusperte sich. »Ja, sie bittet darum. Ich würde meine Tochter gern zu ihr bringen.«

»Selbstverständlich.« Katie gab Mary ein Zeichen, doch sie war bereits an die Wiege getreten und schlug behutsam die Decke zurück. Sie hob das schlafende Neugeborene heraus und wollte es dem Prinzen auf den Arm legen, doch der wich einen Schritt zurück.

»Könnten Sie nicht … mitkommen?«

»Natürlich.« Katies scharfer Blick traf sie. Manchmal schaffte Mary es nicht, ihre Herkunft zu kaschieren, dann war sie zu direkt oder ihre Worte nicht gewählt genug. Das merkte sie selbst, doch Prinz Andreas schien es nicht zu stören. Er beugte sich über seine schlafende Tochter und wirkte gänzlich verzückt von dem winzigen Gesicht, den zu kleinen Fäusten geballten Händchen und den feinen dunklen Härchen, die unter der Spitzenhaube hervorlugten, die Mary Prinzessin Theodora vorhin aufgesetzt hatte, bevor sie das Baby ins Bett legte.

»Sie ist wunderschön, finden Sie nicht?«

»Ja.«

»Das schönste Baby, das ich je gesehen habe«, sagte Katie hinter Marys Rücken. Als müsste sie ihr helfen, die richtigen Worte zu finden.

Es war eine merkwürdige Prozession, die sich auf den Weg zum Gemach der Wöchnerin machte: Prinz Andreas schritt voran, Mary mit dem Säugling im Arm hinter ihm.

Katie blieb dicht an ihrer Seite, lächelte aufmunternd, als müsste sie Mary bestätigen, dass sie alles richtig machte.

Warum aber fühlte es sich gar nicht so an?

Das Gemach von Prinzessin Alice lag nur zwei Flure von den Kinderzimmern entfernt. Kurz vor der Tür ließ Katie sie allein, sie murmelte, sie müsse zurück, falls eines der anderen Kinder aufwachte. Mary hatte das Gefühl, sie würde einen wertvollen, zerbrechlichen Schatz auf den Armen tragen, eine vergoldete Porzellanschüssel oder dergleichen.

Ein Diener, der vor dem Gemach Stellung bezogen hatte, öffnete ihnen die Tür. Durch einen schwach beleuchteten Vorraum betraten sie das Zimmer. Üppige Teppiche, dunkelblaue Samtvorhänge, ein gewaltiges Bett mit Himmel, von dem zarte Gazeschleier hingen. Darin, von einem Dutzend dicker Kissen gestützt, saß Prinzessin Alice. Ihre Wangen glänzten rosig, ihr Haar war noch dunkel, vermutlich hatte sie in der Zwischenzeit gebadet. Mary wurde rot, weil sie über etwas so Profanes wie ein Bad nachdachte. Ihre Mutter hatte nach den Geburten erst Tage später das erste Bad nehmen können – dann nämlich, als sie selbst das Wasser hatte hochschleppen und erhitzen können.

Trotz fortgeschrittener Stunde war die Prinzessin wach und ausgeruht. Als sie Mary mit Theodora auf dem Arm hinter ihrem Mann entdeckte, machte sie sofort ein Zeichen – sie wollte ihr Baby halten. Mary trat an das Bett, sie lächelte. »Hier ist Ihre Tochter, Eure Hoheit. Sie hat schon ein wenig getrunken und schläft sehr entspannt.«

»Danke, meine liebe Nanny MacArthur. Wie geht es Margarita?«

»Bestens. Sie wird ihr Schwesterchen morgen kennenlernen.«

Prinz Andreas trat ans Bett. »Meine Liebe.«

Seine Gattin sah auf. Ihre Augen wirkten dunkel, sie

glänzten, als könnte sie nur mühsam die Rührung zurückhalten. »Es tut mir leid, Liebster«, seufzte sie. »Bist du sehr enttäuscht?«

Mary machte zwei Schritte nach hinten. Sie wusste nicht, was von ihr nun erwartet wurde. Situationen wie diese waren für sie neues Terrain, und sie hatte zwar während ihrer Ausbildung am Norland Institute einiges über die Umgangsformen in den höchsten Kreisen gelernt, doch wie sich eine Nanny verhielt, wenn die frischgebackenen Eltern sich das erste Mal über das gemeinsame Kind beugten, wusste sie nicht. Sicher, sie sollte in der Nähe bleiben, falls sie gebraucht wurde. Aber sonst?

»Sie können ruhig gehen, Nanny MacArthur. Ich lasse nach Ihnen schicken.«

»Ja, Prinzessin Alice.« Mary knickste. Sie verließ beinahe fluchtartig die Gemächer. Draußen wusste sie erst nicht, wo es zu den Kindern ging, der Diener musste ihr den Weg zeigen. Sie holte Katie kurz vor der Kinderstube ein.

»Sie hat mich weggeschickt.« Mary konnte nicht verhindern, dass sie anklagend klang.

»Kannst du es ihnen verdenken? Sie brauchen Zeit. Du wirst erst wieder benötigt, wenn das Baby Hunger hat oder seine Windel nass ist.«

Mary verstand. Sie war aber verblüfft über Katies scharfen Tonfall.

»Habe ich dir was getan?«, wollte sie wissen. »Oder hab ich was falsch gemacht?«

»Ich weiß nicht? Findest du es richtig, wenn du nachts vor den Schlosstoren einen Mann küsst, während ich für dich auf das Baby aufpasse?«

»Du hast es gesehen?«

Katie seufzte. »Natürlich habe ich es gesehen. Vom Fenster aus kann man bis zum Torhaus blicken. So stockfinster war es nicht, dass ich nicht zumindest mitbekommen habe, wie du mit ihm hitzig diskutiert und ihm zum Abschied sehr nahe gekommen bist. Er war nicht dein Bruder, nehme ich an.«

»Nein, das war er nicht«, räumte Mary ein. Sie war geknickt. Ach, alles lief schief, und die Erinnerung an das Gespräch mit Oliver drückte ihre Stimmung.

»Du solltest dich einfach mal entscheiden, was du willst«, sagte Katie etwas versöhnlicher. »Den Mann oder den Beruf?«

Kapitel 29

London, Juni 1906

»Ach, mein süßes kleines Baby. Schau, da bringt dir deine Nana die leckere warme Milch! Ja, da freust du dich, nicht wahr?«

Lächelnd richtete Prinzessin Alice sich auf. Sie legte verstohlen eine Hand ins Kreuz. Nach der Geburt der kleinen Theodora war sie noch nicht wieder gänzlich auf dem Damm, doch sie ließ es sich nicht nehmen, Mary bei der Säuglingspflege zu unterstützen, während Prinz Andreas ein letztes Mal in London weilte. In wenigen Tagen wollten sie nach Griechenland aufbrechen.

»Da ist ja meine kleine Thea Dolla«, gurrte Mary. Prinzessin Alice beobachtete wohlwollend, wie Mary das Baby aus der Wiege hob und sich mit ihm auf den Schaukelstuhl setzte. Dann ließ auch sie sich auf dem Sessel nieder, den sie sich in das Babyzimmer hatte bringen lassen, weil sie nicht so lange stehen konnte.

Thea Dolla – es war Prinzessin Alice, die irgendwann anfing, die kleine Theodora so zu nennen, und Mary hatte diesen Namen gern übernommen.

»Ist sie nicht wie ein niedliches Püppchen?«, fragte Mary.

»Na, eher wie ein seliger Wonneproppen.« Die Prinzessin lachte gutmütig. »Haben Sie schon mal so ein gemütliches, entspanntes Baby erlebt, Nanny MacArthur?«

Mary achtete darauf, die Prinzessin anzusehen, wenn sie antwortete, damit diese von ihren Lippen ablesen konnte. »Bisher noch nie«, räumte sie ein. »Aber meine Geschwister mussten auch mit dem wenigen auskommen, das wir hatten.«

Säuglingsnahrung gehörte damals jedenfalls nicht zu dem ständig verfügbaren Luxus, den Mary ihnen hatte vorsetzen können. Schon früh hatte sie die Säuglinge auch mit verdünntem Getreidebrei oder Schafsmilch gefüttert, sofern Letzteres zu bekommen war. »Aber aus ihnen ist ja auch etwas geworden«, fügte sie fast entschuldigend hinzu.

Sie musste den Kopf wegdrehen, damit die Prinzessin nicht sah, wie die Gefühle Mary übermannten. Denn sofort war die Erinnerung zurück an die Babys, aus denen »nichts geworden« war, die noch im Säuglingsalter verstorben waren. Sie wartete, bis Theodora das Fläschchen geleert hatte, dann stand sie auf und ging ein wenig mit ihr umher. Das Baby knötterte, schlief dann aber bald satt und zufrieden an ihre Schulter gebettet ein.

Mary legte es zurück in die Wiege und deckte es zu. Einen Moment stand sie einfach da und betrachtete es. Prinzessin Alice hatte derweil eine Stickarbeit zur Hand genommen und summte leise vor sich hin. »Ich schaue einmal, ob Margarita ihren Mittagsschlaf schon beendet hat.«

Bloß schnell weg. Sie hatte das Gefühl, sie müsste ersticken, wenn sie länger an der Wiege stehen blieb.

Als sie an der Tür war, rief ihre Arbeitgeberin sie zurück. Natürlich, sie hatte Mary nicht gehört, weil sie in ihre Handarbeit vertieft war.

Mary vergaß manchmal, dass Alice von ihren Lippen las. Sie entschuldigte sich.

»Ach«, sagte die Prinzessin. »Machen Sie sich deshalb

keine Vorwürfe, meine Liebe. Sie sind so umsichtig, wenn es um meine Bedürfnisse geht, das habe ich bisher selten erlebt.«

»Vielleicht, weil ich einmal mit einem gehörlosen Hausmädchen zusammengearbeitet habe.«

»Ja, das erwähnten Sie bereits, als wir uns kennengelernt haben.« Alice ließ die Handarbeit sinken. »Was ich mich seither frage: Wie haben Sie sich verständigt?«

»Durch Handzeichen zumeist. Sie konnte ja nicht lesen und schreiben.« Mary überlegte. »Genau genommen hatte Penny eine Art Sprache, die sich aus Gebärden zusammensetzte. Die hat sie wohl vor über dreißig Jahren in der Schule gelernt.«

»Ah ja. Ich habe davon gehört, dass es das früher gab. Aber man hat wohl diese Art der Kommunikation für taube Kinder aus dem Lehrplan gestrichen, weil man dachte, sie lernen Sprechen nur, wenn man sie zum Sprechen erzieht, statt ihnen ihre eigene Sprache zu lassen.« Alice wurde nachdenklich. »Wissen Sie, Nanny MacArthur, das lässt mir keine Ruhe. Ich habe Glück. Ein wenig kann ich ja hören, aber es reicht nicht, dass ich alles mitbekomme. So eine Gebärdensprache hätte mir geholfen, denke ich. Aber dann hätte ich vielleicht nicht gelernt, von den Lippen abzulesen? Ich beherrsche das ja in mehreren Sprachen.«

»Wie war das denn, als Ihre Eltern merkten, dass Sie taub sind?« Mary senkte den Blick. »Entschuldigen Sie, wenn die Frage zu privat ist.«

»Ach nein. Es ist lieb, dass Sie fragen. Die meisten Menschen nehmen meine Gehörlosigkeit einfach hin und übergehen sie in der Folge. Ich komme ja zurecht, denken sie. Und eine körperliche Einschränkung wird einfach ignoriert, als würde sie deshalb verschwinden. Als klar wurde, dass ich nicht hören konnte, war ich bereits vier Jahre alt.

Bis zu dem Tag hatte man sich wohl in meiner Familie gewundert, weil ich so wenig sprach. Meine Mutter begann danach, mit mir das Sprechen zu üben. Sie brachte mir auch das Lippenlesen bei, darin war sie unermüdlich. Ich verdanke ihr viel.«

Die Prinzessin wurde nachdenklich. »Manchmal denke ich, dass es besser gewesen wäre, wenn ich Gebärdensprache hätte lernen können. Ich weiß von meiner Mutter, dass es das früher gab, aber man war wohl der Auffassung, dass Gehörlose sich den Hörenden anpassen müssen. Dabei hätte ich es gern, wenn sich andere auch mal nach mir richten. Verstehen Sie, was ich meine?«

Mary nickte vorsichtig.

»Nun, würden Sie mir einen Gefallen tun, Mary?«

»Gerne.«

»Könnten Sie dieses Hausmädchen fragen, ob es zu uns kommen möchte? Erst einmal ganz unverbindlich für ein Vorstellungsgespräch. Vielleicht ist es auch eine dumme Idee, aber ich könnte mir vorstellen, dass ihre Fähigkeiten für uns von Nutzen sein könnten. Ich weiß nicht, inwiefern auch Margarita und Theodora von meinem Leiden betroffen sind, und ich möchte ihnen einen leichteren Start ermöglichen. Allzu gut erinnere ich mich, wie es war, als ich als Kind erkennen musste, dass ich anders bin. Es war schlimm.«

»Ich kann es versuchen.« Doch das Letzte, was Mary wollte, war, sich mit dem Haushalt von Oliver zu beschäftigen. Sie ärgerte sich, weil sie überhaupt davon angefangen hatte.

»Ich bitte darum. Und nun halte ich Sie nicht länger auf, Sie wollten nach Margarita sehen. Ich bleibe bei Dolla.« Die Prinzessin blickte verträumt in die Wiege.

Mary zog leise die Tür hinter sich zu.

Wie kam sie nur aus dieser vertrackten Lage, in die sie sich – wieder einmal – gebracht hatte?

~

Sie schrieb nach Bethersden, an Ginny. Erwartete jedoch gar keine Antwort auf ihre Frage, ob Penny sich vorstellen könnte, die griechische Prinzessin kennenzulernen, weil diese an ihrer Fähigkeit zur Gebärdensprache interessiert war.

Die Antwort kam prompt. Ginny schrieb nur so viel:

Liebe Mary,
wie gut, von Dir zu hören. Wir machen uns viele
Gedanken um Dich, wie es Dir erging zuletzt.
Bei uns ist alles gut. Miles hat um meine Hand
angehalten, ich bin nun Mrs O'Brien und sehr
glücklich. Penny möchte Dich gern sehen, sie mag
es gar nicht glauben, was Du ihr anbietest.
Kannst Du herkommen? Bis zum 11. sind
Mr und Mrs Mixon noch auf dem Kontinent.
Liebe Grüße, Deine Ginny O'

Mary bat um einen freien Tag, um die Angelegenheit in Bethersden zu regeln, und Prinzessin Alice hatte nichts dagegen. Am liebsten wäre sie wohl selbst mitgekommen, doch sie verabschiedete sich von Mary mit den Worten: »Ich vertraue Ihnen. Wenn diese Ms Penny die Richtige ist, bringen Sie sie gleich mit.«

So kehrte sie zurück nach Bethersden. Es fühlte sich seltsam an, als sie den Zug bestieg, als die Landschaft an ihr vorbeiflog. Diesmal las sie nicht, sondern blickte aufmerksam aus dem Fenster. Wer weiß, dachte sie. Wer weiß denn schon, wann ich wieder nach England komme, und ihr Herz zog sich dabei leicht zusammen. Sie konnte schon spüren, wie sich das Heimweh heranschlich.

Knapp ein Jahr war es nun her, seit sie das erste Mal nach Bethersden gefahren war. Dieses Mal war es anders, obwohl sie wie damals die Nannyuniform trug. Sie hatte auch ihre kleine Reisetasche bei sich, weil sie am nächsten Morgen mit dem ersten Zug zurückfahren würde. Aber wenn sie aus dem Fenster sah und sich darin ihr ernstes Gesicht unter dem platten braunen Hut spiegelte, erkannte sie diese junge Frau, die ihr entgegenlächelte, fast nicht. Das war sie? Kaum zu glauben.

»Nächster Halt Bethersden!« Der Schaffner kam in ihren Waggon.

Auf dem Bahnhofsvorplatz stand diesmal ein Automobil, keine Kutsche. Manche Dinge ändern sich doch, dachte sie belustigt. Miles winkte ihr, er strahlte übers ganze Gesicht und ließ es sich nicht nehmen, ihr die Tasche abzunehmen.

»Ihre erste Fahrt mit einem Automobil?«, fragte er, als sie sich an dem Lederriemen festhielt, der für ängstliche Beifahrer vom Autodach hing.

»Ach …« Sie ließ los und versuchte, irgendwo anders Halt zu finden. »Merkt man das, ja?«

»Machen Sie sich keine Sorgen. Das Schätzchen hier fährt uns in null Komma nix nach Hause. Fast wie meine beiden alten Gäule, die kannten den Weg auch besser als ich.«

Die Fahrt verlief rasant und etwas holprig. Mary vermutete, dass Miles ihr auch zeigen wollte, was in seinem »Schätzchen« steckte. Sobald sie vor dem alten Herrenhaus vorfuhren und der Motor erstarb, sprang er heraus und begann, die Windschutzscheibe zu putzen. »Sie kennen ja den Weg.«

Sie ging zum Dienstboteneingang. Tauchte hinab in die Kühle von Küche und Vorratskammer. Der Duft von frischem Brot, die warmen Aromen von Erdbeermarmelade und einem kross angebratenen Stück Fleisch fürs Abendessen begrüßten sie zuerst. Dann tauchte Ginny hinter den wabernden Küchendämpfen auf und schloss Mary in die Arme wie ein verloren geglaubtes Familienmitglied.

»Wie gut, dass du hier bist! Willkommen, willkommen! Ich habe dein altes Zimmer hergerichtet. Penny läuft den ganzen Tag schon herum wie ein verrücktes Huhn.«

»Dann wird sie mitkommen?«

»Sprich selbst mit ihr, da kommt sie gerade.«

Penny kam die Treppe herunter. Als sie Mary erblickte, hellte sich ihre Miene auf. Sie machte ein paar Zeichen mit ihren Händen. Hilflos blickte Mary zu Ginny. Ihre Fähigkeit zur Kommunikation per Gebärden war etwas eingerostet.

»Sie sagt, sie freut sich, dich zu sehen.«

Penny gebärdete weiter. Mary erkannte einige Dinge wieder, die sie letztes Jahr aufgeschnappt hatte. Es dauerte nicht lange, und sie wusste, wie sehr Penny sich freute, dass sie da war, und erkundigte sich nach den Vorstellungen der griechischen Prinzessin. Mary erklärte es ihr.

»Denk an die Böden, Penny«, ermahnte Ginny sie schließlich. Penny nickte eifrig, sie winkte Mary noch einmal zu und lief zurück nach oben. So leichtfüßig hatte sie die Ältere noch nie erlebt, fuhr ihr durch den Kopf.

»Es ist nicht leichter geworden, seit du weg bist.« Ginny stellte eine Zuckerdose und ein Milchkännchen auf den Tisch zwischen das Hackbrett und einen Topf mit abkühlendem Kompott. »Weder für Penny noch für die anderen. Sie würde gern bleiben, weißt du? Sie mag die Kinder so gern. Aber die neue Mrs Mixon …« Ginny schüttelte seufzend den Kopf. »Ich könnte jetzt sagen, dass sie halt zu jung ist fürs Muttersein, aber manches hat nichts mit dem Alter zu tun. Habe ein bisschen den Eindruck, dass sie einfach nicht weiß, was sie mit den Kindern anfangen soll. Und statt es denen zu überlassen, die sich damit auskennen, macht sie einfach. Gab schon häufig Streit vor der Hochzeit.«

Mary setzte sich auf einen freien Stuhl. Sie wusste nicht, was sie dazu sagen sollte. Über Cora wollte sie lieber nichts Schlechtes sagen, dazu kannte sie Olivers Frau zu wenig. Und ihr stand es als Letztes zu, ihre Meinung kundzutun. Aber das wusste Ginny ja nicht.

»Ich sag's dir, sobald sie ihr eigenes Baby hat, wird sie die beiden Jungen ins Internat stecken. Die will ihre eigene kleine Familie haben. Mrs Mixons Jungen sind ihr egal, das waren sie schon immer.«

»Wo sind Oscar und Thomas?«, fragte Mary.

Ginnys Miene hellte sich auf. »Lieb, dass du fragst, Schätzchen. Die sind gerade bei einer Tante, während die Mixons durch Italien reisen.«

Mary versuchte, ihre Enttäuschung zu verbergen, doch das gelang wohl nicht so gut. Ginny sah es ihr an der Nasenspitze an, wie gern sie die beiden gesehen hätte. Andererseits war sie auch erleichtert, dass es zu keiner Begegnung kam – um der Kinder willen, die so ein Wiedersehen unter Umständen verwirrt hätte. Nein, befand sie. Auch wenn sie nach den Kindern Sehnsucht hatte – so war es besser.

»Und das ist der Unterschied«, meinte Ginny leise.

»Was genau?«

»Du liebst die Kinder. Egal, wer ihre Mutter ist, für dich sind sie trotzdem irgendwie ›deine‹ Kinder, egal, ob du nun täglich mit ihnen zusammen bist oder nicht. Wir hätten dich *alle* gern hierbehalten. Nun ja, bis auf Mrs Mixon, nehme ich an.« Ginny stand auf. Sie holte eine Blechdose aus der

Vorratskammer. Darin war feinstes Teegebäck mit Anis. »Aber verrat's keinem, dass ich die rausrücke. Ist sonst nur für die hohen Feiertage.« Sie zwinkerte Mary zu.

Lange konnten sie es nicht geheim halten. Als wären sie von dem Geruch angelockt worden, steckten bald Miles, Penny und sogar ein sehr junges Dienstmädchen, das Mary nicht kannte, den Kopf durch die Tür und machten große Augen. Alle bekamen einen Keks. Mary hatte deshalb kein schlechtes Gewissen. Sie wusste von früher, dass Ginny diese Kekse immer dann servierte, wenn sie Besuch in der Küche hatte.

»Kommt selten genug vor, dass sich mal wer zu uns verirrt.« Die Köchin seufzte und wischte die Krümel an ihrer Schürze ab. »Es ist still geworden bei uns. Damals mit Mrs Mixon, da hatten wir immer Besuch, sie hat das sehr gemocht, wenn ihre Freundinnen kamen und ihre Bediensteten mitbrachten. Die Neue hat ihre eigenen Leute, aber die halten sich von uns fern, weil sie denken, sie wären was Besseres, nur weil sie aus der Stadt kommen. Du warst da ja anders.«

»Ich war vor allem verschüchtert und hatte Angst, irgendwem auf die Füße zu treten.«

»Ich erinnere mich.« Ginny grinste. »Aber das ist jetzt anders. *Du* bist anders. Kann's gar nicht so genau sagen.«

»Ich habe meinen Platz gefunden, glaube ich.« Mary faltete die Hände im Schoß. »Die neue Stellung ist gut. Ich komme gut zurecht.«

»Und die Dinge, die du hier zurückgelassen hast?«

Mary knibbelte an der Nagelhaut ihres Zeigefingers. »Die habe ich hinter mir gelassen.«

»Wir haben uns damals gefragt …«

»Nicht«, unterbrach Mary die Köchin. »Ich möchte darüber nicht mehr reden.«

»Verstehe.«

Sie plauderten noch über ein paar andere Dinge. Über die Apfelbäume, die dieses Jahr besonders voll hingen, doch Ginny beklagte, dass Mr Mixon sich überhaupt nicht dafür interessierte. »Gibt wenig, wofür er sich noch interessiert.«

Fast hätte Mary ihr erzählt, dass Oliver zwei Tage vor der Hochzeit noch einmal bei ihr gewesen war. Dass er sie gebeten hatte, ihn vor seinem Fehler zu bewahren. Alle schienen zu wissen, dass es falsch war, wenn er Cora heiratete, und trotzdem hatte er es getan – weil er es wollte. Weil er sich Tracys Wunsch verbunden fühlte. Vielleicht glaubte er, damit könnte er ihr näher sein.

Aber im Grunde war es müßig, darüber nachzudenken, was Oliver wollte, dachte Mary. Er hatte sich entschieden, und nun mussten sie beide mit seiner Entscheidung leben. Der Unterschied war nur, dass Mary sich nie hatte aktiv entscheiden dürfen. Und auch als er zu ihr kam, als er im einsetzenden Regen am Abend von Theodoras Geburt vor ihr stand und wissen wollte, ob er das Richtige tat, hatte sie ihm nicht helfen können.

Er hatte sich das Bett bereitet, in dem er nun ruhte. Sie hatte die ganze Zeit am Rand gestanden, hatte zugesehen. Wenigstens, und das war ihr Trost, hatte sie sich nie Hoffnungen gemacht, nachdem sie Bethersden verlassen hatte. Für sie war in dem Moment bereits klar gewesen, dass es kein Zurück gab.

Für ihn offenbar nicht.

Es war dieser Moment ihrer Rückkehr, als sie bei Tee und Aniskeksen bei Ginny in der Küche von Bethersden saß, in dem sie begriff, dass sie stärker war als Oliver. Wäre er stärker gewesen, hätte er für seine Gefühle eingestanden und sich über sein Pflichtbewusstsein hinweggesetzt. Sie konnte beweinen, dass es nicht so passiert war.

Oder sie blickte nach vorne. Und das tat sie. Erzählte Ginny von ihrer neuen Stellung, voller Stolz und Freude berichtete sie von den kleinen Mädchen. Schließlich kam sie zum Grund ihres Besuchs.

»Was ist mit Penny, meinst du, sie kommt mit?«

»Sie wird dich gleich sprechen wollen. Aber ich glaube, sie wird nicht mitkommen. So unternehmungslustig wie du ist sie nicht.«

»Aber Prinzessin Alice …«

»Nicht jede möchte dein Leben führen, Mary.«

»Das soll mir Penny lieber selbst sagen.«

Ginny kniff die Lippen zusammen. Mit einem Mal hatte sich die Stimmung verändert.

»Hab hier noch einiges zu tun«, meinte Ginny. Sie überließ Mary sich selbst, und so konnte diese ihre Reisetasche nach oben in ihr altes Zimmer bringen. Die Luft stand stickig in dem Turmzimmer, auf dem Bett lag eine alte, staubige Tagesdecke. Sie riss die Fensterflügel auf, atmete die frische Luft ein, die von draußen hereinströmte. Die flirrende Hitze, in der sie London verlassen hatte, war hier erträglicher; der Schatten der Bäume tat ein Übriges. Sie atmete tief durch.

Die Tränen kamen ganz plötzlich. So überraschend, dass sie nach Luft schnappen musste. Mary schlug die Hände vors Gesicht. Es fühlte sich falsch an. Hier zu sein und etwas nachzutrauern, das sie niemals haben würde. Sie erkannte, sogar ihre Idee, Penny zu Prinzessin Alice zu holen, entsprang nur dem Wunsch, noch einmal hier zu sein. Insgeheim hatte sie wohl gehofft, dass sie Oliver antreffen würde. Oder seine Söhne, die ihm dann von ihrem Besuch erzählten, sobald er heimkehrte. Egal, was, sie wollte ihm wohl irgendwie zeigen, dass sie hier gewesen war.

Aber das änderte nichts.

Und vielleicht musste sie sich auch das eingestehen – die Möglichkeit, dass Oliver mit Cora glücklich wurde, obwohl er selbst darüber grübelte, ob es mit Mary nicht anders wäre – besser.

Dabei sprach zu vieles gegen sie beide.

Nicht jede wollte ihr Leben führen – wohl wahr. Aber Mary hatte dieses Leben immer so sehr ersehnt. Sie wollte Nanny sein, für Kinder sorgen, Tag und Nacht. Sie wollte ihnen ihre Liebe und Fürsorge schenken, wollte ihre ersten Schritte begleiten, ihr erstes Wort. Das war ihr Ziel: für die Zukunft da sein, verlässlich und ohne Zweifel.

Eine dritte Chance würde sie nicht bekommen. Was sie bei der Familie des griechischen Prinzen begonnen hatte, wollte sie auch beenden.

Als Penny ihr an diesem Abend mitteilte, dass sie nicht mitkommen würde, diskutierte Mary nicht mit ihr. Sie wusste, die Argumente hätte sie gehabt – eine gute Bezahlung, ein perfektes Arbeitsumfeld. Aber jetzt hatte sie begriffen, worum es ging.

Es ging um die Kinder. Und mit Penny wäre auch für Mary immer die Erinnerung an ihre Zeit in Bethersden präsent.

Als sie am nächsten Morgen wieder abreiste, wusste sie, dass es richtig war. Sie würde alle Brücken hinter sich abbrechen und keinen Blick mehr zurückwerfen.

Dieses Kapitel ihres Lebens schloss sie nun für immer.

Kapitel 30

London, Juli 1906

Du bist heute Abend gar nicht da?«
Onkel George lugte nur kurz hinter seiner Zeitung hervor und warf ihr die Frage zu. Joan konnte ihm seine Grummeligkeit nicht verdenken. Sie hatte heute ihren Schreibtisch im Norland Institute endgültig geräumt, war nur für das Abendessen daheim gewesen und hatte Edward ins Bett gebracht, der sich schon sehr auf die Reise am nächsten Mittag freute. Immer wieder hatte er sich aufgesetzt. »Morgen nach Haus?«, fragte er. Sie bestätigte unermüdlich: »Ja, morgen fahren wir nach Hause.«

Das Herz brach ihr jedoch, als er sich ein letztes Mal in sein Kissen kuschelte und flüsterte: »Dut. Hier zu Hause. Alles dut.«

Für Edward war London zu seinem Zuhause geworden. Sie blieb etwas länger bei ihm sitzen, die Hand ruhte auf seinem Rücken, sie spürte seinen ruhigen Atemzügen nach und hätte fast geweint. Denn die Rückkehr nach Dublin fühlte sich auf einmal gänzlich falsch an.

Deshalb war sie nun in Eile, denn sie hätte schon vor einer Viertelstunde bei ihren Freundinnen sein wollen.

»Ich hatte gedacht, wir verbringen deinen letzten Abend zusammen.«

»Ach, Onkel George.« Sie trat zu ihm. Er faltete die Zeitung zusammen und legte sie beiseite. »Es tut mir so leid. Aber ich muss in dringender Angelegenheit nach Windsor.«

»Das klingt, als wärst du eine königliche Sendbotin.«

»Nein. Aber meine Freundinnen erwarten mich dort.«

Freundinnen. Es fühlte sich immer noch merkwürdig an, das so zu sagen. Aber es stimmte – Katie und Mary waren inzwischen zu Freundinnen geworden. Das Schicksal hatte sie zusammengeführt und ihnen nun noch die letzten Monate gemeinsam in London geschenkt.

»Dann nimm wenigstens eine Motordroschke. Ich zahle sie dir auch.«

»So einen Luxus? Na, ich weiß nicht.«

Inzwischen waren sie auf Londons Straßen immer häufiger anzutreffen: Motordroschken, die langsam die Pferdedroschken verdrängten. Joan hatte sich bisher an das Altbewährte gehalten.

»Sie sind schneller, du sitzt geschützt darin und bist früher zurück.«

»Also gut. Ich beeile mich.«

Sie gab ihm einen Kuss auf die Wange, und wieder brummelte ihr Onkel. »Wirst mir ganz schön fehlen.«

»Es wird nicht für immer sein«, versprach sie ihm.

»Das ist das Einzige, was mich daran tröstet.«

Sie warf sich einen dünnen Mantel über und verließ das Haus. Einige Hundert Meter die Straße hinunter gab es tatsächlich seit Kurzem einen Droschkenstand, an dem gelegentlich auch eines der Automobile auf Kundschaft wartete, und als sie sich diesem näherte, hielt qualmend und stinkend eines dieser Motorgefährte und entließ die Fahrgäste in den lauen Sommerabend.

»Wo darf's hingehen, Miss?«, fragte der Fahrer forsch, als er Joans neugierigen Blick bemerkte.

»Nach Schloss Windsor.«

Der junge Bursche pfiff durch die Zähne. »Feine Adresse, was?«

Joan kletterte in die Fahrgastkabine.

»Gut festhalten!«, rief der Motordroschkenfahrer, dann fuhren sie auch schon los. Joan stellte überrascht fest, wie angenehm das Automobil über die Straßen der Stadt rollte. Es dauerte nicht lange, und sie ließen die hohen Straßenschluchten hinter sich.

»Möchten Sie, dass ich auf Sie warte?«, fragte der Fahrer, als er vor Schloss Windsor hielt. »Sie bezahlen nur die Fahrten. Ist für mich ein gutes Geschäft, sonst muss ich ja leer zurückfahren, und abends gibt's nicht so viele Fahrten.«

»Sehr gerne.« Joan bezahlte ihm die Hinfahrt und schritt zum Dienstboteneingang. Sie wusste, dass auch Mary und Katie auf gepackten Koffern saßen – bald ging es für die eine zum ersten Mal nach Griechenland, für die andere erneut nach Russland.

»Bist du sehr aufgeregt?«, fragte Joan, als sie Mary zur Begrüßung umarmte. Ihre junge Freundin machte auf sie einen etwas bedrückten Eindruck. Doch sofort hellte sich ihre Miene auf.

»Ach was! Ich freu mich auf die Reise. Das erste Mal sehe ich was von der Welt, das ist doch wunderbar.«

»Freu dich nicht zu früh. Reisen mit Kindern ist anstrengend.«

»Ich habe schon anderes mit Kindern bewältigt.«

»Du hast recht«, gab Joan sich versöhnlich. Natürlich hatte Mary schon vieles geleistet, und sie hatte ihrer Freundin auch keine Angst machen wollen. Ihr gefiel selbst nicht, wie negativ sie in letzter Zeit allzu oft reagierte. Sie wusste, woher das kam …

Mary hatte sich verändert, stellte Joan fest. Nicht zu ihrem Nachteil. Sie war ein wenig forscher, fast schon gewitzt geworden. Sie wusste auf jeden Fall, was sie wollte.

»Daheim ist alles zum Besten gestellt, und Prinzessin Alice hat mir versichert, dass wir oft genug nach England zurückkehren werden, damit ich meine Familie sehen kann.« Mary strahlte. »Und zwei Wochen im Jahr bekomme ich frei.«

»Das klingt wundervoll.« Joan freute sich ehrlich für Mary. Sie wirkte gefestigt. Die Arbeit tat ihr gut, und alles andere, davon war Joan überzeugt, würde sich fügen. Mrs Ward hatte unrecht gehabt, als sie glaubte, Mary könne sich in diese Stellung nicht einfinden. Sie brauchte in der Situation einfach jemanden, der sie an die Hand nahm und ein wenig unterstützte. Katie war da die Richtige gewesen.

Vielleicht sollten sie das im Hinterkopf behalten, wenn sie zukünftig Stipendien vergaben. Oder grundsätzlich mehr darauf achten, ob eine frischgebackene Nanny noch Unterstützung brauchte. Es gab Haushalte, in denen sie auch jetzt schon zu zweit arbeiteten – das wurde vom Norland Institute auch so empfohlen, sobald die Kinderschar zu groß wurde und die Kinder noch klein waren.

»Na, worüber grübelst du?«, neckte Katie sie.

»Ach, ach.« Joan lachte verlegen. Sie hatte gar nicht gemerkt, wie sie schon wieder abschweifte – und wie es dabei erneut um die Belange des Norland Institutes ging. Wie sich die Schule verbessern ließ. Dabei war das nicht ihre Aufgabe. Mrs Ward schien bei ihrer letzten Begegnung fast erleichtert gewesen zu sein, dass Joan nach Dublin zurückkehrte. Als fürchtete sie, irgendwann könnte man befinden, sie sei überflüssig.

Aber das stand niemandem zu, dachte Joan.

Nach der letzten Diskussion mit Mrs Ward hatte Joan versucht, sich bei der Verabschiedung besonders versöhnlich zu geben. Auch Emily schien bestrebt, dass sie nach den Monaten vertrauensvoller Zusammenarbeit nicht im Streit auseinandergingen. »Meine Tür wird Ihnen immer offen stehen«, waren ihre Worte gewesen. »Egal, ob es um die Stiftung geht oder Sie etwas anderes auf dem Herzen haben.«

Joan hatte ihr daraufhin versichert, dasselbe gelte natürlich auch für Emily. Die Unstimmigkeiten waren erst einmal aus dem Weg geräumt. Sie wusste natürlich nicht, was die Zukunft bringen würde. Aber sollte es sie noch einmal für längere Zeit ans Norland Institute verschlagen – was sie insgeheim bezweifelte, aber wer wusste schon, wie das Leben so spielte? –, dann wäre sie auch dafür bereit.

Trotzdem war sie in Gedanken oft damit beschäftigt, sich Verbesserungen für das Norland Institute zu überlegen. Sie müssten mit der Zeit gehen, gerade auch, um sich weiterhin von der Konkurrenz abzuheben und ihre Exzellenz weiter zu unterstreichen.

Darum hatte Joan mit Mrs Sharman vereinbart, dass sie in Kontakt bleiben würden. Zum Herbst wollte Joan nach London zurückkehren. Nicht nur wegen des Norland Institutes. Sie dachte an Mr Ford. Er würde sie aufsuchen und sich eine positive Antwort erhoffen, von der sie immer noch nicht wusste, ob sie ihm diese geben konnte …

Schon wieder waren ihre Gedanken abgeschweift, und es dauerte einen Moment, bis sie der angeregten Diskussion von Mary und Katie wieder folgen konnte. Gerade ging es um die Frage, ob die Nannys vom Norland Institute neue, modernere Uniformen benötigten. Mary schüttelte den Kopf – sie war sehr auf Norlands Tradition bedacht.

»Wir sollten uns nicht ständig darüber definieren, wer neuer oder besser aussieht«, meinte Mary. »Sondern schlicht durch unsere bessere Ausbildung und unsere Fähigkeiten glänzen.«

»Bravo«, murmelte Joan. Sie stimmte beiden Freundinnen zu – es wäre angemessen, die Uniformen dem Zeitgeist anzupassen und weniger schwere Stoffe zu nutzen. Dabei durfte aber niemand vergessen, dass es für das Norland Institute nicht um irgendwelche Moden ging, sondern vor allem um die Zweckmäßigkeit bei der alltäglichen Arbeit.

Sie beschloss, das Thema bei nächster Gelegenheit mit Mrs Sharman zu besprechen. Die Schuldirektorin wirkte auf Joan inzwischen zugänglicher als die alternde Mrs Ward.

»Aber bevor wir uns nun wegen einer modischen Streitfrage entzweien, beantwortet mir lieber die Frage, wann wir uns wiedersehen! Und vor allem wo.« Katie lachte. »Ich gebe zu, ich vermisse euch schon bei dem Gedanken daran, dass wir uns nun auf Monate nicht sehen werden.«

»Wir schreiben uns«, tröstete Joan sie.

»Das ist etwas anderes.«

Joan gab ihr recht. »Ihr könntet Prinzessin Alice und Großfürstin Jelena ja überreden, dass sie sich demnächst wieder irgendwo treffen – und ich komme dann hinzu.«

»Wenn du bis dahin nicht ganz andere Verpflichtungen hast«, kommentierte Katie süffisant.

Mary hob überrascht die Brauen. »Was denn für andere Verpflichtungen?«

»Na, wenn Joans Polarforscher zurück ist, wird er doch sofort zu ihr eilen und ihr einen Antrag machen, oder nicht?« Katie zwinkerte ihr zu, als wollte sie sagen: *Nimm's mir nicht übel. Ich weiß, dass du auch noch Ja sagen wollen musst.*

»Ach«, machte Joan daher nur. Sie beugte sich vor und schenkte etwas Wein in ihr Glas. »Warum denken alle, ich bräuchte einen Mann zum Glück?«

»Weil das von uns Frauen erwartet wird.« Das kam von Mary. Sie hatte es ganz leise gesagt. Überhaupt war sie zuletzt immer stiller geworden, als müsste sie ihre eigenen Gedanken sortieren. Joan hatte gedacht, die Diskussion mit Katie habe sie angestrengt, doch jetzt merkte sie, wie unruhig ihre junge Freundin war.

»So wird es uns beigebracht, ja«, sagte sie sanft. »Aber wir Nannys entscheiden uns ja mehr oder weniger bewusst für ein Leben ohne Mann.«

Für einen Moment schwiegen alle drei; jede hing ihren eigenen Gedanken nach. Schließlich war es Mary, die das Wort ergriff. »Ich habe darüber nie nachgedacht. Ob ich einen Mann will oder nicht, meine ich. Und dann … Manchmal ist das wohl so, dann hat man Gefühle und denkt … spürt … wenn es dann auf Gegenseitigkeit beruht.« Sie geriet ins Stottern. Joan musterte sie aufmerksam, sagte aber nichts. Auch Katie stellte leise ihr Weinglas ab und nahm noch ein Stück Käse vom Teller.

»Ich hab das nicht gewusst. Wie das mit der Liebe ist. Aber ich habe jetzt auch gemerkt, dass ich mein Leben mag, wie's ist. Und dass da kein Platz ist. Für einen Mann. Oder Familie. Ich muss mich doch um meine Geschwister kümmern und um meine Mam. Sie soll sich nicht ständig Sorgen machen müssen, so wie früher, als mein Pop krank wurde und sie nicht wusste, wie sie uns satt kriegen sollte. Nun ja, so ist es eben. Ich mag mich lieber auf mich selbst verlassen und nicht darauf, ob der Mann, der mich heiratet, mir beisteht. Sollen sie mich eben alte Jungfer nennen. Ich verdiene mein eigenes Geld, ich bestimme über mein Leben. Das ist mehr, als viele andere Frauen von sich behaupten können.« Sie zuckte mit den Schultern.

Dem hatten weder Katie noch Joan noch etwas hinzuzufügen.

Joan versuchte es trotzdem. »So habe ich auch mal gedacht, weißt du?«, sagte sie leise.

Katie warf ihr einen Blick zu. »Und dann kam Reginald.«

Joan schluckte. »Ja. Und dann kam Reginald. Ich wollte ihn nicht lieben. Ich wollte Nanny sein, ich wollte mein Leben so führen, wie ich es mir immer ausgemalt hatte. Aber damit war es dann vorbei. Nicht, weil er mich zu irgendwas gezwungen oder überredet hat. Sondern weil ich mich dafür entschieden habe.«

Mary runzelte die Stirn. »Eins verstehe ich nicht«, sagte sie leise.

Aufmerksam musterten Katie und Joan sie. Marys Finger spielten mit dem Stiel ihres Weinglases, ihr Blick ging am Tisch mit den Leckereien vorbei ins Leere. Sie suchte nach den richtigen Worten.

»Woher wusstest du, dass es ihm ernst war?«

Joan lächelte. »Ich glaube, das wusste ich damals gar nicht so genau. Ich habe es gehofft. Habe daran geglaubt, dass er der Richtige sein wird. Dass diese Gefühle«, sie legte eine Hand auf die Brust, »dass sie eben ihre Legitimation haben. Ich wusste anfangs nicht, was er für mich empfand. Aber als er sich mir offenbarte …« Sie verstummte.

Immer noch fiel es ihr so schwer, über die damalige Zeit zu reden.

»… da hast du dich auf ihn verlassen.« Mary vollendete ihren Satz. Sie wirkte sehr in sich gekehrt.

»Auf ihn und auf die Kraft der Liebe, ja.«

Sie schwiegen für einen Moment, jede hing ihren eigenen Gedanken nach. Joan schniefte und tastete nach einem Taschentuch in ihrer Rocktasche. O ja, sie hatte an Reginalds Aufrichtigkeit und seine Liebe geglaubt, nachdem er sich ihr offenbart hatte. Sie dachte an Mary, die mit Mr Mixon auch in eine komplizierte Lage gekommen war. Fragte Mary sich, ob da mehr möglich gewesen wäre?

Bevor Joan sich behutsam erkundigen konnte, ergriff

Katie das Wort. »Nun, bei mir gibt's nichts Neues. Ich werde wohl tatsächlich als alte Jungfer sterben.« Sie lachte. »Aber das ist gar nicht schlimm, ich mag's so.«

~

»Bin ich eine alte Jungfer?«, fragte Joan, als sie zwei Stunden später nach Hause zurückkam. Onkel George wartete auf sie, obwohl die Zeiger der Standuhr in der Eingangshalle schon bis kurz vor Mitternacht vorgerückt waren. Selten war eine Zeitung so gründlich studiert worden wie seine an diesem Abend, nahm sie an.

»Du stellst immer Fragen …«, brummelte er. »Was soll das sein, eine alte Jungfer? Außerdem warst du doch mal verheiratet, ich würde dich daher eher als junge Witwe bezeichnen.«

Joan betrat die Wohnstube. Sie legte ihr Täschchen und die Handschuhe neben sich auf das Sofapolster, als sie sich setzte. Nachdenklich lockerte sie das Tuch, das sie sich auf dem Rückweg gegen den Fahrtwind, der doch erstaunlich frisch war, um die Schultern gelegt hatte.

»Aber ist es nicht merkwürdig? Immer werden wir Frauen im Verhältnis zu den Männern betrachtet. Junge Witwe – weil ich verheiratet war. Alte Jungfer – wenn ich es nicht geschafft habe, erneut zu heiraten.«

»Mich nennen sie ewigen Junggesellen, auch nicht viel besser«, kommentierte Onkel George.

Sie lächelte. »Aber dich lassen sie damit in Ruhe, oder? Keiner sagt dir, du müsstest doch heiraten wollen, weil es so schön behaglich mit einer Frau daheim ist.«

»Die Frage hat sich mir tatsächlich nie gestellt.« Er dachte nach. »Wenn ich's genau nehme, gab es schon mal ein paar Kommentare in der Richtung. Dein Vater hat manchmal gemeint, es wäre für mich doch auch schön, wenn ich nicht allein wäre. Aber nun ja, dann war er nicht mehr da, und mit ihm deine wundervolle Mutter. Ich musste mich um dich kümmern, und vermutlich war ich zu dem Zeitpunkt schon zu alt dafür.«

»Als wenn Männer je zu alt wären fürs Heiraten«, murmelte Joan.

»Sei nachsichtig mit uns. Viele sind nicht gern allein. Aber dann gucken sie die schräg an, denen das doch ganz gut gefällt.« Schwerfällig stand er auf. »Möchtest du schlafen, oder genehmigen wir uns noch einen?«

»So jung kommen wir wohl nicht mehr zusammen, hm?«

Er lachte leise.

»Und bevor du fragst: Bereut habe ich es wohl nicht, dass ich allein geblieben bin. Also lass dir um Himmels willen niemals von anderen einreden, dass du doch jemanden wollen musst, damit es nicht so einsam ist. Einsam kannst du auch mit einem Mann sein, der sein eigenes Leben ohne dich lebt und nur gelegentlich mal vorbeiflattert, weil ihm der Sinn danach steht. Du hast Edward und stehst auf eigenen Beinen. Auch wenn ich dich nicht hängen lassen würde, falls du es nicht tust.« Er reichte ihr ein Gläschen Portwein, sie prosteten sich zu. »Ahhh«, machte er. »Jedenfalls: Für mich war's alle Zeiten leichter, aufs Heiraten zu verzichten. Dir werden sie noch ein paar Jahre lang die Frage stellen, warum du allein bist.«

»Aber ist das nicht ungerecht?«

»Natürlich ist es das. Aber wenn ich dich so ansehe, wie du dir in dieser ungerechten Welt deinen Platz erkämpft hast …«

Den ich auch nur der Tatsache verdanke, dass ich einen Mann von Stand geheiratet habe, dachte Joan. Doch sie ließ Onkel George weiterreden.

»… denke ich, du wirst dich auch zukünftig nicht davon beeindrucken lassen, ob ein Mann dich für sein Lebensglück braucht.«

»Nun, ich habe damals ja auch nicht nur geheiratet, weil Reginald mich wollte. Ich wollte ihn auch.«

»Und deshalb sage ich ja: Wäre schon merkwürdig, wenn du auf einmal deine Prinzipien über Bord wirfst. Die hast du nämlich.«

Als sie wenig später im Bett lag, dachte Joan immer noch darüber nach. Und an Mr Ford dachte sie. Peter. Ich muss ihn ja gar nicht heiraten, stellte sie überrascht fest. Nur weil die Gesellschaft meint, ich habe Gefallen am Leben mit einem Mann gefunden, soll ich diese Erwartung erfüllen?

Sie schlief mit einem zufriedenen Lächeln ein. Onkel George hatte recht, wenn er sagte, dass sie doch alles wusste, was sie brauchte, um glücklich zu werden.

Es tat gut, dass sie Entscheidungen treffen konnte, ohne sich vor irgendwem rechtfertigen zu müssen. Ihr Leben war gut, so wie es war. Wer wusste schon, was die Zukunft brachte? Aber im Moment war sie nicht bereit, ihre gewonnene Freiheit aufzugeben.

Kapitel 31

Der letzte Morgen in London. Die Nannys frühstückten ein letztes Mal zusammen mit den Kindern, während die Dienstmädchen und Zofen aufgeregt durch die Gänge hasteten und die letzten Dinge in Kisten, Schrankkoffern und Schachteln verstauten.

Mary und Katie konnten sich entspannt zurücklehnen, denn sie hatten bereits gestern Abend die letzten Dinge in der Kinderstube verpackt. »Es ist besser, wenn wir morgens Zeit für die Kinder haben, das Reisen ist ohnehin anstrengend genug für sie«, hatte Katie erklärt.

Olga und Elizabeth hingen heute früh auf Katies Schoß, während Mary neben sich Margarita auf einem Hochstuhl sitzen hatte. Die Prinzessin matschte mit ihrem Löffel in einer Schüssel Porridge, während Mary der kleinen Theodora ein Fläschchen gab.

Ein Diener betrat das Zimmer. Er verbeugte sich vor Katie und hielt ihr ein Silbertablett hin, auf dem ein Brief neben einem fein ziselierten Brieföffner aus Gold lag.

»Es kam noch dieser Brief für Sie, Nanny Fox«, sagte er.

»Geht mal von mir runter, kleine Spätzchen.« Katie war froh um die kurze Verschnaufpause. Natürlich verstand sie die Anhänglichkeit der beiden kleinen Mädchen. Sie merkten, dass etwas in der Luft lag, und suchten daher Sicherheit bei ihr. Sie nahm den Brief und bedankte sich bei dem Diener.

»Wer schreibt dir?«, wollte Mary wissen.

Katie runzelte die Stirn. Die Handschrift war ihr vertraut, allerdings hatte sie schon lange keinen Brief mehr von ihrer Familie bekommen … Hoffentlich nichts Schlimmes, dachte sie. Und ihr zweiter Gedanke war: Hoffentlich nichts, das mich von der Abreise abhält.

»Meine Familie.«

Sie öffnete den Brief und überflog die Zeilen. Das Stirnrunzeln verstärkte sich. Das ungute Gefühl, das sie beim Anblick des Absenders beschlichen hatte, bestätigte sich nun durch die Zeilen ihrer Mutter.

Meine liebe Katherine,
sei bedankt für Deine kurzen Zeilen zu meinem Geburtstag im Mai. Ich hatte gehofft, während Deiner Zeit in London häufiger von Dir zu hören oder Dich sogar einmal zu treffen, doch Du bist wohl zu beschäftigt mit der Kinderschar deiner Großfürstin. Im persönlichen Gespräch wäre es mir leichter gefallen, Dich um etwas zu bitten, das mir sehr am Herzen liegt.
Es geht um deine Schwester Angelique.

»Natürlich«, murmelte Katie. Es ging für ihre Mutter immer um Angelique. Ihre vier Jahre jüngere Schwester war das Ebenbild der Mutter, groß und schlank, mit dunklen Augen und schwarzen Haaren. Katie war sich neben den beiden immer plump und farblos vorgekommen.

Nun hat sie endlich etwas gefunden, das sie begeistert, und bis zu einem gewissen Punkt kam sie auch voran – aber letzte Woche wurde sie für das kommende Schuljahr am Norland Institute abgelehnt. Kannst Du Dir das vorstellen? Ich kann mir keinen Grund denken, schließlich haben sie damals auch Dich aufgenommen, und ich dachte, der Umstand, dass sie Deine Schwester ist, spricht in jedem Fall für sie.

Katie legte den Brief beiseite. Es ging seitenweise so weiter, und sie wusste schon, was darinstand. Erst würde ihre Mutter sich ausgiebig beklagen, dass die Welt, in diesem Fall die Lehrerinnen und die Leitung am Norland Institute, ihre kleine Angelique so ungerecht behandelten. Anschließend würde es darum gehen, dass Katie ihr so viel zu verdanken hatte – die Ausbildung zur Nanny hatte schließlich ihre Familie finanziert! Dabei würde sie verschweigen, dass Katie ihr das Geld bis auf den letzten Penny hatte zurückzahlen müssen. Und das Ganze würde darin gipfeln, dass sie von Katie verlangte, sie müsse sich für Angelique einsetzen, schließlich seien sie Schwestern.

Halbschwestern. Aber wer wollte so kleinlich sein.

»Schlechte Nachrichten?«, erkundigte Mary sich behutsam.

»Ach, schwierige Nachrichten«, versuchte Katie auszuweichen.

Früher war ihr Verhältnis zur Mutter einfacher gewesen, glaubte sie. Auch als ihre Mutter nach dem Tod von Katies Vater erneut heiratete und Angelique auf die Welt kam, waren sie eine glückliche Familie. Katies Stiefvater Hervé Dumont war ein angesehener Arzt, der sich jedoch aus allen häuslichen Belangen komplett heraushielt. Irgendwann, als

Katie zwölf und Angelique acht war, zerstritten sich ihre Eltern aber so heftig, dass Hervé aus dem gemeinsamen Haus auszog. Er war wohl zurück nach Frankreich, aber Genaues wusste Katie nicht. Und sie würde sich hüten, ihre Mutter nach ihm zu fragen. Nach dem Scheitern ihrer Ehe war jeder für Katies Mutter eine Enttäuschung – vor allem Katie. Angelique war über jeden Zweifel erhaben und wurde verwöhnt, wo es nur ging. Ihre Mutter hatte Katie ziemlich deutlich spüren lassen, dass sie zwischen den Töchtern einen Unterschied machte. Und Katie hatte nach ihrer Ausbildung daraus die Konsequenz gezogen, dass sie den Kontakt mit ihrer Familie auf ein Minimum reduzierte.

Dass sich ihre Mutter nur dann meldete, wenn sie etwas für ihr Goldkind Angelique wollte, war so typisch für sie.

Am liebsten hätte Katie den Brief verbrannt und vergessen. Aber sie kannte ihre Mutter – wenn Katie keine Reaktion zeigte, würde dies nur zu einem weiteren Brief führen. Ja, sie traute es ihrer Mutter sogar zu, dass sie nach einiger Zeit im Wladimir-Palast von St. Petersburg auftauchte und von ihr eine Antwort verlangte. Ihre Bitte um Hilfe abschlägig zu beantworten, kam auch nicht infrage – Samantha Dumont war es nicht gewohnt, ein Nein zu akzeptieren.

Katie beschloss, sich später darum zu kümmern. Einen Brief an Mrs Ward konnte sie auch auf der Zugfahrt nach St. Petersburg schreiben und nach ihrer Ankunft abschicken. Sie wollte sich von ihrer Mutter weder die Laune verderben lassen noch länger darüber grübeln müssen, wie es ihr gelang, Angelique trotz der bereits erteilten Ablehnung einen Platz am Norland Institute zu sichern.

Warum wollte ihre jüngere Schwester überhaupt Nanny werden? Bisher war sie auch damit zufrieden gewesen, mit der Mutter zu reisen und in den Tag hineinzuleben. Ihre liebste Beschäftigung war das Malen. Der Sinneswandel kam recht plötzlich … Aber Katie hatte ihre Schwester auch seit über einem Jahr nicht gesehen. Sie hatte versucht, sich mit zu viel Arbeit herauszureden. Was ihr nun die Kritik ihrer Mutter einbrachte.

Wobei ihre Mutter sie auch kritisiert hätte, wenn Katie sie jede Woche besucht hätte.

Großfürstin Jelena betrat das Frühstückszimmer. Sie trug bereits ihr dunkelblaues Reisekleid und den breitkrempigen schicken Hut, den sie für diesen Anlass ausgewählt hatte. Nicht zum ersten Mal dachte Katie, wie hübsch ihre Arbeitgeberin war.

»Foxie.« Ein strahlendes Lächeln, das nur ihr galt, erhellte das Gesicht der jungen Großfürstin. »Sind Sie so weit?«

»Natürlich.« Katie achtete darauf, dass die kleinen Prinzessinnen sich den Mund abwischten. Sie umarmte ein letztes Mal Mary. »Du schaffst das«, flüsterte sie ihrer Freundin zu. Dann nahm sie Olgas und Elizabeths Händchen und führte die beiden kleinen Prinzessinnen aus dem Frühstückszimmer und zur Eingangshalle. Dort wartete bereits eine Dienerin mit den dünnen Mänteln und kleinen Strohhüten der Prinzessinnen. Sie würden zunächst mit einem Automobil zum Bahnhof fahren, von dort ging es mit dem Zug nach Dover. Morgen früh erfolgte dann die Überfahrt, und daran schloss sich eine mehrtägige Zugfahrt in einem luxuriös ausgestatteten Waggon an, der nur für die Großfürstenfamilie in Frankreich wartete.

Es war eine angenehme Art zu reisen. Trotzdem würde es anstrengend werden; die Kinder hatten viel Bewegungsdrang, den sie während der Zugfahrt kaum ausleben konnten. Katie würde während der Reise nicht dazu kommen, sich den Kopf über ihre Schwester zu zerbrechen.

Irgendetwas stimmte da nicht. Warum wollte Angelique

sich auf einmal als Nanny betätigen? Hatte sie Katie denn nie zugehört, wenn sie erzählte, wie fordernd ihr Beruf war? Sie würde ihre Schwester nicht unbedingt als arbeitsscheu bezeichnen, doch bezweifelte sie, dass Angelique sich der Verantwortung und den Anforderungen ihres Berufs bewusst war.

»Wo ist Ihr Mann?«, fragte Katie, als sie sich mit Eleni und den beiden Mädchen auf die Rückbank des schnittigen Automobils setzte. Der Fahrer schloss den Schlag und setzte sich hinter das Steuer.

Die Großfürstin seufzte. Sie wirkte, als fiele ein Gutteil der Anspannung von ihr ab, nun, da sie mit Katie allein war. Sofort sprach sie deutlich vertraulicher. »Vermutlich bei seinem Liebchen. Er wird hoffentlich pünktlich zum Bahnhof kommen.«

Katie schwieg betreten. Noch nie hatte Jelena so offen darüber gesprochen, dass ihr Mann eine Affäre haben könnte.

»Ach, gräme dich nicht, Foxie.« Jelena legte eine Hand auf Katies Hände. »Ich tu's auch nicht, solange ich Freundinnen wie dich habe.«

Ich bin doch nur die Nanny, dachte Katie.

Aber sie ahnte – das war nur die halbe Wahrheit. Nur die Nanny? Vielleicht. Aber in den zwei Jahren, die sie bei Großfürstin Jelena arbeitete, hatte sich eine Vertrautheit entwickelt, die der zwischen Freundinnen vermutlich am nächsten kam.

Kapitel 32

Tatoi, Juli 1906

»Schau mal, Dolla! Da ist unser Haus!«

Begeistert wie ein kleines Kind hob Prinzessin Alice ihr Baby hoch und zeigte auf den Sommerpalast, der sich zwischen Olivenhainen und Zypressenwäldchen auf dem Hügel erstreckte. Das mollige Baby gluckste zufrieden, und Alice gab es rasch zurück an Mary. »Du wirst mir bald zu schwer, mein Schatz!«

Marys Lächeln gefror auf ihren Lippen. Sie schluckte eine Bemerkung herunter, die ihr auf der Zunge brannte – einfach weil es nicht angemessen war, wenn sie betonte, dass ein Baby gar nicht speckig genug sein konnte.

Dolla hatte tatsächlich einen gesunden Appetit auf die Fläschchenmilch, die Mary ihr mehrmals am Tag zubereitete. Sie gedieh, hatte Grübchen in den Wangen und Ellbogen, an den Armen und Beinen bildeten sich kleine Speckfalten. Mary beobachtete fasziniert, wie das Baby rund und fröhlich seine Welt beobachtete und begann, sie zu erkunden.

»Achten Sie bitte darauf, dass Theodora nicht zu dick wird, Nanny MacArthur.«

Mary schluckte. »Ja, Prinzessin Alice«, flüsterte sie mit gesenktem Kopf.

»Wie bitte?«

Mary hob den Kopf und wiederholte die Worte.

»Gut. Wir sind uns doch einig, dass meine kleine Dolla kein Dickerchen werden darf. Sonst wird sie nie einen Mann finden, nicht wahr, mein Schatz?« Als wollte sie ihren Worten die Schärfe nehmen, kitzelte Prinzessin Alice die nackten Füße des Mädchens.

Mary blickte aus dem Autofenster. Sie schniefte und hoffte, die Prinzessin bemerkte nicht, wie sehr die Kritik sie verletzte.

Der Chauffeur lenkte das Automobil auf das mit Kies bestreute Rondell, in dessen Mitte ein steinerner Brunnen sprudelte. Die helle Fassade des kleinen Palasts leuchtete in der Abendsonne. Mary stieg mit Theodora auf dem Arm aus und wurde von der Hitze fast erschlagen. Prinzessin Alice hinter ihr atmete auf. »Herrlich!«, rief sie voller Begeisterung und gab dem Chauffeur ein Zeichen, dass er auch Margarita aus dem Wagen half. Diener kamen aus dem Haus gelaufen, denn ihre Ankunft war nicht unbemerkt geblieben. Ein zweites Automobil hielt hinter ihnen, und Prinz Andreas sprang heraus. Er wirkte wie elektrisiert, umarmte einen älteren Diener mit grauem Haarkranz und redete schnell auf Griechisch. Ein beständiges Geplapper setzte ringsum ein, dass ihr davon ganz schwindelig wurde. Sie verstand kein Wort.

»Kommen Sie.« Prinzessin Alice winkte ihr, und Mary folgte ihr dankbar. Theodoras Köpfchen ruhte an ihrer Schulter. Das Baby war inzwischen völlig erschöpft von der weiten Reise eingeschlafen, der Trubel schien es gar nicht zu stören.

»Ist es hier nicht herrlich?« Prinzessin Alice wartete Marys Antwort gar nicht ab, sondern eilte voran. Steinmosaikböden, mit zarten hellen Tapeten bespannte Wände. Und hier drin im Palast war es deutlich kühler als draußen in der

Sonne. Mary atmete auf. Sie folgte ihrer Arbeitgeberin durch die Räume.

»Kleiner als Windsor. Fast schon beengt«, erklärte Prinzessin Alice ihr. »Aber ich bin so gerne hier.«

Sie wirkte gelöst. Beinahe fröhlich. Als könnte sie hier endlich das strenge Hofzeremoniell hinter sich lassen, dem sie sich in der Öffentlichkeit oder im Zusammensein mit Großfürstin Jelena hatte unterwerfen müssen.

»Wir werden bleiben, solange wir wollen. Es ist hier oben am Südhang des Bergs so viel angenehmer als in Athen.« Prinzessin Alice drehte sich zu Mary um. »Finden Sie nicht auch?«

Die stillen Innenhöfe, die begrünten Terrassen und die kühlen Räume, die sie durchschritten – ja, Mary konnte sich gut vorstellen, dass es ihr hier besser erging als im zwanzig Meilen entfernten Athen.

»Hier schlafen die Kinder. Ihre Kammer ist direkt daneben. Leider nicht so luxuriös wie in Windsor.«

Mary betrat durch eine schmale Tür das kleine Zimmer, das ihr zugewiesen war. Direkt bei den Kindern, das gefiel ihr – sie wäre bei Problemen in der Nacht sofort zur Stelle. Ein schmales Bett, ein kleines Schreibpult nebst Stuhl, ein Sessel und ein Schrank. Sie hatte alles, was sie brauchte.

»Die Mahlzeiten nehmen wir als Familie gemeinsam ein. Sie können sich das Essen in der Küche holen«, fügte die Prinzessin hinzu. »Ich weiß ja, dass Sie da auf besondere Regeln achten.« Sie nahm ihren Worten mit einem Lächeln die Schärfe. Mary erwiderte es.

Natürlich durfte sie nicht mit der Familie speisen. Aber für Mary war es schon unfassbar, dass sie überhaupt hier sein durfte.

Wer hätte das gedacht. Sie, die Tochter eines Hafenarbeiters und einer Seidenblumenverkäuferin, wohnte im Palast einer Prinzessin, Tür an Tür mit deren Kindern, für die sie verantwortlich war.

Als sie allein war, packte Mary ihre wenigen Sachen aus. Zwei Kleider zum Wechseln, Wäsche, Strümpfe – das alles fand in ihrem Schrank Platz. Sie stellte eine Fotografie ihrer Mutter mit den jüngeren Geschwistern auf den kleinen Tisch. Von Finn und Elle hätte sie auch gern eins gehabt, mit den beiden kleinen Kindern. Doch ihre Schwägerin hatte sich geweigert, für Mary zum Fotografen zu gehen. Wie sie weiterhin alles verweigerte, was ein wenig Abwechslung und Freude in ihr Leben hätte bringen können. Mary hatte ihr sogar einen Abzug versprochen, den sie dann bei sich daheim hätte aufstellen können.

»Lass gut sein«, hatte Finn schließlich resigniert gesagt. »Sie will nicht. Da ist sie stur wie ein Maultier.«

Mary verstand sie ja. Trauer machte etwas mit einem, das hatte sie selbst erlebt. Und sie hatte gesehen, wie Trauer die Menschen nicht losließ. Sie wäre die Letzte, die Elle drängte. »Melde dich, wenn ihr etwas braucht«, sagte sie, als sie Finn zum Abschied umarmte.

Dabei wussten beide Geschwister, dass sie aus der Ferne wenig tun konnte. Es gab nichts, womit das Elend und die tiefe Trauer einer verwaisten Mutter sich trösten ließen. Vielleicht wäre alles anders, wenn Elle noch Hoffnung hätte. Wenn sie ein drittes Kind bekommen könnte – irgendwann. Aber der Arzt im Krankenhaus hatte ihr unmissverständlich klargemacht, dass sie dieses Risiko lieber nicht eingehen sollte – es könnte ihren Tod bedeuten.

~

Die ersten Tage in Tatoi waren aufregend – sowohl für Mary als auch für die kleinen Mädchen war es oft anstrengend.

Kaum hatte sich die Heimkehr von Prinz Andreas und Prinzessin Alice bis nach Athen verbreitet, begann ein steter Strom an Verwandten und Freunden, sie auf dem königlichen Sommersitz zu besuchen. Die Gäste brachten Geschenke für die Kinder mit – süßes Konfekt, klebrige Bonbons, Puppen mit Porzellangesichtern und bauschigen Ballkleidchen in Rosa, Hellblau und zartem Gelb. Schleifenbänder und Hüte, Schuhe und zwei riesige Teddybären, für die Mary keinen Platz im Kinderzimmer fand. Es dauerte nicht lange, und sie verzweifelte an den Massen von Gaben. So viel brauchten die Kinder nicht! Was sollten sie mit drei Puppen, mit zwei Dutzend neuen Kleidern, wann sollten sie das denn alles anziehen? Als eine entfernte Tante von Prinz Andreas für die kleinen Mädchen Fuchspelzmäntel mitbrachte, konnte Mary kaum an sich halten.

Prinzessin Alice bemerkte den inneren Aufruhr ihrer Nanny. Natürlich bemerkte sie es; sie war eine gute Beobachterin, hatte immer alles im Blick. Als Mary abends im Spielzimmer leise aufräumte, weil die kleinen Mädchen nebenan schon schliefen, trat sie ein und bückte sich nach den Bauklötzen. Schweigend räumten sie gemeinsam auf.

Schließlich berührte Prinzessin Alice ganz behutsam Marys Schulter. »Etwas missfällt Ihnen, Nanny MacArthur. Sind Sie unglücklich bei uns?«

»Was? Nein!«, rief Mary hastig. Sie konnte nur mit Mühe den Impuls unterdrücken, den Arm der Prinzessin zu umfassen, um ihren Worten mehr Nachdruck zu verleihen. Auf keinen Fall sollte jemand glauben, dass sie nicht glücklich war!

»Aber was bedrückt Sie dann?«

Mary seufzte. Sie wählte ihre Worte mit Bedacht. »Es ist nur … Margarita ist ganz durcheinander. Dolla merkt noch gar nicht so viel davon, aber bei Ihrer großen Tochter spüre ich, wie die Flut aus Geschenken sie überfordert. Sie kann so gut spielen, verstehen Sie? Aber im Moment weiß sie gar nicht, womit sie zuerst spielen soll. Das ist so schade.«

Prinzessin Alice runzelte die Stirn. »Sie meinen, das Kind wird zu sehr verwöhnt?«

Mary spürte, dass sie die Prinzessin missverstand. Aber sie erinnerte sich auch an das, was sie während ihrer Studien am Norland Institute gelernt hatte – wie wichtig es war, auch beim Blick auf das Wohl der Kinder nie die Wünsche der Eltern zu vergessen.

»Wir haben die Verantwortung für das Gedeihen der Kinder«, hatte Mrs Sharman ihnen erklärt. »Dabei dürfen wir aber nie aus den Augen verlieren, welche Wünsche die Eltern haben. Wenn es dort zu Konflikten kommt, ist Fingerspitzengefühl gefragt.«

»Natürlich dürfen Sie Ihre Töchter verwöhnen«, beeilte Mary sich zu sagen. »Ich denke aber, es wäre besser, wenn nicht alles auf einmal kommt. Wir sind nicht mal zwei Wochen hier, die Mädchen müssen sich an den neuen Alltag gewöhnen. Das wäre vielleicht einfacher, wenn sie nicht immer wieder aufs Neue abgelenkt würden.«

Prinzessin Alice wirkte damit nicht besonders glücklich. »Wir sind eine große Familie, und meine Verwandten schenken gerne. Nikos Familie ist da nicht anders, auch wenn sie … nun.« Sie kniff die Lippen zusammen. »Ich denke, wir dürfen den Kindern den Spaß durchaus lassen.«

Mary wollte widersprechen. Doch die Prinzessin ließ in diesem Punkt nicht mit sich reden.

Sie stand auf und trug den Korb mit den Bauklötzen an seinen Platz. »Ich werde meinen Kindern nicht etwas vorenthalten. Sie freuen sich doch immer so schön.««

Prinzessin Alice ging zur Tür, blieb aber noch einmal stehen. »Danke, Nanny MacArthur.«

»Wofür?« Verwirrt blickte Mary hoch. Sie fühlte sich schlecht, wie immer, wenn jemand sie kritisierte.

»Dass Sie das Wohl meiner Kinder im Blick haben, als wären es Ihre eigenen.«

»Ich tue nur meine Arbeit.«

»Ich weiß. Aber ich habe es auch schon anders erlebt. Darum bin ich doppelt froh, dass wir Sie gefunden haben. Mein Mann sieht das ähnlich. Gute Nacht.«

Die Tür klickte leise ins Schloss. Mary sammelte weiter kleine Spielzeugfiguren ein und legte sie in die zugehörige Schachtel. Sie hielt inne, lauschte. Nebenan hustete Margarita im Schlaf. Mary stand auf, trat an die Verbindungstür und blickte in das dunkle Schlafzimmer. Zwei dunkle Schöpfe in den Betten. Sie lächelte verträumt. Den beiden Prinzessinnen ging es gut. Sie hatten die lange Reise gut überstanden, lebten sich langsam ein und mochten Mary.

Sie war froh, dass sie für die Bedürfnisse der Kinder eingestanden hatte. Auch wenn ihr das Ergebnis nicht passte – sie hatte den Mund aufgemacht. Auch das, spürte sie, war wichtig. Sie hatte erst lernen müssen, dass sie ein Recht hatte, für ihre Schützlinge die Stimme zu erheben.

An diesem Abend setzte sie sich hin und schrieb einen Brief an Joan, die derzeit in Dublin weilte.

Meine liebe Joan,
wir sind in Tatoi, einem wunderhübschen und, wie mir gesagt wurde, kleinen Sommerpalais zwanzig Meilen nördlich von Athen, am südlichen Berghang eines Gebirgszugs gelegen. Es ist so schön hier, aber heiß! Ganz anders als London, damit musste ich wohl rechnen. Falls also irgendwann die neuen Uniformen für die Nannys Realität werden – ich hätte gern etwas ganz Dünnes, Leichtes.

Bis dahin wird mir hier sehr warm sein. Sommer in Griechenland.
Weshalb ich aber schreibe. Nun bin ich seit einem Jahr Nanny, und es sieht so aus, als könnte ich länger in meiner derzeitigen Anstellung bleiben. Jedenfalls spricht nichts dagegen; die Prinzessin ist sehr angetan von meinem Umgang mit den Kindern, und bei Problemen führen wir ein offenes Gespräch. Das bestärkt mich in meinem Weg, den ich ohne euch, ohne Katies und deine Unterstützung nie hätte gehen können. Daher möchte ich zukünftig etwas zurückgeben – auch wenn es nicht viel ist. Ich werde meiner Mutter in Zukunft etwas mehr Geld schicken, und sie soll einen Teil davon für die Stiftung einzahlen. Nur diese hat es mir ermöglicht, jetzt in der nächtlichen Hitze am offenen Fenster zu sitzen und auf ein laues Lüftchen zu warten, das mein verschwitztes Gesicht kühlt … So weit bin ich gekommen. Das Leben ist ein anderes geworden. Und nun möchte ich meinen Dank zeigen.
Auf bald! Sehen wir uns nächsten Sommer in England?
Alles Liebe, Deine Mary

Kapitel 33

Dublin, August 1906

Joan ließ Marys Brief sinken. Sie reichte dem kleinen Edward eine Serviette, der gerade vom Stuhl rutschte und »satt!« verkündete. Er wischte sich mit einem Grinsen quer übers Gesicht und verteilte das Porridge bis hoch zu den Augenbrauen.

»Ach, du kleiner Dreckspatz.« Mit einem nachsichtigen Lächeln nahm sie ihm die Serviette ab und reinigte sein Gesicht. »Und nun lauf zu den anderen.«

Der Zweijährige sauste davon. Sie hörte in der Ferne die Kinder jubeln, als er im Spielzimmer zu ihnen stieß. Joan lächelte. Es war wunderschön, ihn mit seinen Cousins und Cousinen vereint zu sehen, als wäre er nie fort gewesen. Dabei hatte er die ersten Tage schon ein wenig gefremdelt, weil er sie ja über viele Monate nicht gesehen hatte. Im Leben eines Zweijährigen war das eine lange Zeit.

»Du siehst sehr zufrieden aus. Guten Morgen.« Lady Rachel betrat das Frühstückszimmer. Ihr Seidenkleid raschelte, die Farbe changierte zwischen einem hellen Rot und einem dunklen Pink. Sie hatte goldenen Schmuck angelegt, und die Haare waren aufwendiger als sonst frisiert.

»Guten Morgen, Rachel. Hast du gut geschlafen?«

Ein Dienstmädchen in schwarzer Uniform huschte herein, brachte frischen Tee und warmes Toastbrot.

Joan wartete, bis sie verschwunden war. Sie legte den Brief neben sich auf den Tisch. Marys Worte hatten ihr tatsächlich ein Lächeln auf die Lippen gezaubert. Und das war, musste sie zu ihrem Schrecken feststellen, in den vergangenen Tagen selten geworden.

Die Ankunft in Dublin hatte sie sich anders vorgestellt. Vielleicht hatte sie gehofft, man würde sich tatsächlich über ihre Rückkehr freuen, doch außer dass Edward von den anderen Kindern mit großem Hallo begrüßt wurde, schien niemand auf sie gewartet zu haben. Als sie das Apartment wieder bezog, hing darin ein muffiger Geruch, als hätte man monatelang nicht gelüftet. Rachel war meistens mit ihrer Wohltätigkeitsarbeit befasst, von Earl William sah man selten etwas. Gladys und Lillian konzentrierten sich auf ihre Schulbildung, und der junge William war bereits in England bei Verwandten, weil er schon im September in Eton aufgenommen wurde, sehr zur Freude des Zwölfjährigen und zum Kummer von Lady Rachel, der es schwerfiel, ihren Zweitgeborenen ziehen zu lassen.

Joan versuchte sich einzureden, dass sie sich selbst genügte. Aber schon nach wenigen Tagen wusste sie, dass sie über ihr Leben hier hinausgewachsen war. Nach Reginalds Tod war es gut gewesen, dass sie einen Ort hatte, an dem sie trauern konnte, ohne mit dieser Trauer allein zu sein. Aber in den letzten Monaten hatten alle anderen beschlossen, den Blick nach vorne zu richten.

Und das hatte sie, auf ihre Art, ebenso getan.

»Für heute Abend habe ich übrigens Gäste eingeladen«, erwähnte Rachel beiläufig. Sie gab einen Schuss Sahne in ihren Tee und lächelte verträumt. »Ich glaube, diesmal ist es der Richtige.«

Joans Kopf ruckte hoch. »Der Richtige? Wofür?«

»Nicht wofür. Für wen. Das solltest du fragen.«

»Und für wen ist er der Richtige?« Dabei kannte sie die Antwort schon.

»Für dich natürlich. Dummerchen.« Lady Rachel strahlte. »Er besitzt weitläufige Ländereien in Connemara, ist der jüngere Bruder eines Marquis und ebenfalls verwitwet. Ihr würdet perfekt zusammenpassen!«

»Ganz sicher«, murmelte Joan.

Hatte Marys Brief ihr ein Lächeln auf die Lippen gezaubert, war die Aussicht auf ein weiteres Dinner mit einem langweiligen Adeligen, der krampfhaft versuchte, sie von seinen Qualitäten zu überzeugen, eher ernüchternd.

»Du wirst ihn mögen. Er ist witzig, gesellig, charmant …«

»Du musst das nicht tun«, unterbrach Joan ihre Schwägerin.

»Wie bitte?« Rachel musterte sie pikiert über den Rand ihrer Teetasse hinweg.

»Einen Mann für mich suchen. Wenn ich plane, mich erneut zu verheiraten, werde ich schon jemanden finden. Für den Moment habe ich allerdings kein Interesse daran.«

Mit einem Klirren stellte Rachel ihre Teetasse ab. »Also, das ist doch …«

»Keine Ahnung, was du dem Mann versprochen hast, aber ich ziehe es vor, am Dinner heute Abend nicht teilzunehmen.«

»Joan! Das kannst du mir nicht antun. Was soll ich ihm denn sagen? Er kommt nur deinetwegen …«

Joan zuckte mit den Schultern. »Dir wird schon was einfallen, liebe Schwägerin. Entschuldigst du mich nun? Ich habe zu tun und möchte vorher noch nach meinem Sohn sehen.«

So würdevoll wie möglich stand sie auf und schritt zur Tür. Rachel rief ihr nichts nach, und erst als sie draußen auf dem Gang stand, ließ Joan die Luft entweichen, die sie unwillkürlich angehalten hatte.

Himmel. Sie hatte es tatsächlich getan. Sie hatte ihrer Schwägerin die Stirn geboten, hatte ihr klargemacht, dass sie nicht heiraten wollte.

Und nun wusste sie auch, was sie Mr Ford antworten würde, wenn er von seiner Polarreise zurückkehrte.

Joan ging zu den Kindern. Sie blieb in der offenen Tür stehen und beobachtete, wie Edward mit seiner kleinen Cousine Alexandra spielte. Er wusste noch nichts von dieser Welt. Hatte keine Ahnung davon, dass Alexandra und er in Zukunft so unterschiedlich behandelt werden würden. Falls er sich nicht bereits in jungen Jahren verheiraten wollte, würde das jeder verstehen. »Klar, ein Mann muss sich erst mal die Hörner abstoßen, muss sich finden.« Bei Alexandra vermutete Joan, dass ihre Mutter schon dafür sorgen würde, dass sie bereits mit sechzehn oder siebzehn am Hof debütierte und dabei so apart und jugendlich frisch aussah, dass die älteren Männer sich nach ihr umdrehten. Gladys war bald in dem Alter, dabei war sie jetzt noch ein halbes Kind.

»Mama!« Edward hatte sie entdeckt und flog in ihre Arme. Sie drückte ihn fest an sich und wurde auf einmal von ihren Gefühlen überwältigt. Sie dachte an Reginald. Viel zu früh hatte er sterben müssen, doch vorher hatten sie Edward bekommen. Ihr größtes Glück war dieser kleine Junge, und sie wollte ihn zu einem jungen Mann erziehen, der genau wie sein Vater den Willen der Frauen respektierte und sich nicht auf eine Ehe einließ, die für ihn arrangiert wurde, weil es für die Familie das Beste war. Genau so wäre es für Joan gekommen, wenn sie Rachel hätte weitermachen lassen. Sie war überzeugt davon, dass auch dieser Bruder eines Marquis aus Connemara irgendwie für die Dudleys von Nutzen war, und Joan wäre nur das Damenopfer, das eben gebracht werden musste.

Sie traf eine Entscheidung.

»Was meinst du, mein Schatz? Wollen wir wieder nach London zu Onkel George?«

Der Kleine nickte ernst. »Bald?«, wollte er wissen, und sie gab ihm einen kleinen Nasenstupser.

»Sehr bald«, versprach sie. »Und diesmal bleiben wir dort.«

~

Sobald sie die Entscheidung getroffen hatte, fiel es Joan leichter, mit Earl William, Countess Rachel und ihren Kuppelversuchen umzugehen. Sie sagte das Dinner nicht ab, sondern schwebte mit einer halben Stunde Verspätung in das Speisezimmer, wo die beiden bereits mit ihrem Gast saßen und krampfhaft versuchten, durch Konversation Joans unentschuldigtes Fehlen zu kaschieren.

»Da bist du ja! Lord Franklin Ellingham, darf ich dir meine Schwägerin Lady Joan Hodges vorstellen?«

Earl William sprang auf, sobald er Joan entdeckte. Er eilte ihr entgegen. Lord Franklin stand ebenfalls auf. Er hüstelte verlegen, bevor sie sich begrüßten. Sein Blick glitt über ihren Körper hinweg, und ein zartes Lächeln umspielte seine Mundwinkel. Ihm gefiel wohl, was er sah.

»Lord Franklin. Was für eine Freude, Sie kennenzulernen. Lady Rachel hat mir schon so viel von Ihnen erzählt.« Joan klimperte mit den Wimpern, sie lächelte ihn warm an. Kein Grund, den armen Mann in Verlegenheit zu bringen, er konnte ja nichts dafür, dass ihre Familie versuchte, sie zu vertreiben. Denn um nichts anderes ging es hier, nicht wahr? Die verwitwete, etwas schrullige und anstrengende Verwandte unter die Haube bringen, damit sie sie nicht länger mit ihrer Anwesenheit belästigte. Aber heute war der richtige Tag, um einen Schlussstrich zu ziehen.

»Äh, vielen Dank, Lady Joan.« Vor ihr stand ein gestandener Kerl von mindestens vierzig Jahren, der Haaransatz wich zurück, der Schnauzbart ergraute bereits. Seine wachen braunen Augen musterten sie; er blickte dann hilflos zu Earl William, und Joan begriff in diesem kurzen Moment, dass dieser Mann vor ihr sich in einer misslichen Lage befand. Er wusste nicht, wie er mit ihr umgehen sollte; vermutlich hatte ihre Schwägerin sie bereits wortreich bei ihm entschuldigt, wahrscheinlich mit einer Erkrankung, wie schade.

»Wollen wir uns nicht setzen? Sie müssen meine Verspätung wirklich entschuldigen. Mir war nicht wohl, aber dann habe ich eine Tablette genommen, und siehe da, mir geht es blendend«, zwitscherte sie. Ein Diener war zur Stelle und zog ihren Stuhl vor, als sie sich neben Lord Franklin setzte. »Sie müssen entschuldigen, falls ich dumme Fragen stelle, aber Lady Rachel hat es versäumt, mir etwas über *Sie* zu erzählen.«

Er taute ein wenig auf. Während der Zwischengang serviert wurde, begann er zu erzählen. Joan musste ein wenig an sich halten, dass sie nicht die Augen verdrehte, denn sein Werdegang entsprach dem Erwartbaren: Schulbildung in Eton, dann Jahre beim Militär, Heirat mit seiner »geliebten Ethel«, die »leider viel zu früh von uns ging«, seither lebte er in Irland ein zurückgezogenes Leben. Natürlich liebte er die Jagd und war belesen.

»Und nun sind Sie hier.«

»Ja, nun bin ich hier.« Verlegen starrte er auf den Teller vor sich. Dann trank er hastig einen Schluck Wein und wandte sich an Joan.

»Entschuldigen Sie, wenn ich Sie damit überfalle, Lady

Joan. Aber ich fürchte, ich muss hier etwas klarstellen, denn ich fürchte, unsere Gastgeber haben Sie und mich unter Vortäuschung falscher Tatsachen an diesen Tisch gelockt.«

Herrje, dachte Joan. Nicht nur, dass ihr Sitznachbar unverblümt über Themen sprach, die man allenfalls sehr versteckt und durch die Blume bei einer späteren Begegnung besprach – er schien tatsächlich zu glauben, sie hätte sich deshalb verspätet, weil sie sich für ihn noch besonders hübsch hatte machen wollen.

»Ich habe absolut kein Interesse daran, mich in naher oder ferner Zukunft ein zweites Mal zu verheiraten«, verkündete Lord Franklin Ellingham. »Ich kann es mir auch gar nicht vorstellen, dass nach dem Tod meiner geliebten Ethel irgendwann noch mal Platz in meinem Leben sein sollte für eine andere Frau. Lieber sterbe ich einsam.«

Joan spürte bei ihm etwas, das sie selbst so oft empfand und selten richtig benennen konnte. Sie beugte sich zu ihm hinüber und legte ganz leicht eine Hand auf seinen Ärmel. »Seien Sie versichert, Lord Franklin, dass jeder hier am Tisch Ihre Einstellung versteht. Ganz besonders trifft dies auf mich zu. Trinken wir auf Ihre geliebte Ethel, Gott sei ihrer armen Seele gnädig. Es tut mir aufrichtig leid, dass sie allzu früh aus dem Leben gerissen wurde.«

Für einen Moment herrschte am Tisch eine peinliche Stille. Joan zog behutsam die Hand zurück. Sie nahm die Gabel zur Hand und probierte von der Hauptspeise, die in der Zwischenzeit aufgetragen worden war.

Lady Rachel saß ihr schräg gegenüber. Sie wich Joans Blick aus, tastete nach dem Weinglas und trank es bis zur Neige aus, während Lord Williams Mundwinkel verräterisch zuckten.

»Gib's auf, Rachel«, sagte er. »Lady Joan weiß, was sie will. Verkuppelt werden ist es wohl nicht.«

Da mussten alle vier am Tisch leise lachen.

»Bravo, Lady Joan«, wandte Lord Franklin sich wieder an sie. Seine Augen glänzten feucht; ein wenig wirkte er wie ein triefäugiger Jagdhund. Er zückte ein Taschentuch und wischte sich über die Augen. »Sie finden die richtigen Worte für etwas, das ich bisher nicht formulieren konnte. Ethel war meine Seelenfreundin, und nun ist es mir nicht mehr möglich, darüber hinwegzusehen, dass das größte Glück bereits an uns vorbeigezogen ist.«

»Es sollte uns aber nicht daran hindern, einander Freunde zu sein. Wenn Sie möchten«, fügte Joan hinzu.

Das erste Mal an diesem Abend strahlte Lord Franklin sie an. »Von Herzen gern, meine Liebe.«

~

»Nun, das war ungewöhnlich.« Rachel hatte sich immer noch nicht davon erholt, dass Joan und Lord Franklin in nur wenigen Minuten all ihre Pläne zunichtegemacht und einander zugleich versichert hatten, sie würden gerne freundschaftlich miteinander verbunden bleiben und sehen, ob diese Freundschaft Bestand hatte. Ohne einander irgendwas zu versprechen.

Joan hatte das Gefühl, das Beste aus dem Dinner gemacht zu haben. Franklin war sichtlich aufgetaut, nachdem er nicht mehr das Gefühl hatte, sie würde gewisse Erwartungen an ihn haben. Er war sehr witzig, und sie hatten einander versprochen, dass sie in Kontakt bleiben würden.

»Wirklich clever von dir, dass du ihm vorgespielt hast, nicht an der Ehe interessiert zu sein. Aber du wirst ihn bestimmt in naher Zukunft einmal besuchen, oder? Dann wird er dir einen Antrag machen, ganz bestimmt.«

»Rachel.« Es fiel Joan wirklich schwer, ruhig zu bleiben.

Sie holte tief Luft. »Hörst du dich selbst reden? Für dich scheint es nur einen Weg zum Glück zu geben. Man muss wieder heiraten.«

»Aber für Edward …«

»Mein Sohn hat alles, was er braucht«, unterbrach Joan sie. Oh, sie war es leid, sich erklären zu müssen. »Ich habe auch alles, was ich brauche, danke der Nachfrage. Was ist das, dass für dich eine Frau nur dann zählt, wenn sie verheiratet ist?«

Rachel spitzte die Lippen. Sie hatten sich in die Bibliothek zurückgezogen. Lord Franklin hatte sich nach einer Zigarre mit Lord William im Billardzimmer verabschiedet. Ein Diener brachte ihnen Mokka und Eclairs auf einem Tablett. Joan wusste schon jetzt, dass sie den Mokka später bereuen würde, wenn sie nicht schlafen konnte. Aber sie nahm ihr Tässchen und sog den üppig runden Duft ein.

»Nun, ich hatte das Gefühl, ihr wärt hier bei uns nicht besonders glücklich«, bemerkte Rachel.

Das war es. Joan nickte langsam. Sie hatte gedacht, dieses Gespräch könnte sie noch ein paar Tage vor sich herschieben.

»Ich bin dir und Lord Dudley dankbar für alles, was ihr für uns getan habt, nachdem Reginald starb. Aber nun sind bereits zwei Jahre vergangen. In London warten neue Aufgaben auf mich.«

»An dieser Schule.«

Lady Rachel klang ein wenig beleidigt.

»Das Norland Institute ist mehr als eine Schule, und das weißt du genauso gut wie ich. Es ist auf dem besten Weg, eine Institution zu werden. Und mit der Stiftung kann ich direkt bei dieser Entwicklung mitwirken – und werde das auch tun.«

»Ich habe gehofft, du würdest mich hier unterstützen.«

Das überraschte Joan. »Darüber hast du nie gesprochen.«

Rachel zuckte mit den Schultern. Geziert hob sie das Mokkatässchen an die Lippen und trank einen Schluck, bevor sie antwortete. »Ich habe wohl gehofft, das wäre offensichtlich und du würdest schon irgendwann darauf kommen. Wir werden nicht ewig in Dublin bleiben, das weiß vermutlich in London jetzt schon jeder, und es ist auch bis zu uns durchgedrungen, dass der König Lord Dudley bald ablösen wird. Ich weiß nicht, wohin es uns dann verschlägt, aber natürlich treibt mich die Sorge um, was danach aus *meiner* Arbeit hier wird.«

Lady Rachel hatte sich seit ihrer Ankunft in Dublin sehr für wirtschaftlich schwache Familien eingesetzt, für die es keine ausreichende medizinische Versorgung gab. Über ihre eigene Stiftung finanzierte sie die Arbeit von Gemeindeschwestern, die für eine rudimentäre Gesundheitsversorgung sorgten. Inzwischen gab es Dutzende dieser jungen Frauen, die sich in Dublin und darüber hinaus auch in ländlichen Gegenden für das Wohl der irischen Bevölkerung einsetzten und ihre Lebensbedingungen verbesserten.

»Aber darüber hast du nie mit mir gesprochen!«

»Herrgott, Joan. Ich dachte, das versteht sich von selbst. Du bist hier, du brauchst eine Aufgabe. Und ich habe eine, die ich bald nicht mehr werde ausüben können, da ich natürlich mit Lord Dudley nach London zurückkehren werde.«

Natürlich.

Joan verkniff sich den bissigen Kommentar, dass es schön sein musste, wenn das Leben so einfach war. Das hatte Rachel nicht verdient. Sie sah die gute Absicht. Verstand bis zu einem gewissen Grad auch Rachels Wunsch, ihr Vermächtnis in gute Hände zu legen. Aber es war nicht ihr Projekt. Sie hatte andere Pläne.

»Ich werde bald auch wieder nach London übersiedeln.«

»Wirst du in Reginalds Haus ziehen?«

Reginalds Haus. Das Haus, das sie von Reginald geerbt hatte, das im Unterhalt aber zu teuer war, weshalb es zuletzt leer gestanden hatte.

»Du meinst *mein* Haus in Mayfair. Ich werde es dauerhaft vermieten und zu meinem Onkel ziehen.«

Rachel schnaubte. »Willst du wieder als Kindermädchen arbeiten? Was wird dann aus Edward? Du kannst wohl kaum den Neffen eines Earls bei diesem alten Hagestolz lassen, während du durch die Welt reist. Und dass andere Familien sich darüber freuen, wenn die Nanny mit ihrem eigenen Kind vor der Tür steht, wage ich zu bezweifeln.«

Joan hatte lange nicht mehr so sehr das Gefühl gehabt, dass sich zwischen Rachel und ihr eine Kluft auftat. Offensichtlich aber war es so, dass ihre Schwägerin nur so lange wohlwollend auf Joan schaute, wie sie sich in das Familienidyll einfügte. Nicht, wenn sie eigene Pläne entwickelte. Dann war sie auf einmal unbequem und sollte lieber heute als morgen die Koffer packen.

»Schade«, sagte Joan leise. »Ich hatte wohl gehofft, dass wir eine gute Basis behalten, wenn ich gehe. Gerade für Edward …«

»Ihr werdet immer Teil der Familie sein.« Rachel klang nun auch versöhnlich. »Aber ich hatte wohl gedacht, du würdest mich unterstützen. Entschuldige.«

Und so konnten sie ohne Groll auseinandergehen. Doch Joan machte sich nichts vor – für Lady Rachel und Lord William würde sie nicht mehr von Bedeutung sein, wenn sie abreiste.

Dieses Kapitel ihres Lebens schloss sich. Doch anders als vor zwei Jahren, als sie verzweifelt und von tiefer Trauer gebeutelt die Zelte in London abbrach, war sie gewachsen und wusste nun, wie ihre Zukunft aussehen würde.

Kapitel 34

Tatoi, September 1906

Schon wieder Koffer packen?« Mary seufzte. Sie blickte auf das Durcheinander, das die zwei Dienstmädchen angerichtet hatten, die ihr bei der Versorgung der beiden kleinen Mädchen zur Hand gingen. Eine hatte sämtliche Schränke und Schübe aufgerissen und die Kleidung der Mädchen in Stapeln auf jeder freien Fläche ausgebreitet. Auch die Betten waren unter Rüschenkleidchen, Wollmänteln und Pelzen, Wäsche und Strümpfen begraben worden. Margarita juchzte und stürzte sich auf ihr Lieblingskleid, das sie ursprünglich morgen zur Kirche hatte anziehen sollen. Jetzt lag es zerknautscht zwischen allen anderen.

»Die Prinzessin hat angekündigt, sie wollten morgen nach dem Mittagessen nach Athen. Von dort weiter nach Russland zu ihrer Freundin, der Großfürstin.« Das eine Dienstmädchen, das Mary für das pfiffigere hielt, knickste hastig. Marilena und Chrysi waren Schwestern, doch die jüngere passte auf die ältere auf, damit sie keinen Unsinn anstellte. Schon mehr als einmal hatte Mary Chrysi dabei ertappt, wie sie abends tatenlos vor sich hin starrte, statt die Kindersachen zu flicken oder das Plätteisen rechtzeitig aus der Glut zu holen.

Nach St. Petersburg! Was für eine Überraschung. Wenn

sie Großfürstin Jelena besuchten, würde sich Marys Weg auch wieder mit Katies kreuzen.

»Vorher soll es nach Deutschland gehen, zur Familie der Prinzessin.«

Ach, wie schade. Also doch kein so rasches Wiedersehen mit Katie. Aber vor allem bereitete die Reise Mary Kopfzerbrechen. Wie lange würden sie bleiben? Musste sie auch die Wintersachen der Mädchen einpacken, weil sie bis Weihnachten oder noch länger blieben?

Ein wenig ärgerte sie sich, weil sie von der Prinzessin nicht informiert worden war, sondern von den Dienstmädchen davon erfahren musste. Katie hatte ihr eingeschärft, dass sie in jedem Fall darauf achten musste, dass die Rangordnung nicht unterlaufen wurde. Als Nanny stand Mary zwischen der Familie und den anderen Bediensteten, und dies sollte sich in jedem Fall auch in der Informationspolitik widerspiegeln.

In den letzten Wochen waren sie häufiger verreist, und mal war sie von der Haushälterin, mal von den packenden Dienstmädchen darüber in Kenntnis gesetzt worden. Einmal hatte sogar Prinz Andreas sie zu sich zitiert und ihr vom baldigen Aufbruch erzählt, während Prinzessin Alice mit einer Unpässlichkeit im Bett lag.

Aber gerade saß die Prinzessin mit einem Buch im Schatten der Bäume des kleinen Parks und las. Mary traf eine Entscheidung. Sie wusste, dass sie behutsam vorgehen musste.

Prinzessin Alice hob den Kopf, als sie Mary aus dem Augenwinkel bemerkte. »Schlafen die Kinder schon?«

»Ehrlich gesagt, nein.« Mary blieb ein paar Schritte von dem Liegestuhl entfernt stehen. »Und es wird heute Abend wohl länger dauern, bis sie zur Ruhe kommen.«

Prinzessin Alice runzelte die Stirn. »Aber warum denn? Das ist nicht gut, Nanny MacArthur. Wir wollen morgen reisen, und Sie wissen doch, wie empfindlich Margarita auf Veränderungen reagiert.«

»Das weiß ich sehr wohl. Darum hätte ich mir gewünscht, dass Sie mich persönlich über die Abreise informieren. Ich hätte dann alles entsprechend in die Wege geleitet.«

»Aber hat Marilena nicht angefangen zu packen? Sie versprach mir vorhin, sie werde sich um alles kümmern.«

»Das ist es ja.« Mary verschränkte die Hände hinter dem Rücken und machte sich etwas größer. Sie wusste ja, dass man sie oft unterschätzte, weil sie so schmal war, dass man meinen könnte, der nächste Windstoß könnte sie umwehen. Außerdem hatte sie immer noch dieses unbestimmte Gefühl, ihre niedere Herkunft könnte eine Rolle spielen. Hätte die Prinzessin bei Katie Fox oder Joan Hodges ähnlich gehandelt? Oder hätte sie deren natürliche Autorität nicht untergraben?

Sie wusste, dass sie noch viel lernen musste. Aber deshalb stand sie hier. Ihre heutige Lektion: für sich selbst einstehen.

»Ehrlich gesagt möchte ich Sie darum bitten, in Zukunft zuerst mich über eine Reise zu informieren.« Sie schluckte. Hoffentlich bemerkte die Prinzessin nicht, wie sehr ihre Stimme bebte.

Prinzessin Alice klappte das Buch zu. Sie richtete sich auf. »Darf ich fragen, warum?«

»Die Kinder. Ich weiß am besten, was sie brauchen. Ihr Wohl liegt mir am Herzen. Jede wache Minute bin ich für sie da. Mir wird dies aber erschwert, wenn zwei Dienstmädchen ins Schlafzimmer der Kinder stürmen und alles aus den Schränken reißen, wenn Margarita und Dolla eigentlich schlafen sollten.«

»Sprechen Sie weiter«, sagte Prinzessin Alice.

»Eine Reise muss für die Kinder sorgfältig vorbereitet

werden. Da geht es nicht nur um die Frage, was wir einpacken. Sondern auch darum, was sie selbst mitnehmen möchten. Welche Puppen, welche Spielsachen?« Mary zuckte hilflos mit den Schultern. »Nun sollen sie morgen zwischen dem Gottesdienst und dem Mittagessen in aller Eile entscheiden, was sie in den kommenden Wochen brauchen. Ich weiß es ja selbst nicht. Was soll ich packen? Wie lange werden wir fort sein? Nur ein paar Tage? Wochen, Monate?«

»Verstehe«, sagte Prinzessin Alice langsam. »Darüber habe ich so noch nie nachgedacht.« Plötzlich kam ihr ein Gedanke. »Meinen Sie, Margarita reagiert deshalb so unruhig auf Veränderungen?«

»Es hilft jedenfalls nicht, wenn es immer wieder große Veränderungen gibt, an die sie sich nicht vorher … gewöhnen kann.«

»Aber ich dachte … nun ja. Sie ist noch so klein. Was kriegen die Kinder schon mit?«

»Alles«, platzte es aus Mary heraus. Betreten senkte sie den Blick.

Nachdenklich tippte Prinzessin Alice sich mit einem Zeigefinger an das Kinn. »Sie haben recht«, erklärte sie dann zu Marys Erleichterung. »Die Kinder sind ruhiger, wenn sie feste Strukturen haben – in dem Punkt konnten Sie mich bereits überzeugen. Ähnlich sieht es vermutlich aus, wenn sie sich erst an den Gedanken einer Veränderung gewöhnen können. Also gut. Ich spreche mit meinem Mann, wir können auch erst am Dienstag oder Mittwoch abreisen. Reicht das Ihrer Meinung nach?«

»Ja, natürlich«, sagte Mary erleichtert.

»Dann machen wir das so. Und in Zukunft werde ich Reisen erst mit Ihnen abstimmen. Ich kann mich zu gut daran erinnern, wie es für mich als kleines Kind war, wenn wir wieder reisten. Ich dachte bisher, das hinge mit meiner

Schwerhörigkeit zusammen, weshalb ich danach tagelang verwirrt war. Ich dachte, weil ich die Erwachsenen nicht verstehe, müsste ich mich anpassen. Oder ich hätte etwas überhört. Aber vermutlich hat es mich genauso überfordert wie meine kleinen Mädchen jetzt.«

Marys Hände lösten sich hinter ihrem Rücken; sie merkte jetzt erst, wie sie unwillkürlich die Schultern hochgezogen hatte, als fürchtete sie, von der Prinzessin für ihre Dreistigkeit gescholten zu werden.

»Wir vergessen allzu schnell, dass sie keine kleinen Erwachsenen sind, nicht wahr?« Alice lächelte wehmütig. »Ich werde mit meinem Mann reden. Falls er uneinsichtig ist, reisen Sie uns eben ein paar Tage später nach.«

»Danke, Prinzessin Alice.« Mary machte einen Knicks.

»Ich habe zu danken«, rief ihr die Prinzessin nach. »Sie sind das Beste, was meinen Kindern je passiert ist.«

Mary lächelte. Das beruhte tatsächlich auf Gegenseitigkeit. Auch wenn manchmal das Heimweh an ihr zupfte, war die Sommerresidenz in Tatoi schon nach wenigen Monaten für sie zu einer zweiten Heimat geworden.

Sie war gespannt, wann sie hierher zurückkehren würden.

~

Endlich war Ruhe in Tatoi eingekehrt. Die kühle Nachtluft strich durch das Fenster. Mary saß an dem kleinen Schreibpult in ihrem Zimmer und schloss für einen Moment die Augen. Der Sommer war vorbei. Der würzige Duft von wildem Thymian und Oregano, der an den Berghängen in dicken Büscheln wuchs, kitzelte sie in der Nase.

Mary hatte vor einigen Monaten begonnen, Tagebuch zu schreiben. Über ihre Arbeit, ihre Erfahrungen, Gedanken, Beobachtungen. Darüber, wie sich ihre Schützlinge entwickelten. Sie dachte auf Papier nach, auch wenn ihr das manchmal schwerfiel.

Die Abreise der Kinder war dank ihrer Intervention um ein paar Tage verschoben worden, und darüber war sie dankbar. Sie hatte auch darüber geschrieben. Ihre Sachen waren gepackt. Bis auf eines.

Sie atmete tief durch und öffnete die Pultklappe. In dem Pult bewahrte sie ihren Federkasten und das Tagebuch auf. Und eine kleine silberne Schachtel mit rotem Schleifenband. Der Schachtel sah man an, dass sie schon einige Male zur Hand genommen worden war. Die Schleife aber war immer noch intakt. Mary hatte es bis heute nicht übers Herz gebracht, Olivers Geschenk zu öffnen. Sie wusste nicht mal genau, was sie daran gehindert hatte. Fürchtete sie den Inhalt?

Nein.

Es war etwas anderes.

Oliver Mixon und sie verband etwas. Liebe, glaubte sie. Nein, sie war ganz sicher, absolut überzeugt – von ihrer Seite *war* es Liebe. Und solange sie sein Geschenk mit sich herumtrug, verlor sie den Glauben an diese Liebe nicht. Ja, solange sie nicht wusste, was in der kleinen silbernen Schachtel war, konnte sie immer noch davon träumen, dass sein Geschenk etwas bedeutete – dass darin ein Zeichen *seiner* Liebe war.

Solange sie dieses Kästchen immer bei sich hatte, würde sie den Glauben an diese eine Liebe nicht verlieren.

Kapitel 35

St. Petersburg, Oktober 1906

Im ersten Moment erkannte Katie sie nicht. Sie wusste selbst nicht, womit sie gerechnet hatte. Die selbstbewusste, rothaarige Nanny, die sie am Morgen im Frühstückszimmer begrüßte, wirkte wie verwandelt.

»Meine Güte. Du hast dich verändert!«, rief Katie. »Nein, Olga. Nicht auf den Tisch klettern.«

»Ich hoffe, nicht zu meinem Nachteil.«

»Ach was. Olga, lass das bitte!«

Gerade noch schaffte sie es, das Kleinkind daran zu hindern, die Hand in die Butter zu patschen. Olga *liebte* Butter, und wenn es nach dem kleinen Mädchen ginge, hätte es sich davon ernährt. Rasch schmierte Katie etwas mehr Butter als üblich auf einen abgekühlten Toast und schnitt ihn für Olga in Häppchen. Das Lockenköpfchen grinste und begann, die Butter abzulecken. Katie drohte ihr mit dem Finger. Sie duldete dieses Spielen mit dem Essen nicht. Weniger, weil sie es für falsch hielt, sondern eher, weil sie es nicht aushielt, wenn ihre Schützlinge zu achtlos mit den Lebensmitteln umgingen.

Mary hatte derweil Margarita und Theodora ihren Brei vorgesetzt, den ein Diener ihr brachte. Sie drückte Margarita den Löffel in die Hand. Theodora streckte krähend die Hand nach ihrem Löffel aus, und für ein paar Minuten überließ Mary ihn ihr, damit sie in der Breischüssel rühren konnte.

»Du strahlst richtig«, sagte Katie. Sie hätte gern hinzugefügt, dass Mary größer wirkte. Innerlich gereift und an der neuen Situation gewachsen.

Aber sie verkniff es sich. Lieber überlegte sie mit Mary, wie sie den Tag gestalten wollten. Katie merkte, dass die Gegenwart einer zweiten Norlanderin nicht spurlos an ihr vorüberging. Sie freute sich sehr über die Gesellschaft.

Manchmal vermisste sie ihr Zuhause. Mit der Großfürstin zu reisen, war eine wundervolle Erfahrung. Doch seit ihre Mutter um Unterstützung gebeten hatte, damit ihre jüngere Schwester auch am Norland Institute aufgenommen wurde, war Katie in Gedanken immer wieder in London. Sie überlegte, ob es nicht doch einen Weg gab, Angelique den Weg ans Norland Institute zu ermöglichen. Und dann ärgerte sie sich wieder, weil sie immer noch hoffte, durch ihr Verhalten die mütterliche Liebe zu erringen.

»Ach, Foxie. Gut, dass Sie hier sind.« Großfürstin Jelena betrat das Frühstückszimmer. »Haben Sie einen Moment Zeit?«

Mary half Margarita von ihrem Stuhl und nahm Theodora auf den Arm. »Wir sind ohnehin gerade fertig. Jetzt schauen wir mal, was eure Mama macht, nicht wahr? Möchtest du, dass ich gleich Olga und Elizabeth abhole?«, wandte Mary sich an Katie.

»Das wäre lieb.«

Margarita winkte, dann verließen die drei das Zimmer.

»Was ist denn passiert?«

Die Tür hatte sich kaum geschlossen, da schlüpfte Großfürstin Jelena auf den Stuhl neben Katie. »Ich bin so aufgeregt. Es sieht so aus, als könnten wir doch noch nach Griechenland zurückkehren. Ist das nicht wundervoll?«

Katie wollte protestieren. Schließlich war Prinzessin Alice mit ihrer Familie gerade erst eingetroffen, und die junge Großfürstin hatte zuletzt viel über ihre Müdigkeit geklagt – nicht zuletzt deshalb, weil sie sich mit den letzten, anstrengenden Wochen der dritten Schwangerschaft plagte, von der sie immer wieder sagte, das sei nun wirklich die letzte, und wenn es diesmal kein Junge wurde, würde das auf keinen Fall ihre Meinung ändern, sie habe genug vom Schwangersein.

Prinz Nikolaos von Griechenland führte auch in St. Petersburg sein unstetes Leben – wie in London oder Athen fand sich bald eine junge Frau, die sich von seinem Glanz bezirzen ließ. Diesmal war es eine siebzehnjährige Ballerina, »fast noch ein Kind«, schnaubte Jelena bei jeder sich bietenden Gelegenheit.

»Hast du schon mit deinem Mann gesprochen?«, wollte Katie wissen.

Jelena schnaubte. »Mit dem rede ich kein Wort mehr. Erst soll er sich bei mir entschuldigen, weil er mir diese Schande antut. Die ganze Stadt redet darüber, wie er mich im Wladimir-Palast sitzen lässt, während er das Petersburger Nachtleben genießt.«

»Ach, Eleni.« Am liebsten hätte Katie sie in den Arm genommen. Aber ihre Freundschaft zur Großfürstin hatte Grenzen. Körperliche Nähe gehörte dazu – sie achteten beide peinlich darauf, sie nicht zu überschreiten. Warum eigentlich, fragte Katie sich und erinnerte sich, wie sie früher mit ihrer Schwester Angelique manchen Nachmittag auf dem Sofa verbracht hatte, wo sie süßes Konfekt naschten und sich gegenseitig Liebesgedichte vorlasen.

Ob Liebesgedichte und Süßigkeiten allerdings Jelena aus ihrer Trübsal erlösen würden, wagte sie zu bezweifeln. Die junge Großfürstin litt schrecklich darunter, dass sie – ihre eigenen Worte – »offenbar zu schwierig und zu dick« war, dass der Prinz sich mit ihr abgeben wollte. Sie war der festen Überzeugung, dass Prinz Nikolaos sich nur deshalb eine Bettgefährtin gesucht hatte, weil ihm Jelenas komplizierter Charakter und ihr zunehmender Leibesumfang zuwider waren.

Katie war inzwischen zu der Ansicht gelangt, dass Jelenas Mann einfach nur ein Narr war, wenn er dachte, er könne Trost in den Armen einer anderen suchen, um darüber hinwegzutäuschen, dass die Ehe inzwischen zerrüttet war. Aber das konnte sie Jelena nicht so sagen; zu sehr klammerte sie sich immer noch daran, dass Nikolaos eines Tages reumütig zu ihr zurückkehren würde, wenn er seiner zahlreichen Gespielinnen überdrüssig wurde.

»Wir müssen abreisen.« Jelena straffte die Schultern. »So schnell wie möglich. Damit unser drittes Kind in Athen zur Welt kommt und nicht in einem Schlafzimmer, das er seit Wochen nicht betreten hat. Athen ist die Heimat seiner Familie. Unser Sohn wird zwar in der Thronfolge keine allzu große Rolle spielen – trotzdem wäre mir wohler, wenn wir dort sind und nicht hier. Damit Nikolaos dieses Ballettmädchen endlich vergisst.« Nachdenklich spielte sie mit der Perlenkette, die sie trug. »Ich mache mir etwas vor, richtig?«

»So wollte ich das nicht sagen.« Die beiden Frauen lächelten sich an. Nicht zum ersten Mal dachte Katie, dass sie mit Jelena befreundet wäre, wenn die Umstände andere wären.

Die Großfürstin seufzte, als sie aufstand. Verstohlen legte sie eine Hand ins Kreuz. »Danke, Foxie. Fürs Zuhören. Fürs da Sein. Du musst das ja nicht.«

»Ich will es aber.«

Wieder lächelten sie sich an. Dann legte Jelena ihr überraschend eine schmale Hand auf die Schulter und drückte sie behutsam. »Du bist mir so viel mehr eine Freundin als alle anderen.«

Katie spürte, wie ihre Wangen heiß wurden. Verräterische Röte überzog ihr Gesicht. »Ich will, dass es den Kindern gut geht. Das erreiche ich am ehesten, wenn es der ganzen Familie gut geht«, sagte sie rasch.

Nicht zum ersten Mal flüchtete sie sich in diese Ausrede. Die Wahrheit wäre zu vermessen. Denn auch für Katie fühlte sich ihr Verhältnis zu Jelena anders an. Sie wusste gar nicht so genau, seit wann es so war. Seit die Großfürstin sie ins Vertrauen zog? Seit sie Katie angeboten hatte, sie könnten einander Eleni und Foxie nennen, wenn sonst niemand zugegen war?

»Du bist so klug.« Jelena seufzte. »Nun, wir werden sehen, ob Athen etwas ändert oder ob er dort die nächste Schauspielerin in sein Bett holt. Sie werden immer jünger, ist dir das schon aufgefallen?«

»Sie sind auf jeden Fall alle sehr hübsch.«

»Das stimmt. Nun, bis später, meine Liebe. Du hast sicher viel vor.«

Damit hatte Jelena recht. Sie gab ihren kleinen Mädchen noch einen Kuss auf den Scheitel, dann schwebte sie aus dem Raum und ließ Katie mit ihren Gedanken allein.

Aus der Rocktasche zog Katie ein kleines Notizbuch und einen inzwischen zu einem Stummel gekürzten Bleistift. Das Büchlein nutzte sie, um Ideen für Artikel zu notieren. Dass Mary hier war – und wenn es nur für ein paar gemeinsame Tage war –, hatte sie auf eine Idee gebracht. Rasch skizzierte sie den neuen Artikel, den sie für den *Norland Quarterly* schreiben wollte. Mary MacArthur war in ihren Augen das beste Beispiel dafür, wie junge Frauen mit viel Herz und Mut und der Unterstützung des Norland Alumni

Funds zu fähigen Nannys ausgebildet werden konnten – ungeachtet ihrer Herkunft.

Auch wenn diesem Gedanken ein Standesbewusstsein anhaftete, das Katie sich selbst nicht anmaßen durfte, hatte sie manches Mal Zweifel gehegt, ob Mary sich mit der Entscheidung für den beschwerlichen Weg ans Norland Institute einen Gefallen getan hatte. Sie hatte aber erkannt, dass sie mit dieser Haltung ja selbst dazu beitrug, dass junge Frauen aus der Arbeiterklasse sich diesen Aufstieg gar nicht zutrauten – weil von den Frauen des Bürgertums auf sie herabgesehen wurde. Ein Gedanke, bei dem sie sich ertappt fühlte.

Und dieser Gedanke musste aus den Köpfen. Keine junge Frau sollte sich schämen, wenn sie sich bei der Stiftung bewarb, weil sie vom Leben nicht eine so günstige Startposition bekommen hatten wie andere. Die Stiftung konnte diesen Nachteil ausmerzen. Aber das war nur möglich, wenn Joan und sie sich dessen bewusst waren, welche gesellschaftliche Verantwortung sie trugen. Für die jungen Frauen. Für die Zukunft.

Epilog

London, November 1906

Der Nebel zog von der Themse herüber, hüllte die Stadt ein und vermengte sich mit dem rußigen Rauch der zahllosen Kohleöfen, mit denen die Londoner winters ihre zugigen Behausungen heizten. Emily Ward schritt schneller aus. Sie hatte sich an diesem Morgen gegen eine der Motordroschken entschieden, auch wenn sie diesen Luxus inzwischen zu schätzen wusste.

»Nicht mehr lange, und du willst, dass ich dir auch ein Automobil kaufe«, scherzte Walter gern.

»Wenn ich ein Automobil haben will, kaufe ich es mir selbst«, hatte Emily darauf erwidert, und das hatte ihn dazu veranlasst, ihr einen Kuss zu geben.

»Ich bin froh, dass es dir besser geht«, hatte er in ihr Haar geflüstert.

Daran dachte Emily, als sie beschwingt die Straße überquerte. Nicht mehr weit bis zum Norland Institute, und bisher war sie weder aus der Puste, noch hatte sie Kopfschmerzen bekommen. Endlich gehörte die bleierne Erschöpfung der Vergangenheit an.

Mit frischem Schwung lief sie die Steinstufen nach oben. In den Klassenräumen brannte Licht. Schon vor Jahren hatte sie sich gegen Isabel Sharman durchgesetzt, die meinte, das sei ein unnötiger Luxus. Firlefanz, der in kurzer Zeit wieder verschwinden würde, weil es den Menschen zu grell war. Nun, das elektrische Licht war gekommen, um zu bleiben. Emily vermutete allerdings, dass das helle Licht die Migräneanfälle ihrer Freundin verschlimmerte. Es war für sie beide ein schwieriges Jahr gewesen, das hatte sie erst kürzlich begriffen.

Ohne Joan Hodges wäre das Norland Institute vielleicht nicht mehr das, was es nun war. Die ehemalige Nanny hatte mit ihrer stillen, zugleich zupackenden Art mehr als einmal dafür gesorgt, dass die Rädchen im Getriebe der Lehranstalt weiter so schnurrten, wie sie es früher immer getan hatten.

Emily hatte sich nach Joans Abreise und der kleinen Verstimmung, die damit einherging, der harten Wahrheit stellen müssen, dass sie nicht mehr die Jüngste war und dies, sobald sie nicht auf der Höhe ihrer Leistungsfähigkeit war, zwangsläufig auch das Norland Institute berührte. Die Auseinandersetzung darüber, wo Mary MacArthur gut aufgehoben wäre, hatte auch sie zermürbt. Sie hatte gedacht, sie wüsste alles. Nun war gerade vor wenigen Tagen ein wortreicher, beinahe überschwänglicher Brief von Prinzessin Alice bei ihr eingetroffen, in dem diese betonte, wie glücklich sie sei, dass Mary bei ihnen war.

Emily hätte sich gern eingeredet, dass es Zufall war. Glückliche Fügung. Aber nein – Joan Hodges' Intervention und Katie Fox' Bemühungen war es zu verdanken, dass Mary MacArthur die richtige Stelle gefunden hatte. Die beiden hatten das gesehen, was Emily die ganze Zeit entgangen war.

Sie hatte lange über diesen blinden Fleck nachgedacht. Es war das eine, ob sie jungen Frauen aus der Arbeiterklasse die Ausbildung am Norland Institute ermöglichte. Aber danach musste sie ihnen auch zutrauen, dass sie genauso verlässlich und verantwortungsvoll mit ihrer Position in den

Familien umgingen wie die jungen Frauen aus der Oberklasse, die zu Emily kamen.

Als sie ihr Büro betrat, sah sie bereits neben dem täglichen Briefstapel die neue Ausgabe des *Norland Quarterly* liegen. Alle drei Monate freute sie sich außerordentlich darüber, die druckfrische Zeitung als eine der Ersten zu bekommen. Neben ein paar informativen Artikeln über die Arbeit als Nanny, Haushaltstipps und einer Kontaktbörse für die vielen Nannys in allen Winkeln der Welt fanden sich auf den Seiten auch informative Artikel über das Norland Institute, pädagogische Themen und Erfolgsgeschichten von Nannys.

Diese Ausgabe enthielt einen langen Artikel über Mary MacArthur. Das wusste Emily bereits, weil Katie den Artikel eingeschickt hatte. Doch erst jetzt nahm sie sich die Zeit, ihn in aller Ruhe zu lesen.

Ich möchte voranschicken, bevor ich euch, liebe Leserinnen, die Geschichte von Mary MacArthur erzähle, dass meine Freundin Joan Hodges, die vielen von euch bekannt ist, im Jahr 1903 auf mich zukam und mir vorschlug, wir könnten gemeinsam eine Stiftung gründen, deren Ziel vor allem sein sollte, dass junge Frauen aus der unteren Mittelschicht oder Arbeiterklasse durch finanzielle Unterstützung in die Lage versetzt werden, ihre Ausbildung am Norland Institute zu beginnen. Dies wäre aber niemals möglich gewesen, wenn uns nicht vom ersten Tag an die Unterstützung unserer Schulleiterin Mrs Emily Ward zuteilgeworden wäre. Ihrer Begeisterung, ihrem Erfindungsgeist und ihrer Hartnäckigkeit haben wir alle so viel zu verdanken. Mit dem Norland Alumni Funds und dem Förderprogramm für Dienstmädchen war es möglich, Mary MacArthur eine bessere Zukunft zu schenken. Dies ist nun ihre Geschichte. Ziehen wir eine Lehre daraus – nämlich die, dass wir alle so viel erreichen können, wenn andere Frauen uns mit all ihrer Kraft unterstützen.

Emily ließ die Zeitung sinken. Sie blinzelte und tastete in ihrer Rocktasche nach einem Taschentuch. Katie Fox' Worte waren ergreifend und enthielten so viel über das, was das Norland Institute auszeichnete: Freundschaft, die Liebe zu Kindern, die unverbrüchliche Treue zwischen den jungen Frauen, auch wenn sie sich bereits in unterschiedlichen Lebensphasen befanden. Joan Hodges würde vermutlich nie mehr als Nanny arbeiten, denn sie ging völlig in der Arbeit für ihre Stiftung auf. Dafür würde sie aber anderen hoffnungsvollen Talenten einen Weg ebnen, der ihnen sonst verwehrt blieb. Katie Fox, die mit so viel Witz und Talent über ihre Kolleginnen schrieb, war schon seit über zwei Jahren bei der Königsfamilie in Griechenland engagiert, obwohl sie ursprünglich nur wenige Monate hatte bleiben wollen. Selbst wenn sie eines Tages nach einer anderen Aufgabe suchte, würde Emily problemlos etwas für sie finden.

Und das waren nur drei von vielen, vielen Erfolgsgeschichten, die das Norland Institute in den knapp fünfzehn Jahren seines Bestehens geschrieben hatte. Nächstes Jahr hoffte Emily, dass sie all ihre Nannys zu einer Feierstunde versammeln durfte, wie sie es zum zehnjährigen Jubiläum bereits getan hatte. Sie machte sich eine Notiz: neue Anstecknadeln!

Dann las sie weiter. Vieles war ihr bereits bekannt. Wie Mary erst wochenlang darauf wartete, als Dienstmädchen am Norland Institute eingestellt zu werden. Wie sie die Chance bekam, ihre Ausbildung gegen ein reduziertes Entgelt zu beginnen. Aber manches war auch neu – zum Beispiel schrieb Katie sehr launig und unterhaltsam darüber, wie sie den Alltag mit Mary erlebte, wann immer die beiden Familien in London, Athen oder St. Petersburg zusammenkamen.

Sie schließen Freundschaften, dachte Emily Ward. Ihr Dienst in den Familien war irgendwann zu Ende, sie zogen weiter, weil neue Aufgaben riefen. Die Freundschaften aber – die hatten Bestand.

~

»Du gehst schon heim?«

Als Emily drei Stunden später ihr Büro verließ, kam Isabel Sharman den Gang entlang. Sie hielt ein paar Papiere in der Hand.

»Ich bin mit Walter zum Mittagessen verabredet.«

Auch das war ihre Lehre nach dem vergangenen Jahr. Dass sie Pausen brauchte, und sei es, dass sie mittags schon heimging und den Rest des Tages mit ihrer Familie verbrachte. Das Leben war zu kurz. Es konnte allzu schnell vorbei sein.

»Das finde ich gut.«

Das überraschte Emily ein wenig; Isabels Arbeitsauffassung war noch strenger als ihre eigene.

»Ja, wirklich. Du brauchst mich gar nicht so anzuschauen. Ich lege dir das hier auf den Schreibtisch, wir können bei Gelegenheit darüber sprechen. Ich gehe auch früher nach Hause.«

Bevor Emily ging, machte sie einen Abstecher in das Nebengebäude. Seit ein paar Tagen waren die neuen Norlandschülerinnen im Kindergarten beschäftigt, nachdem sie während der ersten Monate ihrer Ausbildung in Kursen die Grundlagen der Kindererziehung erlernt hatten. Emily blieb in der offenen Tür zwischen dem Flur mit den Garderobefächern und dem Gruppenraum stehen und beobachtete die jungen Frauen in ihren hellbraunen Kleidern. Eine stapelte mit drei etwa zweijährigen Kindern Bauklötze aufeinander. Eine andere beugte sich über den niedrigen Kindertisch und malte für einen kleinen Jungen ein Pferd; auf einem abgewetzten Sofa drängten sich weitere Kinder um eine dritte Nanny, die ihnen aus einem zerlesenen Buch vorlas. Emily trat beiseite, als eine Büroangestellte sich an ihr vorbeischob und sich suchend nach ihrem Kind umschaute. »Mama!«, rief ein kleiner Blondschopf und stürmte in ihre Arme. Die Mutter drückte den Jungen fest an sich, beide wirkten so glücklich, einander wiederzusehen.

»Warten Sie auf jemanden?« Die Mutter hatte Emily bemerkt, wie sie einfach in der Tür stand. Sie kannte Emily nicht. Wusste nicht, dass diese Einrichtung ebenso Emilys unermüdlicher Arbeit zu verdanken war wie das Wirken der vielen Nannys da draußen in der Welt. Einst hatte Emily Ward eine Vision gehabt – die Vision, dass es Eltern und Kindern besser ginge, wenn die Kinder gut versorgt wurden, während die Eltern arbeiteten. Oder dass die Kinder der Adeligen eine zusätzliche Bezugsperson hatten, die sich jederzeit kümmerte und speziell dafür ausgebildet war.

Und hier stand sie. Beobachtete einfach, wie ihre Arbeit Früchte trug. Sie spürte eine Wärme tief in ihrem Innern, die sie einfach für einen Augenblick genießen wollte.

»Nein, nein. Ich erfreue mich einfach am Spiel der Kinder. Ist es nicht wunderbar, wie entspannt sie sind?«

Die junge Mutter folgte Emilys Blick. Ihr kleiner Sohn hing wie ein Äffchen an ihrem Hals. Sie lächelte, nahm sich diese kurze Zeit für den Austausch mit einer Fremden.

»Ja, es ist wundervoll. Seit unser kleiner Jack hierhergeht, habe ich auch ein viel besseres Gefühl.«

»Danke«, sagte Emily leise. »Ich glaube, das musste ich hören.«

Sie machte alles richtig. Ein letztes Mal winkte sie dem kleinen Jack, dann lief sie leichtfüßig zum Ausgang.

»Du wirkst so entspannt wie lange nicht mehr«, bemerkte Walter beim Abendessen.

»Weil ich eine Entscheidung getroffen habe«, verkündete sie.

»Aha.« Er fragte nicht nach, und sie spielte ein wenig die Schmollende, bis Walter lachte. »Du wirst es mir erzählen müssen.«

»Aber wenn du gar nicht fragst?«

»Also gut, liebes Weib. Was ist dir in den Sinn gekommen, wie willst du unseren Alltag dieses Mal durcheinanderbringen?«

»Sei nicht so frech, mein Lieber!« Sie atmete tief durch. »Ich werde meine Aufgaben am Norland Institute reduzieren. Nicht ganz aufgeben«, beeilte sie sich zu sagen, weil sie sah, wie Walter bereits Luft holen wollte. »Aber nicht mehr alles selbst machen. Verantwortung abgeben. Es geht mir gut, aber das soll noch lange so bleiben.« Sie griff nach seiner Hand. »Damit wir beide noch viele gemeinsame, glückliche Jahre haben.«

»Wird es dich denn glücklich machen, wenn du nicht mehr jedes kleinste Detail im Norland Institute kontrollierst? Wer soll die Nanny-Schülerinnen abends vor dem Einschlafen küssen? Wer entfusselt ihre Hüte?«

»Ach, du.« Sie gab ihm einen spielerischen Klaps auf den Ärmel. »Sei nicht so garstig.«

Walter musterte sie nachdenklich. Bildete sie sich das ein, oder glänzten seine Augen feucht? Er strich sich über den ergrauten Walrossbart. »Ich mag jedenfalls die Vorstellung, dich häufiger bei uns daheim zu haben. Und bin gern bereit, dass du mir all die Gutenachtküsse gibst, die du nun nicht mehr anderswo verteilen kannst.«

Sie lächelte ihn an. Wie konnte es sein, dass Walter nach all den Jahren immer noch das Richtige sagte?

»Du wirst gewiss nicht zu kurz kommen, mein Lieber.« Sie seufzte. »Ein wenig schwer fällt es mir schon …«

»Nur zu verständlich. Aber sieh es mal so – wie auch unsere beiden Kinder wird das Norland Institute irgendwann einmal flügge.«

»Du hast ja recht«, stimmte Emily ihm zu.

Das Norland Institute würde sie überleben. Auch in hundert Jahren mochte es noch da sein und die jungen Frauen befähigen, sich von ihrem Elternhaus zu befreien und ihr Leben eigenmächtig zu gestalten. Kaum vorstellbar. Dennoch war es ein Gedanke, der Emily tröstete. Es galt nun, die Weichen zu stellen für die Zeit, da sie nicht mehr jeden Tag zum Pembridge Square spazierte und ihrer Arbeit nachging.